AF417115

# EN EL TIEMPO DE LOS VIGILANTES

Novela basada en el libro apócrifo de Enoc

# NOTA DE AUTORA

El libro de Enoc, por más interesante que suene, no creo que sea un libro que todos deberían leer. Este escrito es controvertido y poco aceptado, y por sus justas razones.

Si bien, no voy a animarte a que lo leas, sí voy a citar (un par de páginas más adelante) lo único que considero que "sería genial" que supieras para disfrutar mejor EETDLV.

Ojo, que dije: "sería genial que supieras", no: "es necesario que sepas".

Sí aporta mucho que conozcas lo que el libro de Enoc habla sobre los vigilantes y los nefilim, pero eso lo tendrás aquí mismo, un par de páginas más adelante.
También te lo cuento más a detalle, con mis propias palabras, en mi página web: AUTHORALEYSB.COM.

Que lo disfrutes, que lo sufras.

Con amor, Aley.

Primera edición: 2024
ISBN tapa blanda: 978-9945-29-148-3



Detalles de la portada:

Flor de estramonio:
https://www.rawpixel.com/search/datura%20stramonium?page=1&sort=curated&topic_group=_topics
1- https://www.rawpixel.com/image/2611444/free-illustration-png-poison-plant-datura-stramonium - (Royalty Free Transparent PNG)
2- https://www.rawpixel.com/image/2884717/free-illustration-png-watercolor-biodiversity-bloom - (Royalty Free Transparent PNG)
3- https://www.rawpixel.com/image/2881484/free-illustration-png-biodiversity-botanical-clipart - (Royalty Free Transparent PNG)

Antimonio:
https://www.esferasalud.com/salud-medio-ambiente/antimonio - (Del artículo: "La Medicina por elementos: Antimonio" By José Prieto Prieto - Mar 11, 2022)

Papel Viejo:
En Canva (Elementos): Old Rustic Background by andremondego de pixabay - (Gratis uso comercial y personal)

Fuente ge´ez:
https://eaglefonts.com/amhara-tff-128893.htm - (AmharQ, unique font identifier: FontMonger:Ge´ezEdit Amharic) - Gratis

Fuente título:
En Canva (Texto -> Fuente): Cinzel Decorative (regular)

Para tí, que eres fuerte y hermosa, que
con sólo ser tu misma podrías enamorar
a los mismísimos ángeles, aunque no te
des cuenta.

# EL LIBRO DE ENOC

## El Libro de los Vigilantes: 6: 1-8:

Y sucedió que, cuando los hijos de los hombres se multiplicaron, les nacieron hijas hermosas y bonitas. Y los Vigilantes, los hijos del Cielo, las vieron y las desearon, y se dijeron los unos a los otros: "Venid, escojámonos esposas de entre los hijos de los hombres y engendremos hijos".

Y Semyazza, que era su líder, les dijo: "Temo que no queráis cumplir con esta acción y sea yo el único responsable de un gran pecado".

Pero ellos le respondieron: "Hagamos todos un juramento y comprometámonos bajo anatema a no retroceder en este proyecto hasta ejecutarlo realmente".

Entonces, todos juraron unidos y se comprometieron bajo anatema. Y fueron en total doscientos quienes descendieron sobre la cima del monte al que llamaron "Hermon", porque sobre él habían jurado y se habían comprometido mutuamente bajo anatema.

Estos son los nombres de sus jefes: Semyazza, quien era el principal, y en orden con relación a él, Ar'taqof, Rama'el, Kokab'el, -'el, Ra'ma'el, Dani'el, Zeq'el, Baraq'el, 'Asa'el, Harmoni, Matra'el, 'Anan'el, Sato'el, Shamsi'el, Sahari'el, Tumi'el, Turi'el, Yomi'el, y Yehadi'el.

Estos son los jefes de decena.

# EL LIBRO DE ENOC

### El Libro de los Vigilantes: 7: 1-6:

Todos y sus jefes tomaron para sí mujeres, y cada uno escogió entre todas y comenzaron a entrar en ellas y a contaminarse con ellas, a enseñarles la brujería, la magia y el corte de raíces y a enseñarles sobre las plantas.

Quedaron embarazadas y parieron gigantes de unos tres mil codos de altura, que nacieron sobre la tierra y conforme a su niñez crecieron.

Y devoraban todo el trabajo de los hombres hasta que los hombres no pudieron abastecerlos, se volvieron contra los humanos para matarlos y devorarlos;

y empezaron a pecar contra las aves, las bestias, los reptiles y los peces del mar, y se devoraban los unos la carne de los otros y bebían sangre.

Entonces la tierra acusó a los impíos por todo lo que se había hecho en ella.

# EL LIBRO DE ENOC

El Libro de los Vigilantes: 8: 1-3:

Y 'Asa'el enseñó a los hombres a hacer espadas, cuchillos, y corazas; les mostró cómo se extraen y se trabajan los metales de la tierra. A las mujeres enseñó sobre el antimonio, el maquillaje de los ojos, las piedras preciosas y las tinturas.
Y entonces creció mucho la iniquidad y  los humanos tomaron los caminos equivocados, y llegaron a corromperse de todas formas.

Semyazza enseñó encantamientos y a cortar raíces; Harmoni a romper hechizos, brujería, magia y habilidades afines; Baraq'el los signos de los rayos; Kokab'el los presagios de las estrellas; Zeq'el los de los relámpagos; Artaq'of las señales de la Tierra; Shamsi'el los presagios del Sol; Sahari'el los de la luna; y todos comenzaron a revelar secretos a sus esposas.

# PRÓLOGO

La nueva creación era interesante para Semyazza.
Había encontrado una belleza nueva en la tarea que le era
encomendada, la de velar por la humanidad. Yendo de un lugar a
otro, había ido descubriendo que el mundo creado era de gran
magnificencia.

Que todo en él nacía y moría. Que existía mucho poder en el
suelo que ahora era reinado por los seres humanos.

En algún momento le hizo gracia pensar que, con la fragilidad
de los mismos, aún así se enseñorearan sobre el resto de la
creación. Casi como si fueran dueños.

Sí que eran interesantes. A cada momento pasaba algo, lo que
hacía su tarea más entretenida. Los veía nacer, crecer,
reproducirse, desarrollarse, aprender, morir.

Pasaba el tiempo y, un día, mientras Semyazza paseaba a las
veras de un riachuelo de aguas frescas y de muy poca profundidad,
escuchó una risa que se le antojaba traviesa y fue a ver de qué se
trataba.

Se ocultó detrás de unos arbustos frondosos, desde donde
tenía una maravillosa vista de aquella mujer que desde entonces no
dejaría sus pensamientos.

Una joven, de cabellera larga hasta los codos y negra como el
vacío del espacio; ojos grandes y oscuros, el mismo tono que su
cabello aparentemente.

Su piel tenía una tonalidad clara, un poco tostada por los
delicados rayos del sol que, incluso en ese mismo instante, besaba
cada parte de su cuerpo, el cual no podía ser escondido por el agua
cristalina de aquel riachuelo.

Ella se bañaba con suavidad, deslizando sus manos por sus brazos y sus muslos. Semyazza no pudo dejar de mirarla. El ángel Vigilante estaba absorto en la risa que ella dejaba salir de vez en cuando, como si de verdad disfrutara de aquel fresco baño, inconsciente de que alguien la observaba.

¿Qué le pasaba? No era la primera vez que veía a una hija de hombre y, aunque siempre se le habían hecho hermosísimas, nunca había sentido tal necesidad de acercarse a ellas.

Semyazza se quedó inmóvil, viendo a aquella mujer como si todo lo demás no existiera, ni siquiera su deber como ángel del cielo. Se dijo que volvería para verla.

Y así lo hizo varias veces, en distintos días. El Vigilante regresaba al mismo lugar y, como si de una cita se tratara, ella también iba a asearse. A veces sólo lavaba ropa o se sentaba a contemplar los rayos del sol iluminando el agua y la claridad haciéndola más transparente. Así podía ver los pececillos nadar, sin saber que Semyazza siempre estaba en el mismo escondite, contemplándola a ella.

Un día, el ángel ya no pudo más y, en una reunión en Ardis -que es como le llamaron a la cima más alta del Monte Hermón- con los demás Vigilantes, Semyazza hizo un comentario sobre lo que le estaba pasando.

Hubo un silencio por un momento, en el que todos los ángeles Vigilantes se miraron entre sí como si esperaban que alguien más dijera algo al respecto de lo que su líder había confesado. Y otro de ellos rompió el silencio cuando dijo:

—Me ha pasado igual. No sabía de qué se trataba dicho sentimiento hasta que la vi con un hombre. Necesito sentirla como él —se atrevió a decir el ángel.

—Ocurre lo mismo conmigo —intervino otro ángel.

Así, todos se dieron cuenta de que el sentimiento nuevo que las hijas de los hombres habían despertado en ellos, había despertado en la gran mayoría, por no decir todos. Y en ese momento decidieron jurar.

—Entonces, vayamos y escojamos mujeres de entre las hijas de los hombres y engendremos hijos —uno de ellos ofreció, dando el primer paso.

—Temo que no quieran cumplir con esta acción y que, en esto, sea yo el único que pague por tamaño pecado —dijo Semyazza. Su ceño fruncido a más no poder.

—Hagamos todos un juramento, entonces. Comprometámonos todos a abandonar nuestro lugar en el cielo para ejercitar esta acción, y no retroceder en esto así nos haga malditos —propuso otro de entre los Vigilantes. Su tono decidido encendió una llama en todos los ángeles presentes.

Semyazza sabía lo que significaba aquello, y de alguna forma enfermiza le hacía sentir mejor que estuvieran todos juntos en esto.

Así fue como juraron unidos y se comprometieron los unos con los otros, doscientos en total, y un día oscuro descendieron todos de nuevo al Monte Hermón, para esparcirse por la tierra a cumplir con lo que habían dicho.

Al descender de aquel monte, notaron cómo la gente detuvo todo lo que estaban haciendo para mirarlos a ellos con estupor.

Los humanos no sabían cómo reaccionar ante la multitud de seres luminosos y altos que se les estaba acercando. Sin embargo, Semyazza sólo se pudo concentrar en su impaciencia por encontrar a aquella mujer por la que él creía que valía la pena transgredir las leyes celestiales y, en su posición de líder, haber arrastrado con él a todos los demás Vigilantes.

La vio, igual de anonadada que el resto de las personas. Un deje de curiosidad surcó sus ojos y Semyazza se encargó de susurrarle que se le acercara. Un susurro que sólo el subconsciente de ella podía escuchar.

Así lo hizo. Caminó hacia él con un temor que le pareció lo más tierno del mundo al ángel y le susurró nuevamente, esta vez para decirle que él no le haría ningún daño.

Todo a su alrededor se detuvo cuando la joven quedó frente a frente con el Vigilante.

Ese día fue, al menos para él, majestuoso. Supo que amaría estar con aquella hija de hombre desde que sintió contra la palma de su mano, la suave piel del rostro de ella.

Disfrutaría el tiempo que estuvieran juntos.

# CAPÍTULO 1

La tensión se siente en el aire, pesada y densa, como cada vez que otra de las familias de este asentamiento entrega a una de sus hijas, a veces a varias.

La mañana es fría y silenciosa. Todos han salido de sus casas con flores blancas en mano, una por cada miembro de su familia. La chica camina lentamente en compañía de su padre, vestida con túnicas blancas que han sido cuidadosamente lavadas, sin un manto que la termine de cubrir por completo. Su cabello, del color de las hojas secas, cae suelto y con cada paso se va llenando de flores de estramonio que quienes la ven pasar van entrelazando en sus hebras. Vestida así, con esa expresión en el rostro, se ve tan vulnerable como triste.

El canasto vacío se siente liviano al colgar de mi brazo, mientras el frío aire de la mañana se cuela directo en mi pecho, oprimiéndolo. *¿Será el frío, o la compasión por la joven que hoy se nos va?*

La observo por encima del bajo muro de piedras que separa el camino empolvado de nuestra casa, y que conecta con el pequeño cobertizo donde cuidamos a nuestras pocas gallinas.

Es el turno de mi padre de acercarse a la muchacha. Saluda al padre de ella con un leve movimiento de cabeza antes de enredar, una por una, cinco flores blancas en el cabello ya lleno de estramonio.

La mirada de mi progenitor se nota cansada. Ha tenido que trabajar demasiada madera para conseguir aquellas flores, siendo esta la única forma en la que casi aseguramos nuestros alimentos cuando se la lleven.

La joven sigue su camino, deteniéndose frente a cada casa, esperando a que cada familia termine de adornarla. Cuando el último estramonio de la última familia es enredado en las finas hebras de la joven, una figura hace acto de presencia al final del camino.

Por más que estos ángeles vengan con frecuencia, nunca terminamos de acostumbrarnos a verlos llegar. Las manos me tiemblan, y contengo el aliento como todos los demás. Jamás podemos verlos en su esplendor. Siempre llegan vestidos con gruesas túnicas que les cubren hasta la cabeza, con mantos oscuros cosidos al cuello.

El que ha venido hoy viste de un color tan oscuro como la noche.

Cuando la joven llega ante el ángel, noto la diferencia atroz de altura. Ella llega apenas a la altura del pecho del Vigilante. Él le acaricia el rostro mientras el padre de ella retrocede, sintiéndose obligado, sin decir un último adiós.

En un parpadeo, ya no están. Ni la chica ni el Vigilante. Se la ha llevado.

El aire que retenía sale de golpe por mis labios, en un suspiro. Alivio, quizás. No se puede decir lo mismo del padre de la joven, quien se echa a llorar. Algunas personas se acercan a consolarlo y los demás vuelven a sus quehaceres cotidianos. Agacho la cabeza y murmuro una frase que mi hermano mayor suele repetir. Él siempre dice que no hay mucho más que se pueda hacer por las mujeres que los Vigilantes se llevan.

—Que el Creador te vea y te muestre misericordia desde los cielos.

Al terminar la mal llamada ceremonia, me adentro en el pequeño cobertizo. Las cinco gallinas que tenemos constituyen gran parte de las posesiones de mi familia. Al entrar, escucho un arrullo suave. Me preocupa; nunca suele significar algo bueno.

Al acercarme a las gallinas, veo que mis temores son ciertos: solo tres han puesto hoy, y cada una solo ha dejado un huevo. Aunque quisiera quedarme sentada en el suelo, con la cabeza entre las manos, les ofrezco una sonrisa ladeada. Meto la mano dentro del canasto que aún cuelga de mi brazo y agarro los granos de kamut que les vine a dejar a cambio de sus huevos, contándolos para saber cuánto darles a cada una.

—Buen trabajo, muy bien hecho —les digo en voz baja.
—Tranquilas, traje comida y tendrán fuerzas para hacerlo incluso mejor la próxima —acaricio la cabecita de la primera gallina antes de dejarle unos cuantos granos cerca de su nido, justo detrás del huevo. Ella ladea la cabeza, curiosa, antes de acercarse y picotear.

Aprovecho ese momento para tomar el huevo.

Repito el proceso con las otras dos. Sé que estarían más a la defensiva si no estuvieran casi tan hambrientas como lo estamos nosotros los que vivimos en este asentamiento. Salgo del cobertizo con la canasta aún liviana, y el aire frío vuelve a golpearme el rostro.

Las personas del asentamiento ya están llevando su rutina normal, con quehaceres y diligencias. Eso incluye a mi familia. Dejo el canasto a un lado de mi madre, en la cocina. Un poco de kamut restante fue molido para usarlo de harina, y mi madre amasa con cariño lo que será nuestro desayuno.

Un delicioso pan.

Verla amasar me recuerda a cuando era pequeña. A ella le gustaba hacer figuras con la masa antes de darle la forma final al pan. Esto casi siempre fastidiaba a mis hermanos y a mi padre. Mi madre y yo sólo nos reíamos de la desesperación de los demás.

No es hasta que mi madre me habla que caigo en la cuenta de que estoy de pie aquí, mirando la masa pero con la mente en otro lado.

—Muchas gracias, cariño —dice mi madre, ofreciéndome una fugaz mirada sin despegar las manos de la masa. —También te agradecería que fueras a encender el fogón, esto va a estar rápido —se llena las manos con más harina de kamut y sigue amasando.

—Ay madre, ¿y si mejor lo hace Jireh o papá? —dejo que ella note la pesadez en mi tono. Detesto encender el fogón. Su ceño se frunce y me lanza una mirada firme.

—Sabes que tu padre está trabajando, Eden. Y Jireh… él puede, corazón, claro que sí. Pero te lo estoy pidiendo a tí —se sacude las manos para cruzar los brazos por delante del sucio manto color tierra que usa exclusivamente para la cocina, envuelto y cubriendo por completo su torso para evitar manchar sus ropas lo más posible al cocinar. Sus ojos entornados y ligera sonrisa me dejan saber que no cambiará de idea. Me rindo.

—Está bien, está bien —digo. Ella sonríe y deja un beso rápido en mi frente antes de volver a la masa.

El fogón no es más que un simple espacio en la parte trasera de nuestra casa. En el polvoriento suelo, lleno de piedras amontonadas y varas de madera que encendemos para cocinar cualquier cosa. Otras tres varas más gruesas hacen de soporte para el recipiente donde se coloca la comida.

Encenderlo cuesta un poco, por lo menos para mí.

Froto dos piedras con algo de fuerza hasta que puedo ver las primeras chispas surgir. Acerco las piedras a las cenizas todavía tibias y froto las piedras unas cuantas veces más hasta ver una minúscula llama danzar entre las cenizas.

El olor de ellas, que más que olor, es como un polvillo, entra por mi naríz cuando acerco mi rostro para soplar la llama con cautela.

La llama se hace grande y aparto mi rostro lo más rápido que puedo, aunque el calor igual me da de lleno. Me limpio las lágrimas de los ojos que se me aguaron, cuando unos pasos acercándose a mí hacen que me ponga de pie justo a tiempo para ver a mi madre.

—Gracias nuevamente, Eden —dice. Le sonrío y cedo el paso para que ponga el pan al fuego.

Mi madre se agacha hasta estar a la altura del fogón.

Se ve relajada esta mañana, hasta más animada de lo habitual. Me parece justo. Hace semanas que estamos racionándolo todo para subsistir y hoy por fin abastecerán el mercado.

Tal vez por eso mi madre ha tenido toda la confianza de terminarse el kamut que nos quedaba para preparar este pan. Me acerco un poco y le hablo en voz baja.

—¿Cuánto crees que tarden los Vigilantes para volver por alguien más? —pregunto.

Ella termina de poner el pan al fuego con delicadeza. Se levanta tranquilamente, limpiando sus manos en el manto que cubre su túnica mientras me mira. La pregunta hizo que una sombra de melancolía cubra su semblante.

—Lo mejor es no hablar sobre eso y sólo disfrutar de la tranquilidad mientras dure —dice ella, volviendo a pasar sus manos por el manto. —No pasará mucho antes de que se acabe y la comida vuelva a escasear. Es lamentable, pero lo único bueno de que esos ángeles se lleven a una mujer de este asentamiento es encontrar comida en el mercado después —suelta un suspiro y me dedica una tenue sonrisa. Señala el pan. —De aquí guardaremos bien para cuando no haya más —se agacha a ver cómo se está cocinando. —Ve y dile a tu padre y a tus hermanos que el desayuno está servido —voltea a verme y guiña un ojo juguetonamente.

Una risa ahogada sale justo desde mi pecho.

Aún falta para que el desayuno esté listo, pero mi madre sigue disfrutando de burlarse de los hombres de esta casa, que seguro ya están hambrientos. Y a mí me sigue gustando seguirle el juego.

Entro de nuevo a nuestra acogedora casa de paredes de adobe. Se escucha el martilleo que resuena con un ruido muy molesto, más aún por lo temprano que todavía es. Mi padre está trabajando con su madera.

Detrás de mí, alguien deja escapar un bostezo, exageradamente ruidoso.

—Que forma de iniciar el día, ¿no? —dice una voz.

Me giro justo a tiempo para ver a Jireh bostezar de nuevo, prolongando el gesto como si quisiera mostrar su cansancio. El martilleo apenas me deja escucharlo, y apenas me puedo escuchar a mí misma cuando le contesto.

—Recién te despiertas, ¿no? —le respondo, igualando su tono. —Nunca estás para despedir a aquellas jóvenes que se llevan —recrimino. Pero él sólo se encoge de hombros.

—Prefiero no hacerlo, gracias —dice, atrapando a Omer entre sus brazos cuando este cruzaba por su lado. Le sonrío a Omer, ignorando lo que Jireh acaba de decir.

—El desayuno está listo —les digo a ambos, con intención de darme la vuelta e ir a avisar también a mi padre. Jireh hace que me detenga en seco.

—Por cierto, apestas horrible, deberías irte a asear al río —dice, deshaciendo el abrazo en el que Omer seguía atrapado.

Sus ojos brillan con sorna, y su tono burlón no me pasa desapercibido.

Levanto la nariz disimuladamente para comprobarlo, y él sonríe divertido.

—Ve pronto, no vaya a ser que te quedes sin desayuno —toca con su dedo índice la punta de mi nariz. Yo le doy un manotazo.

—Ni lo pienses —digo, entrecerrando mis ojos y frunciendo el ceño. Él sólo suelta una risita. Omer se acerca a mí y pone su palma bordeando sus labios antes de hablar, como si me compartiera un secreto.

—Si te irás a asear, no dejaré que Jireh se coma tu desayuno esta vez —Omer me dice en lo que cree que fue un tono bajo, pero Jireh lo escuchó aún así, por encima del martilleo incesante al que estamos acostumbrados, y se ríe más fuerte. Omer se gira para encararlo y, a cambio recibe un guiño.

Levanto la barbilla, casi de forma desafiante. No cometeré el mismo error dos veces. La última vez que fui al río para asearme antes de desayunar, volví para encontrar que mis hermanos se habían devorado mi desayuno junto con el suyo. No volverá a pasar.

La mirada de Omer parece querer asegurarme que él mismo evitará que Jireh lo vuelva a hacer, pero aunque se disculpó conmigo cientos de veces ese día, no estoy tan segura de que pueda resistirse a la influencia de Jireh una segunda vez.

Jireh no aparta su mirada de mí, aún con ojos burlones y me sorprende lo relajado que está hoy.

Carraspeo un par de veces.

—¿No tienes que ir con el Patriarca hoy? —le pregunto.

Su sonrisa se ensancha y asiente con entusiasmo. Eso explica su buen humor. Jireh admira al Patriarca Enoc como nunca ha admirado ni admirará a nadie. Pasa tiempo aprendiendo de él sobre el Creador y sus misterios, y también ha llegado a hablarnos de los Vigilantes y su estirpe.

Los nefilim.

Dice que son criaturas que pudieron haber sido más humanas, de haberse formado mejor en los vientres de sus madres mortales, pero quedaron como seres mayormente con deformidades y una altura colosal. Sus cuerpos distorsionados y desproporcionados, con extremidades alargadas y características faciales grotescas. Su piel áspera y rugosa complementaría su naturaleza monstruosa y corrompida, en palabras del mismo patriarca y profeta Enoc. Según Jireh.

Temibles y despiadados, con una fuerza sobrehumana y violentos como sólo una criatura tan horrible puede ser.

Cuenta también que existen otros tipos de nefilim, diferentes pero con la misma monstruosidad. Se dice que son hijos de los hijos de los Vigilantes.

Se ha escuchado hablar de mitad bestias y de otros tan parecidos al hombre en apariencia, que nadie sospecharía que son nefilim.

Al final, todos son criaturas indeseadas que no traen nada bueno. Matan a nuestro ganado y lo devoran, así como todo lo que se trabaja en estas tierras.

Nunca he visto uno en persona. Creo que vomitaría si lo hiciera. Pero los agricultores y ganaderos de nuestro asentamiento, así como de otros en todo el mundo, tienen que ofrecer todo nuestro trabajo a los Vigilantes y sus hijos, antes de probar ración.

Los Vigilantes, a su vez, nos traen lo que nos corresponde en el asentamiento, a cambio de las mujeres que elijan. Si no fuera por eso, aquí no habría nada.

El martilleo cesa cuando salgo a la polvorienta entrada, ahora llena con residuos de madera. Y ahí está él, dándome la espalda, bañado ya en su propio sudor, incluso en una mañana que recién ahora ha pasado de fría a fresca.

Le dejo saber que el desayuno está listo, mientras observo el objeto con el que está trabajando. Pedazos de tablas que se unen en forma de arco. Deduzco que es el marco para una puerta justo antes de que él me lo diga.

—Es el marco para la puerta de casa de Cam. El pobre está desesperado por cambiar y reforzar su entrada —dice, limpiando el sudor de su frente con el dorso de la mano.

Le ayudo a recoger todo, incluso el marco, que aún está delicado y en riesgo de perder la forma que le ha dado.

Mi padre nunca deja nada fuera, ni siquiera en mañanas como esta, cuando todo parece estar en calma.

La mesa de madera, gastada por los años, está lista para el desayuno. Jireh termina de acomodar el pan recién hecho y mi madre viene detrás de él con jarras de arcilla, llenas de agua, una para cada uno en su bandeja de madera. Jireh me mira con la misma expresión burlona.

—Así que no quisiste ir a asearte —el tono divertido es sutil, pero está ahí y no me pasa desapercibido.

—Nunca lo haré —respondo de inmediato. —No en la mañana, a menos que sepa que el desayuno tardará mucho tiempo en estar listo —añado, luego de ver la carcajada reprimida en su rostro. Él ríe y le guiña un ojo a Omer, el único que parece habernos estado prestando atención, con las mejillas ligeramente enrojecidas.

Sentados a la mesa, no tardamos en servirnos.

El olor del pan de kamut recién sacado del fogón es amargo, pero su sabor suave y textura crujiente me hacen gruñir el estómago con ansias. Jireh carraspea y da un par de palmaditas en la mesa.

—¿Ya hemos pedido al Creador que bendiga los alimentos? —pregunta con su tono serio, recordándonos lo importante que es para él que lo tengamos presente. Y, juntos todos, comenzamos a pedir al Creador por nuestros alimentos.

Sostengo el cesto de ropas bien pegado a mi cintura. No es muy pesado, pero la distancia de casa al río lo hace incómodo.

Lavar la ropa es una de mis tareas favoritas porque tengo la libertad de quedarme a disfrutar de las aguas frescas del río hasta que comienza a llegar la noche.

El silencio en este lugar solo se ve interrumpido por el canto de un par de pájaros que juguetean entre las copas de los árboles que bordean el río, y el murmullo suave de la corriente que se lleva las aguas a no sé dónde. No hay nadie aquí, algo que no me sorprende a sabiendas de que las mujeres normalmente no vienen aquí a estas horas de la tarde para algo más que no sea buscar agua. Respiro profundo y sonrío, me encanta tener este lugar casi para mí sola cada vez que vengo.

Descalza, entro al agua y me quedo hasta donde me cubre los tobillos. Está tibia, templada por el sol que en algún momento del día le dio de lleno por entre los árboles, y el cauce me provoca un cosquilleo en la piel, como si hubieran pececillos nadando por aquí.

Hace mucho que no veo uno. Me acomodo junto a una gran roca con suaves irregularidades, perfecta para estrujar las prendas hasta que estén limpias.

No me lleva mucho tiempo completar la tarea; no había tantas prendas esta vez.

Inhalo profundamente y dejo escapar el aire. Sacudo las manos para desentumecer los dedos. Alrededor, todo está en silencio. Ni siquiera los pájaros cantan, como si todo y todos se hubieran ido.

Por un momento, me detengo a escuchar, tratando de percibir pasos, risas, algo. Nada. Satisfecha, una ligera sonrisa se me escapa mientras me quito la túnica.

Ya lo he hecho antes, así que no me cuesta dejar que el cauce me acaricie directamente, sin tela de por medio que me cubra.

Me permito cerrar los ojos y dejar que mi mente se pierda. Mis manos recorren lentamente mi cuerpo, desde la cintura hasta mis muslos firmes, sintiendo el cosquilleo del agua tibia. Suben luego hasta mi cabello negro, largo y pesado, que me llega a los codos, empapado y desenredado como una cascada oscura. Acaricio mis mejillas húmedas, dejando que mis dedos exploren los contornos de mi rostro, y termino por rodearme con mis brazos, abrazándome a mí misma.

Hay una pregunta que surge, irrumpiendo en mi cabeza: ¿qué busca un Vigilante en una mujer? No tengo respuesta para eso.

 Sintiendo cómo mi cuerpo se relaja más y más al toque del agua dulce, recuerdo una noche en la que mi padre nos contó, durante una cena que nos dejó insatisfechos como es usual; que una hija de un hombre con el que trabajó se había embarazado de un Vigilante y este se la llevó.

Sin más, sin avisar.

Sólo dejó una bolsa llena de comida en la entrada de la casa de su familia, para ellos y nadie más, cosa que quedó claro en el brillo dorado impregnado en la tela de la bolsa. Como un sello que decía: "esto es para ellos, y para nadie más".

Como una advertencia, o quizás una amenaza para quien se atreviera a tocarla y no fuera de la familia de la chica.

 Eso es algo que pasa muy pocas veces, cuando no hay ritos ni preparaciones para la mujer. Cuando el ángel no espera y sólo se la lleva.

Siento un aire frío como un escalofrío que me recorre completo, tiemblo y abro los ojos de par en par al escuchar unas pisadas.

Sobresaltada, intento cubrir mis partes privadas tan bien como puedo y miro al otro lado del río, el lado contrario del asentamiento, buscando algún movimiento y rogando a la vez que sólo haya sido mi imaginación. El cielo se está oscureciendo y ya debería volver, de todas formas.

Me pongo de pie y, rápidamente, me vuelvo a colocar el vestido al salir del agua.

Tomando el cesto con las ropas que lavé, camino a paso apresurado a casa. Una parte de mí se esfuerza por sacudirse el miedo, y otra sigue escuchando, esperando el más leve susurro, un movimiento, cualquier señal de que no estoy sola.

Vuelvo a casa, con la mirada fija al frente y el corazón todavía palpitando en mi pecho.

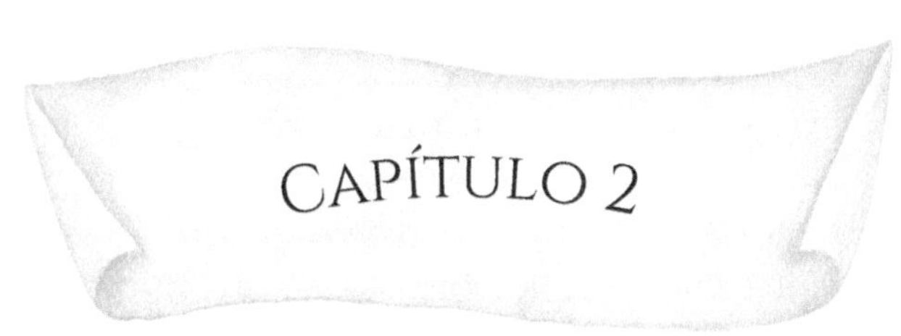

# CAPÍTULO 2

Los dos cántaros vacíos se balancean ligeramente con cada paso que doy, colgados del palo sobre mis hombros. Mi respiración irregular delata el esfuerzo de este segundo viaje al pozo, tras haber llevado ya dos cántaros llenos a casa.

No presto atención a la charla de las otras muchachas que caminan a mi lado. Aunque buscan conversación, no logro concentrarme en sus palabras pues no dejo de pensar en lo que pasó ayer.

Estoy casi convencida de que fue una mala pasada de mi mente, pero hay una parte de mí que no deja de decirme que permanezca al pendiente de mi alrededor. Una nunca sabe quién o qué está al acecho.

Cuando llegamos al pozo, una de las jóvenes me ofrece ayuda para llenar mis cántaros. Acepto con gusto; siempre se me hace un suplicio llenarlos, así que no dudo en aceptar el favor.

—¿Este es tu último viaje al pozo? —me pregunta la joven. Me sonríe, como si buscara prolongar la conversación.

—Sí, ya es todo lo que necesitamos en casa —le contesto.

—Perfecto, querida. Aquí tienes —señala los cántaros, casi rebosantes, a mis pies. —Te veías tan cansada que deduje que no era tu primer viaje de la tarde.

—Y no sabes cuánto te lo agradezco —le sonrío de vuelta, sin poder evitar que mis mejillas se calienten de vergüenza.

—No ha sido nada, ve con cuidado.

Amplío mi sonrisa y cuelgo los cántaros en el palo, para agacharme y subirlos a mis hombros nuevamente, con sumo cuidado, ya que están más pesados que cuando los traje.

Al levantarme, lo veo. Todo a mi alrededor se detiene, e incluso no siento el peso de los cántaros llenos, con la presencia de aquella figura que camina a lo lejos. Estoy segura de que, si estuviera más cerca de nosotras, comprobaríamos que nos supera en altura por varias cabezas.

Es un Vigilante, nunca había visto uno fuera de una ceremonia. Sé que no me equivoco, por la elegancia y majestuosidad de sus movimientos. Su estatura y lo esbelto de su figura es lo que lo distingue de entre cualquier hombre.

Entonces, él se detiene y se da la vuelta para mirar en nuestra dirección, como si supiera que lo estaba mirando. Sus ojos se detienen en los míos luego de desplazarse entre todas las presentes.

Sus ojos resplandecen, brillan como dos pequeñas llamas de fuego dorado que parecieran escudriñar mi alma. Noto la perfección y armonía en sus rasgos faciales y el fluir de su corto cabello con el aire.

Es impresionante a la vista. Se hace demasiado obvio que no es humano sin cubrir su cabeza y rostro, aunque conserva unas túnicas del color del amaldino.

Agacho mi cabeza, casi como una reverencia, y cuando vuelvo a buscarlo, ya no está. Carraspeo para aclararme la voz.

—¿Habían visto antes a aquel hijo del cielo? —la pregunta abandona mis labios y, tan pronto lo hace, las chicas voltean a verme con sus ceños fruncidos. Una que otra palidece y la mayoría niega lentamente con la cabeza, sin decir nada. La que me está ayudando con el agua mira donde yo estaba mirando y luego de vuelta a mí.

—No hay nadie, no que hayamos visto —responde, arrastrando las palabras.

Una sensación incómoda, como si me estuviera atragantando con el aire mismo, se asienta en mi garganta. Me pregunto si me lo imaginé, si fue real o si el Vigilante se mostró solo ante mí, dejándome verlo por alguna razón.

Hago un ademán para restarle importancia, sonriendo llena de nervios, me despido de las chicas. Mi mirada se desvía por un breve instante hacia el lugar donde lo vi, y no puedo evitar hacer la correlación entre lo que pasó ayer en el río y esto. Vuelvo a casa, donde mis pensamientos son sacudidos por mi hermano menor, quien corre hasta mí, alegando que quiere ayudarme con los cántaros. Le cedo uno, de inmediato sintiendo que mis hombros se alivian al quitarles ese peso. El otro lo dejo justo al lado de donde mi madre pone el primero, luego de habérselo quitado de entre los brazos a Omer.

—Gracias, cariño —dice mi madre.

Con su mano, sacude el pelo de mi hermanito, pero este se le escabulle con rapidez para venir a donde mí. Toma mi mano y tira de ella, casi arrastrándome.

—¿Pasa algo? —le pregunto. Él me mira sobre su hombro, con una sonrisita cómplice.

—Quiero mostrarte algo que me prestaron, pero no se lo puedes decir a Jireh —no me pasa desapercibido el tono misterioso con el que quiere impregnar sus palabras. Yo sólo sonrío por lo adorable y emocionado que suena.

Me guía hacia el pequeño escondite improvisado de piedras amontonadas en las mediaciones del fogón. Lo más seguro que hecho por él mismo. Omer suelta mi mano y busca algo dentro del escondite.

Al ver sus manos, mi ceño se frunce, pues lo que me está mostrando es posiblemente la piedra más rara que mis ojos han visto. Ni siquiera sé si llamarle piedra como tal. Sólo puedo afirmar con certeza que es negra, pero con la luz parece cambiar, brillar. Se siente más clara que el negro, aunque sigue siendo oscura.

Me acerco y extiendo la mano; Omer me la entrega con cuidado. Miro con detenimiento y de cerca el tan curioso objeto.

—¿Dónde encontraste esto, Omer? —le pregunto sin mirarlo, con mi vista clavada en la piedra.

—Larga historia... —dice, y cuando creo que no va a decir más, continúa. —Estábamos los hijos de Caal y yo recogiendo rocas que tuvieran formas graciosas en el camino que tomamos para ir al río. Khir comenzó a presumir una que su hermana mayor tenía. Fuimos a su casa para verla y Jashir me dijo que me la trajera, para que así ellos pudieran jugarle una broma a su hermana. Ella está obsesionada con cuidar de esta piedra —relata con un brillo travieso en los ojos. Le ofrezco una sonrisa ladeada.

—¿No es eso un poco cruel de su parte? ¿Me harías eso a mí, Omer? —digo esto en voz baja y a modo de reprimenda. Le veo hacer un puchero leve.

—No —dice Omer, luego de unos segundos con la mirada agachada. —¿Quieres ver una en forma de nube que encontré? —cambia el tono a uno entusiasmado.

Esa es siempre su forma de cortar el tema de tajo y que no sigamos hablando al respecto. Intenta quitarme la extraña piedra de la mano, pero yo la alzo hasta que no la alcanza.

—¿Porqué escondiste esta aquí? —le pregunto, aún fascinada por el objeto. Omer se encoge de hombros.

—No sé... es rara. Y... no quería que la hermana de Khir la encontrara si venía a buscarla —susurra. Vuelvo a posar mi vista en mi hermanito.

—Está bien, está bien —digo, encerrando la piedra en mi puño, que no se cierra por completo, gracias al tamaño de la misma. Se siente fría al tacto y suave como una superficie pulida, pero tiene irregularidades que se entierran un poco en mi piel, de unos lados más que de otros.

En ese momento, veo a Jireh asomarse por la puerta, buscándonos. Tiene un rollo en sus manos, posiblemente con escrituras del profeta.

Mi hermano tiene alrededor de seis años que empezó a pasar tiempo con el patriarca y profeta Enoc, supongo que busca algún día tener los conocimientos que tiene el patriarca e, incluso, la relación tan estrecha que se sabe que tiene con el mismísimo Creador.

Se ve bastante feliz, tanto que casi me parece un niño que acaba de recibir un juguete nuevo. Se me hace gracioso porque me lo imagino actuando como Omer cuando quiso enseñarme esta piedra.

Jireh termina de salir y se acerca a nosotros, a punto de decirnos algo, cuando su mirada se posa en mí, o más específicamente, en mi puño a medio cerrar.

—¿Qué ocultas ahí, señorita? —dice. Es casi como si se hubiera olvidado de lo que le causara la emoción que tenía hace un momento, pues su mirada orgullosa se torna juguetona aunque, no sé si se trata sólo de mi imaginación, pero también hay un atisbo de sospecha. Escondo la piedra lentamente detrás de mi espalda.

—Nada importante —digo. Recuerdo que Omer no quería contárselo. Jireh da unos pasos hacia mí.

—En ese caso, ¿me permites ver? —extiende la mano.

Le regalo una mirada a Omer, tanto de disculpa como para dejarle saber que no hay porqué ocultar eso tan arbitrario a nuestro hermano.

Extiendo mi mano en su dirección, abriendo mi puño para enseñarle la piedra. Pero cuando Jireh la ve, sus cejas se disparan hacia arriba y sus ojos se abren; toma la piedra de mi mano y la observa detenidamente casi como lo hice yo. Por su reacción, podría pensar que él reconoce esa extraña piedra, que la ha visto antes.

—¿A quién pertenece? —pregunta, y Omer se adelanta para explicar, pero Jireh le interrumpe. —Omer, ¿dónde encontraste esto? —pregunta con autoridad, con el mismo tono que suele adoptar nuestro padre antes de imponernos un castigo.

Omer da un pisotón con un pie, pero fue tan débil que es claro que no buscaba que nos diéramos cuenta.

—Me la prestaron los hijos de Caal cuando jugábamos esta tarde —dice Omer, dando otro paso cerca de Jireh esperando que este le entregue el objeto. —No es mía. Por favor, Jireh. Dámela —ruega el niño, haciendo que me sienta culpable por no ocultar su pequeño secreto como me pidió.

—¿Puedo preguntar qué es esa piedra, Jireh? ¿La has visto antes? —intervengo yo.

—¿Qué no sabes que estas cosas pertenecen a las mujeres de los Vigilantes? —dice, mirándome serio y haciendo un ligero movimiento con la mano que sostiene la piedra.

—¿De verdad? —digo, intentando ocultar mi repentino interés lo más que puedo. Él mira mis ojos con intensidad y luego a Omer de igual forma.

—Eden, Omer, esto no es un juguete. Puede ser muy venenoso, ya ha habido muchas mujeres al borde de la muerte por usarla a la ligera, cegadas y corrompidas por las fantasías inculcadas por los Vigilantes. Voy a llevarla de vuelta a su dueño, porque sólo el Creador sabe la razón por la que tienen esto en su posesión —dice tajante.

Yo observo mi mano, estremeciéndome al pensar que podría morir por tocar aquella cosa. Omer se frota la mano con su túnica violentamente. Jireh abandona su postura tensa y autoritaria, para adoptar una más relajada y mirarnos a Omer y a mí con ojos de ternura y hasta gracia, como si hubiera cambiado su humor de un instante a otro.

Jireh no dice nada más, sólo niega con la cabeza y encierra la piedra en su puño. En la otra mano aún lleva su rollo. Cruza nuevamente la puerta, llevándose aquel objeto consigo.

Si esa piedra es algo tan peligroso como para ser mortal, ¿cómo y porqué tenía eso la hija mayor de Caal?

A mi lado, Omer deja salir una larga respiración.

—Khir y Jashir van a matarme, luego de que su hermana los mate a ellos —dice, rompiendo el silencio en el que nos dejó Jireh al irse con la piedra.

Entramos a casa justo cuando nuestros padres llegan con tres pequeñas bolsas. Ambos lucen cansados.

Cuando ponen las bolsas en la encimera de la cocina, las mismas se abren y logro ver el contenido: una trae un poco de verduras, otra cebada y la última un puñado de uvas bastante oscuras, me sorprende que a quien pertenezca la vid no se le haya ocurrido ya dejarlas fermentar para vino.

Traen más comida, pero no parecen contentos o agradecidos. Más bien, parecen estar tristes.

—Acaban de abastecer el mercado —dice mi madre, como si hubiera leído mis pensamientos y supiera que estaba a punto de preguntarles porqué están con ese ánimo.

—¿Qué? ¿Y eso no es bueno? —pregunto. Ella asiente, más que como afirmación, con resignación.

—Ya se lo han llevado todo —me dice, sus hombros caen con aire de derrota. Mi padre pone una mano en uno de ellos.

—Casi no tienen comida —dice mi padre, se pasa la otra mano por el rostro y luego por su cabello, gesto que hace siempre que se estresa. —Ni aunque les dieras las vacas más gordas te pueden dar algo en una cantidad decente. No hay comida ni para los agricultores. Algo tan simple como las semillas ya están escaseando —para probar su punto, señala con su mano la bolsa con el puñado de semillas que trajo. —Y es de lo que más trajeron los hijos del cielo entre todos los alimentos —añade. Siento que el corazón me da un vuelco.

—Pero si ha sido justo hoy —digo, en un tono bajo.

Los sentimientos de frustración mezclada con la aparente resignación de saber que no podemos hacer mucho, llena el ambiente.

El saber, también, lo que podría pasar en el asentamiento si de verdad nos quedamos sin alimentos tan pronto es otra cosa que provoca un escalofrío en mí, el cual recorre toda mi espalda, erizando sutilmente mis vellos.

Paso mis manos por mi túnica, secando el sudor que comenzó a salir de mis palmas.

Una sensación de impotencia me invade, y es que, ¿cuáles son nuestras opciones?

Y ahora, cada vez que cierro los ojos, pienso en esa mirada dorada y profunda que me observó desde la distancia.

# CAPÍTULO 3

Al entrar al cobertizo a mediodía, me encuentro con lo que esperaba: ninguna de las gallinas ha puesto. Los nidos están vacíos, y las aves cabecean o tienen los ojos cerrados, sentadas como si estuvieran empollando huevos invisibles. Están tan delgadas que desearía dejarles también mi propia comida.

Me acerco, con una mano en el pecho, suelto un suspiro y acaricio sus plumas mientras me agacho para revisarlas una por una. Hacen un sonido de arrullo al sentirme cerca. Cualquier otra persona las ignoraría, pero yo no puedo.

Aspiro el hedor de la paja usada, las plumas sueltas y las gallinas cansadas de la vida. Respiro hondo, casi esperando que el alivio llegue con la exhalación.

—Vine a traerles más comida —digo, dejando la canasta a mi lado. Tomo un puñado de semillas y las esparzo frente a ellas. Ni siquiera miran la comida. —Vamos, coman algo —digo con ternura.

Quiero ocultar mi frustración de ellas, quizás así se animen más, como niños. Tomo entre mis dedos una de las semillas y la llevo a mi boca, masticando ruidosamente.

—Está tan rico. Coman sus semillas, por favor —les acerco la palma llena de semillas a una de ellas, pero ni siquiera se inmuta.

Un bufido sale de mi sin que lo pueda detener mientras dejo las semillas donde estaban, cerca de ellas por si en cualquier momento deciden comerlas.

Me levanto y tomo la canasta para salir del cobertizo. El arrullo que están haciendo no se escucha desde la entrada, la cual cruzo después de dar un último vistazo a las gallinas para ver si se ponen a comer o no. Se quedan cabeceando, sentadas en sus nidos como si nadie hubiera venido a molestarlas.

Vuelvo a casa con el canasto vacío colgando del brazo. Desearía que al menos hubiera dos o tres huevos en él. Cuando la dejo a un lado de mi madre, quien está limpiando las verduras, semillas y uvas que parecen estar en mal estado, ella se detiene para ver lo que he traído.

Me recuesto de la dura pared a un lado de ella y me cruzo de brazos.

—No pusieron —lanzo la mala noticia como si fuera cosa de todos los días, algo que no está lejos de ser realidad.

Mi madre asiente y murmura algo que no llego a escuchar, luego voltea a verme a los ojos y dibuja una sonrisa tenue en su rostro. No parece pensar nada bueno, aunque quiera hacerme creer que sí.

—Está bien, no necesitábamos esos huevos hoy, cariño, pero gracias —dice. Seca su mano con la túnica sucia que rodea su torso y da un par de toques en mi cabeza.

Cuando tengo que decirle que tampoco quisieron comer, se siente como si empujara una roca de mi tamaño. Ella deja salir un bufido muy similar al que se me escapó a mí en el cobertizo. Exasperación simple y clara.

—Tranquila, Eden, yo iré más tarde a ver si quieren comer para entonces —es lo único que responde.

Quiero decir algo, pero no me sale nada de entre los labios, así que decido soltar el tema por el momento.

La dejo seguir sumida en sus pensamientos, porque es claro que la atormenta más que a mi lo que pasa en este asentamiento. Un mercado vacío al día siguiente en que una joven fue entregada a los Vigilantes no augura nada bueno. Se me ponen los pelos de punta al imaginar cómo se pondría esta gente si esto sigue así.

¿Qué haríamos nosotros mismos si nos vemos sin nada para alimentarnos?

Lo que nuestras gallinas podrían darnos no es opción, porque ni siquiera están poniendo.

El canasto de ropas está lo suficientemente lleno con dos o tres prendas como para que yo pueda ir al río a pasar el resto de la tarde y despejar mi mente. En el camino, mantengo la mirada fija en el suelo, evitando observar mucho las miradas decaídas o molestas, o ambas, de los demás en el asentamiento. Sólo la levanto cuando la hierba en el suelo se ve mojada, húmeda por la cercanía del río.

Ubico la roca que siempre uso para lavar y me dirijo hacia ella. Dejo la canasta en la orilla y doy un par de pasos en el agua, que me llega hasta los tobillos. Tomo una prenda y la restriego contra la roca, donde el cauce la golpea suavemente.

No hay cantos de pájaros, solo el susurro de las copas de los árboles meciéndose con la brisa, oscureciendo la luz de la tarde.

Al restregar las ropas, el polvo y la suciedad no tarda mucho en desprenderse, escapando con el agua que corre hacia su desembocadura.

Me pierdo en esos detalles un rato, es bueno tomarse su tiempo fuera de esta realidad que parece ser tan incierta. El agua del río es fresca y deliciosa, los árboles están tranquilos, sólo bailan. Mi pecho se infla, llenándose del rico aire de la zona, como si pudiera absorberlo todo aquí y convertirme en parte del lugar mismo. Otro árbol, un arbusto. ¿No sería lindo?

Le doy la última restregada a la última prenda justo cuando el cielo se tiñe de los colores del atardecer. Me quedaría aquí un rato más, me quitara la ropa para bañarme en estas aguas, pero la última vez que hice eso... Todavía no sé qué pasó, sólo no quiero sentirme así de expuesta de nuevo ante algo o alguien que podría o no haber estado por estos lados.

Estoy tomando la canasta en mis manos, con la ropa recién lavada dentro de ella, y me dispongo a regresar a casa, cuando algo capta mi atención.

La canasta se tambalea en mi agarre, mi pecho sube y baja cuando mi respiración se acelera y de repente hace calor. Hace un momento estaba muy fresco.

Unos ojos dorados me observan, brillando a través de la ligera oscuridad que provocan los árboles y la poca luz del día que queda. Su mirada es penetrante, podría jurar que ve mi alma con ellos, que no puedo ocultarle el miedo y la fascinación que me provoca. Esos ojos son lo único que puedo distinguir del Vigilante que hizo acto de presencia, y son aterradores.

Palidezco al preguntarme desde cuando me ha estado observando.

Sin embargo, en un parpadeo ya no está. Haciéndome creer, de nuevo, que tan sólo me lo imaginé. Intento convencerme de esto, a la vez que me apresuro a irme de vuelta a casa.

Dos veces. Ya son dos las veces que no he estado del todo sola aquí, o eso he creído. No debo volver a este lugar tan tarde.

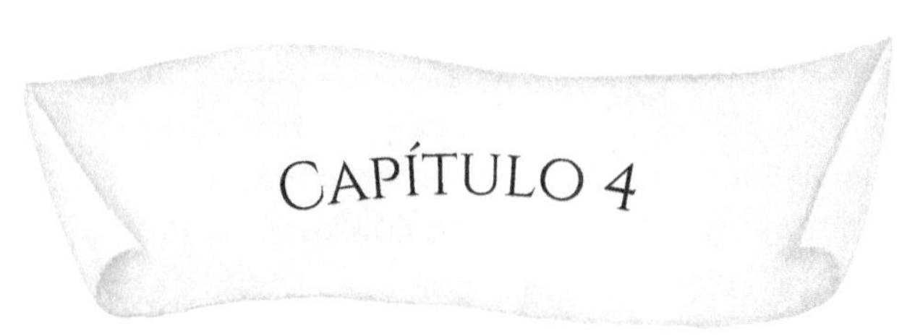

# CAPÍTULO 4

Tan pronto como el sol comenzó a asomarse por el horizonte esta mañana, el asentamiento ya estaba lleno de voces y murmullos sobre lo que había pasado en mitad de la noche.

Mientras todos dormíamos, alguien entró en casa de Cam, uno de los agricultores del asentamiento, y lo mató junto con su familia. Entre los cuchicheos se dice que la hija menor del agricultor fue llevada por un Vigilante y por eso tenían comida, mientras que en el mercado la comida se acabó. Alguien desesperado no lo pensó mucho para ir a saquear la casa de Cam, quitándole la vida a todo el que estaba en esa casa en el proceso.

La persona responsable de tal acto escapó, nadie pudo verle por haber sucedido en horas de la madrugada, así que pudo ser cualquiera, hasta ahora.

Las opiniones varían un poco. Algunos lo defienden con argumentos que van desde que la familia sabía que no quedaba nada en el mercado y aún así se rehusaron a compartir. Hasta hay rumores de que Cam había entregado a su hija en secreto para quedarse con la comida y que el mercado no fuera abastecido.

Esta última razón es bastante absurda, en palabras de mi padre, quien lo llegó a conocer y recién le había instalado el nuevo marco para su puerta de entrada.

Ahora sabemos la razón por la que quería reforzarla, aunque no le haya funcionado.

Desde el punto de vista de la mayor parte del asentamiento, las víctimas son las culpables de lo que les pasó. Pero hay quienes defienden a Cam, diciendo que era su hija, su decisión y que aquella comida fue para él, que si los Vigilantes supieran lo que pasó, podrían hacer algo al respecto y todos saldríamos perjudicados; todo gracias a aquel asesino. Por lo que sabemos, la hija menor de Cam podría seguir con vida, con los Vigilantes.

En mi casa, en particular, no toman ninguna postura concreta en el asunto; más bien, los nervios están a flor de piel al pensar en lo peligroso que este lugar podría volverse en poco tiempo. Las personas del asentamiento apenas podemos alimentarnos.

Prácticamente no hemos podido conseguir más que migajas. La cosa va de mal en peor.

Mis hermanos, mis padres y yo estamos juntos en la cocina, donde nos mandó a llamar mi padre para hablar sobre cómo quiere que intercambiemos nuestras gallinas por comida.

Juro que las paredes de piedra de adobe se han movido más cerca, que la cocina se ha hecho más pequeña. La encimera hecha con la misma piedra también se acercó más al centro de la estancia. Quizás sea mi percepción, pero es como si estuviéramos acorralados.

Ni mi madre ni mucho menos yo estamos de acuerdo con lo que propone mi padre, y por eso hemos estado intentando poner opciones pero no es como que se nos ocurran muchas.

Mi padre se acerca a la esquina, donde están las vasijas de arcilla donde guardamos lo poco que tenemos.

—Miren esto —dice, moviendo cada vasija para probar su punto. —Gracias al Creador, tenemos agua y no he escuchado aún que el pozo esté vacío, pero el puñado de uvas que traje no sirvieron ni siquiera para un poco más de vino. No me permitan mencionar el aceite, que no hay ni siquiera untado en la vasija —ahora agarra una de las vasijas de los comestibles. —Nos estamos quedando sin verduras, sin semillas, sin kamut y sin carnes o pescados. No vamos a conseguir nada si no damos algo más grande a cambio —dice.

Mi madre se acerca a él y le acaricia el brazo.

—Lo sé, cielo, ¿pero qué van a darte por nuestras gallinas? No hay nada, en el mercado no hay nada —dice ella, aún acariciando el brazo de mi padre como para que se relaje. Él se pasa una mano por el rostro bruscamente.

—Algo mejor que lo que nos darían por cualquier otra cosa que tengamos, esas gallinas son lo más grande que tenemos y lo saben —suelta un sonoro suspiro.

Mi madre deja caer la mano con la que acariciaba a mi padre y todo se queda en un silencio sepulcral por unos instantes.

—¿Y qué haremos con lo que nos den por ellas, Zirot, si es que nos dan algo? —pregunta mi madre, su tono de derrota es palpable.

Mi padre se pone frente a ella y sostiene su rostro entre sus manos con dulzura.

—Tenemos lugar para ocultar la comida, cavaremos un hoyo y la esconderemos ahí —dice, su tono es más relajado, o al menos eso aparenta. Nos da a todos una mirada de esperanza, quiere que creamos que todo está bajo control. —Eso es algo que no podemos hacer con las gallinas. Nos hace falta comida y ellas no están dándonos nada, aparte de que nos hacen un blanco para cualquiera que tenga la misma idea que la persona que mató a Cam y su familia —vuelve a girarse a mirar a mi madre. —No tenemos más opción, Emlora, esto puede salirse de control en cualquier momento —baja la voz, acariciándole el cabello y abrazándola de forma protectora por los hombros.

Las palabras de mi padre me caen como un golpe en el estómago, sobretodo porque no tengo cómo contradecirlo. Aún así me hago escuchar.

—Tiene que haber una mejor forma de resolver esto —digo, arqueando mis cejas para enfatizar en que no estoy de acuerdo.

Otro puñetazo en mi estómago es ver las caras de todos, de que se tomó la decisión. Mi madre me ofrece una disculpa con su mirada. Jireh se acerca a mi lado y rodea mis hombros con su brazo.

—Escuchaste a nuestro padre, Eden —me dice mi hermano mayor, sus ojos dejándome notar la pena que siente. —No es sólo por lo que nos den por ellas, es que también se han convertido en un peligro y sólo nos quitan, en lugar de darnos algo —añade.

Quita su brazo y lo reemplaza con una mano sobre mi hombro, apretando un poco a modo de consuelo. Un resoplido sale de mi en respuesta y no me importa que lo escuchen todos. Presiono más.

—Si pudiéramos conseguir, aunque sea recolectando por ahí, semillas y maíz, podríamos alimentarlas mejor y hacer buenos trueques con los huevos y no con ellas —murmuro, a sabiendas de que es una idea demasiado fantasiosa. En un mundo ideal se pudiera. Este no es un mundo ideal. Mi padre me lo recalca.

—Eden, apenas hay para nosotros, entiéndelo —su tono endurece. Cada una de sus palabras siguen cayéndome como piedras. —¿Qué te hace pensar que podemos alimentarlas a ellas? —se acerca a mí y me toma por los hombros. Mirándome a los ojos.

Su aliento a las verduras que desayunamos me golpea el rostro y me encojo en mi lugar, mantengo la boca cerrada pero niego levemente con la cabeza.

Cualquier cosa que podría decir es sólo un balbuceo incoherente, soluciones ridículas que me gustarían que fueran verdaderas opciones. Sé que no hay de otra. Aunque tuviera cómo, no podría detenerlo.

En los ojos de mi madre veo lo mismo, la forma en la que sus cejas se elevan hacia dentro y las comisuras de sus labios caen un poco.

Me rindo a siquiera imaginar que se podría hacer algo diferente.

Mis padres se miran entre sí y, con un movimiento de cabeza de parte de mi padre, se ha tomado la decisión. Jireh me rodea los hombros con su brazo nuevamente y me acerca a él, estrechándome contra su cuerpo y dejando un beso en la coronilla de mi cabeza.

Mi padre dice sus palabras definitivas sobre el asunto.

—Mañana iré temprano a buscar con quién hacer el trueque —dice.

El suelo en el umbral de la puerta de entrada es frío y, al

encontrarme sentada, este cala por dentro de mis vestiduras desgastadas mientras jugueteo con una pluma que se le cayó a una de las gallinas y que encontré en su nido al ir a verlas.

Se escucha sólo el sonido de armas siendo trabajadas y de hombres soltando gruñidos como si estuvieran haciendo mucha fuerza. Uno que otro afila su cuchillo, otros martillean y afilan objetos cortopunzantes que estoy segura que no son sólo para cazar, sino para defenderse.

Un grupo de personas comienzan a amontonarse cerca de la casa de Cam, que se ve al fondo del camino, colindando con el mercado del asentamiento.

Los encargados de sepultar los cuerpos salen con la familia envuelta en sábanas blancas.

Es una pérdida importante para el asentamiento, siendo Cam el agricultor más talentoso y eficiente que teníamos. Sus manos hacían magia en el campo. Todavía nos preguntamos quién pudo hacerle eso, al menos en mi casa.

Sin él y sin su dirección, no sé cómo vamos a producir lo suficiente para los monstruosos nefilim.

El desfile de personas pasa por enfrente de mí, un grupo pequeño antes, como dos o tres, y luego las personas que cargan los lechos con los cuerpos cubiertos; después otro grupo pequeño de personas.

La preocupación de muchos y la tristeza de otros se siente en el aire por todo el asentamiento, como una nube del tan molesto polvo. Y aún así hay unos que culpan a los muertos por lo que les pasó.

No me lo puedo imaginar, suena casi absurdo pensar en este asentamiento con abundancias y felicidad, tranquilidad y paz.

Como si nuestra vida se redujera a esto, a nunca estar saciados, a siempre cuidarnos las espaldas por culpa de nuestros propios vecinos. ¿Existirá algún lugar dónde vivir tranquilos?

Quizás algún paraíso, algún lugar dónde estar contentos, no cansados o hambrientos; no alterados o asustados o preocupados.

Suena casi absurdo.

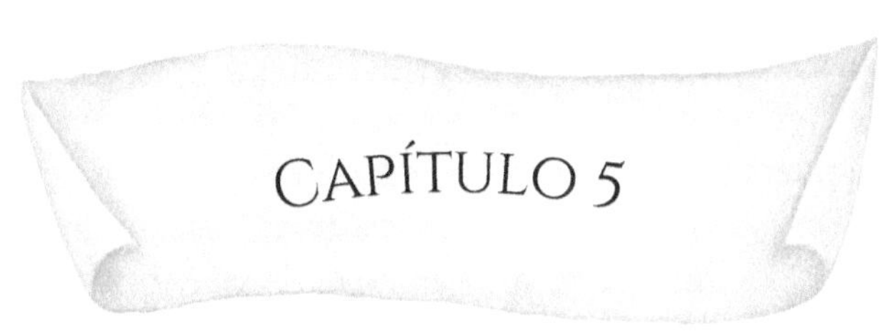

# CAPÍTULO 5

—Nadie sabe nada de la persona que mató a Cam y a su familia. Todavía ni sospechan de alguien que haya podido hacerlo —la voz de mi padre llena la estancia. Está de pie a unos cuantos pasos de mi madre, viendo con los brazos cruzados cómo ella prepara en el fogón un caldo para cenar. No baja la voz, aunque todos podamos oírle. Mi madre chasquea la lengua, sin apartar la vista de las brasas.

—No creo que estén buscándolo, siendo honesta —dice ella, con la mirada distraída debajo del tazón del caldo.

Los escucho desde el umbral de la puerta trasera, con la vista en el cielo.

Las estrellas resplandecen intensas esta noche; apenas algunas nubes cirrus delatan el frío que cala incluso dentro de casa. Por eso estamos todos afuera, aprovechando el calor del fogón mientras se cocina la cena.

Jireh y Omer están sentados uno al lado del otro frente a mí, hablando sobre cosas que no estoy escuchando porque estoy absorta en el recuerdo de los ojos que vi junto al río. Los mismos ojos que, creo, pertenecían al Vigilante que se me apareció junto al pozo.

¿Serán ambos el mismo?

—La cena está lista —anuncia mi madre, sosteniendo el recipiente con dos trozos de tela que alguna vez fueron un manto blanco, ahora ennegrecidos por el hollín, el polvo y las cenizas.

Nos adentramos todos a la casa detrás de mi madre, y yo la ayudo a servir la sopa para todos. Omer se acerca apresuradamente para ayudar a llevarlo todo a la mesa.

—Mmm, madre, adoro tus caldos de vegetales —dice Omer, rompiendo el silencio en el que estábamos y en el que sólo se escuchaban insectos nocturnos. —¡Casi lo olvidaba! —dice, sobresaltándose de repente y de paso nos arranca un susto a todos. —Hoy rasgué mi túnica azul —adopta un tono apenado. —Fue un accidente, porque estaba con los hijos de Caal y me atoré con la vieja puerta de madera de su casa —se apresura a explicar, para evitar un regaño. —¡Y su madre me regaló una nueva! ¿Lo pueden creer? Es muy hermosa y de un color muy brillante. Iré por ella para mostrárselas —casi grita, poniéndose de pie sin haber terminado de hablar.

Corre a los aposentos para buscar la prenda que le han obsequiado. Pestañeo un par de veces al verle ir. Algo no está nada bien. Mi madre vocaliza lo que, creo, todos estamos pensando.

—¿Quién regalaría una túnica nueva a un niño, sólo por una rasgadura? ¿Y porqué no me había dado cuenta? —dice ella. La pregunta sale tan baja que apenas podemos escucharla, como si se la hubiera hecho a sí misma.

Momentos después, Omer vuelve con la túnica.

La bilis me sube por la garganta y dejo el tazón con la sopa a medio camino de mi boca antes de ponerla de vuelta en la mesa. Pero es mi padre el primero en decir algo al ver la túnica.

—Por los dioses... —balbucea, boquiabierto.

Mi hermanito muestra con emoción su nueva túnica, de un color azul brillante y con delicados acabados, no hay hilos de la tela colgando por ningún lado que se le vea; y tiene diseños irregulares de tonalidades más oscuras.

Omer está tan contento que casi da brincos, ríe cuando ve que nos quedamos sin habla.

—¿Omer? —Jireh es el primero en romper el silencio provocado por el estupor. —Los hermanos de Caal tienen una hermana más grande, ¿verdad? —con eso ya confirma mis sospechas, aunque no había cabida para dudas desde que vimos la túnica.

Omer le responde con total inocencia.

—Sí, es como Eden y es muy agradable —dice. —Se llama Ritha.

—¿Porqué no la guardas bien y te la pones en una ocasión

especial? —mi madre se pone de pie y acaricia el cabello de Omer, quien asiente enérgicamente con la cabeza y se va casi corriendo a guardar su nueva túnica.

Nos quedamos en silencio hasta que lo vemos desaparecer detrás de las paredes que separan donde estamos de los aposentos. Jireh suelta el aire como si tuviera rato aguantando la respiración.

—No se la va a poner nunca. En la situación en la que estamos aquí, es imposible que vean a Omer vestir con ropas que vengan de Vigilantes, y que no entren a nuestra casa a intentar saquearnos y terminar quitándonos la vida. Si lo ven con eso puesto, creerán que obtuvimos algún beneficio de ellos y que lo dejamos en secreto —todos concordamos con lo que dice mi hermano, pues está en lo cierto.

En estos momentos, quienquiera que consiga algo de parte de los Vigilantes de alguna forma, tiene que hacer todo lo posible por mantenerlo oculto.

Al levantarnos de la mesa, dando por terminado el día con una oración, insistencia de Jireh, nos vamos cada uno a dormir.

Pero yo no puedo conciliar el sueño, por más que trato. Mi mente hace un revoltillo de pensamientos: el asunto de las gallinas, puesto que ya mañana mi padre irá a intercambiarlas por algo más de comida, eso va a dejarnos sin nada; y el asunto de los ojos encendidos de aquel Vigilante en el río, su mirada intensa y que aún envía escalofríos por mi espalda cuando me detengo a recordarlo.

Bostezo profundamente mientras me pongo de pie, decidida a ir a darles mi último adiós a las gallinas, pero con la mente en otro lugar.

Quizás el aire frío de la noche, la luna y el silencio del asentamiento me ayuden a conciliar el sueño.

Me aseguro de abrigarme bien, con otra túnica por encima de la que ya tengo puesta, y con un manto negro para cubrir mi cabeza y rostro.

A escondidas, intento no hacer mucho ruido en el momento en que salgo por la puerta. Agradezco que mi padre haya cambiado la puerta de la entrada por otra que no hace aquel horrible chirrido.

Cuando me adentro al cobertizo, me quedo de pie frente a los niditos, viendo cómo descansan plácidamente las gallinas, y siento una lágrima bajar por mi mejilla izquierda. Duele tener que deshacerse de ellas y sin tener asegurado que quien las tenga las vaya a cuidar bien.

—Mis pequeñas, ustedes dieron todo de sí. Ojalá pudiera hacer algo para que se queden conmigo —susurro, con cuidado de no despertarlas.

Entonces, una cálida sensación me acaricia desde la espalda y hace que me paralice. Aquí no hay nada que brinde calor en una noche tan fría.

Me doy la vuelta lentamente, mirando primero sobre mi hombro, y quiero soltar un grito que se me atora justo en la garganta, provocando un agónico y patético sonido agudo en su lugar.

Justo en la entrada del cobertizo, una alta silueta se para imponente. No se confunde con la oscuridad de la noche al emitir un ligero resplandor, lo que deja en evidencia que no es humano. Es ahí cuando mi corazón parece detener sus latidos, cuando mis piernas fallan levemente y me veo rogando a mi cerebro que busque una forma de huir de aquí.

Los ojos de aquella silueta desprenden esa tenue luz dorada, mucho más apagada que las otras veces que lo he visto; como también lo hace su piel. Un brillo tan sutil que no habría forma de notarlo si no fuera por lo oscuro que está aquí y lo cerca que está él de mi.

Él da un paso adelante y ahí es cuando realmente mi estupor y sorpresa se convierten en miedo.

Retrocedo y me cubro bien el rostro y el cabello con el manto, temiendo que algún viento repentino pueda quitármelo. Usarlo como protección es ridículo y pensar que encontraré un lugar para esconderme en este minúsculo cobertizo lo es aún más. La única salida está justo detrás de él, una puerta por la que él tuvo que agacharse para cruzar y que está iluminada pobremente por la luz de la luna. Y cada paso que la silueta da hacia mí parece oscurecerla.

¿Acaso vino a llevarme con él?

Estoy segura de que mi corazón se saldrá de mi pecho cuando él da otro paso firme al frente, queriendo acercarse a mí. Mis manos tiemblan al sostener el manto sobre mi cabeza, las aprieto pero no dejan de temblar.

Intento dar un paso hacia atrás cuando al fin mis piernas me responden, pero mi espalda choca con la pared y sé que no tengo por dónde irme. Mi alrededor se ha quedado quieto y yo miro a todos lados por un segundo, arrepintiéndome de haber venido aquí y deseando que las gallinas se despierten, se espanten y hagan ruido para que alguien venga por mí.

De pronto tengo un plan, uno débil, sí, sobre todo porque ni siquiera recuerdo la última vez que las escuché cacarear con fuerza, como la que necesitaría para distraer a este ser frente a mí y correr. Me arriesgo y hago un brusco movimiento, sacudiendo uno de los nidos con la esperanza de que eso la despertará y comenzará a cacarear, asustando a las otras.

No funciona. Las gallinas parecen muertas.

Al voltear mi vista de nuevo a donde estaba el Vigilante, no lo veo allí.

Dejo salir un poco el aire que estaba conteniendo, pero sigo temblando y mis piernas flaquean con el primer paso que doy hacia la salida. Aún siento el calor que emana su presencia y todavía me falta correr de vuelta a casa.

Paralizada, cuento hasta tres en mi cabeza. Puedo hacerlo. Otro paso de impulso a la salida. Algo tira fuertemente de mi manto detrás de mí y palidezco.

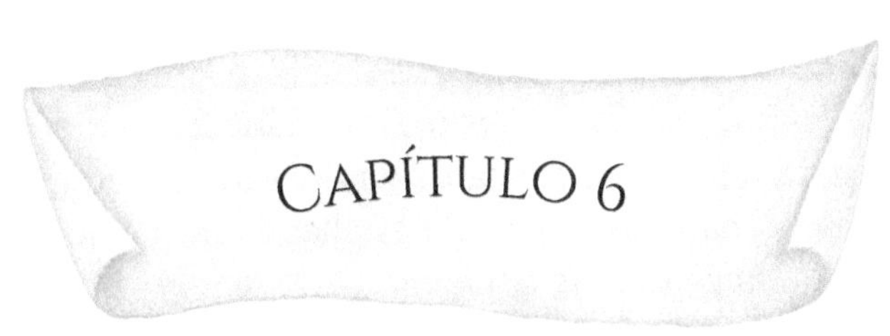

# CAPÍTULO 6

—Por favor, no me hagas nada —balbuceo, cerrando los ojos con fuerza. Estoy segura de que él puede escuchar lo fuerte que palpita mi corazón y que puede notar el temblor en todo mi cuerpo. —No quiero irme contigo —susurro, pero es más para mí misma. Decírselo a él sería inútil.

El Vigilante detrás de mí vuelve a tirar de mi manto, esta vez más suave. Lo hace de nuevo, con insistencia, y entiendo que quiere que me lo quite. Instintivamente me aferro más al manto, sin contener las lágrimas a la vez que el Vigilante vuelve a jalarlo.

Pienso de forma breve y sin mucha concentración en las posibilidades que tengo de soltar el manto y salir corriendo. Quizás no lo vea venir, así que podría salir de aquí y asegurarme en mi casa. Igualmente, de no llegar, puedo gritar y despertar a todos, aunque sea como último recurso.

—Descubre tu rostro ante mí —su voz suena como una melodía, pero estruendosa. Dulce, aunque imponente.

Se me escapa un sollozo. Quisiera golpearme porque, sabiendo o no lo que pasaría, yo me metí en esto. Despedirme de mis gallinas no suena tan importante si termino siendo llevada por un Vigilante en medio de la noche.

Quizás pueda escapar, si hago lo de soltar el manto y correr antes de que se de cuenta.

—Muéstrame tus hermosos cabellos negros —me arrebata el manto, sorprendiéndome a mí y arruinando mi segundo plan de escape. —Y déjame ver tu rostro de cerca —me rodea y se pone frente a mí.

Palidezco por tenerlo tan cerca, estoy segura de que puede

verlo. Su entrecejo se arruga tan poco que creo que me lo imagino, aparte de que no puedo distinguir mucho por el resplandor dorado de sus ojos.

De cerca son incluso más intimidantes, por supuesto, y no puedo hacer más que sentir cómo me tiemblan las rodillas al tener a este hijo del cielo tan cerca. Sus ojos resplandecen un poco más, mientras que yo me quedo sin habla, sintiendo ambas cosas: terror y fascinación. Mi cabeza y mi pecho estallarán en cualquier momento si no salgo de esta situación.

Sin embargo, mi pecho se desinfla un poco y me relajo sin poder evitarlo, al ver con detenimiento a quien tengo delante.

Sus cabellos son sólo unas tonalidades más oscuras que sus ojos, sus facciones parecen demasiado simétricas a simple vista. Su nariz de puente bajo, sus labios curvados en una sonrisa oculta que pareciera estar ahí siempre. Me intimida su altura, de cerca es mucho más notable y podría decir que estoy viendo la misma cima del Monte Hermón, la cima más alta, desde sus faldas. Si exagero un poco. Lleva puesta una túnica del color del amaldino, de mangas cortas y cuello descubierto, rodeada con un cinto dorado a la altura del abdomen.

Su mano se alza y acuna mi rostro cuando menos lo espero, me sobresalto y vuelvo a mirar sus ojos, no lo puedo evitar.
 Por un momento me ciegan, pero es como si me llamaran. Lo veo y entonces descubro que no estoy siendo paranoica, porque algo en él me pide que me vaya con él.

Entonces, las esquinas de mi vista comienzan a ennegrecerse y me parece que floto en medio de una bruma cálida de sueño y letargo. Un cosquilleo me hace sonreír, comienzo a sentirme boba. Mucho. Como si de repente estuviera a punto de vencerme el sueño.

Él pone una mano en mi frente y me pesan los párpados.

Más pronto que tarde, me desvanezco frente a esos ojos dorados y resplandecientes que en ningún momento me quitan la mirada de encima.

—¡Aquí está! —un grito me despierta de la peor forma posible.

Por un momento no sé dónde estoy, hasta que recuerdo lo de la noche anterior y toco mi cabeza al instante, aún aletargada por el sueño, comprobando que ya no tengo envuelto el manto con el que vine al cobertizo.

Eso significa que, o lo perdí de otra forma que no recuerdo, o mi encuentro con aquel Vigilante no fue un sueño, aunque de verdad eso me parece.

—¿Qué estás haciendo aquí, Eden? —dice mi padre, a quien no había puesto atención. Me ayuda a ponerme de pie del polvoriento suelo lleno de paja del cobertizo, sacudiendo mis hombros y arreglando torpemente mi cabello.

Me tambaleo, todo a mi alrededor se mueve y está borroso. Todavía me pesan los párpados, apenas puedo abrir bien los ojos.

—¿Qué pasó? ¿Cómo llegaste aquí? —mi madre entra casi corriendo al cobertizo, se pone al lado de mi padre y palpa desde mi rostro hasta mis brazos. Me observa completa, de arriba hacia abajo, como si buscara alguna herida o algún indicio de qué podría haberme pasado.

No digo nada. Hay un nudo grueso en mi garganta que no me dejaría hablar, de todas formas. Tampoco es como que sintiera las energías para hacerlo.

Parpadeo un par de veces y me toma mucha fuerza de voluntad el hacer que mis ojos se vuelvan a abrir la segunda vez.
Noto por el rabillo del ojo las borrosas siluetas de mis dos hermanos entrando al cobertizo a paso apresurado.

Cierro los ojos y niego con la cabeza a modo de respuesta, dejándoles interpretarla hasta que tenga las energías para decir algo al respecto.

Al cerrar los ojos, aún puedo ver el resplandor de los del Vigilante, y pareciera tragarse la oscuridad que debería haber cuando te estás quedando dormida. Por un instante, veo sus ojos tan claramente que me pregunto si son un recuerdo o si fue que volvió. Distingo la voz de mi hermano mayor.

—Llevémosla a su lecho —dice.

Agradezco mentalmente a mi padre por llevarme en brazos. Yo

no hubiera podido hacer que mis piernas se movieran hasta llegar a mi lecho. Es como si mi cuerpo estuviera dormido aún y lo único que puedo sentir es mi corazón latiendo fuerte y el vago recuerdo del calor que desprendía aquel hijo del cielo.

Al salir del cobertizo, aquel calor se desvanece y me siento más liviana. Pareciera que me hubieran sacado de debajo de una gran roca.

Tomo aire profundamente, llenando mis pulmones con el fresco aroma del amanecer, y noto que no hay mucho bullicio ni mucho movimiento en el asentamiento. Entonces aún debe ser muy temprano.

Entramos a casa y, casi de inmediato, siento el duro material de mi lecho en mi espalda. Una plataforma de madera, cubierta de paja y mantas por encima. Murmuro un "gracias", y justo después siento una caricia en mi cabeza.

—Descansa, hablaremos cuando estés mejor —la voz de mi padre llega a mis oídos como una caricia amorosa y con un deje de preocupación que puede que se le haya hecho difícil de reprimir.

Un movimiento leve con mi cabeza, de arriba a abajo, es mi última interacción con él antes de quedarme dormida.

La oscuridad sigue siendo reemplazada por un dorado fondo que brilla vagamente y me hace sentir extraña. Diría que, más que dormir, esto se siente como levitar en la nada.

Aquel color dorado se va difuminando hasta que estoy sumida en un blanco reluciente, limpio. Pareciera que yo misma soy parte de él. Debe ser un sueño, no tengo otra explicación, porque al mirar alrededor todo es de dicho color: un blanco demasiado puro.

Entonces, al fondo, una silueta comienza a tomar forma.

¿Sale de una neblina blanca o se está apareciendo?

Está agachado en lo que asumo que es el suelo de este lugar. Me da la espalda y, por el continuo movimiento de sus brazos, asumo que está haciendo algo con una dedicación inalterable. Me acerco un paso.

—¿Hola? —le hablo a la silueta. Creo saber de quién se trata, pero por alguna razón no le temo. Supongo que porque esto es sólo un sueño.

Mi voz se siente como un suspiro que sale por mis labios y que no tiene la suficiente fuerza como para llegar hasta sus oídos.

Él no se inmuta. Busco a mi alrededor alguna forma de irme de aquí.

—Eden —mi nombre retumba por todo el espacio, dicho con dulzura por un coro. —Toma un respiro, antes de acercarte a mí —el coro de voces se reduce a una sola al decir esto último.

Mis rodillas se flexionan involuntariamente, como si me rogaran que me acercara a él. Frunzo el ceño y miro mis piernas.

Vuelvo a sentir el impulso de acortar nuestra distancia, y eso hago. Camino hacia él a paso lento pero firme. No sé porqué no puedo detenerme, aunque estoy casi segura de estar oponiéndome a acercarme a ese Vigilante. Porque sí, sé que se trata de él de nuevo. Sólo que parece menos amenazante envuelto en esa bruma blanca que no hace más que confirmarme que estoy teniendo un sueño demasiado realista.

Tomo un gran respiro cuando siento el calor emanar de su cuerpo, justo cuando quedo a sólo un paso de distancia de él.

Es en ese momento en el que deja de hacer lo que estaba haciendo, se pone de pie y se da la vuelta para ponernos cara a cara. Tengo que levantar la vista para poder ver su rostro, y él mantiene aquella tenue sonrisa en la comisura de sus labios.

Me enseña la palma de su mano, y en ella hay un objeto delicado y... Eso parece la piedra que mi hermano, Jireh, nos advirtió de que era peligrosa y que pertenecía a las mujeres de los Vigilantes.

Doy un paso atrás. La piedra está tallada y pulida, se ve mucho más hermosa que la que me enseñó Omer, y que le escondió a la hermana de sus amigos. Le ha dado la forma de una hoja, y justo en el centro tiene una inscripción que sólo dice mi nombre.

Él se ofrece a ponerme esa cosa en el cuello. La piedra está colgando de una finísima cuerda dorada, tejida en tres hileras. Doy otro paso atrás y niego con la cabeza.

—Mi hermano dice que eso es peligroso, es una piedra de antimonio —digo, mi voz sale igual de débil y ahogada.

En el rostro del Vigilante veo la sorpresa que le causa lo que dije, sus cejas se alzan y sus ojos miran los míos, luego la piedra en forma de hoja, otra vez a mí. Quizás no se esperaba que yo supiera lo que es.

¿Piensa matarme? ¿Eso quiere con esa piedra?

Entonces él habla.

—Es mi regalo para tí, una piedra de antimonio puro que te protegerá y limpiará de toda la maldad que te rodea. De todo lo mundano con lo que convives y de todo lo negativo e inmundo de lo que no te das cuenta —dice el Vigilante.

Siento su mirada fija en mi rostro pero no se la devuelvo, me quedo mirando la piedra que aún me ofrece en su mano extendida.

—No le temas, no te hará daño. Eden, he tomado la precaución de envolverlo con protección extra que hará ambas cosas: detener cualquier emisión de toxicidad que el antimonio pueda tener y evitar que otro ser humano vea este colgante —dice.

Creo que me duele la cabeza, ¿eso es posible en un sueño? La bruma blanca envuelve un poco más al hijo del cielo pero el antimonio sigue nítido.

—No me siento bien —murmuro.

—Tranquila, Eden —el Vigilante da un paso fuera de la bruma y acerca más el antimonio. —¿Aceptas mi regalo? —pregunta con dulzura. Sonríe más. Pero no espera mi respuesta, porque ya está envolviendo el collar alrededor de mi cuello.

Me detengo a mirarlo así de cerca, como en el cobertizo, y me agrada el hecho de que no le tengo miedo en mi sueño. Él se ve tan atractivo. Sus ojos y piel resplandecen, como en la vida real, pero se ve hermoso.

El Vigilante termina de ponerme el colgante y yo, aún temerosa del antimonio, tomo la piedra entre mis dedos para observarla.

Está bien, es sólo un sueño. La razón de que esté soñando con que un Vigilante me está obsequiando antimonio es sólo una pregunta que no responderé y, al despertar, quizás me ría de esto.

Otro dolor punzante en la cabeza. La bruma blanca se hace más espesa, pero el calor del Vigilante frente a mí sigue presente.

—Has estado más tiempo del suficiente —me dice él. —Te despertarás ahora y, espero que pienses en mí, así como yo no he dejado de pensar en tí —susurra.

Sus ojos aumentan su resplandor, encandilándome más y más, hasta que siento que me deja cegada. Su calor todavía contrasta con el frío de la piedra que él colgó de mi cuello, mientras la bruma blanca lo cubre por completo hasta que no lo veo.

Entonces, el lugar se va oscureciendo.

Todavía siento el colgante con el antimonio cuando todo se vuelve negro, como si me estuviera durmiendo en el sueño.

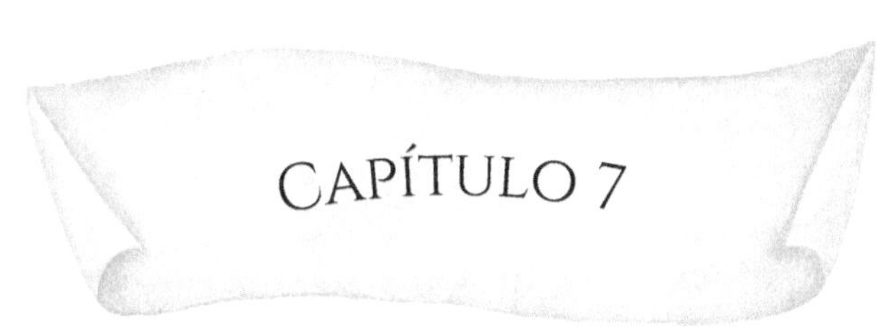

# CAPÍTULO 7

Todavía siento un dolor punzante en la cabeza, aunque más leve, cuando despierto. El sueño que tuve no fue más que eso, no parece haber sido más que un sueño. Es sólo cuando siento aquel colgante en mi cuello que salto de la cama. Boquiabierta, tomo la piedra de antimonio entre mis dedos.

¿Fue real? ¿Lo de mi sueño pasó en realidad?

Llevo las manos a la nuca, buscando el lugar donde el fino hilo debería unirse, pero no encuentro nada. No hay nudo. El Vigilante me lo puso alrededor del cuello, no por encima de la cabeza, ¿no? No es lo suficientemente largo para eso.

El antimonio me pone nerviosa, el hecho de que tengo que averiguar cómo quitármelo también.

Vuelvo a tomar la piedra entre mis dedos, inclinándolo hacia un rayito de sol que entra por la pequeña ventana de mi aposento que está en la pared detrás de mí, casi chocando con el techo. El rayo de sol cruza justo en medio de mi lecho.

Mi estómago me gruñe en ese momento.

Me levanto y salgo al comedor. Mi familia está allí, menos mi padre. Inhalo profundamente. Debe haberse ido a deshacerse de nuestras gallinas. Me obligo a apartar ese pensamiento mientras miro la mesa.

Llego justo cuando están sirviendo la comida: sopa de verduras. Sin pescado, sin carne. Un caldo aguado con algunas raíces. Aun así, no sé cómo mi madre logra hacer que huela tan bien. Mi estómago gruñe de nuevo.

Casi siento que lo escucharon todos, porque levantan la vista hacia mí. Mi madre de pie, sirviendo la sopa, y mis hermanos

sentados. Mi madre sonríe ampliamente, suelta el tazón donde
está el caldo y se pasa las manos por encima de la tela que cubre
sus vestiduras. No puedo asegurarlo, pero sus manos parecen
frenéticas, un poco temblorosas.

—¡Eden! ¡Despertaste! —me dice con casi demasiado
entusiasmo. Le sonrío.

—Hola, madre —digo, mientras voy a darle un abrazo.

Por el camino le estropeo el cabello a Omer con mis manos y le
doy un suave puñetazo en el hombro a Jireh, quien me regala una
falsa mirada airada, exagerando por mucho la fuerza del golpe y
moviendo el hombro como si se lo hubiera dislocado. Mi madre
ignora su numerito, pero las comisuras de sus labios suben un
poco.

—¿Cómo estás? ¿Descansaste algo? —me pregunta al
corresponder mi abrazo. Me separo y tomo asiento a la mesa.

—Sí, sí —respondo en un tono calmado y, de inmediato, me doy
cuenta de que nadie ha visto el colgante en mi cuello. —¿Cuánto
tiempo estuve... eh... dormida? —llevo la mano a la piedra,
tocándola con la palma.

Espero a que alguno de los tres se de cuenta o ponga caso a
dicho movimiento, ver su reacción y confirmar si de verdad no
pueden ver el antimonio que me ha dado un Vigilante en sueños.

Casi me río por lo absurdo que se escucha: "Un Vigilante me
obsequió un colgante con antimonio en un sueño y, al
despertarme, resultó que era real y ahora no me lo puedo quitar y
mi familia no lo ve".

Me planteo convencerme de que estoy loca, aunque veo la
piedra y la siento muy real. La voz de mi hermano me saca de mis
pensamientos.

—No dormiste mucho —responde a mi pregunta. —Sólo toda la
mañana —sonríe de lado.

Mi madre toma asiento justo a mi lado.

—Es hora de comer —dice. Ha intentado servirnos la sopa en
cantidades iguales. —Tu padre salió desde que te dejó en tu
aposento y no ha regresado, así que creo que está bien si saciamos
nuestra hambre sin él —da un pequeño sorbo de su sopa.

—Le guardé un poco para cuando regrese —murmura. Da otro sorbo y me mira, con una sonrisa que no busca ocultar que es fingida.

Su actitud es extraña, y la observo con recelo. Ella sigue sorbiendo la sopa, una y otra vez, como si tratara de llenar el silencio.

Miro a mis hermanos, sobre todo a Jireh. No parecen sorprendidos.

—¿Todo está bien, madre? —le pregunto. Ella asiente rápidamente.

—Sí, sí —agita la mano, como si espantara una mosca.

—No has... —alargo la frase al verla casi terminarse la sopa tan pronto. —Dejado que Jireh haga la oración como siempre hace —concluyo. Ella se aparta de la comida y nos mira a cada uno con los ojos bien abiertos, disculpándose con Jireh y echándose para atrás con otra sonrisa fingida. Jireh hace un ademán con la mano para quitarle importancia.

—No pasa nada, mamá, tranquila —mi hermano le dice.

Comienza a hacer la oración y entonces todos nos ponemos a comer la sopa.

—Eden —mi madre llama mi atención. —¿Recuerdas algo de anoche? —comienza a bajar su tono de voz mientras me hace esas preguntas. —¿Cómo fue que terminaste en el gallinero? —termina susurrando.

Dejo salir un suspiro. Me doy cuenta de que me faltan los detalles en la memoria, así que les cuento aquello de lo que sí me acuerdo bien. Lo que pasó desde que decidí ir al gallinero a despedirlas, hasta lo de esta mañana. Inclusive les hablo del sueño que tuve con el Vigilante.

Mis hermanos miran mi mano cuando la vuelvo a llevar hacia la piedra colgando de mi cuello y veo en sus rostros una expresión que no puedo descifrar muy bien. Podría ser curiosidad o podría ser incredulidad.

Dejo que piensen que sólo fue un sueño, omito la parte en la que desperté con el colgante en la vida real, ya que ellos me tomarían por loca al no poder verlo. Puede que lo esté.

Mis hermanos y mi madre se quedan en silencio cuando termino de contar lo que pasó y la preocupación en sus rostros es casi palpable. Hasta Omer pareciera ver la gravedad del asunto.

Por mi parte, no sé qué pensar.

Cuando ese Vigilante me acorraló en el cobertizo sentí mucho miedo, no sabía qué esperar y creí que me llevaría en ese mismo instante con él. No obstante, más tarde en el sueño no sentí ese miedo.

Entonces, mi madre se disculpa y se pone de pie, para luego adentrarse a los aposentos. Alcanzo a ver cómo se pasa la mano por la mejilla bruscamente y algo se estruja en mi pecho. La resolución de que de verdad hay un hijo del cielo procurando llevarme se asienta en mí.

Sea como sea que me lleven, no sabré, ni mi familia sabrá, qué pasará conmigo ni si podré volver a verlos.

Siento los ojos de Jireh, pesados, fijos en mí.

—Encontramos una bolsa llena de comida en nuestra entrada —la voz de mi hermano es severa y en tono bajo, tengo que acercarme más y pedirle que repita para asegurarme de que escuché bien lo que dijo. —Dejaron una bolsa en nuestra puerta, tenía el tan famoso brillo dorado. Creemos que fue en la madrugada y, quizás por misericordia del Creador, no había nadie cuando nos apresuramos a entrarla y esconderla. Creemos que nadie llegó a verla pero no vamos a usar esa comida hasta que estemos seguros —dice. Frunzo el ceño.

—No puede ser —murmuro. Jireh pone una mano sobre mi hombro.

—Nuestro padre, aún así, salió a hacer trueque con las gallinas —aquello se siente como si me hubiera pellizcado el pecho desde dentro y luego soltara de repente.

No me había dado cuenta de que guardaba esa esperanza de que no habría tenido que dar nuestras gallinas si teníamos comida ya. Mi padre estaría aquí, de haber sido así.

—Las cambiará por armas —dice Jireh. Me aparto de él y se me escapa una exclamación en voz alta, que él acalla con un "shh".

—Yo no debería estarte diciendo esto ahora mismo, pero tenemos que irnos a un lugar de donde no te puedan tomar y donde no corramos peligro —suelta toda la notica tajantemente.

—¿A dónde iremos? —intento parecer tranquila, aunque mi corazón palpita más rápido que el viento y siento que la sopa que acabo de comer se transformó en rocas en mi estómago.

—Aún está por decidirse, cuando llegue nuestro padre hablaremos sobre el asunto —me responde Jireh.

—Eden —siento cómo Omer se abraza a mi brazo, aferrándose como si se le fuera la vida en ello, y no sé en qué momento se sentó a mi lado. —¿No te vas a ir como la hermana de Khir y Jashir, verdad? —veo sus ojos retener lágrimas y se me atora la voz en la garganta cuando estoy por decirle que no sé qué pasará. Decido responderle de otra manera.

—Claro que no, pequeño, no voy a irme lejos de ti —le digo, agradecida de ver una sonrisita en el rostro de mi hermanito.

Sin embargo, al volver a ver el rostro de Jireh puedo confirmar que él y yo pensamos lo mismo: el irme o no con un Vigilante no es algo que esté muy a mi voluntad.

Acaricio el cabello de Omer y bajo la mirada. Veo el antimonio, invisible para todos los demás. Me cosquillean los dedos por volver a tocarlo. La forma de hoja y mi nombre impreso en la piedra traen a mi mente los ojos del hijo del cielo que me lo obsequió. Sus palabras también hacen eco en mi memoria. "Protección y limpieza" me dijo que era esta piedra. El hecho de que me haya dado esto tiene más sentido al saber que lo más probable es que esté planeando llevarme con él sin ritual ni ceremonia, no sólo no abasteciendo al asentamiento, sino que poniendo a mi familia en peligro por esa misma causa.

Mi padre entra corriendo por la puerta, cerrándola detrás de sí tan rápido como esta se lo permite. Pregunta alterado que si todo está escondido y nos ordena que pongamos la bolsa que él trajo en el mismo escondite donde está la comida. Jireh es quien se apresura a hacer lo que mi padre da voces mandando, mientras que Omer corre y vuelve a abrazarse a mi brazo, aún más fuerte.

No puedo evitar preguntarle a mi padre qué es lo que pasa, una y otra vez. Él responde, aún alterado y sin siquiera mirarme.

—Comenzaron a perseguirme. Vienen detrás de mí —dice. Pasa una mano por su cara de manera brusca. —No sé cómo se enteraron de la bolsa —agrega en voz más baja.

Es en ese momento en el que mi madre entra en la estancia, mirando a todos lados y deteniéndose en Jireh, quien guarda la bolsa con las armas en un hoyo atrás, justo al lado de la puerta trasera.

Él remueve un montículo de trozos de piedras apiladas muy bien para ocultar un pequeño agujero cubierto de tierra y, debajo de la tierra, una loseta de madera. Tiene el tamaño perfecto para poder ocultar bien la bolsa debajo de la tierra y las piedras.

Mi madre se pone a mi lado y yo dejo a Omer con ella para correr al lado de Jireh. Le ayudo a llenar de tierra la loseta, luego de que las armas y la comida están en el hoyo. Apilamos las piedras casi igual que como estaban antes y volvemos a entrar. Me pongo al lado de mi madre y Omer.

Doy un respingo cuando escucho que tocan a la puerta agresivamente.

—¡Zirot! ¡Abre esta puerta de inmediato! —alguien grita.

—¡Vamos a tirarla! —otra persona se une, parece una mujer, por la voz.

Mi padre se quita una gorda gota de sudor de su frente y voltea a ver a Jireh.

—¡Jireh! —casi grita. Señala hacia la puerta trasera con insistencia. Jireh no pierde el tiempo y nos lleva a rastras.

—¡Vamos a matarte, maldito egoísta! —escuchamos que vuelven a gritar desde la puerta, seguido del sonido de unas escalofriantes risas burlonas, como si esto pareciese divertirlos.

Jireh nos detiene antes de que salgamos, asoma la cabeza y mira hacia ambos lados, asegurándose de que no hay nadie por ahí atrás y que podemos salir. Al mismo tiempo, escuchamos a nuestro padre gritar y discutir con aquellas personas, mientras ellos comienzan a golpear la puerta con fuerza. Intentando tirarla.

Se me sube la bilis y forma un nudo en mi garganta, uno que pareciera querer salir y expulsar lo único que he comido en el día.

¿A dónde podemos correr? ¿A dónde iremos? ¿Acaso se podrá llegar a razonar con estas personas?

Jireh me interrumpe las preguntas que me hago en la cabeza.

—Vamos a correr hacia el río, ustedes se ocultarán y yo volveré por nuestro padre —nos deja saber.

Logra mantener la compostura, con su ceño fruncido hasta más no poder y asegurándose de nuevo de que no hay nadie por aquí atrás. Ahora mismo no me lo puedo imaginar bromista ni como el Jireh relajado que normalmente es. Se adapta a la situación y sabe qué hacer.

Noto un movimiento y me fijo detrás de mi hermano. Un hombre con un cuchillo salta el muro que cerca el patio trasero, por la parte del fogón.

—¡Jireh! —le grito, mientras señalo con el dedo hacia aquel hombre.

Él se gira rápidamente y reacciona. Nos empuja hacia dentro de la casa y arrastra la puerta trasera para cerrarla. Omer cae dentro y yo casi caigo encima de él pero logro evitarlo. Mi madre se agacha a consolar y ayudar a levantar a Omer, llevándoselo consigo hacia los aposentos para esconderse. Jireh logra cerrar la puerta justo en el momento en que aquel hombre lanza el cuchillo con dirección a mi hermano.

Cuando la puerta se cierra, se escucha la estridente risa del agresor. Jireh voltea a verme mientras se recuesta de la puerta y suelta un largo suspiro. Se sacude la mano, haciendo una mueca, y la levanta un poco para poder mirar bien la herida que el cuchillo llegó a hacerle, aunque sólo le rozó, antes de incrustarse en la pared de afuera.

Me acerco de prisa a él, tomo su mano entre las mías y veo la sangre que sale de su herida. Agradezco en voz alta al Creador porque no es grave, sólo un rasguño.

Levanto la tela del torso de mi túnica y, como puedo, me la acerco a la boca. Remojo un poco de ella con mi saliva, antes de pasárselo por el rasguño a mi hermano. Él evita que lo haga, quitando su mano de un jalón. Suelta una exclamación de asco, antes de tomarme por el codo y llevarme a los aposentos, donde ahora están Omer y nuestra madre.

Cruzamos por la entrada, donde todavia escuchamos a nuestro padre respondiendo las amenazas y los insultos de quienes aún quieren tirar la puerta.

Mi padre está poniendo de su parte en no permitir que esto suceda. Mientras allá afuera empujan la puerta, mi padre le clava planchas de madera sin detenerse hasta que la cubra por completo.

Entramos al aposento de mis padres, y allí están mi madre y mi hermano menor. Este último llora en silencio y ella lo abraza y lo mece de adelante hacia atrás. Ambos sentados con la espalda contra la pared.

Luego de un rato, mi padre llega con nosotros y, secándose el sudor de la frente con el antebrazo, nos deja saber que aseguró ambas puertas con gruesas tablas de madera. Nos junta a todos para envolvernos entre sus brazos y el sudor que moja sus vestiduras hace que estas se peguen un poco contra la piel de mi rostro, ya que estoy de cara contra su pecho.

Tenemos que irnos de aquí.

Noto el movimiento de uno de ellos, provocado por sollozos acallados, pero no identifico cuál o cuáles de los cinco es el que llora. Incluyéndome.

Escuchamos a aquellas personas amenazar, reír y gritar groserías e insultos mientras continúan golpeando, ahora no sólo las puertas, sino también las paredes mismas de nuestra casa.

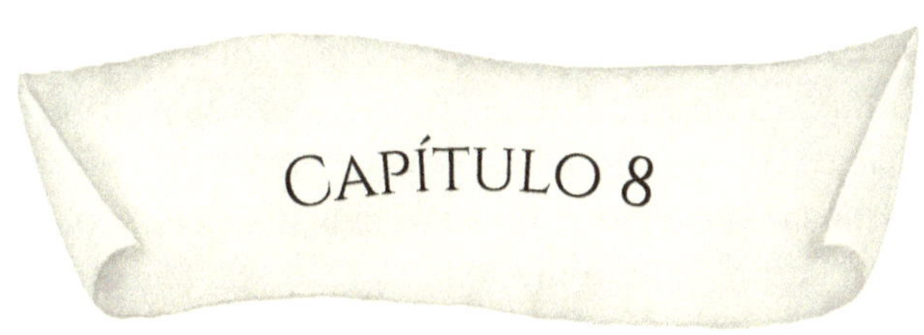

# CAPÍTULO 8

Está a punto de caer la noche y seguimos sin salir de nuestro "lugar seguro". Nadie ha dicho nada, aún y después de un largo rato de haber dejado de escuchar aquellas violentas personas. Asumo que se han ido, eso espero, pero ninguno de nosotros se confía lo suficiente como para salir de los aposentos o, tan siquiera, hablar.

Sé que no soy la única que ha pensado en el escondite y lo expuesto que está allí afuera, pido al Creador que no lo hayan descubierto. Tal vez, si así hubiese pasado, los hubiéramos escuchado vitorear y burlarse de nosotros por habernos dejado sin nada.

Siento la piedra que cuelga de mi cuello, recordando que está ahí. La toco con mi mano y jugueteo con ella. La suelto cuando escucho a mi familia comenzar una conversación.

—... Está bien, ¿y qué haremos al llegar hasta allá? —pregunta mi madre. La frustración es bastante notable en su voz. —El río es un sitio demasiado expuesto. Y si nos moviésemos río arriba o abajo, no sabemos qué podemos encontrar... aunque es muy posible que a nefilim —la observo mientras dice esto.

Ella vuelve a mecerse suavemente de adelante hacia atrás, abrazando a un Omer dormido. Sus ojos están rojizos, se ha tragado el llanto tanto como ha podido. Dejo caer los hombros, prestando atención al latido de mi corazón en el breve silencio que se hace, antes de que Jireh le responda.

—Yo sugiero que vayamos con el Profeta —el tono que usa es sutil, pero hace un gesto al levantar las cejas que demuestra la seguridad que tiene de que esa es la mejor opción.

Yo creo que es la única.

Jireh se remueve y pone la espalda recta, mirándonos a cada uno.

—Él me dijo que el Creador le avisó que se lo llevará, pero no sabe cuándo. Es arriesgado, pero me aseguró que sabré cuando llegue el momento de despedirse. Así que casi estoy seguro de que estará en casa. En algo nos podrá ayudar —mira a mi padre a los ojos, con intensa convicción que suaviza la dura expresión de nuestro padre, quien, incrédulo aún, asiente con la cabeza y acepta.

—No tenemos demasiado tiempo —dice mi padre. Pone una mano en el hombro de Jireh, nos mira a cada uno. —Los que me siguieron hasta aquí fueron unos pocos, pero el rumor se esparce como polvo y, aunque te vean aquí y vean que no te han llevado... —dice, refiriéndose a mí. —Van a venir a buscarnos. No quiero que nos pase lo mismo que a Cam y su familia. Nos vamos esta noche. —dice, saliendo decidido del aposento.

Nos dice que comencemos a recoger nuestras túnicas, de las cuales sólo llevaremos unas cuantas para que quepan en la bolsa de las armas y para no ir muy cargados por ahí.

Estoy segura de que nadie está dispuesto a detenerse a pensar en qué pasará después de que nos hayamos ido. Quizás no volvamos y quizás no sea esta la mejor forma de solucionar lo que está pasando.

Aún me tiemblan las manos, lo noto mientras recojo las túnicas y mantos que me llevo.

¿Qué pasaría conmigo y con mi familia si yo pidiera a aquel Vigilante que se me hiciera ceremonia, que abastecieran el mercado?

Así abastecerían el mercado y no estarían detrás de la comida de mi familia. Se olvidarían de eso y buscarían meterse con alguien más.

¿Pero qué pasaría conmigo, en ese caso?

Y cuando se acabase la comida del mercado el mismo día, ¿volverían a amenazar a mi familia?

Sacudo la cabeza para apartar esos pensamientos.

Cuando termino, salgo de los aposentos y encuentro a todos en la cocina. Veo que ya mi padre está abriendo la puerta, le quita muy lentamente las tablas de madera con las que había asegurado la puerta y, pidiéndonos que nos apartemos, la abre incluso más lento. Asoma la cabeza un poco y se asegura de que no haya nadie. Luego, saca con rapidez ambas bolsas y las mete en la casa antes de cerrar y asegurar la puerta de nuevo.

—La noche está cayendo. La gente estará entrando a sus casas. Terminen de preparar todo para no perder tiempo —dice, revisando dentro de ambas bolsas con vehemencia.

Mientras él se asegura de que todo esté correcto, los demás nos terminamos de preparar, tal y como él pidió.

Momentos después, mi padre organiza la bolsa: primero ropa, luego las armas, más ropa encima. Se asegura de dejar un arma accesible, por si algo pasa y hay que actuar rápido.

Tomamos trozos de pan de kamut, de la última vez que mi madre lo horneó, y lo comemos con unas cuantas frutas de la bolsa que nos dejó el Vigilante.

Un rato después de comer y cuando ya es suficientemente tarde de la noche para que sea más seguro salir, nos vamos, alerta y en silencio.

Todo el asentamiento está en silencio y la noche no es tan oscura. Agradecemos que la luz de la luna sea tan brillante en esta noche que más la necesitamos.

Nadie habla.

Abrazo la bolsa con la comida contra mi pecho; Jireh lleva la de armas y ropas de igual manera. Mi madre carga a Omer para que todos podamos alejarnos del asentamiento lo más deprisa posible. Mi padre va delante, con un arma oculta y asegurándose de que no haya nadie en ningún lugar, en guardia y listo para defenderse y defendernos de cualquiera.

Siento un nudo en mi garganta mientras les sigo el paso.

Esta escapada me recuerda mucho a aquellas veces en las que pasaban por nuestro asentamiento caravanas de familias que iban de paso. Nómadas que no se quedaban en un sitio por alguna u otra razón.

Muy pocas llegaban a nuestro pequeño hogar, siempre en búsqueda de comida que nunca encontraban y que, aunque hubiera, no les habrían dado. Ahora, nosotros parecemos una pequeña caravana de esas, sólo que muchísimo menos preparados pero con un destino.

Tengo un manto cubriendo mi cabeza. Esta noche es muy parecida a la del encuentro con el Vigilante en el cobertizo.

Mis mejillas se calientan, las muerdo por dentro.

Un sonido ahogado nos alerta. Dejamos de caminar y mi padre se pone por delante de nosotros, a modo de escudo. Con una mano, nos manda a guardar silencio y a que sigamos quietos mientras él da un par de pasos al frente. Ve de lejos algo y noto cómo yergue la espalda, se pone rígido y da un suave sacudón a la mano que sostiene el cuchillo. Entonces, yo también los veo.

Un hombre tirado en el suelo y otro por encima de él, de pie, dándole una patada en un costado. El hombre en el suelo emite otro sonido ahogado. Es muy muy delgado y está pálido, hasta parece enfermo y débil, así que el que está golpeando lo puede dominar bien, aunque también se le vea demasiado delgado.

Trago saliva y me abrazo más al saco que llevo, es obvio lo que aquel abusador busca. Lo puedo deducir antes de que él lo diga, sin bajar la voz.

—...No me importa lo que tenga que hacer, ¿no te dije eso? —le dice al hombre en el suelo. Saca un cuchillo de un lado de su túnica, el objeto estaba sostenido por una cuerda amarrada en su torso. —¿No te lo advertí? Como con Cam, así haré con cualquiera. Debes entenderlo mejor que yo —baja un poco la voz cuando dice esto último.

Me muerdo el labio para no dejar salir un grito. Primero los que siguieron a mi padre, ahora el asesino de Cam y su familia.

Nos ocultamos detrás de una vivienda, justo en el momento en el que aquel asesino da una estocada al cuerpo del hombre al que golpeaba. Se escucha un gorgoteo.

El hombre se da cuenta de nuestra presencia antes de que podamos estar por completo fuera de su vista, gracias a que Omer no se contuvo y gimió de miedo.

Mi madre le tapó los ojos y, ahora la boca, pero ha sido tarde.

Mi padre vuelve a ponerse de escudo frente a nosotros y Jireh lo sigue.

Mi padre da un paso firme hacia el asesino cuando este camina hacia nosotros apresurado. Veo que cojea y tropieza con un par de rocas. Es torpe, eso debe ser bueno.

Mi padre se apresura hacia él, dejándonos a todos atrás y no permitiéndole a Jireh que lo acompañe.

Una brisa fría hace que yo quiera secar con ella el sudor de mis manos, pero aún cargo con la bolsa. Doy un par de pisadas, sacudo la cabeza. No sé qué hacer ni qué pensar de lo que está a punto de pasar. Mi labio comienza a doler de tanto que lo muerdo y el hilito de mi colgante pica, el antimonio que cuelga de él pesa un poco más y... *¿se está calentando?*

Se escucha el golpe.

Mi padre le ha dado un puñetazo en la barbilla, de abajo hacia arriba. El asesino se tambalea y casi se cae, pareciera querer agarrarse del aire. Como si estuviera borracho, le da la espalda a mi padre en medio de su inestabilidad provocada por el golpe.

Mi padre parece no pensarlo mucho, aunque sé que lo hace, y le asesta un golpe fuerte en la parte de atrás de la cabeza con el cuchillo.

El asesino deja escapar un gemido ahogado antes de desplomarse. Mi padre lo observa, como nosotros.

Contengo la respiración, mientras el hombre cae al suelo, inconsciente.

Mi padre parece no haber querido matarlo con aquel golpe, pero el riesgo está presente. Se agacha y coloca sus dedos en el cuello del hombre, momentos después se levanta y, aliviado, camina deprisa hacia nosotros.

—Debemos apresurarnos, antes de que él despierte. Con suerte, ni siquiera recordará que nos vio —nos dice, su respiración está agitada y hace un ademán con ambas manos para poner énfasis a sus palabras.

Así lo hacemos, nos damos prisa en llegar al río. En el rostro de mi padre sólo veo que está centrado en nuestro avance, aunque la conmoción está ahí, en sus ojos. El golpe que le dió al asesino pudo haberlo matado, y sé que mi padre odiaría convertirse en asesino también.

Pensando en esto, no me doy cuenta cuando estamos llegando al río, sólo hasta que siento la brisa fría que atrae los árboles que lo rodean, brisa que no llega con tanta intensidad hasta donde están nuestras casas.

Me abrazo aún más a la bolsa y dejo salir aire por la boca.

—¿Ahora qué hacemos? —pregunto, en voz baja, pues aún no podemos confiarnos.

Miro a Jireh, quien se queda observando a su alrededor, ubicándonos y buscando el mejor camino para llegar a casa del Profeta.

—Debemos ir río abajo —dice él luego de unos momentos. —Es la forma más rápida de llegar, pero tenemos que intentar cruzar estas aguas para poder estar más ocultos del asentamiento —mira hacia el río, entrecerrando los ojos para intentar agudizar su vista.

Mi padre interviene.

—No vamos a cruzar ese río esta noche, el agua debe estar helada y no sabemos qué podría haber debajo de ella —dice él, con firmeza. —Vamos a acomodarnos y buscar un lugar oculto entre árboles y arbustos, de este lado del río y cerca; dormiremos el resto de la noche. Temprano, antes de que cualquier otra alma despierte, comenzaremos a movernos —es su respuesta final.

Jireh asiente y me mira significativamente. Él sabe que vengo mucho aquí, por lo que cree que yo debería saber de algún punto en donde podamos quedarnos ocultos, tanto de cualquier vista desde el asentamiento, como del frío de la noche.

Yo, aún abrazando la bolsa de comida, busco a mi alrededor. Intento recordar si hay algún rincón escondido entre arbustos donde ocultarnos y descansar.

Pronto se me viene a la memoria un espacio que Omer y yo encontramos una vez que él me hizo compañía y me ayudó con el lavado de las ropas.

Nos habíamos quedado jugando, dentro y fuera del río, a chapotear y al escondite, puesto que era una tarde calurosa y polvorienta en el asentamiento. Dicho espacio que encontramos era el escondite perfecto, está más río arriba, lo suficientemente cerca de donde estamos pero lejos como para estar tranquilos hasta el amanecer.

Les dejo saber a mi familia sobre esto y ellos están de acuerdo en no esperar más y caminar hacia allá.

—Es como si estuviéramos jugando de nuevo —Omer comenta.

El escondite es, precisamente, un rincón detrás de un árbol que está a tres pasos del río, rodeado de arbustos de tamaño decentemente grandes y que cubren toda la parte de abajo del tronco.

Es un poco incómodo porque no es un espacio que la naturaleza haya formado para esconder a una familia de cinco personas, pero la incomodidad nos la tendremos que aguantar por el resto de la noche.

Entre Jireh y yo hacemos dos hoyos improvisados justo entre los arbustos, debajo de donde nos recostaremos nosotros. Guardamos ambas bolsas allí.

Mi padre nos habla en voz baja.

—Montaré guardia por un rato, mientras crea conveniente. Ustedes descansen —dice. Jireh intenta refutar y decirle que él tiene más energía para hacer eso, pero es interrumpido por mi padre. —Esa energía que tienes es mejor que la guardes para el día. Tú eres quién nos guiará hasta la casa del Profeta Enoc, Jireh —se cruza de brazos y da por terminada aquella interacción.

Mi hermano asiente.

Nos acomodamos como podemos. Jireh a mi derecha, Omer y mi madre a la izquierda. Intento relajarme y dormirme contra el tronco del árbol.

Cuando mis ojos comienzan a cerrarse, en ese borde entre sueño y vigilia, creo ver unos ojos dorados observándonos desde otro árbol cercano.

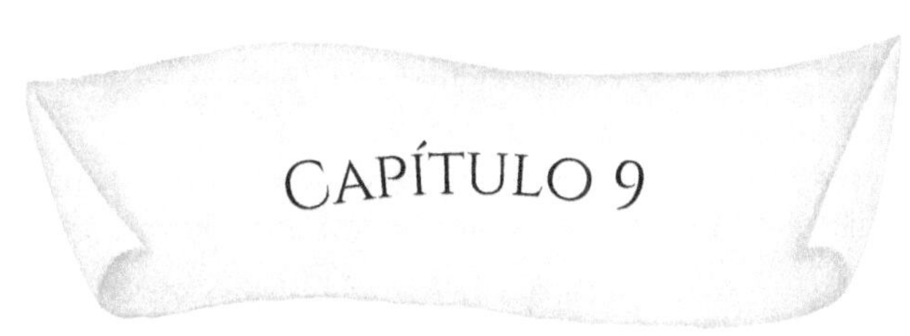

# CAPÍTULO 9

Abro mis ojos de repente, sintiendo demasiado calor, parece mediodía.

Mi corazón palpita rápido en mi pecho, gracias a un fuerte sentimiento de preocupación. Se me ocurre que tal vez nos hayamos quedado durmiendo más tiempo del que debimos y ahora estamos demasiado expuestos, a plena luz del día.

Pero el calor no viene del sol, sino del Vigilante. Su presencia arde como el fuego, y sus ojos, encendidos como dos grandes fogatas, me observan con algo que sólo puedo interpretar como ira.

El aire pareciera volverse más pesado, al igual que mi cuerpo. Me quedo inmóvil, sin saber cómo reaccionar ante el Vigilante.

¿Qué tan molesto podría estar? ¿Qué es capaz de hacer?

Y entonces lo veo.

Mi mirada se desliza hacia abajo, cayendo en la cuenta de que está sosteniendo a mi padre inconsciente entre sus brazos. El arma que tenía encima está destrozada a unos quince pasos de distancia de ellos.

Con el grito en la garganta, sacudo con fuerza a Jireh, quien aún duerme a mi lado y me pregunto cómo puede seguir dormido con el calor y la luz. Lo sacudo aún más fuerte pero Jireh no se despierta, por más que lo intento. Me giro para intentar hacer lo mismo con mi madre, pero ella tampoco despierta.

El pánico comienza a crecer en mí, lo siento en la dificultad para respirar, en el dolor en el pecho y las fuerzas que me toma no gritar, por el miedo de alterar más al Vigilante.

¿Qué le ha hecho a mi padre? ¿Está...?

—Eden, ven aquí —me sobresalto al escuchar al Vigilante, sacándome de mis pensamientos.

Su voz retumba por todo el lugar, pareciera rebotar dentro de mi cabeza.

Jireh y mi madre siguen sin despertar. Necesito que despierten.

¿Y si este Vigilante está aquí para llevarme? No entiendo porqué no despiertan, los estoy sacudiendo demasiado fuerte.

Las lágrimas comienzan a agolparse en mis ojos y vuelvo a ver a mi padre en brazos de aquel ángel. El Vigilante vuelve a hablar, sus ojos disminuyen su brillo.

—Ponte de pie y acércate a mí —su voz sigue siendo imponente.

Me confunde el hecho de que, con la ira que emana su presencia, su voz sigue siendo un dulce trueno que es tanto melodía como autoridad.

Me asusta.

Y me asusta más que una parte de mí no esté asustada. Esa parte es la que me da el coraje de hacer lo que él dice y me levanto del suelo, con lentitud, torpe, y con mi vista alternando entre mi padre y los ojos del Vigilante.

Salgo de entre los arbustos y me acerco a él. Pareciera que me tiemblan las piernas al caminar, mi padre sigue inconsciente. La piedra colgando de mi cuello se calienta un poco y la siento justo en medio de mi pecho. El Vigilante desvía su mirada, que antes estaba fija en mi rostro, hacia ella.

Doy uno, dos y tres pasos y me detengo de repente cuando él también se acerca, se agacha lentamente sin dejar de mirarme, y deja a mi padre en la hierba del suelo con delicadeza, como si tuviera todo el tiempo del mundo. De esa misma manera, se pone de pie y se acerca a las destrozadas piezas de lo que solía ser un cuchillo, el que mi padre tenía.

El Vigilante toma uno de los trozos, uno con filo y se lo acerca a la piel del dedo índice.

—Tu padre intentó atacarme con esta baratija —dice, mientras se pincha el dedo y luego frota con ese mismo dedo la punta de dicho pedazo de cuchillo, la mira con detenimiento. —Le faltaba afilarlo un poco más —dice. Yo no me atrevo a corregirle para decirle que mi padre no fabricó esa arma. —No le hice daño, quiero que lo sepas. El cuchillo se rompió cuando intentó atravesarme con él. Él, de la impresión, cedió a la inconsciencia —continúa hablándome, yo estoy paralizada y con el corazón a mil por hora.

Alterno mi mirada entre mi padre, los trozos de su cuchillo y el Vigilante, que me dice que no le hizo nada. Sus ojos, intensos y brillantes, al menos ya no parecen sol de mediodía.

Miro al suelo, donde dejó a mi padre, y el alivio me deja respirar mejor.

A mi padre no le pasó nada más que la consecuencia de enfrentarse a un Vigilante por primera vez en, seguramente, su vida entera.

—¿Tú buscas huir o esconderte de mí? —la pregunta del ángel corta el aire como una hoja afilada.

No dejo de ver a mi padre e intento concentrarme más en el sonido de la copa de los árboles que nos rodean. La forma en la que se mueven con la brisa, el frío que es opacado por la presencia de este hijo del cielo, los ronquidos leves de mi familia, que descansan como si no hubiera un Vigilante ante nosotros. Como si no sintieran ese calor.

Los miro de reojo y lo más que se han movido ha sido para acurrucarse mejor. ¿De verdad, cómo pueden dormir tan plácidamente?

El Vigilante vuelve a hablar.

—Has de saber y tener siempre presente que te encontraré, sea donde sea que estés. Por más recóndito el lugar que encuentres por escondite, llegará el momento en el que escucharé tu preciosa voz, aún en pensamientos, y sabré dónde estás. Veré tu rostro y sabré dónde te has escondido —dice.

Palidezco ante sus palabras. Se me nubla la mente y la lengua se me queda trabada, no podría responderle nada ni aunque tuviera cómo.

—Sin embargo, apreciaría con todo mi ser…—baja el tono de voz, robándose mi aliento y acelerando mi corazón. —Que de ti saliera el decirme el destino al que buscan llegar tu familia y tú. Renegaré de cualquier sospecha y te creeré a tí lo que me digas, esta vez —su voz se suaviza, acercándose otro paso a mi. Comienza a rodearme a paso lento.

Como si de una danza se tratara, su mano se posa con dulzura en mi hombro derecho y la desliza por mi espalda, al compás de sus pasos, hasta ponerla en mi hombro izquierdo, donde la deja mientras se pone frente a mi, alto y erguido, sin dejar de mirar mis ojos como si me leyera.

Es en ese momento que su mano se desliza desde mi hombro, esta vez pasando por mi cuello hasta quedar en mi mejilla. La acaricia con su pulgar y dicha acción envía un aire cálido desde su tacto hasta mi pecho.

Mi corazón sigue latiendo rápido y el sonido de mi voz no pasa por mi garganta, ni sale por mis labios cuando pretendo responderle.

Él pone sus brillantes ojos sobre los míos.

Noto una sonrisa, una ligera sonrisa ladeada alojándose en la comisura de sus labios. Sus ojos también se achican, un destello surca a través de ellos como si ya no fuera suficiente su brillo sobrenatural. Palidezco otra vez. Él vuelve a acariciar mi mejilla con su pulgar y emite un sonido sordo, un "mmm" que suena a pregunta.

—¿Y bien? —insiste.

—No me escondo de tí —logro decir, mintiéndole en la cara.

Ruego que la forma en la que hablé, algo ronca y tartamuda, no me delate. *¿Se le puede mentir a un hijo del cielo?* Puedo decirle la mitad de la verdad.

—Nos alejamos un tiempo del asentamiento. Corremos peligro por las personas que buscan quitarnos la comida. Por eso iremos a donde... —me lo pienso unos segundos antes de decirle que a donde el Profeta. —Un amigo de mi hermano —mi voz sigue siendo casi inexistente, pero al menos puedo hacer que mis palabras sean lo suficientemente audibles. —Gracias por la comida, por cierto —decido agregar por último, para no parecer desagradecida.

Casi parece que hablo para mí misma, pero lo hice. Le dije la verdad a medias.

Huimos de las personas del asentamiento, pero igual buscábamos mantenernos en un lugar desde donde este Vigilante no pudiera llevarme.

Todavía no sé si lo hará ahora. De ser ese el caso, ya no serviría de mucho.

Su respuesta es otra caricia de su pulgar en mi mejilla. Pestañeo un par de veces al darme cuenta de que he estado mirándole los labios todo este tiempo, así que subo la mirada rápidamente a sus ojos. Justo a tiempo para notar que comienza a agacharse. Su altura es tanta que yo le llego por debajo del pecho, así que la forma en la que está agachándose no me pasa ni un poco desapercibido.

Él cierra los ojos y, de forma apacible, suelta un suspiro antes de dejar un beso largo en mi frente.

Dejo salir el aire en un suspiro, uno que iguala el suyo. Me relajo un poco. La palma de su mano abandona mi rostro.

—Vuelve a dormir, Eden. El alba no tarda en llegar —susurra. Su voz ha pasado de ser un estruendo en mi mente, a ser una caricia. —No te preocupes por quién velará tu sueño —dice, abre sus ojos y el brillo de estos ya es tranquilo, no parecen fogatas.

Yo le hago caso, puesto que no puedo esperar a que esta interacción termine y respirar profundamente, agradeciendo que una vez más no me ha llevado con él, aunque haya tenido ocasión.

Un molesto cosquilleo en mi nariz hace que despierte, mis ojos arden con el sueño que aún tengo y que, más que disminuir, parece haberse incrementado desde esta madrugada.

Hace frío, mucho más en comparación a cuando estaba con el Vigilante. Escucho el caudal del río y anhelo una gran y caliente manta sobre mí, para acurrucarme y seguir durmiendo con ese sonido apacible. Sin embargo, no obtengo más que un débil zarandeo y ese cosquilleo persistente en mi nariz, así que abro mis ojos lentamente.

Omer sostiene una pequeña hoja de hierba cerca de mi nariz, Jireh está detrás de él y nos observa con una sonrisa leve.

—Te salvaste de una remojada con agua bien fría porque no vamos a malgastar túnicas limpias mojándote, y porque Omer insistió en que quería despertarte él —murmura. —Si hubiera sabido que era así, le hubiera dicho que no. Tiene como tres días en eso —se ríe por lo bajo.

—Eso no es cierto, Eden —Omer se defiende. —Sólo ha sido un ratito, no tres días —frunce el ceño hacia Jireh, es mi turno de sonreír.

Con pocas ganas, me pongo de pie y veo que, unos pasos más lejos de nosotros están mis padres, hablando acaloradamente. Mi padre hace señas con las manos, mostrándole el cuchillo destrozado en el suelo. Mi madre se cubre la boca con una mano, abriendo sus ojos y alzando las cejas.

Sé que están hablando del encuentro de mi padre con el Vigilante y me pregunto cómo habrá sido su perspectiva del asunto. Qué tan aterrador.

Me alegro de que esté bien, aunque alterado por lo que pasó. Estoy casi segura de que nos apresurará con mucha más insistencia para llegar a lo del Profeta Enoc rápido, ya que, con todo su derecho, querrá llegar antes de esta noche.

Jireh me pide que le ayude a sacar las bolsas de debajo de los hoyos que hicimos para esconderlas. Me acerco sin perder tiempo y, con movimientos veloces desenterramos las bolsas, usando un par de ramas que habían tiradas cerca y con las que habíamos abierto estos agujeros la noche anterior. Omer intenta ayudarnos, pero Jireh le dice que nos deje a nosotros acabar de sacar las bolsas.

Una vez en nuestras manos, nos acercamos a nuestros padres, que justo habían terminado su conversación y nos voltean a ver. Mi madre sigue impresionada y, podría agregar, aterrada por lo que mi padre le contó que le pasó.

Mi padre, con ojos bien abiertos, nos dice que no hay tiempo que perder y nos insta a caminar, apenas preguntándole a Jireh que si sabía bien por dónde nos iríamos para llegar antes de que nos caiga la noche.

Jireh asiente firmemente con la cabeza sin preguntarle a mi padre por la razón de su actitud, y comienza a caminar río abajo, nosotros le seguimos sin hablar.

En lo personal, intento ignorar tanto como puedo el gruñir de mi estómago y el frío para el cual el manto sobre mi túnica no llega a ser suficiente.

Caminamos hasta que una planicie se ve en las cercanías, sólo de nuestro lado del río. Tendremos que cruzar el cauce sí o sí, ya que queremos seguir ocultándonos de cualquier potencial vista del asentamiento.

Del otro lado del río, la gruesa vegetación también se ha disipado, pero hay un camino que sigue más allá y que Jireh asegura que es el mejor atajo hasta la morada del Profeta. Me preparo mentalmente para lo helada que estará el agua a estas horas y, con la promesa de que comeremos algo al cruzar el río, todos nos llenamos de valor para pasar por entre esas aguas.

Nos remojamos los pies primero, agarrando nuestras desgastadas sandalias de cuero en las manos. Yo llevo las mías, las de mi padre y las de Jireh, puesto que estos dos llevan las bolsas consigo. Mi madre carga a Omer, quien lleva las sandalias de mi madre y las suyas propias en sus manos.

Así es como pasamos la amigable pero helada corriente de agua del río.

Al vernos del otro lado, nos ocultamos detrás de dos troncos de árboles que encontramos, que están cerca el uno del otro. Partimos dos panes que eran de generoso tamaño, nos los compartimos y comemos. Pronto se nos olvida el frío que nos hacía tiritar.

Cuando di el primer mordizco a mi trozo de pan tuve que masticarlo lento por unos segundos, sorprendida del dulzor y ternura de la masa, por dentro y por fuera. Devoramos el pan con hambre y encantados por el sabor.

Minutos después, continuamos nuestro camino. Mi padre sacó otra arma de la bolsa, otro cuchillo, y se lo guardó, dándole la bolsa de las armas y las ropas a Jireh. Este me cedió la de la comida.

Vamos caminando esta mañana con nuestras mismas cargas y organización de anoche.

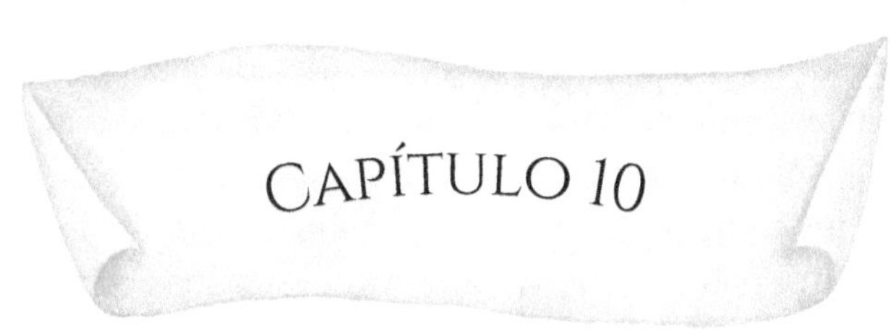

# CAPÍTULO 10

Caminamos el tiempo necesario como para sentir dolor en las piernas. Estoy cansada.

Una colina se levanta ante nosotros, y Jireh dice que debemos subirla para llegar al otro lado. Yo juraría que es uno de los tres picos del Monte Hermón, como mínimo el más bajito.

El calor se comienza a asentar sobre nosotros por el abrazador sol del mediodía que se acerca rápidamente a su punto más alto. El calor que emanaba el Vigilante anoche, aunque lo comparé con este sol, era más agradable.

Me frustra sentir el sudor en mi frente sin poder secarlo, por andar abrazada a la bolsa de comida. Así que, me detengo por un instante para subir mi pierna del suelo, alzando la rodilla y afincando la mayor parte del peso de la bolsa en ella, la sostengo con una mano y uso la otra para secar el sudor de mi frente, en especial una gran gota que estaba a punto de caer en mi ojo.

—Lo que daría por beber una vasija completa de agua —comento. Escucho suspiros y "mmmh" en respuesta. Sé que mi familia está en las mismas.

Jireh me mira y asiente.

—Pronto llegaremos y allá el Profeta Enoc nos dará algo de beber —dice, esforzándose por sonar animado.

Mi padre concuerda con Jireh y nos apremia para continuar el camino.

Paso la lengua por mis labios varias veces para dejar de sentir lo secos que están. Ignoro el cansancio lo más que puedo para seguirle el paso a mi familia. Mi madre ha puesto a Omer en el suelo para que camine por su cuenta, mi padre no parece tan cansado como lo estamos mi madre y yo; ni hablar de Jireh, quien tiene que mirar hacia atrás cada tantos pasos para confirmar que seguimos detrás de él, y le he escuchado casi bufar unas cuantas veces al tener que esperarnos.

Él ha caminado este sendero quién sabe cuántas veces. Con el tiempo que pasa con el Profeta Enoc y las veces que ha ido a su morada, ya está bien acostumbrado a caminar todo esto.

Así continuamos hasta llegar casi al límite de los árboles altos, divisando tierra plana y sin sombra, pues todos los árboles han caído, los han destrozado. Están justo antes de la colina que tenemos que pasar.

Al irnos acercando, se hace presente un olor repugnante que me hace arrugar la nariz y fruncir el ceño.

Desplazo mi vista hacia todas partes en búsqueda de aquello que apesta tanto. Aprovecho que Jireh se detiene y suelto la bolsa para cubrirme la nariz.

—¿Qué es eso? —le pregunto a Jireh, quien se queda callado.

Entre los troncos caídos, unos pasos a la derecha, vemos un bulto enorme en el suelo, parecido a un saco roto que ha dejado su contenido esparcido a su alrededor.

Al acercarnos, el hedor es más y más nauseabundo, y viendo de qué se trata puedo entender la razón detrás de la pestilencia. Eso no lo hace menos espantoso.

Un camello, o mejor dicho, vestigios de lo que un día fue uno, yace en el suelo, ensangrentado, y todo lo que debería estar dentro de él está regado por el suelo a su alrededor, también manchándolo de sangre. El hedor es insoportable y parece tener días en ese estado.

Le hacen falta importantes miembros de su cuerpo. La sangre que lo mancha y que mancha el suelo no es tanta como se esperaría.

Sólo una pregunta me llega a la cabeza: "¿Qué fue lo que le pasó?".

Despego la mirada de aquel cadáver justo a tiempo para escuchar a Jireh, alterado de repente.

—Ocúltense detrás de los troncos —mi hermano se apresura a

decir, y noto que está intentando mantener su voz a raya.

Volteo a verlo pero su mirada no está en nosotros o en el camello muerto, sino en otras criaturas aún más grandes y que se acercan por el lado contrario, como si vinieran en dirección a nosotros.

Son nefilim. Su altura y deformaciones son inconfundibles.

Mi respiración se atora en mi garganta, mi cuerpo se paraliza de inmediato, como si el hecho de que yo no me mueva hará que esos gigantes no me vean o se den cuenta de que estamos aquí. Aunque mi familia y yo somos más como langostas a los pies de unas criaturas de casi tres mil codos de altura.

Jireh se acerca deprisa, toma la bolsa junto a mis pies y me agarra del codo. Lo miro y luego a mi familia, que ahora está oculta detrás de troncos de árboles, uno para cada uno. Jireh me lleva consigo y nos escondemos detrás de otro.

Pronto nos damos cuenta de que esos nefilim no repararían en nuestra presencia ni aunque nos hubieran visto o escuchado, puesto que están muy ocupados trayendo consigo animales que chillan y se retuercen. Son tantas criaturitas indefensas.

Cierro los ojos y exhalo por la naríz con intensidad, intento que el hedor del camello no se quede impregnado en mis fosas nasales. Lo que le pasó a este pobre camello es exactamente lo que le pasará a los animales que ellos tienen en su poder ahora.

Me doy cuenta de que mi padre, también escandalizado, no puede mantener a raya su tono de voz.

—¿Tenemos que pasar por ahí? —pregunta mi padre, casi en un grito incrédulo.

Tiene el cuchillo empuñado y las cejas bien fruncidas. Me doy cuenta de que tiembla un poco, y toma una respiración profunda cuando Jireh dice que no y nos señala hacia la izquierda.

—Rodearemos este lugar y subiremos la colina por el otro lado, donde menos puedan vernos esas bestias —mi hermano tiene los nudilllos casi blancos de lo mucho que aprieta los puños.

Mi padre no deja de empuñar el cuchillo y, con un tono de voz autoritario, manda a Jireh a que tenga uno él también. Que en la bolsa de las armas, aparte de las ropas, sólo quedan eso: otros dos cuchillos, uno aún más desgastado que el que se le rompió a mi padre. No necesita decírselo dos veces; Jireh mete la mano en la bolsa y saca el otro cuchillo, colocándolo en la parte superior para tenerlo a mano si es necesario.

Volvemos a caminar, esta vez retrocediendo un poco el camino andado y desviándonos más por la izquierda para rodear la pequeña colina.

Eventualmente, no podemos ocultarnos más entre los árboles pero nos hemos alejado bastante de aquellos gigantes. Nos detenemos un momento para tomar un poco de aire y la sed me vuelve con más fuerza.

Miro de nuevo a los nefilim, con temor a lo que pueda ver. Sus ojos, hundidos en sus cráneos, hacen que sus frentes parezcan sobresalir de sus rostros. Tienen tan poco cabello en sus cabezas que el cuero cabelludo queda expuesto al sol entre hebras esparcidas por un lado y otro. Tienen más dedos en sus manos de los que tenemos los humanos, y su piel adopta un desagradable tono rojizo bajo la luz del sol, rojo como la sangre cuando coagula.

El hedor del camello vuelve a mi mente y lo siento en mis fosas nasales, aunque ya estamos muy lejos de él, y me revuelve el estómago.

Dejo de mirar hacia ellos cuando Jireh dice que correremos a su señal.

Así lo hacemos. Tomo una respiración profunda y, cuando Jireh lo determina, corremos tan rápido como podemos.

La bolsa me pesa entre los brazos cada vez más, pero me compadezco más de mi madre, quien ha vuelto a llevar a Omer cargado, esta vez a sus espaldas. Él no podría correr como nosotros, por sus pequeñas piernas.

Más pronto que tarde estamos subiendo la colina, aún corriendo, y varias veces he estado a punto de caerme y tropezarme con cosas en el suelo. Por temor, no me he vuelto a ver qué eran porque no creo que sea buena idea. Agradezco que la colina sea pequeña, pronto estaremos en la cima.

Para cuando estamos ahí, mi pecho arde y me ruega por un respiro. Más que un ruego, es una amenaza con que se me detendrá el corazón si no lo hago.

Suelto la bolsa con poca delicadeza y me doblo, poniendo las manos sobre mis rodillas para ver si en esta posición el aire entra en mayor cantidad a mis necesitados pulmones.

Me dejo caer en el suelo sentada y veo a mi familia. Todos han hecho lo mismo, se han tirado al suelo sentados o acostados, el sudor bañándonos y el sol cegándonos.

El calor que tengo me hace extrañar el frío que hacía esta mañana.

Jireh también está cansado, pero se recupera un poco más rápido que nosotros y, sentado en el suelo, señala hacia el frente.

—Allá —dice, aún con falta de aliento. —Allá está la casa del Profeta —señala.

Vemos bastante cerca una pequeña casa solitaria y hecha de madera con techo de paja. Modesta, humilde y aislada. Mi madre toma una bocanada de aire, antes de hablar.

—¿Porqué vive tan cerca de esas bestias? —pregunta, genuinamente preocupada. Jireh sonríe.

—Te sorprendería lo respetado que es el Profeta —es su respuesta.

Yo lo miro con ojos bien abiertos y no soy la única sorprendida. *¿Los nefilim respetan al Profeta Enoc? ¿Es eso posible?*

Jireh, con un movimiento de su mano, nos anima a caminar detrás de él. Ahora bajamos la colina por el otro lado, más calmados que como la habíamos subido. Momentos después nos paramos en la puerta de la humilde casa.

Mi hermano toca cuatro veces con su puño la puerta, pausa, tres veces más. La entrada se abre, dejando ver a una mujer canosa y que parece un par de décadas mayor que mi madre. Su semblante no parece cansado, aún con su edad, se le ve plena y en paz.

Jireh inclina la cabeza un poco, con cortesía.

—Buenas tardes, señora —la saluda con cortesía, inclinando la cabeza. —Venimos a ver a Enoc, es urgente —le deja saber.

Ella le sonríe con dulzura, las arrugas de su frente y esquinas de los ojos se hacen más pronunciadas.

—Es un placer verte por aquí de nuevo, Jireh. Y si buscan a mi marido con urgencia, no deben quedarse en la entrada. Pasen, pasen —se hace a un lado para dejarnos entrar.

Agradeciendo, entramos uno por uno detrás de Jireh. La última en entrar soy yo, con la bolsa de la comida abrazada y la mujer se ofrece a llevarla por mí cuando entro. Se la doy, no viendo nada de malo en cederla y descansar mis brazos, los sacudo un poco para desentumecer.

La señora me codea juguetonamente.

—Esta bolsa parece prometedora, disculpa mi intromisión —dice la esposa del Profeta. Dejo salir una corta risa.

—Es comida —le digo. —Se las hemos traído para compartir —sonrío.

—Oh —ella se queda mirando la bolsa entre curiosa y nerviosa.

Su expresión apacible adopta un ligero aire enojado que cualquiera notaría de inmediato.

—¿Dada por los Vigilantes? —pregunta, aunque su tono denota que tiene la certeza de que sí. —Lo lamento mucho y aprecio su generosidad pero no creo que la podamos aceptar —concluye, mirándome con firmeza a los ojos.

No sé cómo responder a eso, pero no se me hace necesario, pues una voz carrasposa y amable se une a nosotras.

—No hay nada de malo en comer la comida que de nuestra tierra es cosechada, puesto que es nuestra y no de extranjeros —dice la voz.

Volteo para ver a un hombre, igualmente que su mujer, de cabellos canos y expresión apacible, pero le sumaría unos años más que a su mujer y más trabajo que requiera estar encorvado, por la curvatura de su nuca hacia delante. Tiene un viejo bastón de madera que acentúa sus pasos pero que se puede ver que no le es del todo necesario para caminar.

—El Señor y su paz estén con ustedes, hijos —nos mira a todos, al detenerse en Jireh, se acerca y le estrecha la mano con una sonrisa cálida. Jireh le da la mano e inclina la cabeza como hizo con la esposa del Patriarca.

—Lamentamos cualquier inconveniente que le hayamos causado al venir de la nada, Profeta Enoc —dice Jireh. —Tenemos un asunto importante, un peligro para el cual requerimos de su ayuda y sabiduría —hace una pausa para carraspear levemente.

Entrecierra los ojos, arquea sus cejas hacia arriba y agacha un poco la cabeza, sin dejar de mirar a Enoc, con respeto y dejándole ver en su expresión la gravedad del asunto.

—Me atrevería a decir que es… —hace una pausa para mirarnos brevemente a su familia. —De vida o muerte —concluye.

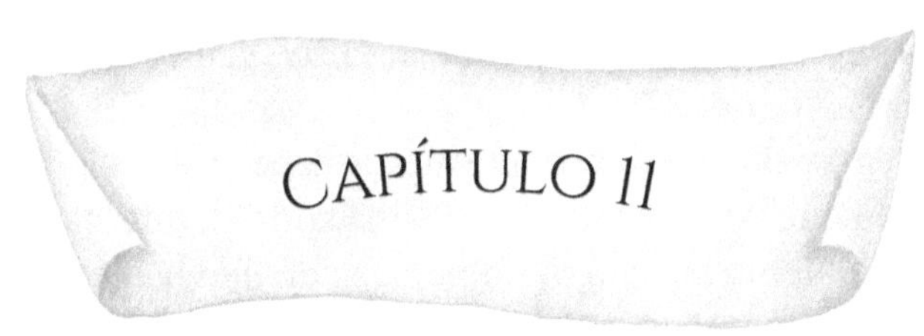

# CAPÍTULO 11

El Profeta hace que nos sentemos todos en el suelo de su pequeña sala, que está bastante limpia, como si acabaran de hacer el aseo. Entra poca luz del sol aquí, por las pocas ventanas. Sólo tiene una o dos. Velas iluminan la estancia como si fuera de noche, con vieja cera derretida y endurecida, pegada a los recipientes donde están las mismas.

Me quedo mirando alrededor, me fijo en la mesa de trabajo, con varias hojas de papiros encima. Abajo, en una canasta, hay piezas de zapatos a medio coser. ¿El Profeta es zapatero?

Me toma por sorpresa, puesto que nunca me había detenido a pensar en qué hacía él para traer alimentos a su hogar, aparte de que nunca había escuchado a Jireh mencionar eso.

El carraspeo suave de mi hermano rompe el silencio, y noto que su tono al dirigirse al Profeta es inusualmente formal.

—Sabe usted que no estaría aquí, en días que no requiera que yo esté presente, si no necesitara ayuda —dice.

Me abstengo de mirarlo con ojos bien abiertos, mi madre lo hace por mí. Jireh da un paso más al frente, y baja un poco la voz.

—Usted me ha dicho varias veces que, si necesito ayuda, acuda a usted. Aquí estoy con mi familia, y son asuntos serios —dice Jireh.

El Profeta asiente lentamente, su mirada fija en los ojos de Jireh, incluso cuando su mujer llega con una bandeja de madera. La vasija de agua y pequeños jarros de arcilla se distribuyen, y bebemos en silencio, agradecidos. La esposa del Profeta vuelve a llenarnos los jarros, y el Profeta espera a que Jireh termine el segundo antes de hablar.

—Aprecio serte de ayuda, joven aprendiz mío, ¿cuáles son los asuntos que atormentan a tu familia? —le responde, volviendo a pasar la mirada por cada uno de nosotros, regalándole una suave sonrisa a Omer, quien se le queda mirando tímidamente unos momentos antes de corresponder la sonrisa por cortesía.

—Lo primero es sobre mi hermana —Jireh vuelve a hablar y me mira por un instante.

Por su expresión, deduzco que quiere saber si me siento cómoda, a lo que yo le respondo con una sonrisa amargada y casi invisible. Realmente no tengo problemas con que hable de lo del Vigilante, pero no puedo evitar temer un poco lo que el Profeta vaya a pensar y decir sobre eso.

Jireh toma esto como un visto bueno para continuar.

—Uno de entre los Vigilantes que ahora andan sobre la tierra, no le sabría decir nombre ni categoría, está procurando a mi hermana, Eden, desde hace unos días. Tememos mucho que nos la arrebate de la nada. De hecho, cualquiera que sea la forma en la que se la lleve, sería una tragedia. Ya el Vigilante nos ha dejado comida por ella —hace un ademán con la mano hacia donde la esposa del Profeta dejó la bolsa con comida que trajimos.

Siento una mano tomar la mía y apretarla, volteo a ver y se trata de mi madre. Hace una mueca que no sabría interpretar del todo. Sus labios en una delgada línea, sus ojos parecen aguarse y agita la cabeza muy sutilmente. Aprieta mi mano de nuevo y deja de mirarme para fijar su vista en mi hermano mayor.

Sé que ella se permitiría sentir más asombrada y orgullosa por la forma en la que Jireh está expresándose con el Patriarca, si no fuera por nuestras circunstancias.

Aún así, una sonrisa leve ilumina un poco más su rostro cuando ve a Jireh hablar así. tan respetuoso y poco coloquial.

No parece que hayan pasado años conociéndose, que el Profeta Enoc confíe a Jireh sus visiones para que las registre. Sin embargo, mi hermano se muestra cómodo, hablando con fluidez de esa manera.

—Con la comida que nos ha dejado aquel caído, la cual no supimos esconder bien, nos ha puesto en peligro de muerte a manos de nuestros vecinos en el asentamiento. Se ha extendido la iniquidad y no temen quitarle la vida al vecino, robarle y sólo el Creador sabe qué otras cosas —Jireh endurece su ceño. —Vinimos a usted más por refugio y consuelo, pero nos sería de mucho provecho su intercesión, por la protección, justicia y misericordia de nuestro Creador; así como consejos de su parte sobre qué podemos hacer con nuestra situación —se da por terminado, relajando los hombros.

El Profeta se pone de pie, yendo hacia la mesa de trabajo a servirse agua en su jarro, pues su mujer dejó allí la vasija y los jarros por si queríamos más y se fue a preparar comida para todos.

Enoc alza su mirada, que choca con el techo bajo de la casa y luego cae al contenido de su jarro, meneando un poco el agua. Si fuera otra persona, creería que está distraído, o incluso ignorándonos.

—Engañoso es el corazón —habla al fin, tan en voz baja que no parece que le importe si escuchamos o no. —Más que todas las cosas —da el primer sorbo a su agua. —¿Qué piensas tú, Eden? —me mira.

Enmudezco tan pronto como todas las miradas están sobre mí.

Mi familia me observa con tanta intensidad que me nubla el pensamiento, sobretodo por no entender por completo la pregunta del Profeta.

—Yo... —sigo mirando a mi familia, los ojos del Profeta me hacen sentir más pequeña que, incluso, los del Vigilante. —...he escuchado eso antes, sí. No podemos dejarnos llevar siempre del corazón —esto último suena más a pregunta que a afirmación.

Siento mucha vergüenza y ni siquiera llego a comprender del todo porqué.

En mi pecho se forma un nudo que solo se deshace un poco cuando trago un par de veces, luego de no saber qué otra cosa decir.

Miro a Jireh, buscando alguna especie de ayuda.

—Sólo Eden puede decidir al respecto —dice el Profeta Enoc, librándome de tener que seguir opinando.

Jireh casi se atraganta con el mismísimo aire.

—¿Eden puede decidir? —pregunta, sin ocultar la sorpresa en su tono. El Profeta sonríe levemente.

—Oh, por supuesto que puede —vuelve a clavarme esos ojos que me hacen palidecer. Y aún no sé porqué. —Y sobre lo de sus vecinos —continúa, dejando de mirarme. —Quédense aquí esta noche, e intercederé con El que Vive para Siempre por ustedes —concluye.

En ese momento, entra la esposa del Profeta con otra bandeja, esta vez con comida.

Comemos juntos en el suelo, pero mis pensamientos no me dejan en paz. Las palabras del Profeta resuenan en mi cabeza.

Que pueda decidir significa que está en mis manos. Que pueda decidir también significa que puedo elegir... entre irme con o sin ceremonia; pero también si irme o no.

Un dolor leve comienza a formarse en la parte de atrás de mi cabeza. Llevo una mano a la nuca, tocando el colgante, deslizando mis dedos hasta la piedra fría. Recuerdo los ojos dorados del Vigilante. Desearía poder predecir cuándo vendrá y cuándo no.

Alzo la vista y encuentro los ojos de Jireh, que me observa con el ceño fruncido. Aparto la mano del antimonio y sigo comiendo.

Ignoro mis pensamientos lo más que puedo mientras escucho la amena conversación entre mi familia y la esposa de Enoc. El Profeta nos observa desde su mesa de trabajo, escribiendo algo de vez en cuando en un papiro que tiene desplegado en la misma.

Eventualmente, la noche empieza a caer y la esposa del Profeta nos acomoda como puede en su pequeña casa, haciendo lo posible para que durmamos cómodos. Mi madre la ayuda, aprovechando para agradecerle repetidamente su hospitalidad.

Una vez listo todo, cada uno de nosotros tiene una manta en el suelo para que podamos acostarnos encima de esta, y así lo hacemos.

Momentos después de que ya estamos acostados, ella vuelve con mantas más gruesas y nos da una a cada uno para arroparnos.

—Noches como esta, cuando hay muchas nubes en el cielo,

tiende a hacer un poco más de frío —dice.

Me voy quedando dormida pronto, gracias a la pesadez y el cansancio que el día de hoy nos ha dejado.

93

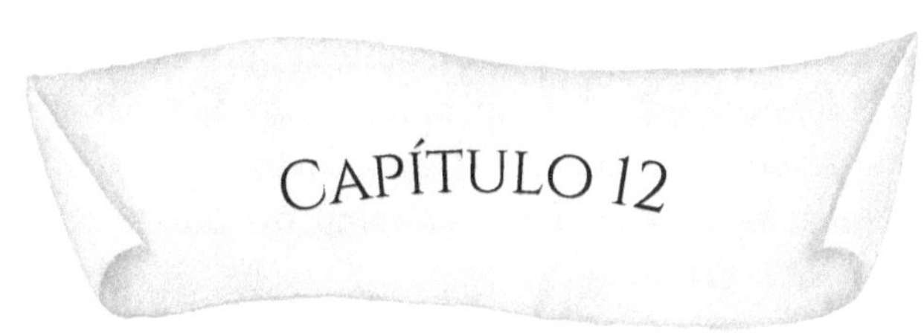

# CAPÍTULO 12

De nuevo despierto de madrugada.

Por un momento espero encontrarme con unos ojos dorados brillando entre la penumbra de la noche, pero no es el caso.

Me levanto y me quedo con la gruesa manta envuelta en mi cuerpo y, sintiendo mis labios tan secos que irritan, me acerco a la mesa de trabajo donde han dejado más agua para nosotros.

Mientras me sirvo en un jarro, escucho una voz que habla con pasión pero en un tono tan bajo que por un momento dudo estar escuchándolo de verdad. Las palabras que dice son incoherentes para mí, como si hablara en una lengua inhumana. Un escalofrío cruza por toda mi espalda al escucharlo.

Me acerco a ver de quién se trata. En la oscuridad, cerca de una ventana por la que apenas entra un poco de luz de luna, una silueta de hombre se arrodilla con la cabeza alzada al cielo.

Rodeo aquella figura, intentando no hacer ruido, creo saber de quién se trata y lo confirmo cuando veo su rostro, iluminado por aquella tenue luz casi azulada que viene de la luna. Sus ojos cerrados, sus manos alzadas un poco y entrelazadas frente a su rostro.

Su voz baja más, como si supiera que lo observo.

—Tu decisión ha sido tomada —dice el Profeta Enoc, ahora más alto.

Me sobresalto y frunzo el ceño, no del todo convencida aún de que esté hablando conmigo.

—Y lo que ha de pasar, pasará —vuelve a decir, todavía mantiene su posición y no me ha mirado.

No digo nada. ¿Está realmente hablando conmigo? ¿Qué quiere

decir con que ya tomé mi decisión?

Cuando el Profeta vuelve a susurrar su oración, yo me alejo con cuidado de no llamar mucho la atención y termino de beber el agua que me había servido. Toda de un solo trago.

¿Qué pasará ahora? ¿Sabrá el Vigilante dónde estoy?

Rozo el colgante de antimonio en mi cuello; aún está frío, lo que me da una sensación de seguridad y tranquilidad, como que puedo acurrucarme en paz en el lecho improvisado donde dormiré esta noche. Y así lo hago.

Unas voces me despiertan, hablando como si nadie estuviera durmiendo. Lo primero que hago es recordar lo de anoche y preguntarme, nuevamente, porqué el Profeta Enoc me dijo aquello. Pero no me quedo pensando mucho en ello, porque escucho una risa que hace que abra mis ojos para ver qué pasa.

El lugar está iluminado, mucho más que cuando habíamos llegado aquí ayer por la tarde. La puerta de entrada está abierta por completo, con una piedra de buen tamaño sosteniéndola. Por ahí es que entra la mayor parte de la iluminación de la mañana, junto con una suave brisa.

Me pongo de pie y me estiro, dándome cuenta de que dormí mejor de lo que había hecho desde que apareció en mi vida ese Vigilante.

Miro a mi alrededor y me digo internamente que tengo que halagar a la esposa del Patriarca por mantener este lugar tan impecable, aunque sea notable que es una tarea difícil.

El silencio en toda esta solitaria zona donde viven sólo es opacado por las voces que hablan amenamente en la cocina.

Cuando me acerco con las mantas entre mis brazos, luego de recoger mi lecho improvisado del suelo, el primero que se me acerca es Omer, quitándome las mantas para pasárselas a la esposa de Enoc, quien las recibe con una gran sonrisa para mi hermanito y luego me sonríe a mi de la misma forma.

Atrapo a Omer en un abrazo que lo deja un tanto desconcertado al principio y me doy cuenta de esto porque se tarda unos segundos en corresponder.

Mi familia está sentada en una improvisada mesa, esperando el desayuno.

Se ven tranquilos y una tenue sonrisa se puede distinguir en sus rostros, incluso mi padre, como si hubiera olvidado el encuentro que tuvo con el Vigilante hace tan sólo un par de noches.

Me siento junto a ellos, y en ese momento llega la esposa del Patriarca de haber ido a guardar las mantas.

Cuando el desayuno está listo, servido y hemos hecho una oración, se sienta a comer con nosotros. Todos disfrutan de sus tazones de kamut bañado en leche. Tenemos buenas porciones cada uno, lo suficiente como para dejarnos poco más que satisfechos. Sonrío al ver a Omer, devorando su tazón como si fuera un gran manjar.

—¿Dónde está el Profeta? —pregunto, en voz baja para no interrumpir de mala manera el disfrute que todos tienen ahora.

De verdad me sorprende que coman como si esto fuera más que kamut, como si fuera el plato más exótico que han probado, aunque sea algo a lo que estamos acostumbrados desde hace mucho mucho tiempo en el asentamiento.

La esposa de Enoc me vuelve a obsequiar una sonrisa cálida.

—Duerme —dice, respondiendo a mi pregunta. —Tiende a pasarse toda la noche haciendo cosas; si no escribiendo, es orando, a veces trabajando. Anoche se acostó muy tarde, así que solo lo dejamos que duerma tanto como necesita. Así como íbamos a hacer contigo —deja salir una risita y vuelve a comer.

Asiento un par de veces antes de comenzar a comer el kamut. Ahora entiendo el deleite. Está delicioso, es el mejor que he comido en toda mi vida.

Comprendo el afán de todos aquí y pronto deduzco que este tiene que ser el kamut que nos dio el Vigilante.

Luego de comer, ayudamos a la esposa del Patriarca a recoger todo y, rato después, estamos ayudándola con la limpieza de la casa.

Ella usa mucha agua y frota bastante bien, remoja el lugar sucio por ratos y vuelve a frotar. Y eso, que no estaba tan sucio. En ese momento, le halago sus esfuerzos por mantener este lugar limpio y lo bien que lo hace. Mi madre comenta que usará dicha técnica en casa. Y así nos pasamos las próximas horas.

Más tarde, mi familia y yo nos alejamos un rato. Nos sentamos afuera, sobre el césped, con la colina por donde llegamos a la vista.

—La verdad es que... —mi madre comienza a hablar. —Extraño nuestro hogar —deja salir un largo suspiro.

Mi padre pasa un brazo por sus hombros para acercarla a él.

—Sé que podremos regresar pronto —dice.

—Tenemos que esperar a ver lo que pasó con el Profeta luego de interceder por nosotros —interviene Jireh. —Recordemos cómo están las cosas en el asentamiento —nos mira, deteniéndose unos instantes más de los necesarios en mí.

Todos asentimos. Permanecemos ahí, bajo el sol, disfrutando el momento pese al calor. Finalmente, mi padre vuelve a hablar.

—Un Vigilante nos visitó la madrugada que pasamos escondidos a veras del río —comienza a decir, con la mirada perdida. —Admito que lo único que he tenido en la mente es lo horrible que sería que mi hija sea tomada por uno de esos seres. No tienen nada que ver con los humanos y no sé de qué serían capaces —su voz se quiebra un poco, pero él de inmediato carraspea y lo arregla para continuar. —Yo no sería capaz de cuidarla y protegerla, quizás no la volviéramos a ver. Sin contar el tipo de aberración de la que podría embarazarse eventualmente —hace una pausa.

Le duele decir eso en voz alta. Como si decirlo lo hiciera más realidad que pensarlo.

—Pero, cuando ese Vigilante se apareció, supe que era el que está detrás de Eden y me di cuenta allí que no hay forma de ocultarla de ellos. Descubrir de palabras del Profeta Enoc que Eden puede decidir me ha traído un alivio inmenso —dice.

Un silencio se asienta entre nosotros, con la escandalizada

expresión de Jireh queriendo hacer mil preguntas a nuestro padre, pero se las guarda todas.

Dichas preguntas bien podrían hacer que nuestro padre recuerde demasiado a detalle lo que pasó con el Vigilante.

Estoy segura de que en la mente suya es muchísimo más terrible que aquello que el Vigilante me dijo que había pasado.

Un rato después, cuando el sol ya es demasiado para aguantarlo sin ningún tipo de cobertura, volvemos a entrar a la casa. El Profeta está terminando de comer plácidamente, a solas en su mesa de trabajo. Ha bajado todos los manuscritos y movió todo a un lado, para asegurarse de no ensuciar o arruinar nada.

Se pone de pie tan pronto termina y nos saluda antes de ir a dejar los trastes a la cocina, donde escuchamos que los limpia de inmediato.

Luego, nos hace un gesto para que nos acerquemos.

Se sienta en el suelo, cruzando las piernas, y nos invita a hacer lo mismo.

—Lo que tengo para decirles me duele en el corazón —dice, mira a Jireh fijamente a los ojos, con el rostro arrugado. —Habiendo intercedido por ustedes por horas esta madrugada, me quedé dormido y en sueños se me mostró que no hay nada que yo pueda hacer para ayudarlos en ese problema —Enoc nos mira a cada uno, sus ojos algo entrecerrados. —Se ha tomado una decisión y lo que pase será consecuencia de eso —dice.

Vuelve su mirada a mis padres, quienes aguantan la respiración con expresiones de congoja que no se preocupan por ocultar. El Profeta Enoc suelta un suspiro antes de continuar.

—Por tal razón, Zirot y Emlora, mi esposa y yo estamos dispuestos a alojarlos a ustedes y a sus hijos en mi humilde vivienda, hasta que dispongan de una alternativa —toma la mano de mi padre y la de mi madre, da un apretón y suelta.

Puedo ver a mi madre tomar respiraciones profundas y a mi padre a punto de derrumbarse, aunque quien peor se lo toma es Jireh.

Mi hermano puede disimular muy poco las lágrimas que caen

por sus mejillas, su semblante ha decaído y sus cejas se han arqueado hacia arriba.

Una clara expresión dolida y sorprendida por la respuesta del Patriarca.

Jireh agradece en voz baja y creo escuchar que le tiembla.

Se levanta de su sitio y camina hacia fuera de la casa, alegando que quiere tomar aire fresco. Mi madre se queda mirando a Jireh salir, mientras abraza por los hombros a Omer.

Mi padre comienza a hacer preguntas. "¿Porqué?", "¿Qué más pueden hacer?"...

A mi mente vuelve la imagen del ángel.

En cierta forma él inició esto, al dejar comida en nuestra puerta.

*¿Sería descabellado si le pido que lo solucione?*

Si acepto irme con él, podría hacer algo para proteger a mi familia. Debería ser así, ¿no?

*¿Porqué siquiera lo considero?*

# CAPÍTULO 13

La noche ha caído, desde mi percepción, mucho más rápido que de costumbre. Pronto estamos solos en la estancia de pequeño tamaño donde estamos durmiendo, en casa del Patriarca y Profeta Enoc.

Mi corazón late pesado, como si fuera más grande de lo normal.

Juego con el antimonio que cuelga de mi cuello. Dibujo la silueta de la hoja, forma en la que está tallada la piedra, y luego paso los dedos por encima del relieve de mi nombre en ella.

Mis ojos se pierden en el techo de paja. Escucho los ronquidos de mi hermanito y mi padre, la respiración acompasada de mi madre y el silencio de Jireh. No sé si este último sigue despierto como yo, pero me alegra un poco escucharlos dormir como si todo estuviera tranquilo. Como si estuviéramos bien.

Sigo jugueteando con mi collar, mientras pienso en los intimidantes ojos resplandecientes de aquel Vigilante.

Me permito soñar despierta, acostada sobre mi espalda en el duro suelo.

¿Él podría hacer que volviéramos a salvo a casa? ¿Habrá alguna forma en la que pudiera hacer que las personas del asentamiento se tranquilicen?

La luz de la luna entra por la pequeña ventana, formando una línea de luz azulada en el techo, es lo único que evita que estemos del todo a oscuras.

Cuando una joven se va, su familia vive bien: comida, ropas nuevas... ¿Pero qué pasa con su seguridad?

La familia de Cam, el agricultor, no tardó mucho en sufrir la violencia del asentamiento, lo que hacen para saciar su hambre. A veces pienso que no hay demasiada hambre como para vivir de esa manera. Puede que las personas del asentamiento quieran hacer uso de sus afiladas armas, demostrar algo a alguien o, incluso, podrían querer llamar la atención de los Vigilantes para que estos ayuden más a las comunidades humanas.

Me obligo a pensar que todo eso es estúpido, mientras la luz de la luna se desvanece de mi vista.

Me acomodo de lado, apoyando las manos bajo mi mejilla. Bostezo y cierro los ojos, sin fuerzas para mantenerlos abiertos.

Creo sentir el calor del antimonio antes de sumirme en la oscuridad del sueño.

Un destello dorado y una cálida sensación pareciera arrancarme del sueño, pero al abrir los ojos todo a mi alrededor es de un blanco reluciente, limpio. Me siento parte de él.

Recuerdo la mañana tras mi encuentro con el Vigilante en el cobertizo, cuando desperté con la piedra de antimonio alrededor del cuello.

Esto se siente igual, como un sueño que de alguna forma es real.

—Es una hermosa velada —dice una voz, retumba por todo el lugar y me estremezco.

La identifico de inmediato como la del Vigilante.

—Deberías poder contemplar las estrellas, incluso en tus sueños —dice.

Justo entonces le veo aparecer de la nada, como si el blanco puro de este lugar fuera una neblina y él sale de entre esta. Por encima suyo comienza a oscurecerse y estrellas aparecen como si siempre hubieran estado allí, sólo necesitaban un fondo oscuro para poder contemplarlas.

—Un ambiente perfecto para estar tú y yo —vuelve a hablar el Vigilante.

Su rostro es apacible, su mirada resplandece pero es dulce, como si se alegrara de verme. Sus manos están entrelazadas detrás de su espalda y toda su figura está cubierta por aquella túnica amaldinada con la que siempre lo he visto.

Yo siento como si tuviera espasmos en el pecho y, aunque abro la boca, no puedo decirle nada.

¿Acaso me encontró en casa del Patriarca Enoc? ¿Vino por mí? ¿Porqué no parece molesto?

—Sé exactamente dónde estás —dice él, como si leyera mis pensamientos. —Un lugar al que no puedo acceder. Si no me hubieras dicho que no huyes de mí, creería que lo estás haciendo —ladea la cabeza un poco, un destello surca sus ojos. Yo sigo sin saber qué decirle. —Y me hubiera gustado verte en persona, que me vieras en persona, porque un sueño no es más que un sueño para ti. Pero quiero mostrarte algo que es muy real —dice.

Da un par de pasos hacia mi y con eso me alcanza.

Toma mis manos entre las suyas y hace que yo sea quien dé los últimos pasos para estar frente a frente, casi demasiado cerca.

Es en ese momento que comienzo a sentirme mareada, todo a mi alrededor da vueltas tan rápido que las estrellas que habían a nuestro alrededor se difuminan y sólo queda el fondo oscuro. Un vacío en el cual sólo estamos él y yo.

Él me acerca aún más a su cuerpo, hasta casi abrazarme, con sus manos sujetándome de los codos. Nuestros brazos unidos en un abrazo incompleto. Quisiera que lo completara.

De sus labios salen palabras que yo no puedo comprender, aunque creo haber escuchado ese mismo lenguaje, o similar, antes. Específicamente, de boca del Patriarca y Profeta Enoc.

Sin embargo, no me da tiempo a pensar mucho en eso porque el fondo negro a nuestro alrededor, que seguía dando vueltas sin control, se convierte en una gran sala, primero oscura, luego blanca por la luz que nace alrededor. Este es un blanco menos pulcro, más realista.

No puedo apartar la mirada de los destellos que se transforman en objetos. Todos desconocidos, salvo algunos.

El fondo negro aún persiste, aunque se ha sobrepuesto sobre este la imagen de una sala llena de cosas de colores dorados y blancos, hay otros pero en muy poca variedad.

Los únicos objetos que puedo identificar son colgantes,

grandes y pequeños; veo vestidos, los más hermosos que en mi vida hubiera visto antes.

Lo que más me asombra: mujeres riendo, vestidas con las más brillantes prendas de los colores más hermosos. Muchísima comida que personas disfrutan.

Lo que el Vigilante me está mostrando se siente irreal, vuelvo a mirar sus resplandecientes ojos y él da un apretón a mis manos cuando las vuelve a tomar entre las suyas, acariciándome la piel desde los codos hasta las muñecas en el proceso. Como si quisiera convencerme de que todo es real. Me sonríe y se acerca más, soltando mis manos para sostener mis mejillas, inclinándose hasta quedar frente a frente.

—Te daré cuantas cosas te harán feliz, vivirás tranquila tú y tu familia. Me aseguraré de eso. Ellos podrían volver a casa, vivir sanos y salvos. La comida y la ropa no les faltará nunca, eso y todo lo que necesiten para estar bien —me susurra muy cerca del rostro. —Sólo tienes que decir que sí, y esto que ahora has visto no se comparará con lo que haré que vivas. Sólo sé mía —su tono casi parece de ruego.

Dejo de sentir cómo mi corazón palpita, su rostro está demasiado cerca del mío. Separo mis labios para decir algo, pero nada sale de ellos. Una vez más, mis palabras se atoran en mi garganta.

El Vigilante parece darse cuenta de esto porque, sin dejar de mirarme a los ojos, desliza sus manos desde mis mejillas hasta mis hombros, acariciando la piel que queda expuesta y que no está cubierta por la túnica que me he puesto para dormir.

Sus pulgares se toman su tiempo en sentir la piel en ese lugar, antes de acariciar el colgante que sólo él y yo podemos ver.

Deja de mirar mis ojos y mira fijamente la piedra, mientras sus manos suben con delicadeza de nuevo a mi rostro. Lo acuna con ternura y se acerca un poco más.

Su aliento se vuelve una tortura para mí, su presencia se vuelve más cálida, casi tanto como si estuviéramos en persona.

El brillo de sus ojos me hace cerrar los míos. La respiración se me corta cuando siento que roza nuestros labios, es imperceptible, podría estarlo imaginando y ya.

—No eres consciente de la manera en que me tientas —su voz se vuelve ronca y baja. —Si pudiera devolverte un poco de lo que me has hecho sentir desde que te vi por primera vez, seríamos dos espíritus envueltos en llamas y de caída libre al averno —dice.

Se aleja un poco y me mira a los ojos cuando tengo la confianza de abrirlos. Los suyos arden como antorchas, cegadores, hipnóticos.

—No dejes que este ser maldito se pierda sin tu alma, sin tu belleza. Ven conmigo —dice.

Entonces, el silencio se alarga, su mirada me exige una respuesta.

La voz del Profeta Enoc irrumpe en mi mente. Puedo decirle que no, poner fin a esto ahora.

Pero, ¿qué pasará después? ¿Volveremos a casa mi familia y yo? ¿O nos consumirá la miseria y la violencia?

Los ojos del Vigilante siguen sobre los míos, yo agacho la mirada hasta su pecho, firme y oculto por su oscura túnica.

Nuestro alrededor vuelve a ser aquel fondo blanco y de ensueño, sin estrellas, sin banquetes. Él murmura que es hora de que vuelva a descansar. Promete volver para escuchar mi respuesta, cediéndome tiempo para pensarlo.

Deja un beso en mi mejilla, luego otro en mi frente. Cierro los ojos al sentir los castos besos y no los vuelvo a abrir, dejándome caer de repente en brazos del sueño.

# CAPÍTULO 14

Todavía siento el calor de aquel Vigilante en mi frente y mejilla. Me froto los ojos un par de veces, aún cegada por los suyos, como si siguiera frente a mí.

Uno de mis dedos toca la punta de la piedra de antimonio con forma de hoja, la cual vuelve a tener esa calidez parecida a cuando me la regalaron. Se me había olvidado por un momento que esta piedra no siempre ha sido fría; desde que estoy donde el Patriarca, no se había calentado hasta ahora.

Cierro los ojos y, con una larga respiración, muevo mis labios como si estuviera hablando en voz alta pero sin dejar salir la voz: "Lo haré, será lo mejor", suspiro. "Quizás me permitan venir a visitarlos y todo estará bien, mi familia estará protegida, como me ha dicho el Vigilante". Me giro, acomodándome en posición fetal, tratando de no molestar a los que duermen a mi lado en este espacio tan estrecho.

Mi cabeza quiere comenzar a dolerme para cuando decido que hablaré con mi familia al día siguiente.

Si me voy como las demás mujeres, todo estará bien, quizás mejor que como ha sido toda mi vida.

Aprieto el antimonio en mi puño y respiro profundamente, intentando despejar mi mente y dormir. Mañana no será fácil.

La mañana llega con el sonido de una mujer silbando. Antes de abrir los ojos, creo haber regresado a casa y estar escuchando a mi madre cocinando de buen humor. Sin embargo, no es la realidad.

Cuando me levanto del suelo, siento un ligero dolor a un lado, en la cadera. Recuerdo la posición en la que dormí y me digo que nunca más debo dormir así en un suelo duro y frío.

Mis hermanos y padres siguen dormidos, por lo que supongo que quien silba es la esposa del Patriarca.

Lo confirmo al entrar en la cocina y verla picando unas verduras. Parecen hojas de árboles cualquiera.

—Creí que estarías durmiendo como tus padres y tus hermanos —dice, sin quitarle la atención a las verduras que está picando. —El cielo está muy gris y cae rocío, hace frío… Es la mañana perfecta para dormir hasta tarde, ¿no crees? —voltea a verme y me regala una sonrisa tierna.

Yo me recuesto de la pared y miro a través de la ventana de la cocina. Pasto muy verde y un arroyo con aguas cristalinas pasa por al lado de la vivienda del Patriarca y su esposa, el poco sol que atraviesa las nubes grises hace que el agua tenga destellos como si fueran estrellas.

—También para estar tranquilos en casa, disfrutando del ambiente frío —digo, sin despegar la mirada del arroyo.

Su agua azul contrasta con el verde de la hierba y es una vista majestuosa. Pienso en casa, el río, el cobertizo, las gallinas, que varias mañanas a la semana me daban trabajo para recoger los pocos huevos que a veces ponían. Pienso en todo lo que era antes, queriendo algo mejor.

—Te noto muy tensa —la esposa del Patriarca interrumpe mis pensamientos. —Si estás pensando en la situación en la que tu y tu familia están, intenta relajarte. Cualquier cosa que tu mente diga ahora está alterada por los acontecimientos que han pasado —antes de que me de cuenta, ella pone frente a mí un jarro lleno de un líquido verdoso. —Tómate esa infusión, es buena para los nervios —dice.

—Estoy bien —murmuro, algo que ni yo llego a creerme.

Libro una batalla dentro de mí aún, y va ganando la parte que me dice que la solución es irme con el Vigilante. Ella me insiste en tomar el jarro con la infusión.

—Sólo quiero que sepas que nada que creas haber decidido ahora es algo de lo que te debas fiar. Date tiempo —dice, lo tomo como una clara indirecta a mi dilema.

Tomo un par de sorbos de esta infusión y me estremezco por el intenso sabor a vegetales que tiene.

Asiento, pero mi mirada se pierde de nuevo en la vista que tiene la ventana de la cocina. Quisiera contemplar el paisaje con la admiración que se merece, pero las imágenes que me enseñó el Vigilante anoche siguen vívidas en mi mente.

No dejo de imaginarme el giro que daría nuestra situación.

En ese momento, mi madre entra en la cocina saludando y restregándose los ojos al mismo tiempo. Justo entonces, la esposa del Patriarca sale, según dice, a recolectar ciertas verduras y semillas que necesita y que por fortuna crecen cerca.

Mi madre y yo quedamos a solas, lo mejor es que sea con ella, de entre toda mi familia, con quien mantenga esa conversación.

Mi padre y Jireh no estarían nada de acuerdo con mi decisión, me encadenarían a algún lugar y montarían guardia para impedir que me vaya o que me busquen. No les funcionaría si me viniesen a buscar, pero eso no les impediría intentarlo.

Omer no entiende mucho de la situación y es impensable hablar con el pequeño sobre algo como esto.

Mi madre es la única que podría entender las cosas que he pensado y, aunque no esté de acuerdo conmigo, tal vez respete la decisión. O tal vez no.

*¿Y si lo mejor es dejar claras mis inquietudes y luego, esta noche, hablar con el Vigilante y dejarle a mi familia un recado para que no se preocupen por mí?*

—¿En qué piensas? —mi madre me saca de mis cavilaciones.

Levanto la vista, atrapada por su mirada.

—Nada, es que… —comienzo a decir. Pienso en la mejor forma de abordar esta conversación. —La gente en el asentamiento se ha puesto mucho más violenta de lo que alguna vez han sido, ¿no? ¿Había pasado algo similar, que tú recuerdes? —decido que esas preguntas suenan lo más inocente posible, luego llegaré a donde quiero.

Mi madre niega suavemente con la cabeza.

—Pues, las cosas nunca han estado bonitas, pero en estos tiempos van de mal en peor —dice, toma el cuchillo que estaba usando la esposa del Patriarca y comienza a picar, ayudando. —No debes preocuparte, vamos a encontrar una manera —dice.

Pica un par de veces más y luego va a buscar un poco de agua que hay en una de las dos vasijas que están en la esquina de la ventana. Mete a remojar las verduras.

—Pero ¿y la comida? —señalo las verduras recién picadas. —Esas se acabarán y, ¿qué haremos después? ¿Vamos a ponernos como nuestros vecinos? —bajo el tono de mi voz, adoptando una expresión que roza la desesperación.

—Eso nunca —se apresura a decir.

Sin embargo, su mirada se pierde en las verduras que tiene dentro del agua y noto en su expresión que se hace la misma pregunta que yo: "*¿No será cuestión de tiempo para vernos en tal desesperación que acudamos a esos métodos?*"

—Vamos a subsistir —susurra, luego de un largo momento en silencio. Dejo salir un sonoro bufido ante lo que dice.

—¿Supongo que esa es nuestra vida? —murmuro.

Vuelvo a perderme en la vista de aquel arroyo cristalino, enfocándome en los leves destellos del sol en el agua, que por un segundo me recuerda a los ojos del hijo del cielo.

—Así es la vida aquí —vuelve a susurrar mi madre, mirándome a los ojos esta vez.

La conversación muere ahí, dejándome con un sentimiento de molestia. No sirve seguir hablando; ya planté la idea, esperando que mi madre entienda. Que también considere que es la mejor decisión. Eso espero. Me repito: "Es *la mejor decisión*".

Esta misma noche, lo decido, obligándome a no pensar más.

Solo hacerlo.

Mi corazón no deja de palpitar con fuerza, puedo escucharlo en mis oídos y puedo sentirlo contra mi pecho. Tiemblo un poco pero intento ocultarlo cuando, detrás de mí, se hace presente aquel calor y la noche se ilumina con la luz de los ojos del Vigilante.

Lo he esperado afuera, lo más alejada de la casa del Patriarca que mis nervios me permitieron, las estrellas brillan con intensidad y no hace tanto frío, mucho menos con la calidez que emana el Vigilante al que no me he volteado a ver.

Sus manos se asientan en mis hombros, se desliza a mi cuello, lo acaricia y vuelve a mis hombros. Hace que me dé la vuelta para encararlo y una sonrisa preciosa me recibe, debajo de aquellos resplandecientes ojos de oro.

—No me imagino otro ser más contento que yo pisando esta tierra, en este momento —dice, acercando su rostro al mío.

Me alejo un poco.

—¿Puedo hacerte una pregunta antes? —susurro.

Él asiente, al mismo tiempo en que me entrega un montón de tela suave. Hasta ese instante es que me doy cuenta del hermosísimo vestido blanco y largo que me ha traído. Me quedo mirándolo unos segundos y luego vuelvo a sus ojos.

Carraspeo para que mi voz salga más clara, aunque parece temblar.

—¿Cuándo podré venir a visitar a mi familia? —pregunto.

Él ensancha su sonrisa, convirtiéndola en una llena de ternura. Se acerca a mí y acuna mi rostro con una de sus manos.

—No todas las que llegan a Saphon quieren salir, pero tú sólo dime cuando quieras y vendrás —es su respuesta.

Siento alivio en mi corazón, por lo que el pecho me duele menos y dejo salir un largo suspiro. Ahora puedo sonreír levemente ante la intensa mirada de este Vigilante.

—¿Saphon? —pregunto, sin dejar pasar aquel nombre que nunca había escuchado.

—Es nuestra ciudad, a donde iremos ahora. Permíteme asegurarte que te dejará sin aliento —sonríe con cierto orgullo, casi parece humano.

Nos quedamos mirando unos momentos, en silencio. Yo asiento con la cabeza y, entonces, otra inquietud nace en mí.

—No sé nada sobre tí. Nunca me has dicho tu nombre y... —me lo pienso antes de terminar la oración, temiendo ofenderlo de alguna manera. —No sé si de verdad puedo confiar —"en tí, en tu palabra", me salto esa parte.

Él acaricia mi rostro con dulzura, rozando mis labios de forma sutil.

—Mi nombre lo sabrás en su momento, cuando estés conmigo en mi morada —dice. —Y confiar en mí debe ser un riesgo que estés dispuesta a tomar, aunque te digo ahora que yo guardo mi palabra. Yo y los míos no prometemos a la ligera ni en vano, como está acostumbrado el ser humano —su entrecejo se frunce pero mantiene la sonrisa.

Yo vuelvo a asentir con la cabeza, como idiota.

—Quisiera dejarles un recado a mi familia... para que sepan dónde estoy, por qué me fui. Que estaré bien y vendré seguido —digo en voz baja.

El Vigilante asiente y toca mi colgante, levantándolo un poco hasta que lo puedo ver y toca una de las puntas de la hoja hecha de piedra antimonio.

Entonces, el colgante se desprende con suavidad de mi cuello. Miro al Vigilante con los ojos bien abiertos. Yo no había podido quitarme esto cuando quise. Él sólo sonríe y me entrega la piedra en la mano.

Entro de puntillas a la casa del Patriarca, con cuidado de no despertar a nadie y ubico un trozo suelto de madera entre los escombros que seguro utilizan para avivar fuego.

Utilizo una de las esquinas puntiagudas de mi antimonio para trazar con fuerza las palabras que les dejaré a mi familia antes de irme.

La luz de los ojos del Vigilante, aunque atenuada porque procura no acercarse mucho a la casa del Profeta Enoc, me sirve para poder ver lo que escribo. Siento su calor y mi mano sigue temblando un poco, mi corazón palpita rápido y los ojos se me llenan de lágrimas sin que lo pueda evitar.

"NO SE ALARMEN SI NO ME VEN EN LA MAÑANA, SI NO ME ENCUENTRAN EN NINGÚN LUGAR. EL PATRIARCA Y PROFETA ENOC TENÍA RAZÓN, ERA MI ELECCIÓN. TAMBIÉN TUVO RAZÓN CUANDO ME DIJO QUE YA HABÍA TOMADO MI DECISIÓN. ESTO SERÁ LO MEJOR, YA VERÁN, PUES ME HAN PROMETIDO QUE USTEDES ESTARÁN PROTEGIDOS, NO LES FALTARÁ COMIDA Y YO VENDRÉ SEGUIDO A VISITARLOS.
LOS AMO. EDEN".

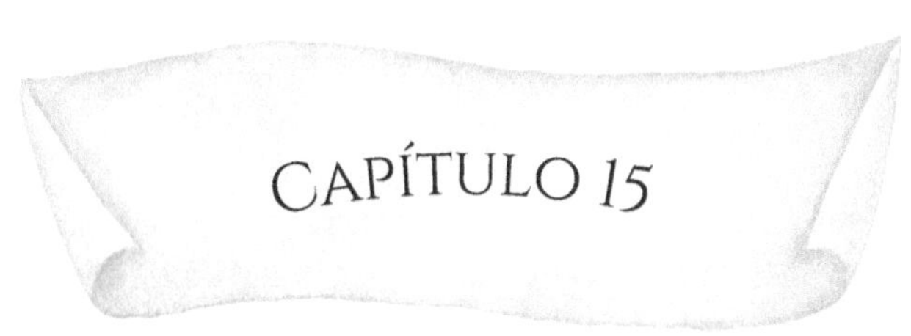

# CAPÍTULO 15

El vestido blanco se ciñe a mi torso, la falda cae con delicadeza en pliegues que bailan con mis pasos. Mi cabello queda suelto, cayendo como manto sobre mis hombros y me alegra poder usarlo como tal, casi se siente como si pudiera ocultarme detrás de él.

Salgo de la casa del Patriarca a paso ligero, moviéndome lento en todo momento para cuidarme de no despertar a nadie, sobre todo a cualquier miembro de mi familia.

El Vigilante tiene sus ojos un poco más encendidos y no me quita la mirada de encima hasta que me detengo frente a él.

—Encantadora —le escucho decir.

Sus ojos son como ver el sol en el amanecer, la luz va incrementando de intensidad hasta que no puedo verle a la cara sin cegarme.

Cierro los ojos. Una mano roza la mía, y un mareo repentino me desorienta. Comienza a fallarme la respiración y ya no puedo abrir los ojos, no porque no quiera, sino porque siento todo a mi alrededor dar vueltas. La mano, que deduzco es del Vigilante, ahora se aferra a mi cintura junto con la otra. Me sostiene y susurra algo que no puedo entender, las piernas quieren fallarme.

Me desoriento, ya no sé si esto está pasando de verdad. Si ha pasado un segundo o una hora.

Abro los ojos lentamente, encontrando un silencio inquietante. La luz no ha desaparecido, solo se ha suavizado, permitiéndome ver a mi alrededor.

Al hacerlo, el aire se me escapa.

Una majestuosa ciudad se alza frente a mí, iluminada por luces en distintos tonos del color de los ojos de los Vigilantes. La entrada a la ciudad es un gran marco que cruza sobre mi cabeza, hecho de un material tan blanco que refleja la luz como un cristal. Como el blanco de mis sueños, de las veces que el Vigilante ha irrumpido en ellos.

Estoy a las puertas del lugar al que los ángeles llaman hogar en la tierra.

*Saphon.*

Creo saber cómo llegué hasta aquí tan rápido, he visto a Vigilantes llevarse mujeres antes. Lo mismo habrá hecho conmigo, y la sensación es horrible. Lo que no sé es qué tan lejos de mi casa estoy.

La brisa fría de la noche hace que la falda de mi vestido se levante ligeramente. Miro a mi alrededor en busca del ángel que me trajo y me doy cuenta de que no está.

Mi corazón palpita demasiado fuerte como para poder ignorarlo, así que pongo una mano en mi pecho para tratar de calmarlo mientras vuelvo a posar mi vista en la ciudad. Tal parece que tengo que avanzar por ese camino que se extiende frente a mí. Y me han dejado sola.

Doy un paso al frente, pero me detengo cuando una melodía comienza a sonar dentro de la ciudad. Una hermosa canción que pareciera recibirme.

Al instante mi miedo se disipa un poco para permitirme caminar.

Quedo cautivada por la magnificencia del lugar, tanto que mis ojos no pueden creer que de verdad exista algo como esto en la tierra.

Las edificaciones son demasiado altas como para ser unas simples casas, y están hechas de un resplandeciente material dorado que bien se podría confundir con el oro. Quizás lo sea. Se alzan al cielo en formas incomprensibles para mí e inimaginables.

Cada una tiene arcos elegantes y torres esculpidas que parecen unir al mundo terrenal con el celestial. Como si los ángeles hubieran traído su mundo al nuestro. Convirtiéndolo en Saphon.

Los caminos no son tierra enlodada y empolvada como en el asentamiento, sino que están empedradas y pulidas, resplandeciendo tenuemente bajo la luz dorada de antorchas y faroles que iluminan el camino. Cada detalle que veo es diferente y artístico. Me pregunto cuánto tiempo tomó hacer cada cosa.

Las altas edificaciones son lo que más llama mi atención, siguiéndoles las estatuas con formas humanoides de gran tamaño y otras mitad bestias que hay esparcidas por todo el lugar. Un escalofrío recorre mi espalda al darme cuenta de que han de ser en honor a los nefilim.

Evito mirar mucho las estatuas.

Avanzo por el camino empedrado, despacio pero sin detenerme, sintiendo el calor que emana cada edificio y cada estatua, cada fuente y hasta el mismo suelo.

La melodía continúa llenando el aire, haciendo que sienta que todo esto no es más que un sueño. Y así me parece aún más cuando en el camino comienzan a aparecer, en ambos lados, unos puestos que simulan un mercado humano normal, sólo que estos están rebosantes de frutas exóticas y delicias que me son desconocidas. La abundancia y la riqueza es asombrosa y se huele en este lugar.

Las comparaciones entre el asentamiento y Saphon llegan solas a mi mente y forman un nudo en mi garganta. Estoy aguantando la respiración cada tantos segundos, aún no me creo que sea real el lugar en donde estoy parada.

Escucho murmullos a mi alrededor, hay muy pocas personas y todas tienen sus ojos puestos en mí. En mi vestido que no se mantiene quieto, gracias a la brisa; y en mi cabello que, junto con ella, baila a mis espaldas y deja mi rostro demasiado expuesto. Con sólo mirar de reojo, sé que todos son Vigilantes, altos y con sus intimidantes ojos sin apartarse de mí. Aunque también hay mujeres, quienes agachan sus cabezas en un saludo que me dirigen con gracia y lentitud.

Aquellas mujeres irradian una belleza cautivadora, como si estuvieran impregnadas con la luz misma de los ángeles.

Más adelante, al pasar del mercado, hay un gran espacio vacío, donde termina el camino que estoy siguiendo, rodeado de jardines separados por pequeños muros dorados. Dichos jardines están llenos de flores de colores vibrantes y fuentes donde caen aguas cristalinas, con estatuas más pequeñas pero igualmente en formas de nefilim y Vigilantes.

Me encuentro rodeada de armonía, luz y abundancia; un contraste demasiado fuerte con el lugar de donde vengo.

Trago unas cuantas veces para desanudar un poco mi garganta, sin lograrlo, a la vez que miro hacia los jardines.

Desde algunos de ellos salen mujeres, vestidas de blanco al igual que yo. Cada una embelesada con lo que ven sus ojos, como yo.

En total, somos unas cinco mujeres las que hemos llegado aquí.

Nos miramos entre sí, dándonos cuenta de inmediato de que somos las nuevas. Nos regalamos miradas que envían consuelo a las que estamos con los nervios a flor de piel. Un par de ellas, por el contrario, parecen más felices de estar aquí.

De pronto, unas risas se escuchan. De entre los jardines donde no había nadie salen otras mujeres apresuradas, parecen estar flotando con gracia, andan deprisa para llegar al centro del lugar vacío frente a nosotras. Allí forman un círculo, danzando tomadas de las manos una con otra.

En ese momento, una parte del suelo entre ellas comienza a moverse y se abre un hoyo. Me toma unos segundos ver que algo redondo está subiendo por ahí, parece una mesa de piedra brillante y oscura, la cual tiene encima unos cuantos jarros pequeños y un cesto lleno de flores blancas.

Los estramonios con los que llenan el pelo de las mujeres a las que se les hace ceremonia. Deduzco, entonces, que no somos el único asentamiento que lo hace.

La mesa parece hecha con antimonio, o eso supongo, al ver con más detenimiento el parecido que tiene con la piedra que tengo colgando de mi cuello, la cual tomo entre mis dedos y la acaricio, sintiendo el calor que de ella sale.

Las mujeres continúan danzando de una hermosa manera alrededor de la mesa, acercándose a ella poco a poco y sin romper la sincronía y gracia con la que se mueven.

Pareciera que han hecho esto muchísimas veces.

Una a una, toman un jarro y una flor, y se acercan a nosotras, las recién llegadas.

Mi corazón palpita fuerte, quitándome el aliento con cada latido. La melodía no se ha detenido desde que entré en la ciudad, pero ahora se ha vuelto más fuerte y adorna cada movimiento de esas mujeres.

Una de las mujeres coloca un jarro en mis manos, el cual ahora veo que contiene agua caliente, y un estramonio, cuyo olor no es nada agradable para mi nariz. Las otras mujeres que vinieron conmigo tienen lo mismo en sus manos. Cruzamos miradas, una que otra se encoge de hombros.

Vuelvo la mirada al centro del espacio frente a nosotras. Las danzarinas tienen sus propios jarros y flores, nos miran fijamente y alzan ambos objetos a la altura de sus rostros, para entonces echar la flor dentro del jarro con agua caliente. Hacen un movimiento con el jarro en nuestra dirección, invitándonos a hacer lo mismo.

Volteo a ver a las demás nuevas y ellas, al igual que las danzarinas, echan la flor dentro del jarro. Hago lo mismo.

Las danzarinas se toman el agua dentro del jarro de un sólo trago, volviendo a señalarnos con sus jarros al acabar. Nos tomamos el líquido que se ha vuelto una mal hecha infusión, con un sabor horroroso y amargo que nos provoca arcadas a todas tan pronto la saboreamos.

Yo me las arreglo para tragarlo y me tomo toda la infusión, más por la presión que siento al saber que un par de las danzarinas tienen sus ojos fijamente puestos en mí, que porque realmente sienta que tengo que tomarme esta cosa asquerosa.

El sabor de ese líquido se queda en mi lengua más tiempo del que me gustaría, añadiendo a eso el hedor de la flor impregnada en mi nariz. Estoy a punto de vomitar y el sonido de las otras haciendo arcadas no me ayuda a aguantarlo.

Estoy a punto de dejar salir cualquier cosa que haya en mi estómago ahora, pero la música se hace un poco más fuerte y levanto la vista cuando siento que todo el lugar se siente demasiado cálido como para ser más de medianoche, así como demasiado iluminado.

Las danzarinas han hecho espacio a los cinco Vigilantes que aparecen casi en un parpadeo donde antes estuvo la mesa que ya desapareció.

En medio de ellos está el que me trajo, y siento su mirada puesta en mí, haciéndome sentir de la misma forma que la primera vez que sentí sus ojos.

Los otros Vigilantes no se sienten menos imponentes, con los mismos ojos dorados y resplandecientes. Ninguno se deja ver el rostro, ocultos bajo sus capuchas oscuras. La del Vigilante que me trajo es del color del almandino, como siempre; otro de ellos tiene una del color del cielo nocturno, otro del color del vino, otro de color negro y el último es de un color más oscuro que la tierra cuando está mojada.

Cada uno de ellos alza sus brazos hacia nosotras, bajan sus cabezas y, en ese momento, el brillo en sus ojos incrementa. Aquel resplandor casi nos deja saber la dirección que toman sus miradas, al romper con la oscuridad de la noche. Cada uno se enfoca, he de suponer, en la mujer que trajo a esta ciudad.

Murmullos que salen de sus labios se mezclan con la música, la cual baja de volumen y ahora se siente más como si estuviera en mi cabeza.

Un nudo repentino se forma en mi garganta y duele un poco, como si me hubiera tragado una pequeña piedra. Mi vista se va poniendo borrosa, y cuando intento enfocar los ojos en lo que está frente a mí, sólo logro cegarme mucho más con la luz de los Vigilantes. Cierro mis ojos con fuerza, aquella luz me lastima como si estuviera viendo fijamente al sol.

Con mis ojos cerrados, mis nervios se incrementan y soy más consciente de casi todo en el lugar; desde la brisa fría de la noche, opacada por el calor que emanan los ángeles, hasta los movimientos de las danzarinas a mi alrededor.

Tengo la intención de volver a abrir mis ojos, deseo ver lo que está pasando porque todo comienza a sentirse pesado, frío y caluroso a la vez, no lo puedo describir.

Las danzarinas ríen con ternura, los Vigilantes siguen murmurando cosas que no puedo entender, y me siento demasiado mareada.

Las risas de las danzarinas se vuelven más fuertes, hasta podría pensar que les están haciendo cosquillas. El calor comienza a amainar, la música no se detiene.

Al fin puedo abrir mis ojos. Los Vigilantes se han movido hacia el fondo del lugar, estando casi a las afueras de la ciudad, lo que hace que el calor sea mucho menos, al igual que el brillo de sus ojos.

Entonces, en mi visión aparece una de las mujeres que llegamos aquí nuevas. Hay una gran sonrisa en su rostro y ella danza, casi con la misma gracia que las danzarinas; escucho leves aplausos a mi alrededor, siguiendo el ritmo de la música. Ahora todo el centro del espacio le pertenece a ella.

Se mueve libremente y con ojos cerrados. Se contonea de una manera muy sensual, una risa se me escapa y el nudo en mi garganta ahora parece ser un estrujante sentimiento de regocijo que tengo que dejar salir, aplaudiéndole a aquella mujer, junto con todas las demás. Mi cuerpo quiere moverse solo y danzar como ella.

La veo detenerse repentinamente y mirar alrededor de sus piernas, como si hubiera algo rodeándola. Ella deja salir una carcajada y se agacha, continuando su danza de esa manera, acompañada de algo invisible que es más pequeño que ella.

Uno de los Vigilantes se acerca a ella, el de la capucha marrón oscura. La mujer no se percata y continúa danzando en el mismo lugar y con algo que sólo ella puede ver, hasta que él pone sus manos en los hombros de la mujer, sujetándola frente a él. Sólo se puede ver el destello de sus ojos dorados brillando, cuando sus manos se deslizan por el cuerpo de la mujer hasta su cintura.

Ella sigue riéndose, sólo que ahora lo hace más seductoramente. El Vigilante agacha su cabeza a la altura de la de la mujer.

No puedo ver con exactitud lo que hacen, la mujer nos da la espalda, aunque, sin temor a equivocarme, diría que están besándose.

Las danzarinas aplauden con más fuerza la acción y, luego de unos segundos, el Vigilante toma de las manos a la mujer y se la lleva, quién sabe a dónde.

Las demás mujeres, así como las danzarinas, corren entre risas al centro del espacio y danzan.

Yo no tardo en unirme a su diversión. Dejo que mi cuerpo fluya en movimientos que no conozco, no sé cómo estoy danzando ni cómo se mueven mis piernas y mis brazos.

Aquí estamos.

Los Vigilantes siguen en el lugar que tomaron, allá al fondo, observándonos por debajo de sus oscuras capuchas; pero el saber eso no provoca nada en mí, ningún pudor o vergüenza. Tal vez todo lo contrario.

Una de las mujeres me mira y sonríe, sus labios se mueven como diciendo algo, pero no puedo leerlos ni escucharla, así que sólo asumo que no habla conmigo. Yo me río sin saber porqué.

Danzo enérgicamente junto con las otras mujeres como si nadie nos estuviera mirando. Y entonces un humo negro y denso sale desde el suelo cerca de donde estoy pisando, de la nada.

Retrocedo un par de pasos, pero el humo entra por mis fosas nasales. Pronto, ruego por aire, pues la respiración me falla gracias al hedor de la flor que vuelve con fuerza y me marea en ese mismo instante.

Busco a alguien con la mirada para pedir ayuda, a quien sea, pero no están las mujeres danzarinas de la ciudad. Volteo a ver a las otras chicas nuevas y tampoco están.

Quiero gritar por ayuda a los Vigilantes presentes, pero cuando los veo, estos se alejan de una forma inhumana hacia atrás, perdiéndose en la oscuridad de la noche; tanto que ni siquiera una tenue luz dorada de sus ojos se puede ver.

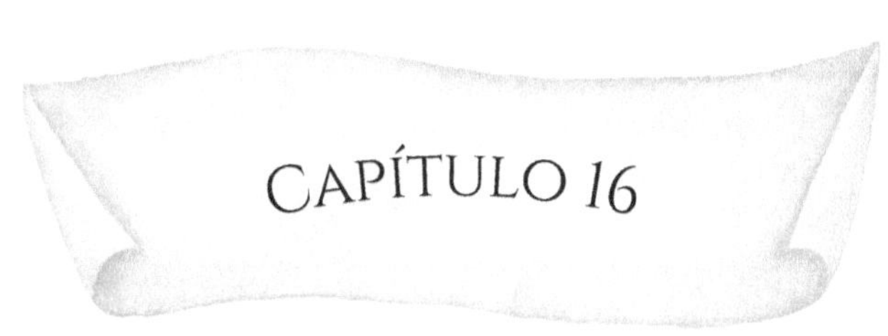

# CAPÍTULO 16

Un ruido como de crepitar de fuego surge detrás de mí. Al girarme, veo cómo el denso humo negro toma forma, esculpiendo una silueta roja y profunda, casi negra, pero con un brillo oscuro. La figura carece de rostro y lanza un grito aterrador. El sonido es tan penetrante que debo cubrir mis oídos.

Respiro con dificultad al ver cómo la figura se va haciendo más y más grande, mientras se tambalea en mi dirección.

El terror me invade y grito, antes de correr lejos de esta criatura, pero al instante otra figura se va formando de un extraño humo negro a mi derecha. Se mueve más deprisa que la primera. Luego se forma otra y otra y otra más, lanzando gritos que suenan desesperados.

Corro, pero ellos también lo hacen. Avanzan torpemente detrás de mí. Sus largas piernas se lanzan adelante, y me alcanzan sin permitirme llegar muy lejos. Dos de ellos me toman con fuerza de cada brazo. Un tercero se acerca demasiado a mi rostro y abre sus fauces, su aliento hediondo llega como viento a mi rostro y tengo que agacharme como puedo, para evitar que devore mi cabeza, como estuvo a punto de hacer.

Soy arrastrada hacia no sé dónde, levanto la cabeza y enfoco la mirada hacia una cegadora luz que al principio confundo con algún Vigilante. Sin embargo, pronto identifico lo que parece una gran fogata, cuyo fuego se alza cada vez más alto. No veo madera ni nada que la avive, pero su llama es feroz y parece tener vida propia.

Las criaturas oscuras continúan arrastrándome y no puedo competir contra la fuerza de las dos que me llevan al fuego por más que lo intente.

Me retuerzo y trato de correr en sentido contrario, desesperándome al sentir el calor del fuego cada vez más fuerte y la forma en la que las llamas parecieran querer alcanzar mi rostro antes de que yo llegue a ellas.

Las criaturas no paran de gritar desesperadamente y todas comienzan a lanzarse al fuego, evaporándose en un ensordecedor ruido.

Yo sigo sin poder soltarme y ruego por ayuda mientras estas dos cosas me llevan a rastras para lanzarme con ellos al fuego.

Grito y grito, ruego por ayuda pero no hay nadie.

*¡No quiero morir, no así, no ahora!*

Uno de los que me agarran se lanza al fuego y se evapora como lo hicieron los demás. El último, que aún me sostiene, agarra mi cabeza por detrás y acerca mi cara al fuego con un movimiento brusco. Entonces, veo siluetas en él, figuras grandes y pequeñas. Los gritos dejaron de ser monstruosos, para volverse humanos. Angustiosos y desesperados, llenos de agonía.

Las figuras en el fuego se van volviendo más claras, hasta que pareciera que estoy contemplando la tierra desde el cielo. Siluetas corriendo y ocultándose, gritos de ayuda.

No puedo respirar y las piernas comienzan a temblarme como si estuvieran agotadas, como si hubiera corrido sin detenerme por horas. Así me siento. El sudor cae en gotas tremendas por mi frente y no puedo limpiármelas porque la criatura agarra mis brazos con fuerza detrás de mi espalda con una de sus manos, mientras con la otra mantiene mi cabeza en donde está. Ya no sé si es cerca del fuego o dentro de él.

Los segundos se vuelven eternos hasta que, de pronto, el ruido cesa. Tampoco he sido lanzada al fuego, como me lo había esperado. Todo a mi alrededor está en calma, de repente.

Entonces, unas voces sutiles cantan en mis oídos, llenándome de una paz que no tiene sentido.

Limpio mis lágrimas y el sudor, abro mis ojos lentamente y me veo envuelta en una bruma blanca y brillante, como si estuviera dentro de un rayo de luz. Aquellas cosas desaparecen y, en lugar de los gritos, hay un coro cantando bajo y en armonía.

De entre la bruma sale una mano, la tomo sin dudarlo porque siento la calidez que emana y la seguridad que me promete.

Confío.

Al sentir la piel de dicha mano con la mía me invade un escalofrío que me hace sonreír y, cuando menos lo espero, alguien me abraza.

Todo va desvaneciéndose a mi alrededor, siento como si flotara y mi visión da vueltas, vueltas rápidas que me marean. Poco a poco, las esquinas de mi vista se oscurecen y, se siente raro, pero soy plenamente consciente de que estoy perdiendo el conocimiento. Aún así, me dejo llevar plácidamente hasta que no sé más de mí.

Siento un cosquilleo en mi frente, intermitente y suave. No puedo controlar el espasmo que me recorre por completo, al tiempo que recobro la consciencia y el control de mi cuerpo.

Abro mis ojos sólo un poco, adaptándolos a la luz que hay en el lugar, la cual es tan brillante que no me sorprendería enterarme de que me encuentro acostada justo debajo de un cielo de mediodía. Pero luego de unos cuantos parpadeos, veo que lo que producía esa luz era, en realidad, un par de ojos resplandecientes y dorados.

Mi primera reacción es levantarme al instante.

El dueño de dichos ojos levanta ambas manos en un gesto tranquilizador y yo me quedo quieta, mirándolo a él y luego a mi alrededor.

Un grupo de personas rodean el lecho en el que me encuentro, son los cinco Vigilantes de anoche y uno más que nunca había visto. De entre ellos, distingo al que me trajo.

Respiro profundo un par de veces, poniendo mi mano en mi frente, masajeo un poco para intentar quitarme el cosquilleo. No aparto ni un momento mis ojos de aquellos ángeles y siento la urgencia de usar la mano con la que masajeo mi frente para cubrir mi rostro.

Me toma unos momentos más darme cuenta de que también están algunas de las mujeres que habían en la ceremonia.

—¿Cómo te sientes? —una de las mujeres pregunta, dando pasos hacia mí.

Ella es alta, esbelta, por demás cautivadora, con su cabello oscuro que llega hasta su espalda baja y enmarca un fino y cuidado rostro. Tiene una expresión un tanto consternada en su rostro.

Miro a las demás y tienen la misma expresión. Los Vigilantes, sin embargo, lucen más como si analizaran cada uno de mis movimientos. Sobre todo aquel que me trajo. Mis recuerdos de lo que pasó son distantes o, mejor dicho, inexistentes. Sólo recuerdo con claridad estar danzando junto con las demás.

Siento mis mejillas calentarse al recordar la forma en la que me solté, sin pudor alguno. Aunque aún no sé si al danzar lo hice mal, bien, provocadoramente o me vi ridícula. En ese momento no me importó, pero ahora siento demasiada vergüenza, sobre todo porque todo el que me vio está aquí.

No recuerdo más que eso, aunque parece como si en mi cabeza quisieran surgir las imágenes de lo qué pasó y que me llevó a estar aquí, en el lecho más cómodo que en mi vida había sentido, rodeada de mujeres hermosas y de Vigilantes que no me quitan la mirada de encima.

—No sé qué habrás visto pero… —la chica comienza a hablar de nuevo, al ver que yo no contesto, pero es interrumpida por el Vigilante que me trajo.

—Déjennos a solas —ordena con voz firme, aunque con la suavidad suficiente como para parecer amable.

Lo miro y luego a la chica de nuevo, justo en el momento en que pone los ojos en blanco, acción que llega a confundirme un poco. Ella se aleja y sale detrás de todos los demás, siendo la última en salir y, antes de, se gira para mirarme y dice que nos veremos en un rato. Asiento con la cabeza lentamente, sin entender el porqué de la simpatía suya. Es la única en todo el lugar que parece tratarme como si fuéramos amigas. La veo irse, cerrando la gran puerta, que se ve más pesada que una de madera, detrás de ella.

El calor del ángel que se me acerca se siente acogedor, en comparación con el frío que debería estar haciendo.

Toca mi mano al sentarse a un lado mío en el lecho, para luego quitarla y abrir su puño, con suavidad, revelando lo que guardaba. Otro colgante, idéntico al que tengo puesto.

—El que traías se te fue arrebatado del cuello —dice, su voz es melódica y me mira con un deje de ternura que no se me pasa por alto.

—¿Qué? —toco mi pecho, esperando sentir la piedra allí, pero no está.

Tomo una gran respiración. Lo que me preocupa no es haber pedido el colgante, sino que no recuerdo cómo.

—¿Me lo arrebataron? ¿Quién? ¿Cómo pasó? —comienzo a preguntar, en voz baja, a mi mente para que recuerde.

—No es de gran importancia —el Vigilante pone una mano en mi barbilla, alzando mi rostro para que pueda verlo.

Mira fijamente mis ojos, y yo puedo ver los suyos sin problema, puesto que el brillo en ellos es como el de una vela a punto de apagarse.

—Escúchame, Eden. Mientras tengas este colgante puesto estás bajo mi protección, y si te encontraras en peligro, si piensas siquiera que algo te puede pasar; di mi nombre al tocar el antimonio. Iré por tí —dice, bajando su tono de voz, haciendo que se escuche ronca y con determinación.

—¿Cuál es? —pregunto, aprovechando que sacó a colación su nombre. —¿Me dirás tu nombre? —vuelvo a preguntar.

Tartamudeo un poco, ruego que él no lo haya notado. Una sonrisa leve se forma en sus labios.

—Eden —dice mi nombre como si se deleitara con él.

Me remuevo un poco, incómoda al sentir que se acerca más a mí.

—Tú me has de llamar Semyazza —sus manos tocan mi cuello, poniendo el colgante en él sin dejar de verme a los ojos. —Y cuando me llames, con tu mano en este antimonio, yo llegaré a donde tú estés —toca la piedra del colgante, luego de habérmelo puesto.

—Luego me contarás qué fue lo que viste —susurra cerca de mi rostro.

Asiento, espero recordarlo todo para ese momento.

Repito su nombre en mi cabeza varias veces. Aparto la mirada del ángel cuando sus ojos comienzan a brillar un poco más y mi corazón late tan fuerte que lo siento chocar con mi pecho como si quisiera salir.

Me siento un poco mareada aún, desde que me desperté, así que cierro mis ojos e intento ignorar la presencia suya tan cerca de mí. Me sobresalto un poco cuando siento que acuna mi rostro con sus dos manos, deja un beso en mi frente y me dice que descanse.

Una sensación de sueño abrumadora me llega en ese momento, y en un parpadeo ya no está el Vigilante, ni siquiera siento el calor suyo.

El frío que me invade de repente hace que me cobije y esconda debajo de estas sábanas gruesas y cálidas.

Lo último que veo, al acostarme de lado, es un gran ventanal con una gran tela transparente que la cubre, a través de la cual puedo ver el cielo nocturno aclararse con la pronta llegada de los primeros rayos del sol del día.

# CAPÍTULO 17

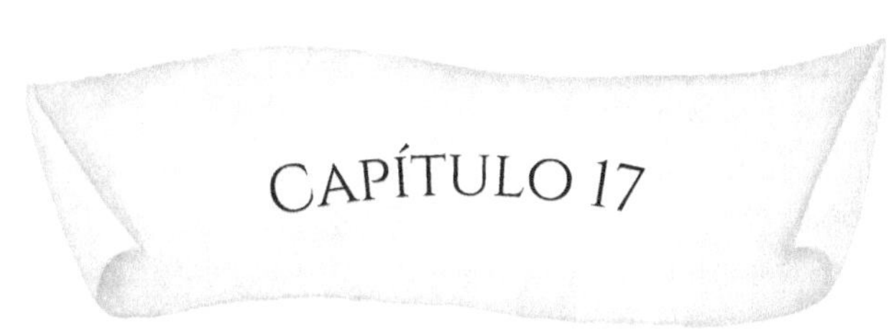

Me despierto de una manera tan repentina que me quita el aliento. El sudor baja por mi frente y mis ojos están bien abiertos, mientras me siento en el cómodo lecho, con una mano en mi pecho y respirando entrecortadamente. Recordé lo que pasó. Esas criaturas... Miro en todas direcciones, temiendo que aparezcan de nuevo.

En la cabecera de este lecho está sólo una pared blanca, por lo que me arrastro un poco hasta pegar mi espalda con ella para sentirme un poco más segura.

Toco el antimonio, elevando la piedra hasta que puedo contemplarla, y recuerdo lo que dijo el Vigilante, Semyazza, sobre ella.

Me interrumpen unas risas que se escuchan y desvío la mirada hacia la entrada de este aposento, la cual está considerablemente lejos de mí.

Es entonces cuando noto el tamaño que tiene este lugar.

Comparado con mi hogar, es demasiado amplio y vacío, aunque esté lleno de decoraciones y cosas a las que no le presto mucha atención por el momento.

Recuerdo a mi familia al seguir escuchando aquellas risas, con el sol entrando de lleno a través del ventanal. Debe ser cerca del mediodía, si no calculo mal, y me pregunto qué estarán haciendo en este momento.

Para esta hora ya habrán visto el mensaje que les dejé, es lo más seguro. No puedo imaginarme cómo se lo habrán tomado.

Mis pensamientos son interrumpidos por la puerta abriéndose con lentitud, para que luego se asome una cabellera oscura y suelta, con el rostro apacible de aquella joven. Al verme despierta, entra al aposento con confianza y cierra la puerta detrás de sí, saluda con un leve "hola".

—Quería saber cómo seguías y si ya te habías despertado —dice, se sienta a los pies del lecho.

—Estoy bien —contesto.

Me quedo observándola. Lleva un vestido que rueda y es del color del sol, lleno de vida. Tiene diseños en las faldas, hechos con piedras preciosas de distintos colores, sus ojos están pintados de negro, haciéndolos demasiado llamativos como para no pasar desapercibidos, y sus labios van de rosa intenso. Su cabello también está adornado con hileras de piedras, similares a las de su vestido, que caen por todo el cabello y que, a su vez, se une a una pieza que rodea su cabeza, como una corona.

—Por cierto, soy Laama —dice.

Suelta una risita al darse cuenta de mi expresión, que debe ser una de "¿nos conocemos?" Con mi ceño fruncido y ojos entrecerrados, mirándola para saber si es que en algún otro momento de mi vida la había visto.

—¿Cuál es el tuyo? —me sonríe.

—Eden —digo.

—Bueno, Eden, tienes un nombre hermoso —amplía su sonrisa, yo le ofrezco una más pequeña a modo de agradecimiento por el cumplido. —Te preguntarás porqué estoy aquí, y seguro dirás "¿qué hace esta loca hablándome con tanta confianza?" —hace ademanes con la mano y forza una voz un poco más aguda.

¿Está imitándome? ¿Yo me escucho así?

—Pues, querida, yo soy tu compañera, si así gustas llamarlo. Seré como tu amiga en este lugar. A todas les asignan una, por decirlo de alguna manera, cuando llegan, puesto que esta ciudad puede llegar a ser intimidante y demasiado diferente a nuestros asentamientos como para sobrellevarlo sola —dice.

Alza mucho las cejas e inclina su cabeza.

—Créeme, he pasado por eso. Todas aquí, en su momento. Y cualquier cosa que necesites me lo puedes decir —sonríe de nuevo.

La chica ha de ser bastante risueña o está muy feliz.

—Agradezco eso —digo, agrandando mi sonrisa.

Nunca he tenido amigas. Las mujeres en el asentamiento no solemos tratarnos mucho entre sí. Sabemos que en cualquier momento a alguna se la llevarán, por ende, nos preocupamos por no hacernos muy amigas y no encariñarnos. Ya es suficiente dolor cuando a una, miembro de tu familia, se la llevan.

Aunque nunca me había detenido a pensar en que, ya estando aquí, todas se pueden hacer amigas y familiarizarse.

Ya están aquí, ¿no? No irán a ningún lado más que a visitar a sus familias, ¿verdad?

Tiene mucho sentido.

Entonces puedo hablarle de lo que vi anoche. Hace mucha presión en mi pecho, como cuando recién despiertas de una pesadilla, sólo que se ha prolongado todo el rato que llevo despierta. No se ha disipado ni desaparecido.

—Creo que he recordado lo qué pasó anoche —le digo, luego de pensar por un par de segundos entre si decírselo o no.

Ella frunce ligeramente el entrecejo y se acomoda para quedar frente a frente conmigo.

—Eran unas criaturas oscuras que salían de un humo negro —continúo.

Sin poder evitarlo, mis ojos vuelven a desplazarse por todo el aposento para asegurarme de que ninguna de esas criaturas se haya aparecido aquí. Laama frunce el ceño aún más al escucharme.

—Me arrastraron hacia la llama de un fuego que parecía una gran fogata, hicieron que meticra la cabeza allí y vi... —me detengo de repente.

Esa parte es un poco borrosa todavía, y aunque intente recordar más, mi memoria se niega a ayudarme.

—Nefilim —dice Laama, cuando se da cuenta de que no puedo recordar lo que sigue.

Yo la miro confundida, puesto que las criaturas que vi no se parecían en nada a los nefilim, no a los que se me ha dicho que existen.

—Sí, cuando mueren ellos se convierten en sombras asquerosas y les encanta molestarte cuando se dan cuenta de que les puedes ver. Estoy segura de que no volverá a pasar, sólo no tomes más estramonio. No lo consumas de ninguna forma —me advierte, con ademanes que hace con la mano.

Laama se pone de pie, me ofrece su mano y me invita a salir del aposento para ir a comer algo. Salgo por completo de entre las sábanas y me levanto para ir con ella. El piso es frío y pulido, sensación que contrasta mucho con la piedra de mi casa y no puedo ocultarlo, pues me quedo mirando mis pies por unos segundos, deseando tener un calzado. No veo ninguno que me pueda poner.

Laama, entonces, se apresura a una de las mesas que hay en el aposento, toma unas sandalias de cuero negro y las pone frente a mis pies.

Cuando salimos del aposento, un gran pasillo nos recibe, uno que hace que la estancia de donde salimos pareciera no tan grande en comparación.

Laama camina sin mirar a algún otro lugar que no sea al frente, mientras que yo observo cada detalle en las paredes de este pasillo. Son muy blancas y limpias, como en el aposento donde desperté; decoradas con relieves y grabados circulares y abstractos, con símbolos que nunca había visto y otras cosas que, si los pudiera entender, estaría segura de que son un lenguaje que no existe entre los seres humanos. Asumo de inmediato que es la escritura de los ángeles, aquel lenguaje que le escuché al Patriarca y Profeta Enoc aquella noche, y que luego escuché de labios de Semyazza.

Eventualmente, llegamos ante unas grandes puertas oscuras que se abren lento, haciendo un ruido sordo cuando nos vamos acercando, como si alguien hubiera sabido que estábamos allí, a punto de entrar, pero no hay nadie cerca a quien pueda atribuir el haber abierto dichas puertas.

Al otro lado, una gran mesa es ocupada por varias personas, el lugar sólo tiene eso, una gran mesa de comedor. La misma está hecha en madera muy oscura, creo que ni siquiera mi padre, quien ha trabajado toda su vida con distintas maderas, podría saber cuál es esa.

Me abruma lo poco familiar que este lugar se me hace.

Vuelvo a agradecer mentalmente el que Laama esté conmigo y me obligo a no pensar mucho más en eso, puesto que el olor a la comida me llena el olfato.

Mi estómago hace un sonido molesto y fuerte, como si me recordara que no he comido nada en bastantes horas. Sin embargo, no se me hace muy difícil ignorarlo.

Lo que sí se me dificulta es apartar mis ojos de lo que está en esa mesa. Jamás había visto tanta comida junta, caliente y humeante, en cantidades que podrían alimentar al asentamiento por uno o dos días completos.

Laama pone una mano sobre mi espalda, empujando un poco para hacer que me acerque a la mesa.

Arrastra una de las sillas y me siento en ella, sintiendo el material frío chocar contra mi espalda cuando me recuesto del respaldo, el cual es lo suficientemente alto como para abarcar desde la espalda baja hasta un poco más por encima de mi cabeza.

Sigo con la mirada en la comida, identificando el pan y las legumbres, las semillas y cereales, las frutas y vegetales; aquello que normalmente se encuentra en el asentamiento en un día en el que una mujer haya sido tomada por un Vigilante. Aparte de esas cosas, no sé qué es lo demás que hay en la mesa.

Alzo la mirada, por fin, para ver quienes nos están acompañando.

Recuerdo unos cuantos rostros de la noche anterior, sobre todo a las demás chicas nuevas que mantienen una amena charla en voz baja. Me sorprende lo rápido que se sienten confiadas estando aquí, algo que se nota en la forma en que sonríen ampliamente y ríen, como si estuvieran en casa.

Ellas no me miran, tomando cosas de la mesa y comiendo mientras que los Vigilantes no quitan sus ojos de ellas, volteando a verme a mí uno que otro momento.

Me hace sentir un poco más relajada irme dando cuenta de que este es sólo un desayuno y no algún otro protocolo de los suyos, ya que lo de anoche sigue rondando mi cabeza como fantasmas que buscan comunicarme algo que no entiendo.

Semyazza, quien no ha dejado de mirarme con una tenue sonrisa ladeada, sirve un poco de comida en uno de los platos y lo desliza por la mesa.

Me quedo mirando al plato y luego a él con asombro.

Con lo lejos que estamos el uno del otro, me sorprende que haya podido hacer que llegue hasta mí sin problemas.

Laama llena una jarra hecha de algún material transparente con una bebida roja, probablemente vino, lo pone a un lado de mi plato y luego se sirve uno para ella.

Le murmuro un "gracias" y tomo un sorbo, el dulce y suave sabor de la bebida desmiente mi teoría del vino. Esto es jugo de alguna fruta que no había probado nunca y que no conozco. Pero es deliciosa.

Pruebo la comida, tomando un trozo de la carne y llevándolo a mi boca. Me deleito con el crujir de su exterior y lo suave de su interior, el cual deja un rico sabor a carne bien cocida. Tampoco puedo saber de qué es, pero sabe delicioso, jugoso y tiene un toque amargo, como si le hubieran exprimido un limón por encima.

Los sabores nuevos se mezclan con los familiares. Distintas carnes y el familiar sabor a pan de kamut, la sopa de verduras y galletas dulces, hechas con harina.

Desearía con el alma que mi familia pudiera estar aquí, conmigo, disfrutando estos manjares que no existen en el asentamiento.

Una lágrima se desliza por mi mejilla, involuntariamente, y yo me la limpio, ignoro el apretón en mi pecho para que no se haga más fuerte y ruego por que el nudo en mi garganta se disipe, pero un sollozo se me escapa y las miradas de todos en la mesa se fijan en mí.

El Vigilante Semyazza ladea la cabeza con curiosidad, sus cejas están arqueadas en una clara expresión de confusión y pena. Las mujeres me miran con igual confusión, pero menos interesadas en lo que me pasa, se miran entre sí y se encogen de hombros con disimulo. Sus Vigilantes me observan expectantes, parecieran querer asegurarse de que me acaban de escuchar sollozar realmente. Laama, quien sigue a mi lado, pone su mano sobre mi hombro y se acerca a mi oído.

—¿Te gustaría salir a tomar aire? Conocer el lugar —me pregunta.

Respondo con un simple asentimiento de mi cabeza.

Laama se pone de pie y, con mucha cortesía, pide excusas para que ambas salgamos de la gran sala de comedor.

Me levanto cuando ella me dice y pido disculpas, aunque estoy segura de que nadie escuchó una sóla palabra de mi parte, pero lo dejo así y salgo detrás de Laama.

Hago lo posible para que mi cabello suelto y vestido blanco, el cual aún no me he cambiado, no se muevan tanto con el aire que entra en este lugar.

—Te mostraré los balnearios, a todas nos gustan mucho —dice.

Me observa de vez en cuando por el rabillo de su ojo y yo me obligo a sonreír, al menos un poco, para que sepa que estoy bien.

—A menos que prefieras ir al Gran Estanque, es como un hermoso lago cristalino que refleja el color del cielo con una nitidez que lo hace ver mágico. ¡Oh! ¡Te podría enseñar a atrapar peces con las manos! —deja salir una risa.

—Ambas suenan bien —mi voz sale en un susurro que es lo suficientemente alto para que lo escuche sólo ella.

Cruzamos la entrada de la edificación, cuyas puertas están abiertas de par en par, y bajamos por los escalones.

La tarde ha ido avanzando demasiado rápido para mí, he de suponer que el atardecer podría ocurrir en muy pocas horas.

Mirar al cielo sólo me lleva a imaginar a mi madre preparando la cena, y a Omer rogándole que lo deje ayudarla. Mi padre estaría a punto de llegar, al haber terminado un trabajo a alguien del asentamiento. Jireh estaría llegando de donde el Patriarca y yo yendo al río a pasar el momento más mágico del día.

Otra vez siento una presión en el pecho, pareciera que el no saber de ellos sólo me atormenta más y más.

Laama me saca de mis pensamientos cuando vocifera un saludo a una mujer que pasaba por el mercado cercano, llevando consigo una canasta llena de frutas.

Aquella joven viste de un rosa fuerte, su cabello corto y claro choca contra su rostro, gracias al viento.

Ella, justo luego de saludar a Laama, se topa con un hombre que no es tan alto como para ser uno de los ángeles, bien podría ser un humano común.

La joven le sonríe con timidez a quien se le ha puesto enfrente, y este la toma de la mano sin más, dejando un casto beso en sus nudillos. Lo último que veo, antes de que Laama me tome por el brazo y me incite a continuar caminando, es cómo él se la lleva y ella se deja llevar, como si estuviera en trance.

—Ese que viste es uno de los hijos del Vigilante Barakiel —me dice Laama en un susurro. —Le gusta estar de aquí para allá, llevando mujeres a su morada a... ya sabes qué —hace un ademán con la mano, muy rápido para interpretar.

—¿Hay muchos de ellos por aquí? —le pregunto, refiriéndome a los nefilim, ella me comprende.

—Sí, últimamente convivimos más con ellos que con los mismos Vigilantes. No te sorprendas si ves a uno de los gigantes. Aunque a esas monstruosidades casi no se les ve por aquí, los Vigilantes los tienen en lugares menos poblados —dice, sin quitar de su rostro una expresión de asco.

Compartimos la opinión respecto a esas cosas. Laama continúa hablando, la escucho con interés.

—Si me preguntas, no sé qué tanto están haciendo los ángeles fuera de aquí —le resta importancia al tema, a la vez que abre la singular puerta blanca que da a los balnearios.

Al otro lado de esta, una niebla nos recibe, nos adentramos y veo varios pozos artificiales de un tamaño considerable. Mujeres completamente desnudas se relajan dentro de los pozos, y otras caminan, igualmente sin ropa, por todo el lugar, llevando copas de vino.

Evito mirarlas, quedando boquiabierta ante la naturalidad con que se mueven por todo el lugar, sin ropa alguna y sin molestarse en ver quién ha entrado por la puerta, como si no les diera vergüenza que las vean así.

Escucho de nuevo la risa de Laama.

Cuando me giro a verla, ella me ofrece una gran sonrisa y entrecierra sus ojos, como si le diera ternura mi asombro ante este lugar.

—No es necesario que te desvistas, aquí todas lo hacen porque es más cómodo y se siente mucho mejor, pero no es algo que tengas que hacer si no se te hace cómodo a tí —aclara.

Dejo salir un suspiro de alivio, no es lo mismo quitarse las túnicas en el río, completamente sola y casi a oscuras, que hacerlo en un lugar atestado de personas.

—¿El Gran Estanque del que me hablaste tiene menos personas y desnudos? —le pregunto.

Su sonrisa se ensancha y asiente con la cabeza.

—Sólo que no creo que podamos darnos un baño allí, pero hagámoslo —su tono, de la nada, suena más entusiasmado.

En ese momento, los cuchicheos del lugar se acallan y nosotras nos giramos para ver la razón de aquel silencio tan repentino.

Un Vigilante camina por todo el lugar, lentamente, como si estuviera evaluando a cada una de las mujeres que hay en el balneario.

Las mujeres que estaban dentro del agua se meten más, para cubrir sus cuerpos desnudos. Las que estaban afuera se cubren con sus manos como pueden o con lo primero que alcanzan. Todo lo contrario a cuando entramos Laama y yo por las puertas.

Hace más calor con cada paso de aquel ángel.

Lleva una túnica negra sin capucha, dejando a la vista su cabello, que cae hasta sus hombros y se mueve ligeramente sin la necesidad de brisa.

Él nos mira a Laama y a mí por un momento, para luego seguir buscando con la mirada a quien sea que esté buscando.

Entonces, se agacha cerca de uno de los pozos, pone su mano sobre la cabeza de una mujer cuyo rostro no alcanzo a ver. Esta se pone de pie de inmediato, sin importarle que su cuerpo quede totalmente expuesto ante todos aquí.

Aquel Vigilante vuelve a mirar en nuestra dirección, siento el frío subir por mi espalda, luego abraza a la mujer y la cubre, desapareciendo del lugar ante nuestros ojos, con ella entre sus brazos.

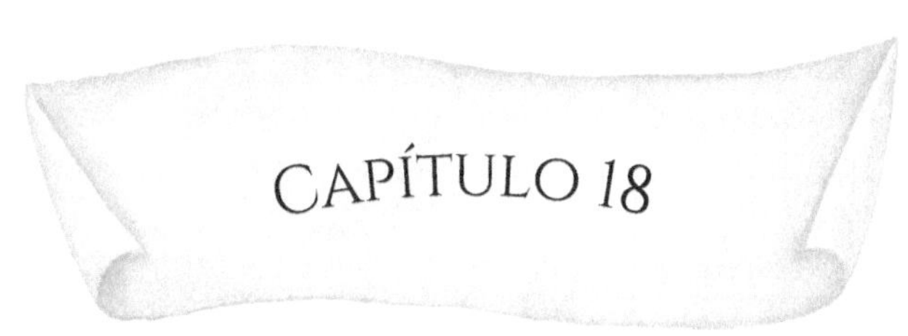

# CAPÍTULO 18

Mis ojos comienzan a arder por no parpadear. No hago ningún movimiento, aunque el balneario ha vuelto a la normalidad, como si nada hubiera pasado. Las mujeres continúan con sus charlas y sus bebidas, recorriendo el espacio mientras vuelven a descubrirse y a relajar sus posturas.

No puedo evitar sentir una pequeña curiosidad por la mujer que se llevó aquel Vigilante.

¿Por qué se la llevó y por qué nadie aquí parece sentir esa misma curiosidad, o tan siquiera algo de preocupación?

Mis pasos son guiados por Laama, quien esta vez nos saca del balneario.

Ella comienza a quejarse por el calor que hace dentro, y yo concuerdo con ella. Al no quitarnos las ropas, estamos sudando bajo ellas por el vapor y el gentío del lugar.

Afuera, ya más fresco, Laama se dedica a hablarme un poco sobre lo que se supone que debemos hacer esta noche, cuando el sol se termine de ocultar. Al parecer, las ceremonias no han terminado. Se trata de una gran cena en la que conoceremos a los veinte líderes de los hijos del cielo.

—Es algo más de gala. Un banquete tranquilo, sin rarezas que te hagan ver cosas. En lo personal, creo que es la parte "normal" de todo esto aquí: con la comida, la música y conversaciones —dice Laama, soltando un suspiro. —Recuerdo bien cuando llegué, cuando me trajeron. La segunda noche fue mi parte favorita, si se dijera que tengo partes favoritas —dice.

La risita que suelta cuando termina de decir esto pareciera querer desviar la atención a la clara connotación triste que sus palabras arrastran. No se me pasa ni un poco desapercibido. Laama seguro fue una de esas que no querían venir.

—¿No es este un lugar agradable? —me atrevo a preguntarle, y por alguna razón temo la respuesta.

—Lo es, lo es —sacude su mano y me mira con una sonrisa, disipando cualquier rastro de amargura de su rostro. —Es sólo que no todas esperamos terminar aquí; entonces es un poco más difícil —dice.

Amplía su sonrisa, pero veo en sus ojos que, cual sea el tiempo que tenga ella aquí, alguna parte de ella se siente igual que cuando recién había llegado.

—¿Y cada cuánto te dejan volver con tu familia para verlos? —aguardo unos segundos antes de hacer la segunda pregunta, aunque de inmediato me arrepiento porque no sé si aquello sea un tema delicado para ella.

Sin embargo, ella se encoge de hombros y chasquea la lengua.

—No he ido nunca. Si se me presenta el momento y tengo las ganas, puede que vaya pero no creo que me extrañen —dice.

Vuelve a encogerse de hombros, restándole importancia. Se forma un nudo en mi garganta y carraspeo un par de veces.

—¿Y cuándo podría volver a ver a mi familia, entonces? —la pregunta sale en voz baja, no quiero que responda porque no sé lo que pueda decirme.

—Todo depende de varios factores, Eden, no con todas es igual —dice.

Yo asiento con lentitud, mi mirada se pierde en el suelo.

—Tú tranquila. Semyazza está tan hipnotizado contigo que te dejaría ir a verlos hasta hoy mismo, si se lo pidieras —se apresura a decirme cuando ve mi rostro. —Pero no lo hagas, porque, como te dije, siguen dándoles la bienvenida a tí y a las demás nuevas —me sonríe con ternura.

Comprendo que tengo que esperar el momento indicado para pedirle al Vigilante que me lleve con mi familia.

—La verdad es que muero por ir a verlos ya —me sincero. —Me fui en mitad de la noche, cuando todos dormían, y sólo les dejé unas palabras talladas en un trozo de madera —las palabras salen en un hilo de voz.

Decir eso en voz alta provoca un sentimiento de frustración e impotencia que llega en ese momento, porque quiero devolver el tiempo y hacerlo mejor. Debí sólo decírselos en persona.

—Tranquila, Eden, esto es difícil, pero los verás muy pronto y podrás explicarte, si es que se les hace necesario. Ellos están bien, estarán bien, te lo puedo asegurar —Laama intenta consolarme.

Decido creer en lo que dice, porque ya creí en el Vigilante primero.

De repente, Laama señala hacia adelante, a lo que deduzco es el Gran Estanque, a pocos pasos.

No hay nadie alrededor, y suelto el aliento, especialmente cuando Laama me anima a quitarme el calzado. Ella lo hace primero, caminando dentro del estanque y animándome a hacer lo mismo.

Sonrío, deseando sentir el agua más allá de mis pies, aunque me conformo con el frescor en ellos.

Levanto la mirada al cielo justo a tiempo para contemplar el cielo con sus vibrantes colores del atardecer, aquellos que hacen parecer que todo el firmamento está encendido en fuego. Casi se pueden sentir esos colores anaranjados, rosas y rojos en la piel. Cierro los ojos y respiro profundo.

—No abras los ojos —escucho a Laama susurrar.

Una melodiosa voz se empieza a escuchar, viniendo hacia mí con la brisa fresca del atardecer.

Sonrío al oír ese sonido armonioso y casi divino que aumenta en volumen, ahora acompañado por otras voces.

Al principio, no entiendo sobre qué cantan, por lo que me digo que deben ser ángeles, quizás cantando en su idioma. Pero pronto noto que son mujeres, y que cantan en una lengua que comprendo. Aún así, es muy probable que tendría que sentarme a estudiar la letra con Laama para poder comprender del todo su significado.

Muevo mi cabeza de lado a lado, disfrutando de la melodía, con mis ojos aún cerrados. Ahora, aquella canción pareciera acercarse hacia nosotras por su propia cuenta, me hace querer danzar aquí mismo, con los pies en el agua.

En ese momento, Laama canta la canción junto con las demás mujeres, y yo quisiera hacer lo mismo para sentir esa unión. Las voces se mezclan y complementan unas con otras perfectamente. Me pregunto cuántas veces habrán ensayado entre todas.

—Una de ellas está a punto de dar a luz —Laama deja de cantar para decirme esto.

Abro mis ojos y la veo a ella, mirando a un punto fijo frente a nosotras, desde donde proviene la música.

Cuando veo hacia la misma dirección, noto un círculo de mujeres sentadas en el suelo, tomadas de las manos y están...

—¿Están flotando? —mi voz sale tan incrédula que me sorprende a mí misma.

Es aún más sorprendente lo que ven mis ojos. Aquellas mujeres no tocan el suelo, no están sentadas en el suelo. Levitan sobre él, sin esfuerzo y sin algo que las apoye; no puedo comprender cómo pasa eso.

—Digamos que es un ritual de protección, para que puedas entenderlo más rápido. Creemos que dará a luz a un gigante, por lo que necesita muchísima atención o morirá en el parto —Laama sigue mirando fijamente al círculo de mujeres que flotan.

No es difícil identificar a la que está a punto de dar a luz de entre ellas. Aunque hay más de una embarazada, sólo una está tan débil y con el vientre tan hinchado que está demás apuntar con el dedo.

Tomo una respiración profunda para desanudar el nudo que se formó en la boca de mi estómago. Aquella mujer parece estar sufriendo demasiado.

Está sentada en medio del círculo, cubierta sólo por una gran manta negra que deja entrever su desnudez. Bebe algo de un jarro transparente, un líquido amarillento que no parece agua.

El hermoso cántico no cesa y ella aprieta visiblemente los dientes, toma un sorbo del líquido y luego sacude la cabeza, seguro para espantar el mal sabor que eso debe tener. Repite esto varias veces más. Aprovecha cada oportunidad para acompañar a las mujeres en su canción.

—Su nombre es Leiah —dice Laama—. Llegó no hace mucho. De

hecho, vino del mismo asentamiento que tú —esto me hace fruncir el ceño.

El nombre no se me hace conocido. Entrecierro los ojos para ver mejor las facciones del rostro de aquella mujer, ver si la reconozco. Abro la boca de asombro. Si es quien creo que es, está completamente diferente. Es la chica que hace nada se fue con ceremonia una mañana que para mí era normal. Yo iba a recoger los huevos para mi madre, batallé con mis gallinas que casi no pusieron y, poco después de eso, las cosas comenzaron a llevar hasta este punto.

—Oh, por el Creador —murmuro, cubro mi boca y no dejo de mirar el rostro de Leiah. —No sabía que estaba embarazada —vuelvo a decir.

Es una sorpresa que Laama me haya escuchado, con el volumen de mi voz.

—Quién sabe cómo se dieron las cosas —aún no aparta la mirada del círculo, tararea la canción que no se ha dejado de escuchar.

Noto que comienza a oscurecer y, al parecer, Laama también lo nota, ya que me recuerda que debo asearme y cambiarme de ropa. Una parte de mí está encantada con aquella idea; la otra sigue sin dejar de pensar en Leiah y el hecho de que está a punto de dar a luz a un gigante.

Si ella viene de mi asentamiento y llegó aquí no hace tanto, *¿cómo es que pasó de un estado a otro en el tiempo que lleva aquí?*

Volviendo a mi aposento, Laama se emociona al ver los vestidos de gala que hay para mí, y yo dejo en sus manos el elegir uno.

Me siento en la cama y me quito las sandalias, volviendo a sentir el suelo frío y resbaloso debajo de mis pies. Un par de vestidos caen en el lecho, a mi lado, uno rosado pálido y el otro azul cielo.

Laama comienza a hablar de los colores y de cómo los claros quedan mejor conmigo. Asimismo, otros tantos vestidos caen uno encima del otro en el lecho, todos de diferentes colores y diseños; lo único que tienen en común unos con otros es que todos son largos hasta los pies y de colores pálidos.

No puedo creer la cantidad de ropa que me han dejado en este lugar, no puedo asimilar el hecho de que son para mí.

Telas suaves y sedosas, otras más gruesas y otras más transparentes. Laama se pone junto a mí y se cruza de brazos con una gran sonrisa.

Es hora de escoger uno.

El que me termina gustando, sin embargo, es uno que llamó mi atención desde que lo vi ser lanzado a mi lado. En verde claro, seda, largo hasta por debajo de los tobillos y con intrincados diseños de exóticas plantas, hechos con tela de encaje.

Lo tomo en mis manos y me pongo de pie, lo pongo frente a mí para mostrárselo a Laama y ella asiente varias veces.

—Es perfecto —dice.

Se me sale una carcajada, puesto que creo que ella ha dicho eso para que no me disponga a ver los vestidos uno por uno. Sin embargo, pronto descarto dicha teoría, porque es ella misma la que desvía sus ojos de nuevo a los vestidos encima del lecho, como buscando otra opción.

—Estoy segura de que a Semyazza le va a encantar. Tienes muy buen ojo —sonríe.

Sigue buscando otra opción.

—¿Qué te parece este? —saca uno de color plateado, sin diseños pero hecho con una tela que hace que brille un poco con la luz, como si de verdad estuviera hecho de plata.

Me encojo de hombros, observando el que tengo en mis manos y el que Laama me muestra.

No sé qué es lo que va a pasar en esta cena, aparte de presentarnos a los líderes de los Vigilantes; por tal razón, no puedo saber si es demasiado o no.

Termino haciéndole caso a Laama y tomo el vestido plateado, porque, al fin y al cabo, ella conoce mejor todo esto. Me ruborizo cuando ella vuelve a reírse en el momento en que dejo el vestido verde encima de la cama.

—No me río de ese vestido, es precioso, lo prometo —dice, entre risas al ver mi cara, yo junto las cejas. —Es sólo que no va con la ocasión —asiento.

He de acostumbrarme a las risas de mi compañera, ya lo entendí. De verdad es risueña.

Laama me lleva a un balneario solo, uno personal, el cual está dentro de la edificación que será mi hogar aquí. Está cerca de mi aposento y, al abrir la puerta ancha y de madera pintada de blanco, me recibe un lugar impecable, con un sólo pozo y sin estatuas. Lo único que adorna el lugar son velas pequeñas en las paredes y otras colgando del techo sobre nuestras cabezas.

Huele muy agradable aquí dentro, y lo único que trae color a este lugar son las mismas velas, ya que todas son de un color amarillo dorado que contrasta majestuosamente con el blanco pulido de todo lo demás.

Laama me ayuda a acomodar todo, dejándome sola para que me de un baño y me cambie las vestiduras.

Le agradezco por la privacidad y, lentamente, me quito el vestido blanco con el que llegué aquí y me adentro en el pequeño pozo, lleno de hierbas aromáticas.

Me relajo tanto como puedo, aunque mi cabeza se llena con todo lo que vi en esta ciudad, lo que Laama me mostró.

De nuevo, las diferencias entre Saphon y mi asentamiento son ridículamente inmensas.

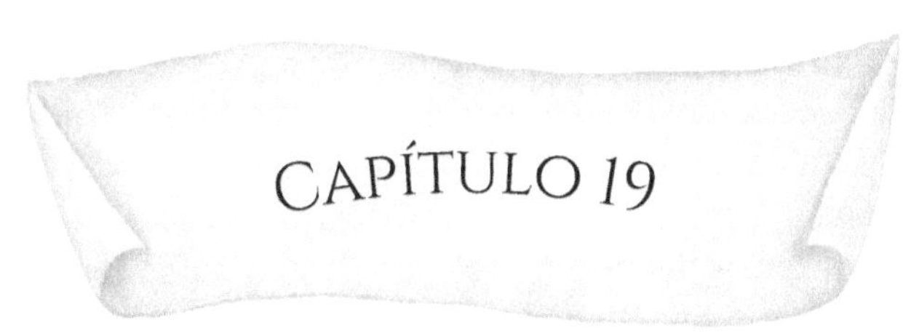

# CAPÍTULO 19

El pasillo está oscuro cuando salimos del aposento, tras una extensa sesión de arreglos que Laama insistió en hacerme. Mi cabello ha quedado en un elegante peinado, sostenido por una pieza de joyería plateada, como mi vestido, que cae en cascada hasta rozar mis hombros.

Laama, quien en algún momento insinuó que no le pertenecía estar en esta cena, se arregló con otro vestido de los que había en mi aposento, uno color amarillo vibrante. Se sujetó el cabello en una cola que cae por su espalda desde su nuca, se llenó de collares y anillos. Yo preferí quedarme con la pieza en mi cabello, unos cuantos anillos y nada más.

No quiero estorbar el antimonio que cuelga siempre de mi cuello y que me dio el Vigilante, sobre todo luego de saber para qué sirve. Es reconfortante sentirme protegida.

Apresuramos el paso; Laama insiste en que nos retrasamos y llegaremos tarde.

Yo igualo su paso para no quedarme atrás, el movimiento sirve para ahuyentar el sueño que tengo desde que me recosté del pozo en el balneario privado.

Lo único que ilumina el corredor es la luz de la luna, la cual se hace paso a fuerza por entre las pocas ventanas que hay por donde estamos caminando.

Esto es hasta que nos vamos acercando a una gran sala que carece de puerta, aunque tiene el marco incrustado en las paredes.

Pasamos por debajo de él, y nos recibe una sala abovedada y de gran tamaño, viéndose aún más grande de lo que pude haber pensado por el tamaño del marco que hace de entrada. El techo se alza en forma de tazón invertido y llego a diferenciar las siluetas de diversas lianas, cada una terminando en una flor blanca, muy parecida al estramonio, pero no apesta como uno.

Hay más mujeres aquí.

Todas están sentadas alrededor de una elevación del suelo, rectangular y enorme, la cual parece haber sido construída así a propósito para hacer de mesa. Es más grande que la del desayuno de esta mañana, y hay varios asientos del mismo estilo. No me detengo a contarlos, fijándome solo en los almohadones negros que han puesto encima de unos cuantos.

Laama me dice que tome asiento, y me dirige hacia uno que está cerca de las demás mujeres. Todas ocupan sólo un lado de la mesa.

Me siento y sonrío a la mujer a mi lado, reconociéndola como la misma que bailó sola anoche; ella me devuelve la sonrisa y me pregunta cómo estoy. Tras responder, busco a Laama, que se ha alejado hasta el marco de la entrada y me saluda con la mano mientras sus labios murmuran un "pásala bien" antes de irse.

Laama se va por el corredor, con pasos más lentos que como llegamos aquí, y yo me muevo inquieta en mi asiento.

Justo en ese momento, el lugar comienza a sentirse más caluroso y se ilumina cada vez más.

Me giro para ver la fuente de aquello y me encuentro de lleno con los ojos encendidos de Semyazza, brillan lo suficiente como para obligarte a desviar la mirada.

Aparto la mirada, pero puedo sentir la suya sobre mí un momento más, antes de desplazarla por el resto de las mujeres aquí. Sé cuando su mirada pasa del lado donde estamos sentadas todas las mujeres, hasta el lugar vacío frente a nosotras, y es ahí cuando vuelvo a fijar mi vista en él.

Viste una nueva túnica, esta vez es blanca completa y casi se mezcla con la mayor parte de este lugar, si no fuera por el cinto y manto negros; a pesar de eso, ambas cosas se las arreglan para desprender una tenue luz que desafia la oscuridad de dicho color.

No puedo evitar el asombro, y no soy la única.

—Les quiero dar la bienvenida a todas —comienza a hablar

Semyazza.

Su voz envía un aire tibio por mi espalda.

—Esta noche nos reunimos para presentar a los veinte líderes de decenas, de entre los que hemos descendido a la tierra —dice.

Se yergue imponentemente ante nuestros ojos, alza los brazos hasta la altura de su pecho, señala a los asientos vacíos en la mesa.

Una sombra comienza a tomar forma en uno de los asientos del otro lado de la mesa, y con ella van apareciendo otras, de manera simultánea.

Mi pecho se contrae y aguanto la respiración.

Volteo a ver a las demás mujeres y luego a Semyazza.

Ruego con todo el corazón que esas sombras no sean lo que yo creo que son.

Todo esto pasa muy rápido. Las sombras se van convirtiendo cada una en una silueta de hombre, cuyas estaturas delatan que en verdad se trata de Vigilantes haciendo acto de presencia.

Suelto todo el aire que retenía, casi sonrío. Es como si ellos hubieran aparecido de la forma que siempre hacen, pero ralentizado a mil por alguna razón desconocida para mí. Casi me río del alivio.

Recuerdo las palabras de Laama sobre esta actividad, "nada fuera de lo común pasa". Me parece que tenemos conceptos muy diferentes de lo que es común.

Los demás Vigilantes llevan vestiduras similares a las de Semyazza. Nos regalan las más hermosas sonrisas y miradas tan apacibles, que es lo único que logra calmar la sorpresa provocada por la forma en la que estos ángeles decidieron aparecer aquí, ante nosotras.

No soy la única que había llevado su mano al pecho, lista para salir de aquí tan pronto como sea necesario. Veo a más de una con la boca abierta y sin despegar sus ojos de las imponentes figuras que se sientan a la mesa con nosotras.

—Artaqof, líder de decena; Ramael, líder de decena; Kokabel, líder de decena... —Semyazza continúa nombrando a cada uno. "Daniel, Zeqel, Barakiel, Azael, Harmoni, Matrael, Ananel, Satoel, Shamsiel, Sahariel, Tumiel, Turiel, Yomiel y Samsiel".

—Estos son los líderes de decenas —anuncia Semyazza. —Es importante que sepan que son bienvenidas a ser parte de nuestra familia; ahora son parte de nosotros. Sin embargo, existen ciertos pactos que deben de conocer y aceptar al haber llegado aquí. Esta noche, en esta cena, les hablaremos de ellos —dice, al tiempo que hace un gesto con su mano, en dirección a la puerta.

En ese momento, entran unas cinco personas cubiertas por completo con mantos oscuros, de la cabeza a los pies, por lo que no puedo saber quiénes son; si son humanos o no.

—Degusten de las delicias que serán parte de su día a día, a partir de hoy —sonríe y luego toma asiento.

Los demás Vigilantes se sientan al mismo tiempo que él, con una sincronización perfecta.

Las personas cubiertas, llevando bandejas doradas y llenas de delicias en manos, van rodeando la gran protuberancia del suelo que hace de mesa, colocando las bandejas en el centro de la misma, a lo largo. Todo queda dispuesto de modo que podamos alcanzar la comida, justo antes de que otras cinco personas, igual de cubiertas, se acerquen a cada uno para dejar tazones y jarros frente a nosotros. Murmuro un "gracias" para la persona que me deja los míos en la mesa.

Veo cómo los ángeles se quedan mirando a las personas cubiertas, cada movimiento que estos hacen, y tal parece que en algún determinado momento les habrán dicho que nos sirvan los alimentos en los platos, pues eso comienzan a hacer. Justo después de eso, y sin alzar las cabezas, salen de la sala del comedor.

Mi plato tiene las raciones perfectas de cada comida que en esta mesa se ha servido, distribuido para que coma de todo, en porciones equilibradas para no saciarme rápido.

Los ángeles vuelven a sonreír en nuestra dirección y dan un bocado de cada cosa, luego nos dejan saber que podemos comenzar a comer.

Algunas de las mujeres comienzan en el instante, mientras que las otras nos tomamos un segundo antes de probar la comida. No me decepciona el sabor de lo que me han servido.

Saboreo las carnes y las verduras, la miel y las frutas; me deleito con lo bien que ciertos alimentos se complementan con otros.

Como despacio, buscando no parecer tan extasiada como en mi interior creo que me veo. No soy consciente de las demás mujeres, aunque sí de los Vigilantes. Sus brillantes presencias hacen que sea imposible obviar que están frente a nosotras. Ellos también comen, aunque no con el mismo disfrute; creo poder asegurar que disfrutan más el no quitarnos los ojos de encima.

Semyazza sonríe cuando alzo mis ojos a los suyos. Una de mis manos sube hasta tocar el antimonio en mi cuello y le sonrío. Él ensancha la suya, inclinándose ligeramente sobre la mesa.

La conversación sobre los pactos, como ellos han llamado a las reglas del lugar, no es tan intensa o severa como me esperaba que fuera. Más bien la podría definir como una conversación apacible, en la cual nos dejan saber lo que podemos o no hacer aquí y nosotras tenemos que acceder a cumplir con ellas.

Es para este punto de la cena en el que puedo darle la razón a Laama en cuanto a que no es tan fuera de lo común.

Observo a cada Vigilante por unos instantes, no mucho, porque temo ser descubierta.

Aquí, en esta cena, no parecen más que humanos.

La manera en que las mujeres ríen y conversan sugiere que el objetivo de los líderes de decenas al hacer esta cena se ha cumplido, el de hacernos sentir bienvenidas.

Al terminar mi plato, me sirven agua y vino. Tomo el agua en un par de tragos, un par de sorbos del vino, cuando la mujer a mi lado me habla.

—¿Y tú? —pregunta de la nada, como si creyera que yo estaba escuchando la conversación que ella mantenía con otra de las mujeres.

Hago una leve mueca, dejándole saber que no entiendo la pregunta.

—¿De dónde vienes? —aclara.

—Soy de un asentamiento pequeño, cerca del Monte Hermón —no lo pienso para contestar, sin importarme mucho si ella conoce o no dicha montaña.

—Increíble —murmura. —La familia de mi madre venía de por esos lados, mi madre se fue de allá cuando se casó con mi padre. Luego me tuvieron, pero las cosas no tardaron en ponerse feas de donde vengo; los gigantes han causado terribles estragos allá, por eso me mandaron aquí —dice.

Baja su mirada a su regazo, luego da dos tragos de su bebida, con los que vacía su jarra.

—Eso suena mal —le digo.

Temo preguntar a qué se refiere con "terribles estragos". En su rostro veo que le afecta mucho.

Espero que su familia esté bien, aunque no me atrevo a preguntar. Por la expresión de su rostro y porque no la conozco, no sabría si estoy siendo demasiado indiscreta. La imagen de mi familia vuelve a mi mente, me estremezco al pensar en que algo les pudiera pasar.

*¿Seguirán en lo de Enoc? ¿Habrá cumplido con lo dicho el Vigilante?*

La mujer a mi lado se acomoda en su asiento, justo antes de continuar hablándome.

—Pero está bien, ahora estoy a salvo —toma una gran respiración y mira a todos lados, irguiéndose y buscando con su mirada. —¿Dónde están las sombras? —murmura.

Mueve su jarra en círculos un par de veces, quiere que se la vuelvan a llenar.

—Y el asentamiento de donde vienes, el que está por Monte Hermón, ¿qué tan mal está eso por allá? —pregunta, con un tono muy casual.

—No hay alimentos, las personas se están poniendo violentas y es como si ya nadie fuese amigo de nadie. Siempre es un martirio con la comida —respondo monótonamente.

Sí funciona el pretender que no es para tanto, por un momento. Esta mujer está actuando de esa manera.

—Así comenzó en mi hogar —es lo único que dice.

Una "sombra", como ella se refirió a los que están sirviéndonos, se acerca y le llena su jarra. Ella no duda en tomar un gran trago.

—Ahora mi familia está muerta —dice. Engulle toda su bebida.

Me quedo muda, mirándola con mis ojos bien abiertos.

—Nefilim —dice.

Baja su voz a un susurro y mira a los Vigilantes que nos observan. No es un tema que debamos tratar aquí.

—Lamento mucho escuchar eso —sólo puedo decir.

Cruzo el marco de la entrada cuando la cena ha terminado. Sigo los pasos de las demás mujeres, sin saber con certeza a dónde vamos.

El pasillo sigue oscuro, mucho más que hace un momento, puesto que los Vigilantes se desvanecieron sin pararse de la mesa, llevándose su luz con ellos.

La mujer con la que hablé, cuyo nombre descubrí que es Taare, camina frente a mí y no me ha vuelto a hablar desde que me dijo sobre la muerte de sus padres. Sin embargo, me mira de reojo un par de veces, antes de que salgamos de la gran edificación donde tuvimos la cena y donde tengo mi aposento.

La noche es clara, fría y todo el lugar brilla, iluminado por llamas doradas posicionadas en diversos lugares de los caminos y casas.

El ambiente tiene olor a tierra mojada y se escucha música.

Ya me estoy acostumbrando a que nunca se pare de escuchar melodías en esta ciudad.

Sigo caminando detrás de Taare y las demás, quienes se unen a lo que parece ser una festividad; ríen y comienzan a bailar.

Yo me detengo a observarlas cuando me doy cuenta de que Taare realmente no buscaba continuar conversando conmigo y, sintiéndome un poco incómoda, me río de mí misma y busco a Laama con la mirada. Busco especialmente su llamativo vestido amarillo, y noto que no hay muchas vistiendo dicho color.

Es entonces cuando siento un escalofrío recorrerme toda la espalda, y a esa sensación le sigue una mano que se desliza de mi brazo hasta mi hombro.

Sobresaltada, me doy la vuelta justo para encontrarme con una sonrisa maliciosa, altiva.

—¿Te encuentras sola? —pregunta la persona, cuya apariencia es demasiado similar a un hombre, pero me da muy mala espina.

—Disculpa, ella anda conmigo —otra persona se une a nosotros. Reconozco a Laama y me alivia que se interponga.

Él muchacho mira a Laama de arriba a abajo y viceversa, se relame los labios y murmura un "puedo con ambas" que me produce cierta repulsión.

Entonces me toma de la mano y la aprieta con fuerza, hace lo mismo con Laama.

Suelto un grito sin poder evitarlo y mi amiga le da un rodillazo en el estómago, luego un pisotón en el pie.

Él no nos suelta.

Las personas a nuestro alrededor se conglomeran para ver qué sucede, pero nadie hace nada.

Una cegadora luz dorada se presenta de repente, provocando que tenga que cubrir mi rostro y, aunque haga esto, junto con apretar mis ojos, la luz sigue traspasando mis palmas y párpados.

Es realmente potente.

En cuestión de segundos, ya no siento la mano apretando la mía y se escucha un sonido fuerte, como de un golpe sordo.

¿Se ha comenzado una pelea?

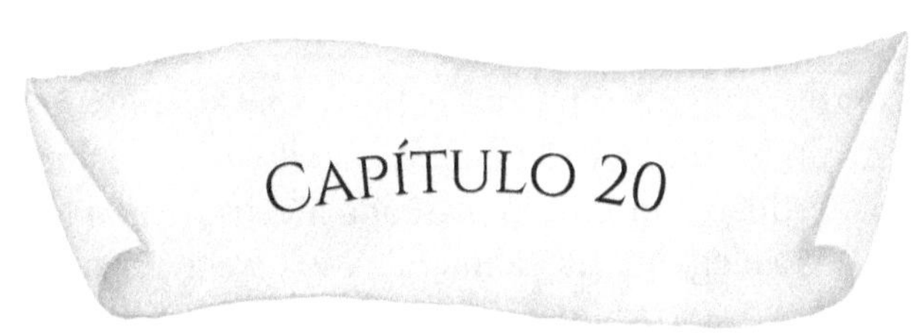

# CAPÍTULO 20

Nadie grita, no siento ningún movimiento a mi alrededor. Todo parece que se ha quedado paralizado. La luz sigue siendo demasiado brillante como para descubrirme los ojos y ver lo que está pasando.

No escuchamos más golpes, sólo hubo uno, contundente, pero no fue respondido.

Poco a poco, la luz pierde su fuerza, y retiro las manos de mi rostro con cautela.

El muchacho yace en el suelo con un hilo de sangre bajando por su nariz.

Él nota que me le quedo observando y, con una sonrisa maliciosa, se limpia la sangre usando el dorso de su mano, me sonríe y luego lame la sangre.

—Así es, preciosa, también puedo sangrar —se incorpora y mira a su alrededor. —Una de las pocas cosas que heredé de mi mamá —dice en voz baja, sin mirarme.

Se aleja con calma, como si nada hubiera ocurrido.

Laama me acaricia el hombro y susurra que aquel era un nefil y que solo un Vigilante podría haberlo detenido. De este último no hay rastro ni señal.

Todo a nuestro alrededor retoma su curso con naturalidad, incluyendo a Laama. Guardo silencio. Tanto el poder de los Vigilantes, como la ocasional presencia de sus hijos nefilim y este tipo de interacciones, son realidades a las que debo acostumbrarme aquí.

El resto de la noche transcurre con serenidad. Nos reunimos en un espacio abierto, rodeado de columnas sin paredes, cubierto por un techo donde enredaderas adornadas con joyas descienden como flores.

Las mujeres ríen y beben; las compañeras de los Vigilantes se nos acercan, intentando incluirnos en sus conversaciones, haciéndonos sentir parte de ellas.

Los intentos resultan, y pronto el lugar se llena de familiaridad. Una joven de un hermoso y reluciente cabello castaño, luciendo un vestido azul verdoso con joyería plateada incrustada en los bordes, camina con paso elegante hasta mí. Ella me ofrece un jarro lleno de un líquido color rosado, dulce y embriagador, invitándome a tomarlo.

Me relamo luego de dar el primer sorbo, sintiendo el dulzor en mi paladar y un ardor en mi garganta al bajar por ella.

Me quedo mirando el líquido, muevo el jarro en círculos un par de veces antes de dar otro sorbo.

—Creo conocerte —dice la joven, que me observa fijamente.

Entrecierra los ojos y se lleva un dedo a los labios, pensativa.

—Creo que tu hermanito es amigo de mis hermanos, ¿se llama Omer? —me dice.

Me sobresalto al darme cuenta de quién es. La hermana mayor de los amigos de Omer, la hija de Cam, a la que ellos le escondieron la piedra de antimonio. Asiento enérgicamente.

—Sí, mi hermanito y los tuyos son muy buenos amigos —sonrío al sentir cierta cercanía con ella, aunque no la había llegado a conocer nunca, sólo porque venimos del mismo sitio.

Ella se ríe.

—Son un huracán cuando están juntos —comenta, tomándose de un sólo trago el líquido rosa que tiene en su jarro. —Soy Ritha, por cierto —me sonríe y yo le correspondo.

—Eden —digo y ella asiente, diciendo que ya lo sabía.

Otra joven se nos acerca y le entrega un jarro con el mismo líquido rosado a Laama, quien se mantiene en silencio a mi lado. Ella toma un pequeño sorbo, lo saborea y luego se bebe todo el líquido en un sólo trago. Hace una mueca y murmura un "nunca me acostumbraré".

Yo lo tomo con calma, y noto que Laama y Ritha no son las únicas que se beben todo el líquido de un trago.

De hecho, sólo las recién llegadas lo tomamos con calma, de sorbo en sorbo. Las demás nos miran con una mezcla de comprensión y gracia en sus ojos.

Nos piden que nos sentemos en el suelo, y eso hacemos. Con nuestras piernas cruzadas, formamos un círculo en el lugar, dejando un espacio vacío en el centro frente a nosotras.

En mi pecho se comienza a formar un calor que, he de suponer, es culpa de la bebida. Mi estómago cosquillea.

Las mujeres de los Vigilantes cierran los ojos, y la luz de la luna ilumina sus rostros, mostrando leves sonrisas.

Cierro mis ojos, y al instante me siento mareada; sin embargo, dicho mareo pronto se disipa y siento como si estuviera flotando. Como si Semyazza estuviera aquí, mostrándome algo, como lo hizo aquella noche en casa del Patriarca Enoc.

Escucho un canto, comienza bajo y va subiendo de volumen. Tarareo la melodía como si la conociera desde siempre, pero no se me hace raro, al contrario, me llena de una tranquilidad incomprensible. Siento que podría elevarme y volar.

La imagen de mi familia surge en la oscuridad de mis ojos cerrados: están reunidos en el aposento de mis padres, ojos cerrados y manos alzadas, orando.

Me remuevo en mi sitio; deseo poder ir hacia ellos. Por un momento, parece que puedo levantarme, acercarme, tocarlos y hablarles, como si estuviera en casa.

Los escucho cada vez más claro. Jireh toma la palabra, clamando al Creador por... por mí.

Las lágrimas salen de sus ojos, de los ojos de los tres, incluyendo a Omer.

Mi corazón se resquebraja poco a poco, cayendo en la cuenta de lo mal que debí haberlos dejado.

Pero están de vuelta en casa.

Si esto que veo es verdad, significa que Semyazza cumplió con lo que me dijo y mi familia pudo retornar a casa a salvo.

El suelo se ve limpio, como si acabaran de hacer el aseo hoy mismo. ¿Hace cuánto que están allá?

La visión se va alejando, como si algo me estuviera llevando suavemente hacia atrás; un aire frío como la noche que me va separando de mi familia. Vuelvo a irme, la única diferencia es que, esta vez, los he visto sufrir y llorar mi partida.

Ellos no se dieron cuenta de que yo estaba ahí, y quizás no lo estaba realmente. La parte exterior de mi casa se hace presente, la veo rodeada de una luz dorada y tenue que sé que es protección, lo puedo sentir como si fuera en carne propia. Luego veo el asentamiento hacerse pequeño mientras parece que me elevo al cielo.

Mi familia, mi casa, todo comienza a ser cubierto por una bruma blanca, transparente como una nube que va cegando mi visión. Cuando ya no puedo ver nada, todo se oscurece.

Abro mis ojos.

Sigo sentada en el círculo con las demás mujeres de Vigilantes, las cuales mantienen sus ojos cerrados y parecieran estar en paz.

Mi corazón late rápido, mis ojos quieren llenarse de lágrimas luego de ver a mi familia con tanta vividez, sin poder saber si fue sólo mi imaginación o si fue real.

Quiero ir a verlos. Asegurarme de que estén bien.

Me quedo mirando a mi alrededor y a cada una de las mujeres; el efecto de la bebida se me pasó, pero aún me siento asueñada. Quisiera llegar al aposento que me fue asignado y dormir.

Volteo a ver a Laama a mi lado y me abstengo de llamar su atención cuando la veo sonreír ampliamente y susurrar cosas para sí misma. Ritha, a mi otro lado, está igual que Laama.

Me pongo de pie, lento y lo más silencioso que puedo, alejándome del círculo con cautela, para no distraer a ninguna de las mujeres. Todas aún tienen sus ojos cerrados.

Sigo el camino que recorrimos para llegar hasta aquí, buscando la edificación donde tengo mi aposento. Todo está en silencio, no veo ni una sola silueta caminar por ahí. Me abrazo a mí misma para cubrirme del frío de la noche y camino más deprisa. El viento silba a mi alrededor, y creo poder escuchar todavía los murmullos de las mujeres en el círculo que acabo de dejar. Camino al lado de árboles y los pequeños mercados, con la comida aún afuera, como si no importara que alguien viniera y se llevara lo que hay en ellos.

Cuando llego, justo al poner el pie en el primer escalón iluminado por la luz de la luna y las luces doradas de la ciudad; unas voces graves, hablando en un idioma que no puedo entender me hacen saber que hay alguien cerca.

Supongo que se trata de Vigilantes. Aunque no puedo verlos, ni sé dónde están ni de qué están hablando.

Una punzada de curiosidad hace que me detenga antes de subir los escalones. Doy un par de pasos atrás y miro a mi alrededor, esta vez buscando a los Vigilantes que mantienen una conversación no tan amena en algún lugar cerca.

Los escucho preocupados. Parecieran estar hablando de algo serio e importante, aunque no puedo afirmarlo del todo porque no entiendo el lenguaje que están utilizando.

Suena casi como un cosquilleo en mis oídos, si eso tiene sentido. Suena a que hablan entre dientes y a la vez demasiado claro, con voz grave.

De pronto ya no los escucho hablar, paran su conversación de repente y comienzo a sentir un calor hacerse más y más presente. Así sé que se acercan a donde estoy.

Pongo el primer pie en el primer escalón para entrar a la edificación e irme a dormir, y veo unos ojos dorados mirándome fijamente. Un escalofrío recorre toda mi espalda.

Subo y cruzo la gran entrada bajo la mirada de aquel ángel. No puedo saber de quién se trata, si lo conozco o siquiera lo he visto antes.

Sé que no es Semyazza, porque no me mira con el mismo cálido sentimiento con que lo hace él.

Lo último que veo, antes de intentar cerrar la puerta de entrada, es a aquel Vigilante acercarse a la edificación sin quitarme la mirada.

# CAPÍTULO 21

La noche fría se cierne alrededor, y aunque la melodía se vuelve más tenue, aún resuena en el ambiente.

No sé cómo sentirme al estar aquí, viéndolo todo tan en paz. Una parte de mí se indigna porque nosotros, en el asentamiento, no podemos vivir con la misma paz que los hijos del cielo y sus familias. La otra simplemente quiere traer a mi familia aquí, a quedarse conmigo.

Inclino la vista hacia abajo, fuera de la ventana, intentando distinguir los mismos ojos dorados brillantes y no muy amables que vi antes de entrar a la edificación.

*¿Quién era? ¿Podrá él entrar aquí? ¿Por qué o para qué lo haría?*
—Bonita velada —escucho.

Me sobresalto tanto que no puedo evitar dejar salir un gritillo. Cubro mi boca al darme la vuelta y ver a Semyazza de pie en medio de mi aposento, con una leve sonrisa y sus ojos resplandecientes pero tenues. Algo dentro de mí se estremece al verlo y escucharlo de nuevo, estando solos aquí.

—Me asustaste —susurro, convencida de que sólo lo decía para mí misma.

La risa ronca que sale del Vigilante me deja saber que me escuchó.

—No era mi intención asustarte —dice.

Se acerca un par de pasos hasta una pequeña mesa, de las varias que hay en el aposento, y deja una hermosa rosa encima; luego viene a mi lado, mira por la ventana y cruza sus brazos a su espalda.

—Ese vestido te queda hermoso, no podía esperar para

dejártelo saber —se inclina un poco hacia mí para susurrarme cerca del oído.

Me mira de reojo, y noto cómo su pecho se infla y casi, de nuevo, podría hacerse pasar por un ser humano cualquiera.

—Gracias —esbozo una leve sonrisa.

—Quisiera saber más de lo que viste anoche, cuando tomaste el estramonio —su voz adopta un tono más grave cuando cambia el tema, su piel irradia más calor.

No cae nada mal, considerando que ya empezaba a tener frío.

—Sí, eso —escarbo en mi mente para recordar más de lo que llegué a contarle a Laama.

Me toma unos segundos, los suficientes como para sumirnos en un silencio casi sepulcral que él rompe.

—Sí, eso —me imita a la perfección, volteando a mirarme con su sonrisa más amplia, como si le causara gracia algo del momento; quizás lo que dije, quizás por el tiempo que me tardo en responderle.

Le narro todo lo que recuerdo, lento y con tantos detalles como puedo. Esto último es más para hacer tiempo y recordar lo que vi, cuando aquellas sombras, que ahora sé que eran nefilim que han fallecido, quisieron lanzarme a las llamas de la fogata.

Lo veo a los ojos al narrarle esa parte, y el fuego que representan los suyos provoca algo en mi, algo que hace que a mi memoria se le quite el polvo y me deje recordar con mayor claridad lo que vi a través de aquella llama.

—Eran gritos, habían personas gritando. Los recuerdo de todas las edades. ¿Querrá decir algo? —pregunto.

Mi corazón da un brinco al recobrar el recuerdo completo. Preferiría evitar el estramonio, si está en mis manos. Semyazza me observa intensamente; su sonrisa ha desaparecido, y noto ahora que en su lugar hay algo más. Entrecierra un poco los ojos y luego carraspea.

—Son espíritus de nefilim, aquellas sombras —comienza a explicar.

Asiento, pues ya conozco esa parte de la información.

—Juegan con tu paz cuando se dan cuenta de que puedes

verlos. A veces lo hacen por pura diversión, mas la mayoría del tiempo quieren una de tres: llevarte con ellos, mostrarte o dejarte saber algo, o lo peor, quedarse con tu cuerpo, tu carne, porque ellos fueron despojados de las suyas —dice.

Palidezco tan pronto le escucho decir aquello, cosa que Laama no me llegó a contar. Él da un paso más cerca de mí, roza su mano con la mía.

—No temas, ellos no pueden hacer nada si no les ves. Y no les volverás a ver si no vuelves a ingerir estramonios —lo último lo dice en un tono bajo.

Termina de coger mi mano y se la lleva a sus labios, dejando un tierno beso en ellas. No se me pasa por alto que ha evitado el tema de lo que vi en el fuego.

—¿Y lo de los gritos? —decido preguntar.

No quito la mirada de mi mano entre las suyas y a pocos centímetros de sus labios. Él inhala profundamente y da un apretón a su agarre, volteando a ver hacia afuera. Desvía su mirada hacia la ciudad, cuya luz ha sido mayormente apagada para que todos duerman.

—Tendré que averiguar eso —es lo único que dice.

Dejo el tema; no fue una visión muy explícita.

Me alejo un poco del ventanal, sintiendo el sueño hacer que mis ojos ardan como si tuviera varios días sin dormir. Bostezo prolongadamente mientras me subo al lecho amplio y comodísimo. Ya creo que mi espalda se puede acostumbrar a esto muy rápido.

Cuando estoy acomodada en el lecho, me doy cuenta de que el Vigilante se ha quedado mirándome expectante, sin moverse de su sitio. Parece esperar a que yo le pida que se vaya o que se acueste conmigo, y más fácil le pediría lo primero, pero tengo algo más que decirle.

—No sabía que los nefilim con apariencia más humana tenían el derecho a hacer con una lo que ellos quieran —digo, pronto me arrepiento de cómo se escuchó lo que dije.

El Vigilante Semyazza chasquea la lengua y da un par de pasos al frente, niega con la cabeza.

—Me enteré por parte de uno de los míos lo que el descendiente de Barakiel quiso hacer contigo y con Laama. Espero que Azael haya intervenido lo suficientemente a tiempo, y yo mismo me encargaré de que no vuelva a pasar —dice.

Un destello en sus ojos me deja claro que no lo dice sólo por decir. Me alegra saber eso, porque me había dejado un poco preocupada y desconcertada ver que a nadie aquí se les había hecho raro, a nadie le pareció algo por lo qué intervenir.

—Gracias —le digo.

Él termina de acercarse a la cama, y me encanta darme cuenta de que la ligera calidez que desprende su cuerpo es la misma, cerca de mí que desde el otro extremo del aposento. Podría pedirle que se quede aquí para que aplaque el frío de la noche, sin tener que estar demasiado cerca de mí.

¿Hará este mismo frío en casa? ¿Estará bien mi familia? Recuerdo lo que vi más temprano, al tomar aquel líquido dulzón.

—¿Todas las plantas que hasta ahora he probado tienden a provocar alucinaciones o visiones siempre? —pregunto.

Ni siquiera sé si lo que tomé hoy proviene de otra flor o planta. Semyazza arquea las cejas y deja en evidencia que no se esperaba mi repentino cambio de tema.

—No todas. ¿Preguntas por alguna razón específica? —cuestiona, con la misma expresión de curiosidad.

—Hace un rato tomé, junto con las demás, una bebida rosa y dulce. Instantes después, casi como lo que pasó con el estramonio, vi mi casa. A mi familia. Y los vi a todos... llorando —le cuento.

Semyazza toma asiento en el lecho, junto a mí. Casi me muevo hacia un lado para alejarme un poco de él, pero me resisto para que no crea que es una invitación a recostarse en el lecho junto a mí.

Agradezco que él no haya intentado nada hasta ahora, pero no estoy dispuesta a tener intimidad. Semyazza acaricia mi pelo a la vez que contesta.

—Me aseguré de que tu familia volviera sana y salva a sus hogares, y de que siguieran estando sanos y salvos allá. Como te prometí que haría. Así que es posible que sí los hayas visto, aunque no puedo estar seguro de cuál fue la bebida que te dieron a tomar hoy —dice.

Se pone de pie y va hacia la mesita donde había puesto la rosa. Vuelve hasta mí y la pone encima de mi pecho, puesto que sigo acostada. Saco las manos de entre las mantas y agarro la rosa para verla mejor.

—Es una rosa damascena, para ti —me dice.

La rosa es de un color muy fuerte, un rosado que con la suficiente oscuridad puede hacerse pasar por rojo. En un centro logro distinguir un poco de amarillo, justo donde los pétalos se unen, pero es tan minúsculo dicho color que pasa por completo desapercibido. Huele muy bien, contrastando con el terrible olor del estramonio, el cual me alegro de no recordar mucho ya.

La inhalo y de inmediato me siento adormecida, más tranquila y contenta.

*Pude hacer esto por mi familia. Ahora estoy aquí y ellos están bien, volvieron a casa y no les faltará ni alimentos ni protección. Quizás pase suficiente tiempo como para que las personas en el asentamiento se calmen y, como mínimo, vuelva todo a la normalidad. Y yo iré a estar con ellos.*

—La rosa damascena tiene propiedades tranquilizantes, te hace sentir mejor por su aroma. Su fragancia abre paso a pensamientos positivos y ayuda a tu cuerpo a relajarse. Quiero que la tengas e inhales su olor, tal y como hiciste ahora, cuando creas necesitar sentirte mejor —me explica el Vigilante, a la vez que se pone de pie y deja un casto beso en mi frente, susurrando una despedida.

Lamento que se vaya, pues se lleva consigo la leve luz de sus ojos y la calidez de su presencia. Me hubiera gustado tener ambas por el resto de la noche.

Dejo salir un suspiro y pongo la rosa a un lado de mi rostro, en la cabecera del lecho, y me acurruco de lado entre las mantas.

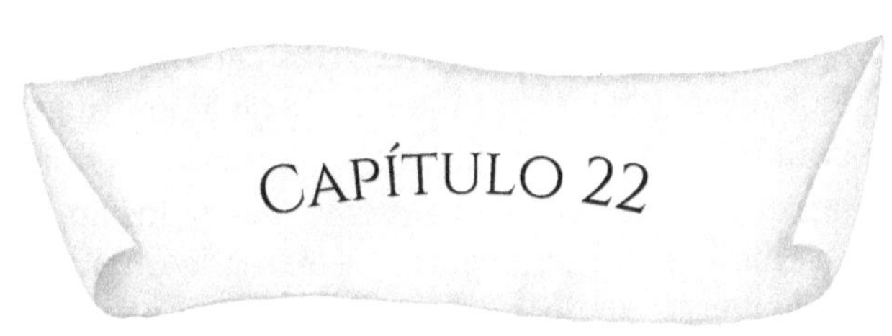


El aire está extraño, como si algo estuviera mal. Todo el lugar está tan silencioso como anoche. Me toma un tiempo ponerme de pie y bajar del lecho. Cambio mis ropas por una túnica de color arena, la cual tiene un manto del mismo color unido a ella que cae por los hombros. Asomo la cabeza por la puerta, confirmando que no hay nadie en lo que se puede ver del pasillo, por lo que salgo con calma.

El cantar de las aves se escucha por las ventanas cuando llego al recibidor. Las mismas flores blancas caen del techo y, esta vez, un olor a pan recién preparado llena mis fosas nasales.

Es ahí cuando siento mi estómago gruñir.

Vuelvo por el pasillo y me detengo en una desviación para tratar de recordar si es la que lleva al comedor. Me siento un poco perdida.

Me acerco a las paredes para observar los relieves que tiene, confirmando que es el pasillo correcto al identificar algunos como aquellos que logré ver anoche, a pesar de la oscuridad.

Cruzo el umbral, topándome con una habitación amplia y… vacía. No está la gran protuberancia del suelo que hacía de mesa, no hay asientos, velas, nada. Es como si nunca hubiera habido algo aquí.

Unas voces se escuchan, acercándose por el pasillo y haciéndome dar un pequeño salto de la impresión. Son lo único que rompe con el pesado silencio que me ha acompañado desde que desperté.

Me giro, justo a tiempo para observar a dos Vigilantes, altos y con sus ojos resplandecientes, caminando por la desviación más al fondo. Uno de ellos se detiene, provocando que el otro haga lo mismo, y ambos se voltean. Las expresiones increíblemente serias que tenían pronto son cambiadas por unas dulces sonrisas, la voz de uno de ellos llega hasta mí como un susurro.

—¿Estás perdida? —pregunta, con curiosidad que parece genuina, me observa con cierto toque de fascinación, algo que parece ser común en ellos, porque no es la primera vez que noto aquel sentimiento en los ojos resplandecientes de los ángeles.

—Quería venir a comer algo, pero… —extiendo un poco mis brazos para señalar alrededor.

No creo que ellos puedan ver la habitación vacía por completo desde donde están, pero parece que ya saben que aquí no hay nada, pues ambos dejan salir una risa, tan elegantes que podrían ser fingidas, practicadas.

—Pues no es ahí donde deberías buscar, ¿te llevamos? —ofrece el único de los dos que ha hablado conmigo en toda esta interacción.

Me ofrece su mano, y yo me siento un poco patética cuando camino hacia ellos, atravesando todo el pasillo antes de llegar a donde están. Siento cómo su mano se posa justo en medio de mi espalda, a la altura de las costillas.

Con un empujoncito, me invita a caminar con ellos.

Dejan de hablar de lo que sea que estaban hablando cuando venían, supongo que por estar yo presente.

Más de una vez subo mi rostro para ver el suyo, y todas las veces lo descubro mirándome.

Creo firmemente que él estuvo en la cena de anoche, a diferencia del otro Vigilante que lo acompaña, y de seguro es uno de los líderes presentados por Semyazza en la cena. Sólo no sé cuál de todos.

La piel cálida de los Vigilantes y su ligero brillo hace que el pasillo se sienta mucho más angosto y largo de lo que en verdad es. La mano del Vigilante sigue tocándome en el mismo lugar, sin moverse por ningún motivo. El camino se hace eterno y yo decido dedicarme a prestar más atención para conocer mejor por dónde andamos.

—¿Sucede algo? —pregunta cuando me remuevo un poco bajo su tacto.

Niego con la cabeza y luego pongo la mirada al frente, dispuesta a no volver a ver su rostro.

—¿Estás aquí tú sola? —el Vigilante vuelve a hablar.

Siento que el pulgar de su mano acaricia mi espalda sobre mi túnica. Comienzo a sentirme incómoda y se lo dejo saber dando un paso lejos de él. Su mano no se mueve.

—¿Te estoy incomodando? —me mira con las cejas enarcadas y los ojos entrecerrados, esperando mi obvia respuesta. Asiento con la cabeza suavemente, él quita su mano al fin.

Suelto un suspiro de forma que sólo yo pueda escucharlo y me alivio un poco, aunque no me pasa desapercibido el hecho de que da un paso cerca de mí, acortando nuestra distancia.

Evito mirarlo, fingiendo que no me di cuenta. Acelero mi paso y me pregunto si el otro Vigilante es sólo sombra suya, puesto que no ha dicho nada y ni siquiera nos mira. Las veces que lo he visto él tiene su cabeza un tanto inclinada hacia el suelo.

Para suerte mía, llegamos al área de comedor.

No es la misma donde cenamos anoche, ¿acaso las habitaciones se la pasan cambiando?

Mi pecho se aliviana cuando veo a Semyazza, con una nada disimulada expresión de molestia en su rostro. Su entrecejo tenso, sus ojos encendidos de un dorado más fuerte, sus brazos entrelazados sobre su pecho. Se acerca a nosotros, sin quitarle los ojos al Vigilante que me ha traído.

—Barakiel, te agradezco que hayas acompañado a Eden hasta aquí. Mas, tengo la certeza de haberte dicho que tú y Bathael se unieran a los demás para la reunión —pone sus manos sobre mis hombros, en posición protectora y luego me desplaza con dulzura detrás de él.

El gesto me hace sentir más tranquila y me alegra ver lo poco que le agrada el acercamiento que aquel Vigilante, Barakiel, tuvo conmigo.

Puedo estar segura de que no volverá a pasar.

Barakiel arquea las cejas, nota la aversión que me ha provocado y realmente no sé qué está pensando al respecto. Tampoco quiero saberlo.

—Sí, señor. Allá nos dirigíamos, pero vimos a su hija de hombre desorientada —dice "hija de hombre" con cierto dramatismo y fascinación, mirándome un instante.

Con eso logra ponerme incómoda de nuevo.

Él se ve amenazante en cierta forma. Emana una clara señal de advertencia para mí: "no te acerques por nada del mundo a ese ángel, Eden, no sabes qué es capaz de hacerte". No me cuesta pensar que, si alguna mujer de aquí está con él, no vino por voluntad propia.

—Ya pueden irse —es lo único que dice Semyazza, un calor más fuerte se desprende de él y doy un par de pasos hacia atrás.

Los dos Vigilantes se van. El callado, Bathael, en ningún momento levantó su mirada.

—Intenta evitar a Barakiel tanto como puedas, lo mejor es que no intercambies palabras con él —dice Semyazza, adoptando su tono preocupado, pero dulce.

Se toma su tiempo antes de darme la cara. Se acerca y arregla un diminuto mechón de cabello que estaba en mi frente; estoy un poco sudada por su propio calor, por lo que él utiliza la manga de su propia túnica para limpiar el sudor de mi frente.

Él viste una hermosa túnica blanca, con detalles y entrelazos en dorado que, al mezclarse ligeramente con el tono de su piel y el brillo de esta, junto con sus ojos, aviva muchísimo la imagen angelical que por lo usual oculta con túnicas oscuras.

Nos quedamos mirando un momento largo, eso supongo porque se siente como horas para cuando él me dice que desayune lo que guste de la mesa.

Me doy la vuelta, y veo una larga mesa de madera oscura que abarca toda la pared del fondo, pegada a la misma y sin nada donde sentarse. Está, como no es sorpresa, llena de delicias.

Me giro de nuevo para preguntar si desayunará conmigo, pero él ya no está.

Agradezco internamente al Creador el haber podido encontrar la salida de esta edificación, a la cual todavía no estoy acostumbrada.

El cielo se ve de un azul opacado por un montón de nubes ligeras, difuminando también la luz del sol. La melodía que siempre está sonando reemplaza el sonido de los pájaros, no se escucha ninguno cerca.

Bajo los escalones, no sabiendo qué hacer.

Si estuviera en casa probablemente estaría en la cocina con mi madre, ayudándola a preparar algo improvisado con restos de comida que almacenamos o, con suerte, algo más rico con alimentos recién traídos del mercado recién abastecido.

Suelto un suspiro. Los extraño mucho.

Bajo los escalones uno por uno, con calma, mirando a todas partes. ¿Dónde podría estar Laama ahora?

Veo una que otra mujer caminar por ahí, con sus respectivos vestidos hermosos y sus sonrisas radiantes, llenas de joyería en el cuerpo y en el cabello. Yo sigo sin poder adaptarme mucho a ellas, aún tengo suficiente con el colgante que me obsequió Semyazza.

Lo toco, recordando que está ahí y para qué sirve. Se me ha hecho tan natural llevarlo, como si siempre hubiera estado conmigo.

Una mujer me saluda, no sé quién es, pero le devuelvo el saludo con una sonrisa que busca ser tan amistosa como la que ella me ofrece. Ella sigue con su camino.

Miro a todas partes, buscando con la vista a Laama, por si está en algún lugar cerca. Entonces recuerdo el balneario, ella dijo que le gustaba, así que podría estar allá.

Al estar frente a la puerta blanca, río para mí misma por la ironía de que recuerdo mejor lo que recorrí afuera con Laama, que los pasillos y habitaciones de donde ahora tengo morada.

Entro sin pensarlo mucho, preparada para ver los cuerpos desnudos de un montón de mujeres; y así es, hay más mujeres aquí dentro que las que vi caminando fuera.

Busco la hermosa cabellera de Laama y su distintiva estatura. Sonrío ampliamente cuando la veo junto a un grupo de chicas.

Al acercarme, me doy cuenta de que ocultan con su cuerpo a otra mujer, y mientras más me acerco, puedo ver que se trata de la embarazada que vimos aquel atardecer. La del ritual. Leiah.

Leiah llora desconsoladamente, y las demás intentan hacerla sentir mejor. La ayudan a bañarse. Hablan entre ellas con seriedad, incluyendo a Laama, como si no quisieran que Leiah las escuche.

—¿No hay alguna manera de hacerla matar al bebé, antes de que nazca y la mate a ella? —una de las mujeres susurra.

—Es demasiado tarde para eso, tenemos que procurar su bienestar lo suficiente para que llegue al parto —es Laama quien le responde. —Y que, llegado el momento, un Vigilante le salve —susurra esto.

Decido unirme a la conversación.

—¿Y cómo está ahora? —cuando hablo una que me daba la espalda se sobresalta, provoco un par de miradas no muy agradables hacia mí.

Al instante me arrepiento de haberme metido así, pero mantengo la compostura. Laama es la única que me sonríe como si le alegrara verme.

—Está muy mal, es la verdad —me dice. —Tendremos que ver qué pasa —las otras dos mujeres que hablaban en susurros con Laama asienten mientras se giran para mirar a Leiah, que sigue llorando a gritos en el agua, siendo bañada por otras tres mujeres del grupo.

—Creemos que puede dar a luz en cualquier momento a partir de ahora —dice una de pelo tan oscuro como el mío.

Observo con detenimiento a la embarazada. Su vientre está tan grande que podría albergar algunos tres bebés humanos normales, pero sólo lleva uno.

Uno nefil y gigante.

Veo su rostro rojo, con sus ojos hinchados y cerrados en una expresión de tortura que me parte el corazón. Cuando la vi irse del asentamiento aquella fría mañana, lo último que pensé es que la vería de nuevo, y menos en tal terrible situación.

Momentos después, la ayudan a ponerse de pie y la cubren con una gran toalla blanca.

No abre sus ojos. Intenta dejar de llorar, traga con fuerza un par de veces antes de morder su labio inferior por unos segundos, los suficientes como para dejarlos un tanto sangrantes cuando deja de morderlos para soltar el grito más escalofriante que en mi vida he escuchado.

Todas las mujeres del lugar dejan sus conversaciones y nos miran, algunas se acercan con preocupación y otras tapan sus bocas con claras expresiones de horror.

Leiah abre sus piernas y flexiona un poco sus rodillas. Un fluido transparente se resbala por sus muslos cubiertos por la toalla y hasta más abajo. Ella vuelve a gritar.

Las seis mujeres que la acompañan se apresuran a ella, incluyendo a Laama, quien me da una mirada antes de ir. Su mirada es de absoluto horror.

Yo no sé qué hacer, cómo ayudar.

Las veo sostenerla con más esfuerzo, puesto que Leiah ya no puede sostenerse ni un poco por sí misma. Se dirigen a la salida del balneario.

Abro la boca para inhalar una gran cantidad de aire cuando siento que el corazón se detiene en mi pecho, un escalofrío recorre toda mi espalda pero se siente como si me diera energías para gritar.

—¡Abran la puerta! —vocifero con fuerza de repente, sorprendiéndome a mí misma.

Me escuchan y la abren.

—¡Por favor, déjenlas pasar! ¡Muévanse del camino! —grito de nuevo.

Me apresuro delante de la embarazada, haciendo ademanes para apartar las mujeres que se quedan estupefactas en su sitio. Noto la mirada de agradecimiento de un par de las mujeres que sostienen a Leiah, incluyendo a Laama.

—¡Llamen a un Vigilante! ¡Díganle que están dando a luz a un gigante! —vocifera Laama.

Veo a un grupo de mujeres ponerse en movimiento deprisa. Leiah suelta otro grito. El fluido transparente va adoptando una tonalidad rosada, cada vez más y más fuerte hasta convertirse en rojo.

Es sangre. Está sangrando.

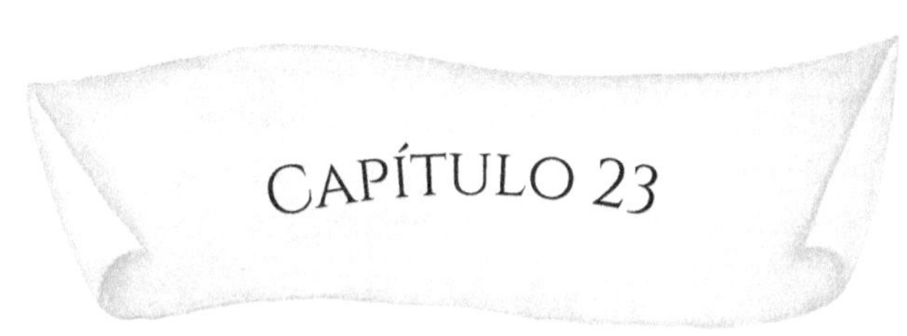

# CAPÍTULO 23

Quienes sostienen a Leiah se dan cuenta del sangrado cuando este hace que ella casi se resbale; lo que, de haber pasado, hubiera sido una completa tragedia, en su estado. Todas aquí lo sabemos.

Me acerco para ayudar como puedo. Escucho que se gritan entre sí que la cargarán para llevarla al lugar designado para el parto.

El terror en el rostro de todas, los gritos de Leiah, la forma en la que todas las personas que hay afuera del balneario se detienen para verla, sin hacer nada; todo esto causa una conmoción dentro de mí. Trago el nudo en mi garganta.

En ese momento, un par de Vigilantes se hacen presentes y uno de ellos carga a la sangrante mujer en sus brazos, mientras que el otro forma una gran pared que parece de fuego alrededor de nosotras. Un fuego negro y que no desprende nada de calor.

Contengo el aliento y doy un par de pasos atrás, como si perdiera el equilibrio.

Nunca les había visto formar cosas materiales de la nada y, aunque no debería sorprenderme, por quiénes son ellos, sí lo hago. Imposible que no me impresione verlo.

Entonces, ese mismo Vigilante hace que el suelo se levante, formando un improvisado lecho justo en el lugar donde estamos. El Vigilante que carga a Leiah la deja en el lecho y nos agradece la ayuda en un susurro. Se ve aterrorizado. Supongo que es el padre del nefil que ella lleva dentro.

Tan pronto su espalda toca el duro lecho, Leiah se retuerce y grita por ayuda.

La agonía de la mujer, quien vivió en el mismo asentamiento

que yo, es palpable y me hace estremecer con cada alarido. No sé cómo su garganta resiste tal desgaste.

Los dos Vigilantes comienzan a tratarla, quitándole la toalla y abriendo sus piernas. La posicionan semisentada y piden ayuda a un par de sus amigas para que la mantengan así el tiempo que sea necesario. Ella intenta con todas sus fuerzas poner de su parte, pero pareciera que le pesa toneladas todo su cuerpo con el más mínimo movimiento que intenta hacer.

Puja, puja y puja con fuerza.

Toco el antimonio tallado en forma de hoja que siempre cuelga de mi cuello, lo siento caliente al jugar con él. Pienso en mí y en Semyazza, en las probabilidades tan grandes que hay de que yo me enfrente a esta misma situación, de la que no sabemos aún si esta pobre chica podrá salir con vida.

El pensamiento me oprime el pecho y siento otro nudo en la garganta.

Ella sigue gritando. Es evidente que con cada empuje se va quedando sin energía.

Los dos Vigilantes la intentan consolar, sobretodo el padre del nefil que va a nacer, quien la toca en la frente, casi con desesperación. Le deja besos en el dorso de su mano, en su frente y de vuelta a su mano. Le dice cosas al oído. Pero nada logra calmarla.

Hace cada vez más calor. Los Vigilantes comienzan a mostrar un sentimiento que jamás pensé que vería en ellos: frustración.

La pobre chica sigue pujando y gritando. Toda la ciudad debe haberse paralizado a nuestro alrededor, para prestar atención al parto improvisado, aunque no puedan ver nada por la masa negra que nos rodea.

Pincho cada uno de mis dedos con las esquinas de la hoja de piedra de mi colgante. Entonces, una figura emerge del fuego negro, alta y con los ojos encendidos en un resplandeciente color dorado. Me quedo mirándolo y él pronto posa sus ojos en mí. Sin dejar de verme, termina de aparecer.

Semyazza da dos pasos hacia mí, pero un grito desgarrador de Leiah lo detiene; su atención se centra en ella. Su rostro adopta una preocupación mucho más grande que la que nunca me ha mostrado a mí. Se acerca a ella, posando una mano en su frente bañada en sudor. Comienza a murmurar una retahíla de cosas incomprensibles, un lenguaje que sólo los Vigilantes presentes pueden entender. Los otros dos ángeles se unen a Semyazza en sus murmullos. Leiah sigue gritando. La sangre mancha el lecho debajo de ella.

Me acerco a Laama, al notar sus ojos entornados con preocupación, pero también se le ve molesta. Aprieto su mano. Ella me mira y finge la mejor sonrisa que puede fingir. La comisura de sus labios no llega a elevarse mucho para cuando vuelve su vista a Leiah.

Se le ve sin fuerzas, con cada segundo que pasa pujando parece que sucumbirá en pleno acto de dar a luz.

Los tres ángeles siguen con sus ojos cerrados y murmurando cosas inentendibles, hasta que la adolorida chica lanza un grito desgarrador, más fuerte que todos los demás.

Todas nosotras damos un respingo de la impresión y más de una quiere acercarse a consolar a su amiga, pero se contienen al ver a los Vigilantes hacerse cargo. El bebé parece estar saliendo.

Nuestra respiración se detiene y nos paralizamos.

Los gritos son muy fuertes y se le puede escuchar respirar entrecortadamente. Más sangre, más gritos. Semyazza abre sus ojos y todo el lugar se ilumina, se le ve aterrado. Algo en mi pecho se encoge y le veo irse, desapareciendo con prisa entre el fuego negro.

Los otros dos la consuelan y la ayudan a sacar al bebé, expectantes por lo que está a punto de llegar al mundo.

Yo doy un paso atrás, sólo yo. Recuerdo que es un nefil lo que saldrá de ella en este momento.

Los gritos pasan a ser llantos y quebranto, logra transmitirnos tan sólo un poco del dolor que ella siente, mientras puja. Es demasiado fuerte, de admirar.

Semyazza regresa con una rara hierba, aún con tierra. No sé qué es y dudo que alguien aquí, que no sea Vigilante, sepa lo que es. Semyazza hace que Leiah mastique aquella hierba, con toda la tierra. Lo hace con desesperación, provocando que ella solloce más y vomite la hierba.

Le grita, Semyazza utiliza un tono de voz que nos estremece a todas, le grita que se trague la hierba. Recoge los restos que ella vomitó y los acerca a su rostro para hacer que se los coma. El Vigilante, padre del nefil, lo detiene en el acto, al tiempo en que Leiah suelta otro grito, más alargado. Uno que indica que el bebé ha salido.

Todo se detiene, se escucha un balbuceo adorable; el bebé no llega al mundo llorando, lo hace con sonidos de cansancio y felicidad. Se ríe cuando el Vigilante, que es su padre, lo toma en sus brazos. Dicho Vigilante se da la vuelta, dándole la espalda a la mujer en el lecho, que quedó en completo silencio. Una lágrima se desliza por la mejilla del ángel, quien no se molesta en limpiarla y se enfoca en hacerle gracia al recién nacido.

Un bebé regordete y de un tamaño fuera de lo común. Los bebés humanos no nacen con el tamaño de un niño de, tal vez, unos doce o trece meses. Tiene pocas deformidades que yo pueda notar, tan sólo veo un dedo demás en sus manos, que se lleva a la boca en medio de una risa asueñada. Su frente sobresale un poco por encima de sus ojos, su piel es grisácea como el color de una roca. Mentiría si dijera que no me da escalofríos.

Es un muy feo bebé.

Las amigas de Leiah se precipitan hacia ella, y veo la agonía en sus ojos al comprobar que ha perdido la vida tras el duro parto. Ahí yace, pálida, rígida y brillando con el sudor frío, sobre un charco de su propia sangre y con los ojos cerrados; ha dejado este mundo.

Semyazza lleva sus manos a su cabeza, aprieta el ceño y murmura una exclamación, de nuevo en aquella lengua inentendible; sin embargo, conozco la frustración y el enojo cuando lo escucho.

Él y los otros dos Vigilantes hablan en voz baja unos segundos, para luego mirarnos a nosotras y, con pesar, nos dejan saber que no hay nada que puedan hacer. No la pudieron salvar, tampoco podrán devolverla a la vida.

—Ella está muy lejos de nuestro alcance, algo nos bloquea

—dice Semyazza. —No podremos devolverles a su amiga. Lo lamento muchísimo —su voz se resquebraja al dar el pésame.

Laama se ha quedado a pasar la noche conmigo. La observo dormir y me alegro de verla más tranquila, luego de tan trágico día.

Yo no puedo sentir el dolor que sus amigas han de sentir ahora, puesto que realmente nunca llegué a conocer a Leiah. Sin embargo, mi amargura se le acerca un poco, si puedo decir algo así. Esa mujer venía del mismo lugar de donde vengo yo. La vi irse de su hogar para terminar aquí, para morir.

Estoy sentada en mi lado del lecho, con las piernas entre las sábanas y los brazos cruzados.

Contemplo el cielo estrellado que el ventanal me deja ver. Revivo las cosas más grandes que he vivido desde que llegué aquí y tengo que tomar profundas respiraciones, porque se siente como si una gran roca estuviera aplastando mi pecho.

La habitación adquiere una leve tonalidad dorada de repente, y ya sé de quién se trata.

Volteo hacia la puerta de mi aposento para encontrarme con la mirada casi apagada de Semyazza.

Él mira a Laama y luego a mí, se acerca a paso lento hasta el lecho y se sienta a mi lado. Pone su mano sobre la mía y la acaricia, sin decir nada, se mantiene así por un rato.

—Es una situación compleja —susurra.

Dejo de ver al cielo nocturno para enfocarme en el rostro triste del ángel a mi lado. Su piel mantiene su ligero brillo, pero sus ojos están tan opacos que casi parecen normales.

—Desearía haber podido salvarla, rescatarla —dice, aparta su mirada de mi mano y me mira a los ojos.

—Hicieron lo que pudieron —susurro, con la voz ida.

Vuelve a ver mi mano, la cual no ha soltado.

—No —dice firmemente, aprieta el agarre. —Ella no tenía que haberse ido, no debí ser tan inútil, debí salvarla cuando tuve el tiempo —dice, con su voz más ronca.

Frunzo el ceño ante lo que dice, ante lo vulnerable que está siendo ahora. No comprendo muy bien la razón de que se haya puesto de esa manera, no cuando reaccionó peor que el mismo padre del nefil que Leiah dió a luz; aquel Vigilante que la embarazó no se lo tomó tan mal como el que tengo a un lado mío.

—No pasará de nuevo, me encargaré de eso —vuelve a mirar mis ojos y suelta mi mano, acuna mi rostro entre las suyas.

Sus ojos comienzan a brillar un poco más, su tacto se siente cálido, no caliente. Susurra, otra vez en su lengua, y al hablar puedo sentir su aliento chocar con mi rostro. Perfumado e igual de cálido que su presencia. Noto que acerca su rostro un poco al mío.

—Eres tan pa... —susurra, deteniéndose a mitad de frase. —Eres tan hermosa. De verdad lo digo —se acerca un poco más.

Siento mi corazón palpitar más rápido, siento su tacto más caliente.

—Desde el momento en que te vi supe que por ti valió la pena caer. Tu alma, tú por dentro y por fuera, eres tan pura y hermosa. Es tu verdadera esencia la que destaca sobre todo lo demás —sus palabras son como una poesía.

Él se acerca más a mi rostro.

Deja de mirar mis ojos para observar mis labios, los cuales siento secos, y dejo salir un sonido vergonzoso a modo de respuesta por lo que está diciéndome.

Está a punto de besarme.

Sus manos se deslizan más hacia mi nuca y acerca mi rostro al suyo. Él parece desearlo más que nada ahora mismo.

Pero ¿y yo?

No puedo decir que estoy lista para esto, aunque siento la curiosidad picar dentro de mí.

Un hijo del cielo buscando besar mis labios.

*¿Será tierno? ¿Será raro?*

Mi cuerpo se remueve un poco bajo su tacto, antes de que me de cuenta. Él se detiene, entorna los ojos e inclina su cabeza ligeramente, mirándome con una clara pregunta implícita.

Yo no le sostengo la mirada y es suficiente para él. Termina de

acercar nuestros rostros pero, en lugar de besar mis labios, se 
desvía hacia mi frente y deja un beso casto y prolongado en ella. 
Acaricia mis mejillas con sus pulgares antes de dejarme ir.

—Duerme —dice.

Lo próximo que siento es el sueño calar dentro de mí con 
rapidez, como si él hubiera dado una orden que mi cuerpo debe 
acatar. Entonces mis ojos se van cerrando y me acuesto, 
quedándome dormida más pronto de lo normal.

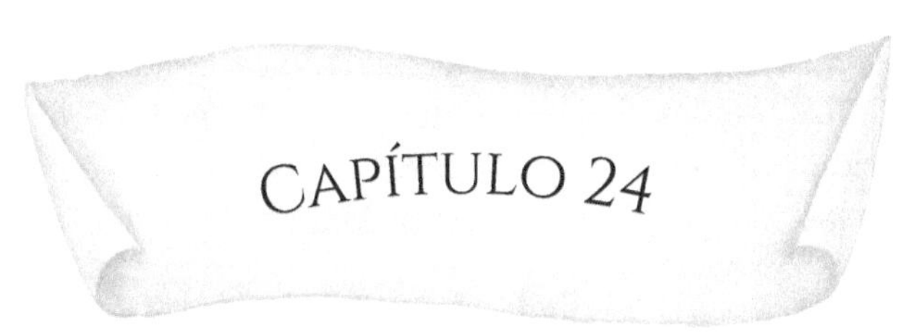

# CAPÍTULO 24

El cuerpo es llevado por "sombras", las mismas, quizás, que sirvieron la cena en mi segunda noche aquí.

Está cubierto con mantos blancos y enredaderas con un olor grato, mentolado.

Todo el lugar está apagado. Si no fuera de día estaría oscurísimo. Hermosas plantas llenas de flores y frutos cercan el camino por el que llevan a Leiah. Los puestos de comida están vacíos; algunos han sido retirados para dejar un gran espacio junto a la entrada de Saphon. Apenas puedo distinguir unos pocos puestos con aperitivos, por si alguien quisiera algo que comer en medio de este lúgubre momento para la ciudad.

Vemos la pequeña caravana salir de la ciudad por la gran entrada, yendo a un lugar que para mí es desconocido. Ignoro qué hacen aquí con sus muertos, y no sé si soy la única que lo desconoce.

Semyazza está parado, imponente y encapuchado, junto con otros Vigilantes. Están al fondo, viendo el cuerpo salir de la ciudad y perderse en el horizonte, hasta donde alcanza la vista.

A ratos siento que Semyazza me observa; nuestras miradas se cruzan un par de veces, pero trato de no pensar en lo de anoche. Con todo lo que ha pasado, lo de menos es que el Vigilante que me trajo aquí intentara besarme. Es absurdo sorprenderme, como si no lo hubiera anticipado.

Este momento tiene un cierto parecido al día en el que encontraron a la familia de Cam muerta en su casa. Sólo que ahora hay menos interés en la persona fallecida, guardan el respeto debido, pero no es como si importara mucho.

Eso es lo que veo en los rostros de las personas.

Las únicas dolidas son el grupo de amigas. Todas lloran con una pena que puedo sentir en mi pecho. Debieron ser muy buenas amigas en el tiempo que ella estuvo aquí.

Laama, para mi, es el ejemplo encarnado de que estas mujeres son todas muy rápidas al hacer amigas, como si se les fuera a acabar la vida, como con la embarazada. Esta última me causa muchísima lástima, su cuerpo muerto es llevado de aquí y su familia no está presente para despedirla.

Se me ocurre que quizás con ellos la llevan, para que al menos puedan darle sepultura. En el asentamiento habrá otro entierro, de ser ese el caso. Pero pronto desmienten mis pensamientos cuando un Vigilante se coloca en medio de la entrada, con el bebé nefil en sus brazos, llorando. Su gran tamaño dificulta que incluso el Vigilante lo mantenga quieto entre sus brazos.

Espero de verdad que se lo lleven lejos de aquí.

—Su alma vivirá por siempre, su espíritu será preciado —dice, con voz atronadora y sublime. —Aquí la recordaremos por siempre con... amor —hace una notable pausa antes de decir la última palabra.

Todos bajan sus cabezas, guardando silencio. El grupo de amigas hace el esfuerzo de calmar su llanto. Yo también bajo la cabeza y cierro mis ojos.

El aire es fresco, no hace frío ni calor; el ligero viento choca con mi piel y escucho aves cantar, muy muy lejos de aquí. La constante melodía que se escucha a cada segundo en la ciudad ha sido callada.

Tomo una respiración profunda, rememorando el día anterior y la forma en la que aquella pobre mujer murió. ¿Acaso ella se imaginaba que acabaría su vida así?

Los murmullos interrumpen el lejano cantar de las aves. Abro los ojos y levanto mi cabeza, topándome con Laama. Se acerca a mí a paso lento, sus brazos entrecruzados sobre el torso transparentado de su vestido, del mismo tono de su piel, como la canela. Su cabello, al igual que el de todas nosotras aquí, está cubierto con un manto del mismo tono del vestido. Se pone justo a mi lado, sin decir nada, suelta un suspiro pesado y ambas nos quedamos mirando al horizonte, por la entrada de la ciudad.

Nunca he visto a Laama con la expresión que ahora tiene en su rostro, una tristeza llena de resignación, parece que esto pasa muy seguido.

—Un momento estás aquí y al otro no —apenas dice, en voz baja. —Otros tardamos más en irnos —me da un sutil codazo, mirándome de reojo. —No sabemos dónde la llevan, sólo podemos hacernos suposiciones, ¿sabes? —dice.

La miro sin saber qué decirle realmente; si ofrecerle mis condolencias o seguirle la conversación respecto a este tema que ella trata con tanta casualidad.

—¿Cuáles son sus suposiciones? —pregunto.

—Algunas quieren pensar que las llevan con su familia, pero hay un muy fuerte rumor que ha estado corriendo por bastante tiempo. Dicen que dejan a nuestros muertos en cuevas, si luego de unas horas no despiertan, entonces se convierten en alimentos para las bestias —dice eso en mi oído, un escalofrío corre por todo mi cuerpo.

—¿Por qué harían eso? ¿Por qué no llevan a sus muertos con su familia, que les den una despedida y sepultura digna? —tartamudeo.

Ella se gira para verme.

—Ay, Eden... todavía tienes mucho qué conocer —dice, arqueando sus cejas a modo de lástima.

Las palabras de Laama me dejan pensando. Volteo a ver a los Vigilantes que siguen aquí, entre ellos Semyazza, con su mirada fija sobre mi. Inclina un poco su cabeza cuando chocamos miradas, es el único movimiento que hace su cuerpo.

Laama toca mi hombro, invitándome a comer algo.

Nos acercamos a uno de los puestos en el pequeño mercado. Hay varias frutas y cosas hechas a base de las mismas.

Tomo una pieza plana, dura y circular con olor a vino, y al probarla me deleito momentáneamente con el sabor de la uva que de repente sale de la misma. Un sonido involuntario abandona mi garganta mientras mastico.

—¿Te gusta? Es una galleta a base de kamut, saborizada con uvas a punto de fermentar —un Vigilante se pone a mi lado.

Laama lo saluda con cierta familiaridad que me hace apresurarme a ver de quién se trata. También lo conozco de la cena, sólo que ahora tiene un rostro mucho más amigable bajo esos ojos dorados resplandecientes.

—Es una de mis favoritas, sólo para que sepas —me sonríe.

—Espero que estén bien, después de lo de Leiah —dice, sincero.

Termino con mi galleta, sin saber qué decirle a un Vigilante que está aquí, comportándose como un humano cualquiera, uno amistoso y sonriente.

—Mi nombre es Harmoni, así me dicen —toma mi mano y besa el dorso.

Laama levanta su mano y el Vigilante también le deja un beso.

—Hace mucho que no te nos acercabas, Harmoni —dice Laama, sonriendo un poco.

—Hay muchas cosas pasando, damas, aunque ustedes sean ignorantes a ellas. Nos hacemos cargo —dice Harmoni.

—¿Entonces, Eden? ¿Cómo olvidar a la dama de nuestro líder Semyazza? —dice "líder" con un tono ambiguo, como burlón pero respetuoso, como si lo dijera a modo de juego. —Deberías unirtenos esta noche, tienes poco tiempo aquí pero nunca te he visto salir mucho de esa edificación —señala a donde he estado viviendo los últimos días.

Laama me da un empujoncito de lado.

—Seguro te encantará, Harmoni nos enseña a romper encantamientos y brujería; junto con Semyazza, quien a veces se nos une para enseñarnos a hacer los encantamientos que luego rompemos con ayuda de Harmoni —Laama me dice.

Dibuja en su rostro una sonrisa un poco más amplia y buscando mostrar cierto entusiasmo que no llega a sus ojos.

—Me encantaría ver eso —respondo.

Jireh desaprobaría que me involucrara mucho en eso.

Tomo otra de las galletas que había comido, le doy un mordisco bajo la mirada de Harmoni.

Si no fuera por su apariencia y presencia, no me creería que es algo más que un ser humano. Un hombre joven y con energía, feliz y con una buena vida; algo que no se ve tan seguido.

Los hombres jóvenes que he visto en mi vida están constantemente atareados, con estrés y llevando cargas extras, arando tierra de sol a sol, fabricando armas muchas veces inútiles y herramientas para la agricultura. Les toca eso porque, por su juventud, tienen las fuerzas que los mayores ya perdieron.

Mi hermano mayor se salvó porque fue escogido por el Profeta Enoc para ser su aprendiz.

Jireh es mucho más de lo que nunca ha mostrado. Sé que tiene tanto potencial como el que el Profeta vio en él, como para escogerlo de entre otros tantos jóvenes del asentamiento.

Cuando salgo de mi ensimismamiento, Laama y el Vigilante Harmoni mantienen una conversación amena sobre algo que Laama preguntó. No estaba prestando atención ni lo hago ahora, puesto que mi vista se dirige a Semyazza, quien me observa de lejos, como si no quisiera acercarse a mí.

Toco el hombro de Laama y le murmuro un "nos vemos en un rato", a lo que ella asiente.

Me encamino hacia Semyazza, dispuesta a pedirle que me lleve a ver a mi familia. Creo que hemos llegado a un buen punto de confianza. No creo temerle y él ya incluso ha sido vulnerable conmigo. Si le pregunto, lo más seguro es que diga que sí, como Laama me ha dicho varias veces.

Cuando Semyazza ve que me le voy acercando, levanta levemente sus brazos, separándolos de su cuerpo, como si me quisiera recibir con un abrazo.

—Me sorprende mucho que seas tú la que te acerques ahora —dice cuando llego hasta él, con una amplia sonrisa.

Toma mis manos y las mantiene entre las suyas.

—Tengo algo que preguntarte —voy directo al punto. —¿Podría ir a ver a mi familia? Los extraño como no tienes idea —digo.

Él sonríe de lado, dejando escapar aire como si saliera desde su pecho para imitar una risa.

—Lo sé, tardaste mucho en pedírmelo —dice.

La emoción comienza a crecer dentro de mí y sonrío con

anticipación.

—Mas no es el momento ahora. Cuando llegue, yo mismo te llevaré a verlos —su respuesta me cae como un balde de agua fría que borra por completo la sonrisa de mi rostro.

Miro hacia el otro lado, para que él no pueda ver mi cara.

—¿Puedo saber por qué? —pregunto, decepcionada y en voz baja.

—Están pasando muchas cosas... Hey —suelta una de mis manos para tomar mi mentón, hace que me gire a verlo.

Sus ojos brillando igual que la piel de su rostro, sólo que mucho menos.

—Tan pronto como ciertas cosas sean resueltas, te llevaré a ver a tu familia, Eden —vuelve a decir mi nombre como si lo estuviera saboreando.

Mis ojos bajan a sus labios, inevitablemente. Él nota la dirección que han tomado y pone una sutil sonrisa.

—Está bien —es lo único que digo.

Me quedo ahí, él no suelta ni mi mentón ni mi mano. Da un apretón a esta última, antes de comenzar a acariciarla con su dedo pulgar de arriba hacia abajo.

Mira mis ojos con intensidad.

Escucho la melodía del lugar de nuevo, rompiendo el silencio al que me estaba acostumbrando. La melodía es tan hermosa como la primera vez que la escuché. Me pregunto de dónde vendrá, quién la tocará. Me siento más y más en calma con Semyazza cerca de mí, y eso sí me sorprende al recordar que sentía todo lo contrario en nuestros primeros encuentros.

Me le quedo mirando y no puedo evitar sonreír cuando él ladea la cabeza con curiosidad. Pareciera querer preguntarme sobre todo lo que pasa por mi mente ahora mismo. Se ve un poco cómico. Él quita su mano de mi mentón por fin y chasquea los dedos.

—¿Te gustaría conocer un lugar a donde Laama es posible que nunca te lleve? —pregunta de repente, emocionado.

Sus ojos resplandecen más, pero el dorado es menos fuerte, más diluido, por así decirlo. Yo me encojo de hombros.

—Me encantaría —digo.

Sí, me encantaría saber qué es lo que hace que este hijo del cielo se emocione, que se contente así.

No me da el tiempo de siquiera darme cuenta de lo que va a hacer, cuando siento aquella molestia tan horrible, que esperaba no tener que volver a pasar.

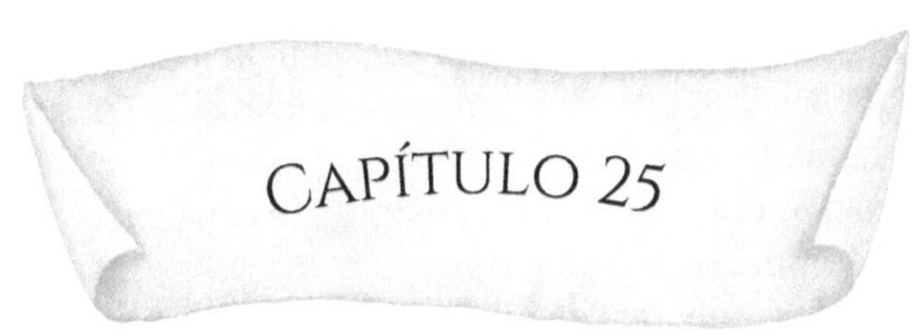

# CAPÍTULO 25

La entrada de una cueva se alza frente a mí.

El Vigilante me ha traído a una cueva que se abre en medio de un montículo de tierra y pasto, como una colina bastante pequeña. Alrededor sólo hay árboles frondosos y no se puede ver más allá de la vegetación. Un aire fresco pasea por entre las copas y hace que bailen, mientras que refresca todo este lugar.

No sé dónde estamos, pero sí cómo llegamos.

—En una próxima, ¿podrías avisarme antes de hacer esto? —le pregunto al Vigilante.

Semyazza me observa, mientras contemplo todo a nuestro alrededor, con mi mano en mi estómago, que se revuelve y amenaza con dejar salir todo lo que he comido hoy. Él asiente y se disculpa en voz baja.

Me giro para ver si detrás de mí hay sólo más árboles, que era lo que esperaba encontrar, pero me equivoqué. Saphon está a una caminata de distancia. Veo la edificación donde ahora tengo morada y me río.

—¿Por qué no vinimos caminando y ya? —pregunto para mí misma.

Me causa gracia porque pensé que estábamos mucho más lejos, y se me hace absurdo que el ángel haya querido cubrir esta ínfima distancia a su manera y no caminando. Semyazza se acerca y pone su mano en mi espalda.

—Si lo prefieres, podemos irnos de aquí a pie de vuelta a Saphon —sugiere, sonriendo con ternura.

—Me gustaría, sí —digo.

Sus ojos me observan con suavidad, su brillo disminuido y su expresión relajada, aunque el calor que emana su presencia es el mismo. Parece tranquilo y es tan notable, que me pregunto si nunca antes le había visto así de relajado, o es que no me había fijado y punto.

Sus hombros no están tensos, hasta se inclina más hacia mí, haciendo que su altura no parezca tan inhumana. Respira tan acompasadamente, que yo misma me relajo.

—Quiero que veas algo —dice, rompiendo el silencio en el que nos habíamos sumido por un momento.

Asiento y dejo que me lleve de la mano hacia dentro de la cueva.

Todo está oscuro, como era de esperarse. La cueva es sólo lo suficientemente amplia como para compararla con la estancia y la cocina de mi hogar, juntas.

La tenue luz que atraviesa las copas de los árboles apenas ilumina la entrada, dejando el interior envuelto en penumbras.

Los ojos del Vigilante solo brillan lo suficiente como para que yo sepa dónde está su rostro.

Él me invita a sentarme en un pedazo de roca que sobresale de la pared de la cueva, y luego se aleja de mí para adentrarse más. El sonido de sus pisadas es como las gotas de agua que caen del techo de la cueva hasta un diminuto charco. Camina sin prisas, como si tuviera todo el tiempo del mundo.

—¿Dónde estamos? —pregunto. Él no responde.

Y entonces toda la cueva se ilumina de la nada, revelando varios artefactos que no esperaba encontrarme aquí.

Una antorcha grande, que bien hace el trabajo de al menos cinco antorchas normales, se engancha de la pared de piedra de la cueva.

Me fijo en lo que hay a mi alrededor y que antes no había visto. Escritos en papiros enrollados y amarrados por cintas similares a las que se envuelven en sus túnicas; veo también algunas armas y varios canastos que yacen en el fondo más recóndito de la cueva. Estos parecen contener objetos personales de los Vigilantes, aunque son tan pocos que dudo que haya uno para cada uno de ellos.

No veo bien lo que hay dentro de los canastos y quiero preguntar, pero mi atención se fija en Semyazza, quien se posiciona al lado de una de las espadas y acaricia su filo como si este no pudiera hacerle daño.

Mi aliento se corta cuando veo las espadas más detenidamente. Son enormes, tanto que no sé cómo pueden blandirlas. Son muy blancas, y los únicos tonos de gris que tienen son las sombras provocadas por la poca oscuridad que queda en la cueva. La empuñadura parece haber sido quemada, pues su color, que bien pudo haber sido del mismo dorado de los ojos de los Vigilantes, se apagó como si hubiera estado en medio de un incendio.

—Antes de venir a la tierra, nuestra tarea era vigilar y resguardar a la humanidad... —escucho hablar a Semyazza, sin voltear a verme y aún acariciando el filo de aquella gran espada.

Se queda en silencio luego de decir eso y se voltea lentamente hacia mi, como si recién recordara que estoy aquí y que es conmigo que habla.

—No te he hablado de cómo es que estoy aquí, cómo es que estamos aquí entre ustedes —afirma, no es una pregunta.

Aún así, respondo negando con la cabeza.

El Vigilante da otro vistazo por toda la cueva, detallando cada una de las cosas que hay aquí y que se nota que le recuerdan un pasado imposible de borrar; no sólo de sus recuerdos, sino de la historia del mundo y la humanidad también.

—Siempre he sentido interés por los humanos, desde que se me asignó la tarea de vigilarlos. Eran tan nuevos en esta existencia, tan ingenuos; y a la vez, tan orgullosos y tercos. Necios, como un niño que no entiende que cuando sus padres le impiden jugar en el lago, es porque se puede ahogar, y por eso les hace un berrinche —sus palabras salen aterciopeladas.

Me mira con una sonrisa ladeada y sus ojos destellan, aumentando su resplandor como si genuinamente le encantara hablar del tema. Sólo me mantengo en completo silencio, ni siquiera me muevo. Me limito a escucharlo hablar.

—La naturaleza también se me hacía hermosa. La flora y la fauna siempre han tenido su encanto.

Pero nada, absolutamente nada en comparación con el ser humano. En especial sus mujeres —dice y algo dentro de mí se estremece.

*¿Estoy sintiéndome orgullosa de escuchar a un ángel decir lo interesantes que le parecemos?*

Me remuevo en la roca en la que estoy sentada, pero no mucho para no sentir las irregularidades de la misma haciéndome daño a través de la tela de mi vestido. Por fuera de la cueva hay aves que cantan, y aún me parece escuchar la copa de los árboles agitarse con la brisa.

Todo conforma una especie de melodía que acompaña el relato del Vigilante. Casi como si estuviera planeado y ensayado. El Vigilante continúa su relato.

—En algún momento, una hija de hombre llamó mi atención, y se sintió como si me llamara. No pude hacer más que contemplarla de lejos por mucho tiempo. Hasta que un día, me di cuenta de que yo no era el único entre los Vigilantes que sentía algo así por una mujer, y fue cuando decidimos descender a la tierra a vivir entre ustedes —dice, deja salir un suspiro al terminar de hablar.

Justo en ese momento, toma la espada que ha estado tocando todo el rato y la empuña con la punta hacia arriba.

Sin poder evitarlo, palidezco ante lo majestuoso que se ve Semyazza empuñando su espada, listo para cualquier cosa.

Me lo imagino batallando junto a los otros y liberándonos de los gigantes nefilim...

De inmediato quito esa fantasía de mi cabeza, puesto que no le encuentro mucho sentido porque son su propia descendencia.

*¿Batallarían ellos con su propia descendencia?*

El Vigilante interrumpe mi hilo de pensamientos cuando deja salir un suspiro.

—Como has visto, aquí guardo posesiones importantes para mi y mi historia en esta tierra. Quise traerte para que conocieras más de mí y dejes de mirarme como quien observa su futura muerte —esboza una sonrisa, y trato de devolvérsela.

—Eres un hijo del cielo, no mi futura muerte —digo.

Quiero darme un palmazo en la frente por la estupidez que

acaba de salir de mis labios. El Vigilante ríe como si hubiera dicho la cosa más graciosa que haya escuchado.

El sonido de su risa es refrescante, es elegante y melodiosa. No se me saldrá de la mente en un buen tiempo.

—De eso quiero asegurarme —dice.

Su tono se vuelve tierno, al igual que su mirada.

Camina un par de pasos, a uno de los cestos llenos de cosas al azar y revuelve con su mano hasta que saca una planta, una parecida al estramonio y de inmediato asumo que al menos son de la misma familia de flores.

—Esto es una flor hisopo, de las mejores para curar heridas del cuerpo. Moretones, cortadas, hinchazón. Se vuelve un ungüento y solo lo frotas sobre la herida —se acerca y la pone en mi mano.

Está marchita, un movimiento brusco y se hará polvo en mis manos.

—Guardo estramonio, beleño, caléndula; tengo ajenjo, verbena, abedul; guardo raíces de álamo, de loto, de orris. Todo para no olvidar lo que soy, lo que vine a hacer aquí —enumera distintos tipos de flora que admito no conocer.

Creo que ve dicha confusión en mi rostro porque vuelve a reír.

—Me encantaría enseñarte sobre todo esto en algún momento —dice.

Sin embargo, su semblante decae y sus ojos se oscurecen.

—Me gustaría mucho conocer más —me obligo a decir.

Realmente no estoy segura de querer hacerlo, pero la expresión que su rostro ha tomado me hace sentir ambas cosas: pena por él, y algo de temor por cual sea que fuera la razón que lo ha atormentado de un momento a otro.

Él no dice nada por un largo rato, y yo me quedo mirando todo el lugar, desde la entrada hasta el fondo de la cueva. Trato de no verlo a la cara, como si así le cediera un poco de espacio a solas con sus pensamientos.

—Tienes cierto parecido con ella —dice el Vigilante y vuelvo a verle a la cara.

Entrecierro los ojos y, antes de que yo pueda preguntar que a quién se refiere, él continúa hablando.

—La mujer por la que decidí venir a habitar entre humanos. Se llamó Vishtar —dice.

*¿Estoy perdiendo la cabeza o de verdad se le quebró la voz?*

—¿Ah sí? —cuestiono, no esperando respuesta.

Considero a profundidad lo que el ángel acaba de decirme, y entonces una resolución retumba en mi cabeza: Debe ser por eso que le interesé. Por parecerme a esa tal Vishtar es que este Vigilante quiso traerme aquí tan fervientemente en primer lugar.

—No, Eden, no lo creas —la voz de Semyazza me trae de vuelta y él se acerca a mí. —Tu parecido a Vishtar es sólo físico, pues son en realidad tan diferentes que yo no debí comentarte eso, para empezar —dice Semyazza, como si hubiera visto en mi rostro lo que estaba pensando.

El que diga eso no me quita la idea de la cabeza de que la única razón por la que estoy aquí, por la que él quiso traerme, fue por mi similitud con la mujer por la que él vino a esta tierra. Siendo honesta, no sé qué me hace sentir eso.

—Cuéntame sobre ella —le pregunto luego de un momento de silencio, que pareció ser más largo de lo normal.

Mi voz es suave, estoy casi segura de que debe ser un tema algo delicado para él. Semyazza sonríe y sus ojos se iluminan un poco más, el dorado en ellos se aclara y se torna de un color similar al aceite.

—Venir a vivir entre ustedes fue interesante, y ella lo hizo aún más. Lo mundano se hizo precioso, lo rutinario pareció un juego y, aunque sabía que no duraría mucho y que yo seguiría aquí aún cuando ella se fuera; en el tiempo que pasamos juntos, ella me hizo sentir vivo. Casi como un ser humano más. Vishtar tenía una hermosa alma, y también lo era por fuera. Fue lo mismo que vi en ti. Cuando estabas en el pozo, junto con aquellas otras señoritas, destacaste como si brillaras con el mismo resplandor de mis ojos —se acerca a mí un paso, luego otro.

La cueva parece que se ha encogido.

El Vigilante, aún con todo su cuerpo relajado, se impone como si peleara con la roca y la oscuridad de la cueva, haciéndose espacio para que él sea lo único que ven mis ojos.

Alzo la cabeza para poder seguir viéndolo a la cara.

Sonrío, aunque muero de nervios. Sus palabras son las más dulces que le he escuchado a alguien en mucho tiempo, y me tengo que recordar que las estuvo diciendo acerca de alguien más. No piensa todo eso de mí porque no ha vivido conmigo lo que vivió con Vishtar.

—¿Y qué le pasó a ella? ¿Murió por la edad? —me atrevo a preguntar, con una especie de molestia que sé que no tengo el mínimo derecho de tener.

Una parte de mí se siente decepcionada, no tengo idea porqué; otra parte de mí está bastante consciente de lo que implica la pregunta que acabo de hacerle al ángel.

Se supone que los Vigilantes han estado en esta tierra por alrededor de mil años, y ningún ser humano vive hasta los mil años. Semyazza tiene que tener aquí ese mismo tiempo. Algo impensable para mí.

Él desvía la mirada hacia el montón de posesiones que tiene en la cueva, como quien mira unas escrituras para asegurarse de decir correctamente lo que está escrito.

—Murió dando a luz al segundo de nuestros dos hijos, Hiya y Haia. Para aquel momento aún no sabíamos las consecuencias de nuestra unión y... —hace una pausa.

Espero a que continúe, pero nunca lo hace.

Con un ademán de su mano parece querer hacer que se disperse una nube invisible, y luego las entrelaza detrás de su espalda, volviendo a posar sus ojos en mí, que ahora están más intensos. Otra vez son un par de fogatas que tengo que dejar de mirar para que no me derritan los glóbulos oculares.

No me cuesta mucho unir las piezas. Hiya y Haia son dos gigantes, o al menos uno de ellos lo ha de ser.

Eso explica lo mucho que le afectó la muerte de Leiah.

Pongo una mano en mi pecho y me pongo de pie de la roca donde he estado sentada. Me acerco a él un poco, sólo un poco, con intención de consolarlo, sólo que no me atrevo a acercarme mucho más.

Noto el movimiento sutil del cuerpo del Vigilante, quien se

remueve y se yergue. Me mira fijo a los ojos y toma una de mis manos, me jala más cerca de él y luego pone su otra mano sobre mi mejilla.

—Ni te haces una idea de lo que me hiciste sentir tú cuando te vi, no se compara —susurra.

Está agachado hacia mí y aún así me saca bastante altura. Con nuestra cercanía tengo que doblar el cuello para poder verlo a los ojos.

—Es un tiempo gris para todos, incierto. Y ahí estabas tú para recordarme la belleza que vi en este mundo, lo que quise hacer aquí y el porqué —se agacha un poco más, yo no aparto la mirada de su rostro.

Es de verdad deslumbrante, y las sombras de esta cueva sólo sirven para hacer que sus ojos contrasten más con nuestro alrededor, para que destaquen y así yo no olvide en ningún momento que a quien tengo enfrente es un hijo del cielo.

—Gracias por aceptar venir —murmura tan bajo que sólo logro escucharlo porque estamos a menos de un paso de distancia del otro. —¿Te parece si ahora volvemos a Saphon? —dice, un poco más alto y separándose un poco.

Salimos de la cueva con el sol ocultándose detrás de nosotros, mientras caminamos por el sendero entre árboles y el sonido de pájaros que parecen danzar de copa en copa.

Llegamos a la entrada de la ciudad.

La silueta gris de la cueva se deja ver, o quizás es sólo porque ya sé que está ahí.

Realmente no está tan lejos.

Pongo una mano en mi estómago al recordar la horrorosa sensación de haber sido llevada por el Vigilante de un momento a otro, aliviada de que haya aceptado que volviéramos caminando, aunque él parece no estar tan acostumbrado a ir distancias relativamente largas a pie.

La verdad es que es probable que si yo me pudiera transportar de un lugar a otro en un instante y sin esos malestares, tampoco caminaría tanto.

En la ciudad todo sigue como antes de irnos, sólo que ahora las

personas conversan con más alegría. No parece que se acaban de 
llevar el cuerpo de una joven a quién sabe dónde. Ni parece que 
nació otro gigante nefil hace poco. ¿Eso no alarma a nadie aquí?

Nos acercamos a la edificación.

Busco con la mirada a Laama porque tengo cosas que contarle. 
Quizás no sea considerado de mi parte que le cuente a mi amiga 
las cosas íntimas que el Vigilante me ha revelado hoy, pero sí 
puedo decirle una que otra cosa de lo que pasó y lo que me dijo. 
Quizás sólo quiero decirle lo mucho que se me acercó y que ahora 
no me dio miedo. Hablarle de las cosas que me dijo Semyazza y 
que me hicieron nudos en el pecho.

El Vigilante se detiene de repente a mi lado, devolviéndome al 
ahora. Alza la cabeza, adoptando una postura defensiva que hace 
que yo dé un paso atrás, de la sorpresa.

Me mueve con rapidez detrás de sí y mira a todos lados.

Yo hago lo mismo, con el corazón en la garganta.

No hay nada fuera de lo común en lo que mi vista alcanza a ver; 
sin embargo, todos los Vigilantes que están aquí se ponen tan a la 
defensiva como lo ha hecho Semyazza.

Desearía saber o poder ver lo que ellos están viendo. O quizás 
no. Quizás estoy mucho mejor sin poder ver lo que ha puesto así a 
estos ángeles.

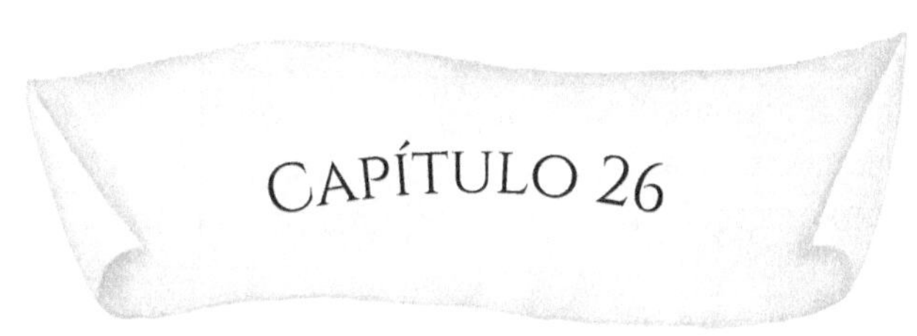

# CAPÍTULO 26

—Ve a tu aposento y enciérrate —me dice Semyazza, sin mirarme.

Asiento y acelero el paso hacia la edificación que sirve de mi hogar en Saphon, sin él. En el camino, veo a las demás hacer lo mismo, adentrándose en sus viviendas con una expresión de confusión que seguro también tengo en el rostro.

Nunca antes había visto a un Vigilante ponerse tan tenso de repente. ¿Qué estará pasando?

Me detengo en la entrada y giro para ver una última vez a Semyazza, pero ni este ni los demás Vigilantes están aquí.

Suelto un suspiro; era de esperarse.

Busco con la mirada a Laama, me gustaría que entrara conmigo a la edificación pero, al no verla, decido ir directo a darme un baño. Las paredes blancas y el suelo pulido me reciben al cruzar la puerta hacia mi balneario personal, el pequeño pozo en el suelo está lleno de agua limpia y diferentes hierbas aromáticas para limpiar mi cuerpo. Me desvisto por completo, tan sólo me quedo con el antimonio que cuelga de mi cuello.

El agua cubre mi cuerpo, tibia y calmada.

Por más que quiera cerrar mis ojos para imaginar que estoy en el río de mi asentamiento, no podría, la diferencia es mucha. Sin embargo, mi cuerpo reacciona al balneario. Mis hombros caen y recuesto la cabeza de la esquina del pozo. El techo es igual de blanco que las paredes y veo las velas que abarcan e iluminan todo el lugar.

Cuando salgo de darme un baño y entro a mi aposento, Semyazza está parado frente al ventanal, inmóvil. Casi suelto un grito al verlo.

—¿Disfrutaste de tu baño? —pregunta.

Asiento lentamente hasta recordar que él no está mirándome, su vista se mantiene fija en el horizonte montañoso que se ve a través del ventanal, con los intensos colores del atardecer comenzando a disiparse para dar paso a la noche.

—Estuvo asombroso —le digo, acercándome a él. —¿Qué pasó? —le pregunto despacio, mientras me pongo a su lado y observo su perfil.

Su nariz de puente bajo, la simetría en sus facciones, su cabello sólo un poco más oscuro que su piel, sus ojos dorados, resplandecientes e inhumanos.

Realmente es hermoso y me alegra poder apreciarlo sin temor, a diferencia de la primera vez que lo vi.

—No fue nada, puedes estar tranquila —dice, sacándome de mis pensamientos. —Una falsa alarma —se gira y me mira, con una ligera sonrisa en las comisuras de sus labios, pero sus ojos aún resplandecen con la misma intensidad de hace un rato, cuando se fue alterado.

Muerdo la cara interna de mi mejilla. ¿Realmente estará todo bien?

—¿Seguro? —hablo en voz baja.

Si él ya me ha mostrado un poco de su vulnerabilidad, no sé qué podría estar pasando para que no me lo quiera contar.

—Puedes decirme —digo aún más bajo, como en un susurro porque no estoy del todo segura de lo que digo.

Su sonrisa se ensancha y se acerca más a mí, rodeando mis hombros con sus brazos. Me encierra en un abrazo que me roba el aliento, inesperado pero cálido. Me hace repentinamente consciente de que estoy envuelta en una bata de algodón, mojada y acabada de bañar.

—Hueles muy bien, fresquecita —susurra contra la coronilla de mi cabeza, luego me aleja y deja un beso en mi frente.

Yo no estoy segura de qué responderle.

—Gracias por estar aquí conmigo, quisiera que supieras lo mucho que me haces sentir, cuando hacía tanto que no sentía.

Quisiera estar más tiempo contigo, quedarme a tu lado cada instante y acompañarte en cada aliento que des por el resto de tu vida —dice.

Sus ojos fijos en los míos, dorados, brillantes.

Parpadeo un par de veces. Mi corazón salta en mi pecho, las rodillas me flaquean. Él ha de notar mi traspié, pues baja su mirada hasta mis piernas y se ríe un poco. De nuevo esa melodía.

—Ahora mismo tengo algo que hacer, mi querida Eden. Te veré esta noche, ¿sí? —me mira con ternura.

*¿Qué está haciéndome este ángel?*

Asiento, aún sin habla, y él vuelve a darme un beso en la frente, otro en la coronilla de mi cabeza y se aleja. Momentos después ya no está.

Me quedo de pie en el mismo sitio donde me dejó. Me giro para ver por el ventanal. El azul del cielo es ahora fuerte, la primera estrella de la noche ya se deja ver.

Me dispongo a buscar a Laama, luego de vestirme con el hermoso vestido verde de seda, con detalles de hierbas bordados con tela de encaje que iba a ponerme para la cena de mi segundo día aquí. Aquel que Laama había dicho que le gustaría a Semyazza.

Si lo veré esta noche, lo voy a comprobar.

Salgo de la edificación y camino a paso lento. La melodía que nunca se detiene sigue escuchándose. La comida está afuera y hay mujeres yendo de aquí para allá.

Todo parece estar bien, como me había dicho el Vigilante. Me acerco a uno de los puestos y tomo un trozo de pan de trigo. El lugar está tranquilo, aunque no haya señal de algún Vigilante por ninguna parte.

Una mujer alta y usando un llamativo vestido azul profundo se cruza por mi vista, de inmediato camino hacia ella. Laama mira a todos lados, como si buscara frenéticamente algo pero lo disimula lo mejor que puede. No me ve cuando me acerco y le doy un par de palmadas en el hombro. Ella da un respingo bajo mi toque.

—Me asustaste, mujer —dice, poniendo su mano sobre su pecho. —¿Te enteraste? —baja la voz y se acerca un paso a mí.

Yo niego con la cabeza.

—¿Enterarme de...? —pregunto.

Ella mira a su alrededor, donde las personas comen, charlan y caminan.

—Algo está pasando con los Vigilantes. Algo grande —dice.

En ese momento asiento varias veces, abro mucho los ojos y le respondo con la voz igual de baja que ella.

—¿Tú sabes qué es? Porque Semyazza me ha dicho que no pasa nada, pero para mí es claro que sí hay algo —digo.

Ella niega, inclina la cabeza y habla más para sí misma.

—Azael tampoco quiso decirme —se lleva un dedo al labio inferior, pensativa.

Sus ojos en el suelo, en el pasto verde y hermoso que da inicio a uno de los jardines de Saphon.

—Estoy buscando por todas partes a Azael o a Harmoni, quizás pueda sacarles algo de información —dice, pero por su tono deja entrever que no está del todo segura de que le digan algo.

Yo tampoco lo creo y se lo dejo saber.

—¿Qué tal que investiguemos por nuestra cuenta? Tiene que haber algo en algún lugar que nos de como mínimo una pista, o alguien que sepa más de lo que nosotras sabemos —propone.

A la mente se me viene de inmediato la cueva de la que acabo de llegar, y aunque está oscuro, podríamos ir y ver si encontramos algo.

—Semyazza me llevó a una cueva donde guarda cosas de valor, cosas importantes para su historia en esta tierra. Sus propias palabras. Quizás haya algo entre esas cosas que nos diga lo que está sucediéndoles —digo, de repente animada por la tarea que nos estamos poniendo nosotras mismas.

A ella parece que se le enciende más el espíritu cuando me escucha. Da un aplauso.

—Entonces en marcha —dice.

La detengo antes de que dé un paso.

—Es de noche y la cueva está entre árboles, a las afueras de Saphon —le informo.

Ella sólo se encoge de hombros.

—Llevemos velas, estaremos bien, no es peligroso por estas

zonas —dice.

Y así lo hacemos.

Vamos por velas a la edificación donde resido, pues allí hay muchas, y pronto estamos cruzando la majestuosa entrada dorada de Saphon.

Recuerdo el camino perfectamente y la guío. Adentrándonos por los árboles las velas no hacen mucho, pero la luna ya está iluminando la noche y nos ayudamos con su luz. Puedo ver la cueva pronto, la señalo para confirmarle a Laama que es esa.

Entramos y las velas iluminan más dentro de la cueva, que afuera entre los árboles; el espacio no tan reducido se ilumina como si el Vigilante estuviera aquí con nosotras.

—Estas son las cosas que me enseñó —le digo a Laama.

Ella se acerca al desastre de cosas, lo que a mi vista está desorganizado, pero seguro el ángel sabe exactamente dónde y cómo tiene cada pétalo de flor.

Laama se lo piensa antes de tomar algo con sus manos y voltea a verme.

—¿Qué deberíamos buscar? ¿Alguna idea? —me pregunta.

—Ninguna —le contesto.

—Entonces sólo veamos hasta encontrar algo —dice.

Con delicadeza, separa dos de los cestos llenos de cosas y me invita a inspeccionar uno mientras ella hace lo mismo con el otro.

Hace frío y mi vestido no es muy abrigador. Mantengo mi vela cerca de mí, pretendiendo recibir su calor mientras muevo con lentitud y delicadeza una cosa y luego otra. Aquí está la vida del Vigilante en la tierra. Cosas que él parece atesorar de alguna forma.

Flores marchitas, muchas. Hierbas y raíces que estoy segura de que han de tener un uso bastante importante. Un pedazo de tela que en algún momento fue blanco.

Tomo la tela entre mis manos, acariciándola con los dedos, y el polvo y la suciedad se adhieren a mi mano. Este trozo de tela hace mucho tiempo que no ha sido lavado y, en una de sus esquinas, hay una mancha negra.

Dejo la tela a un lado, y tomo entre mis manos un trozo de piel, una tajada de cuero con escrituras. Son más símbolos que otra cosa, no entiendo nada. Parecen dibujitos, líneas curvadas en formas simples pero inentendibles.

Lo dejo a un lado porque, aunque podría decir algo importante, aunque podría ser lo que buscamos; no lo entendemos. Está en el lenguaje de los ángeles. Aún así terminaríamos preguntándoles a ellos.

Me pongo de pie y suspiro, dando por terminada mi búsqueda. Laama sigue mirando todo, sólo que con mucho menos entusiasmo.

Agarro la vela y chasqueo la lengua para llamar su atención.

—No vamos a encontrar nada, porque ni siquiera sabemos lo que buscamos —le digo.

Ella deja caer sus hombros y se pone de pie, toma la vela y asiente.

—Entonces deberíamos irnos —dice.

Yo concuerdo con ella.

En nuestro camino de vuelta a Saphon, quedamos en intentar convencer a nuestros respectivos Vigilantes de contarnos aunque sea una minúscula parte de lo que ha de estar pasando.

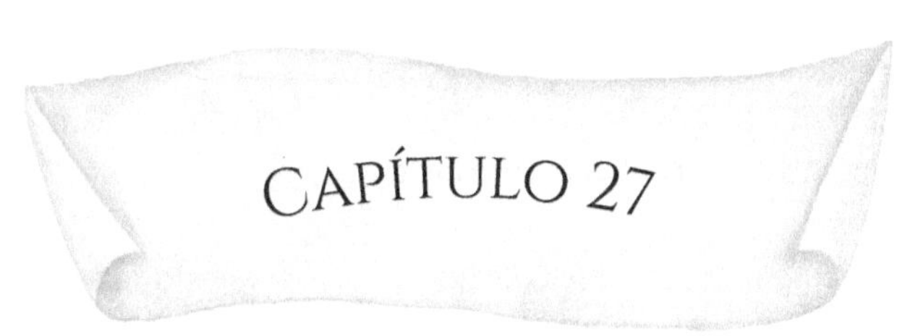

# CAPÍTULO 27

Semyazza aparece en mi aposento de un momento a otro, justo cuando había decidido cenar en mi lecho. Espero que no diga nada al respecto ni le moleste. Un bocado de carne se queda a medio camino de mi boca y parpadeo, mirándolo. Él parece ahogar una risa cuando me ve casi tiesa.

—No te regañaré por comer en tu lecho, es tu aposento —dice.

Me relajo, lo saludo con un breve "hola" y mastico la carne. La deliciosa y bien cocida carne. Espero que mi familia esté comiendo tan bien como lo estoy haciendo yo.

Semyazza se sienta en el lecho, en el extremo opuesto de donde estoy.

—Que hermoso vestido llevas puesto —comenta.

Recuerdo entonces el vestido que me puse y que, sin afán de ocultármelo a mí misma, lo llevo puesto para él. Sonrío y siento que se me calienta el rostro.

—Gracias —digo, momentos después de tragarme el trozo de carne.

Dejo a un lado el resto de mi cena para poner toda mi atención en Semyazza. Esta vez sus ojos están algo apagados, me atrevería a decir que está cansado. Sin embargo, su porte, su postura recta me dice que está muy despierto. Él no parece estar aquí, parece ido, en pausa.

—¿Está todo bien? —pregunto suavemente.

Voy a intentar de nuevo que me diga lo que tiene a los Vigilantes en alerta.

Él me mira a los ojos, la comisura de sus labios se eleva un poco en una sonrisa medio maliciosa.

—¿No te detendrás hasta que te lo cuente? —pregunta, pero es más una afirmación.

Aún así, le respondo encogiéndome de hombros. Él deja salir un suspiro.

—Todo está bajo control. Tenemos una situación que desde el principio veíamos venir, algo que ha estado viniendo como consecuencia de... —no termina la frase, pero creo saber lo que quiso decir.

De inmediato mi mente se llena con la imagen de los nefilim. Los gigantes. Tiene que ser eso, algo está pasando con los gigantes.

—¿Y qué harán? ¿Puedes asegurarme que mi familia está y estará bien? —le cuestiono.

Las palabras se apresuran a salir, y me escucho como si estuviera tartamudeando. Él me observa por un instante y se acerca, intenta tocarme con una de sus manos pero no llega a mi y cae en el suave lecho.

—Te lo aseguro. Tu familia está y estará bien, te lo he asegurado desde antes de que vinieras conmigo, y te lo sigo asegurando ahora —dice.

Sus palabras logran hacer algo dentro de mí porque me dejan tranquila.

—Entonces tienen problemas con los gigantes, ¿se los llevarán lejos, donde no haya personas? —pregunto.

Él frunce el ceño un poco, es casi imperceptible. De hecho, cada uno de los movimientos que está haciendo en este momento son imperceptibles a simple vista, sólo que no le he quitado mi atención.

Mueve el cuello y los hombros, como si se desestresara. Deja caer los hombros, mantiene el ceño fruncido y hasta sus labios se fruncen un poco.

—Sí, hermosa. Esa es una buena idea —me dice.

Se pone de pie, como dando por terminada nuestra conversación de forma abrupta. Un momento está aquí y al otro ya no. En un parpadeo.

Frunzo el ceño. ¿Por qué se fue así?

Casi me hace soltar un bufido de frustración porque esperaba que se quedara más rato. Sacudo la cabeza, intentando disipar estos pensamientos, y termino mi cena.

Laama y yo, con una cesta llena de galletas de avena con sabores de frutas, nos sentamos a orillas del Gran Estanque de Saphon.

El sol da de lleno, pero nuestras cabezas están cubiertas con mantos, el mío blanco, como el vestido que hoy traigo puesto. Tan blanco que hace que el antimonio colgando de mi cuello se vea de un negro intenso. Cálido, siempre cálido.

Estoy sudando un poco, por lo que mojo mi mano con el agua del estanque desde que me siento y me la paso por el cuello, la mojo de nuevo y me la paso por la cara. Laama hace lo mismo, para luego tomar la primera galleta de la cesta.

—¿Pudiste averiguar algo? —me pregunta. Asiento.

—Al parecer son los nefilim, les están dando problemas —digo.

Agarro una galleta y le doy un mordisco. Creo que son de mis cosas favoritas en todo Saphon.

—Pues... —Laama alarga la palabra.

Tiene la vista fija en el agua cristalina que parece danzar gracias a los rayos del sol que chocan con ella.

—Siempre han tenido esos problemas. Hemos —dice.

Toma otra galleta y casi se la come entera.

—¿Qué podría ser peor? —susurra.

Nos quedamos en silencio, comiendo galletas. Las mastico lentamente.

Es cierto, ¿qué podría estar pasando con aquellas bestias, que sea peor de lo que ya hemos escuchado que han hecho?

Noto cómo Laama tiene las cejas casi juntas de tanto que las frunce. No está convencida y hace que yo también me lo empiece a replantear.

—Digo, ellos sabrán. Azael me ha dicho lo mismo que Semyazza te ha contado a ti, pero yo me jacto de conocer a ese Vigilante lo suficiente como para que no me convenza —me mira y forza una sonrisa, tan falsa que no me atrevo a decir nada al respecto.

Suspiro.

—Sólo espero que no les pase nada a mi familia, de verdad no sé qué haría o cómo viviría sin ellos —mi mirada se pierde en el agua del estanque frente a nosotras, las luces danzando encima y haciendo que sea como si estuviera lleno de piedras preciosas.

El calor no es tan fuerte ya, gracias a la brisa que choca con mi rostro. Laama se remueve a mi lado.

—Quisiera poder decir lo mismo —suelta en un bufido.

Me giro para buscar su mirada, la cual está perdida en el agua, tal y como yo estaba. Sus ojos parecen vacíos, como si no estuviera realmente aquí.

Percibo la ira que Laama siente, en sus puños apretados y en la tensión de su mandíbula.

Quiero preguntarle, sé que algo pasó con ella y los suyos antes de que viniera aquí, por lo que me comentó cuando llegué. No está tan contenta de tener que vivir en Saphon, por sorprendente que sea. No me atrevo a preguntarle, no quisiera tocar un nervio o un tema que puede ser delicado para ella. Puede que ni me cuente.

Pero es ella misma quien desmiente todo lo que acabo de pensar, cuando comienza a hablar sin que yo abra la boca para preguntarle.

—Mi familia era acaudalada, ¿sabes? Teníamos mucho, éramos de los pocos así en el lugar de donde vengo. Me encantaba mi vida. Despertaba y hacía mis quehaceres, sin preocuparme tanto por si comeríamos algo ese día o no —dice.

Arranca un puñado de hierba del suelo, arrojándolo al agua del estanque despreocupadamente.

—No era la suerte de todos allá, por lo que pronto se nos ordenó racionar y compartir, intercambiar y pedir menos por nuestras posesiones. ¿Entiendes? Hablo de trueques que eran como intercambiar joyas por piedras —ríe al decir esto, mientras niega con la cabeza. —Estaba bien al principio, no teníamos muchos problemas con hacer eso por nuestros vecinos, hasta que estos comenzaron a negarse a los intercambios; querían que se los regaláramos. Todo. Llegaron a saquear nuestro hogar —chasquea la lengua, arranca más hierba y la lanza al agua.

Perdida en sus recuerdos, no deja de hablar.

—Fue cuando mis padres entraron en pánico, intentando convencerme de irme con un Vigilante para que ellos pudieran estar bien de nuevo, tanto como pudieran, con lo que un Vigilante les ofrece a los familiares de sus mujeres. Me negué, siempre creí que había alternativa, quizás varias. Ellos no me escucharon —dice.

Se detiene para tomar una galleta, partirla por la mitad y obsequiarme una de ellas; ella se come su mitad de un solo mordisco.

—Pronto dejaron de intentar convencerme y empezaron a ordenarme que lo hiciera, a forzarme. Como seguí negándome, prácticamente me vendieron a Azael —suelta una risita, se nota que le tiene aprecio.

Quizás ese Vigilante se ha comportado mucho mejor que sus padres con ella.

—Una noche llegó y mis padres me obligaron a irme con él, a escondidas de todos. Ni siquiera se dignaron a hacer la ceremonia, para que los vecinos también consiguieran algo. No, fue a escondidas —come otra galleta.

No me imagino qué habrá sentido ella, la traición que debió ser para Laama que su familia haya decidido venderla así.

Que su hija haya sido menos que sus deseos de posesiones y alimentos.

Todo lo contrario de mi familia. Mi hermosa familia que ha de estar extrañándome y preguntándose por qué tomé esta decisión y si estoy bien.

Quisiera ir a decirles que todo está bien aquí.

—¿Qué hay de ti? —Laama me saca de mi ensimismamiento. —Dijiste que viniste a mitad de la noche y no dejaste más que un recado. Cuéntame más, ¿ellos no querían que vinieras? —me pregunta.

Yo sonrío con cierta tristeza y vergüenza. Tomando en cuenta lo que me ha contado, quizás ella me diga lo ridícula que fue mi decisión y que pudimos haber buscado otra alternativa.

—No, no querían que viniera aquí. Habíamos escapado del asentamiento y fuimos a casa del Patriarca Enoc, buscando ayuda. No sé si lo conoces, él es… —ella me interrumpe.

—¡Claro que lo conozco! Azael me ha contado sobre él, un hombre que habla de tú a tú con el mismísimo Creador —dice.

Sonríe ampliamente.

—No puedo creer que lo conozcas, que lo hayas visto. Pero sigue, sigue contándome —dice, cambiando por completo su humor, de molesta a emocionada.

Hace un ademán con la mano, insistiendo en que le siga contando y yo dejo salir una risita ante su emoción.

—Mi hermano es aprendiz suyo, aprendiz de escriba. Lo ha ayudado a escribir visiones y experiencias que Enoc considera importantes que se queden para la posteridad —sonrío ampliamente.

El rostro de mi hermano llena mi mente, recordando la forma en la que llegaba a casa desde la de Enoc, feliz y reflexivo a la vez.

—Pensamos que el Profeta podría ayudarnos a encontrar una manera de resolver el lío en el que nos habíamos metido, gracias a que Semyazza me estaba procurando. Los vecinos se dieron cuenta y no dudaron en caernos arriba, más y más violentos. Se volvió un peligro estar en nuestro propio hogar —recuerdo tan vívidamente lo que pasó, pesa en mi pecho.

Parece que pasó hace tanto y hace tan poco al mismo tiempo.

Así le cuento todo lo acontecido hasta que llegué aquí.

Ella quería escuchar también de nuestra vida antes de que me topara con Semyazza y se lo cuento, no muy convencida al inicio, puesto que no tengo la intención de hacerla sentir mal con lo diferentes que son nuestras familias. Pero ella se complace en lo que escucha, sonriendo con ternura.

—Creo que me caería bien Omer, suena a un niño bien tierno. El hermano menor que me hubiera gustado tener —dice, dejando salir una risita.

Ha vuelto la Laama risueña.

Asiento, estoy segurísima de que sería así. Le digo que se lo presentaré algún día.

Las galletas de avena se acabaron y nos despedimos para ir cada quien a nuestras viviendas; yo a la edificación y ella a donde sea que viva.

Caigo en la cuenta de que nunca he ido a su casa. Debería hacerlo uno de estos días, quizás mañana.

La tarde se va volviendo más fresca cuanto más se aleja el meridiano.

Saphon está viva y, en mi camino a la edificación, me ofrecen varias delicias que rechazo con amabilidad. Lo mismo con quienes intentan obsequiarme joyas. No uso tantas, no estoy acostumbrada a ellas, aunque si se da la ocasión me pongo alguna en el pelo o el cuello.

Lo que no me he quitado en ningún momento, hasta el punto en el que olvido que está ahí, es el antimonio que me obsequió el Vigilante y que ahora, al igual que casi todo el tiempo, está caliente.

La piedra cálida mezclándose con el calor de mi propia piel.

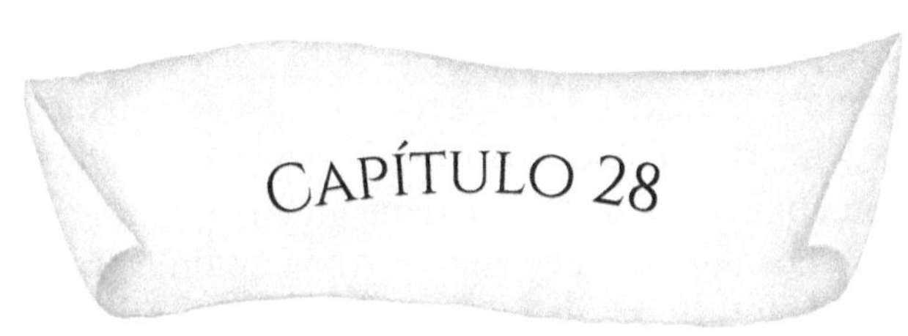

# CAPÍTULO 28

La noche cae más rápido de lo que me hubiera esperado. Semyazza ha vuelto y ahora mismo está sentado en mi lecho, mirándome fijamente mientras cruzo el umbral de la puerta hacia mi aposento.

Le saludo, no puedo evitar entrecerrar los ojos y analizar su rostro, en búsqueda de algo que me diga lo que ha estado haciendo. Lo que él y todos los otros Vigilantes han estado haciendo. Sé que si le pregunto no me contestará, o lo hará de forma muy pero muy vaga.

No le he dicho que fui con Laama a la cueva, que hurgué en sus cosas. No creo que sea muy buena idea hacerlo. Aunque una parte de mí se siente culpable, porque él me confió aquello y no quiero que crea que estoy traicionando aquella confianza.

Semyazza se levanta y se acerca con calma. Sus ojos llameantes iluminan la estancia, volviendo innecesarias las velas. Además, la luz dc la luna entra por el ventanal, creando un contraste mágico entre el resplandor dorado y la tenue luz azulada.

—Me gustaría que te quedaras despierta conmigo toda la noche —dice el Vigilante.

Palidezco, ¿qué quiere decir con eso? No creerá él que vamos a...

—No es lo que estás pensando —se ríe, interrumpiendo mi hilo de pensamientos y a dónde estaba llevando.

—No pensaba nada —miento, lo que le saca otra breve carcajada.

Toma una de mis manos.

—Vamos, te prepararé algo para que puedas pasar este tiempo

conmigo. Te lo debo —dice.

La cocina, antes oscura, se ilumina con el brillo de sus ojos hasta que enciende las velas, llenando el espacio de luz.

Prende el pequeño fogón y coloca una vasija de barro sobre él, esperando a que el agua hierva. Se gira para mirarme a la cara mientras espera. Me invita a sentarme en uno de los bancos blancos de la mesa, que está al otro extremo de la cocina.

Él termina por hacer un té que tiene un interesante color bronce, con unos pedacitos de algo negro al fondo del jarro en el que me sirvió la infusión.

Toma asiento a mi lado.

—Té de Camellia, una planta traída del sur del continente. Tiene un antioxidante que despierta al sistema nervioso, para darte energía por más tiempo. Te mantendrás despierta por al menos dos o tres horas —dice.

Miro el jarro y huelo su contenido disimuladamente, huele un poco ahumado, como a la misma agua que fue evaporada al hacer la infusión.

Doy un sorbo, el sabor es sutil y aterciopelado. Nunca había probado algo como esto, que deja una suave sensación en el paladar.

—¿Te gusta? —me pregunta el Vigilante.

Yo asiento y continúo tomando el té.

—Me alegra ver que no te has quitado el antimonio en ningún momento —comenta, mirando la piedra que cuelga de mi cuello.

Dejo el jarro sobre la mesa.

—En ningún momento —le confirmo. —Inclusive cuando se calienta, lo cual es muy frecuente, por cierto —digo. —Hace tiempo que he querido preguntarte el porqué, de hecho —termino de tomarme el té en un par de tragos.

Él asiente y las comisuras de sus labios se elevan.

—Lo encanté, se podría decir así, para percibir la energía sobrenatural que podría considerarse una amenaza para ti, para que te proteja —dice.

Se acerca un poco a mí y pone su mano en mi mentón, alzando

mi rostro para que lo pueda ver mejor cuando un destello surca sus ojos.

—Como te dije en su momento, hay cosas que están pasando. —Mira mis ojos y acerca su rostro un poco más. —Y, Eden… No tengo todo el control sobre ellas. Es la verdad. Ninguno de nosotros lo tenemos —su voz parece quebrarse un poco.

Lo siento igual o más vulnerable que aquella noche en mi aposento, luego de que Leiah muriera en el parto.

—Tienes el antimonio y quiero que siempre tengas pendiente que me puedes llamar con él y yo llegaré a ti, pero quiero que sepas un par de cosas, por si pasara algo y no puedo llegar a ti a tiempo —se levanta y me da la mano.

Me avisa en voz baja lo que pretende hacer. Va a llevarme a algún lugar usando su medio favorito de transportación.

A continuación, suelta mi mano y pone las suyas en mis caderas, acercándome más a él, me rodea con sus brazos. Me envuelve en un abrazo y me preparo para lo que viene.

En un abrir y cerrar de ojos, estamos los dos solos frente a una gran cueva, cuya entrada está cubierta por densas plantas que fueron manipuladas para caer como una cortina y hacer de puerta.

—¿Dónde estamos? —Le pregunto, mi mano en el estómago para intentar calmar las molestias, pero me alegro de que la sensación no haya sido peor.

Él me obsequia una mirada antes de ponerla en la cueva frente a nosotros.

—En esta cueva guardamos los estramonios con los que llegan las mujeres de los distintos asentamientos —responde. —Acércate aquí, Eden —dice, alzando su mano como si quisiera que la tomara. —Comenzaremos con una que ya te es familiar —hace a un lado las plantas que cierran el camino hacia dentro de la cueva y me invita a pasar.

La boca de la cueva le queda hasta el cuello al ángel, por lo que tiene que agacharse para poder cruzar detrás de mí.

El lugar es inmediatamente iluminado por los resplandecientes ojos de Semyazza, cuyo brillo parece ser más fuerte. Puede que sólo sea porque la cueva es demasiado oscura.

Aquí adentro es bastante amplio, y no hay tanta humedad como cabría esperar.

Pronto descubro el porqué, puesto que muy al fondo hay un agujero arriba, casi en el techo, que sirve como ventana, ya que da al exterior. Es evidente que la cueva fue hecha por alguien y no formada naturalmente. Casi parece una vivienda.

El techo es abovedado, una ligerísima brisa entra por aquella abertura, ventilando el lugar pero no demasiado.

Está muy oscuro y la luz de la luna no entra mucho; no sólo porque la forma en la que está construida esta cueva evita que llegue muy adentro, sino también por las densas plantas que cubren la boca de la cueva.

Las paredes tienen hendiduras horizontales, a modo de encimeras, en donde hay bastantes flores blancas. Las flores de estramonio. Su olor inunda el lugar por lo encerrado que está. Mantengo mi mano cubriendo mi nariz de aquel hedor desde que entré.

Semyazza se acerca a las flores, no sin antes poner su mano en mi espalda baja para hacer que camine con él.

Echo un vistazo de cerca y veo que están todas en buen estado. Como si recién hubieran sido traídas de algún asentamiento.

Tanto las hojas como los pétalos de la misma son puntiagudos. Las flores son blancuzcas pero muestran unas manchas púrpuras en la zona de adentro, donde los pétalos se unen con el tallo. Algunas están cerradas, otras comparten tallo con unas bolas verdes y cubiertas de lo que parecen ser espinas.

La voz del Vigilante Semyazza retumba por toda la cueva.

—El estramonio tiene un poder especial que recordarás de la noche que llegaste a la ciudad. En la ceremonia se te entregó una. Seguro las has visto mucho ya. Mas, si no conoces para qué son buenas, no las conoces realmente —me explica, sin mirarme y tomando una de las flores entre sus dedos pulgar, índice y mayor.

Frota uno de los pétalos.

—Con la cantidad correcta de estramonio, podrías hacer que un ser humano vea cosas que normalmente no podría ver. Con demasiado estramonio puedes hacer que su corazón falle —me mira.

El hedor de la flor me hace recordar muy vívidamente aquella noche que ingerí una de estas. Hicieron que vea cosas que no estaban allí.

—La reconocerás no sólo por su peculiar forma, sino también por su característico olor —dibuja una pequeña sonrisa en sus labios, e interpreto que le causa gracia el hecho de que yo no haya despegado mi mano de mi nariz, aún cubriéndola del hedor lo mejor que puedo.

—¿Podría hacer lo mismo con un gigante? —pregunto.

Mi voz suena amortiguada o como si estuviera congestionada.

—Con el doble de la cantidad suficiente para matar a un ser humano, puedes llegar a aturdir a un gigante —contesta.

Mi corazón da un vuelco ante esa respuesta, porque entonces son más fuertes de lo que alguna vez pude creer.

—¿Y para qué quieres que sepa esto? Tampoco es como que fueran fáciles de conseguir —digo.

Recuerdo cómo mi padre trabajaba sin descanso para poder tener suficientes de estas pestilentes flores para cuando una mujer fuese llevada en ceremonia.

—Estás en lo correcto. Para eso te he traído, porque quiero que te guardes unas cuantas —dice Semyazza, mirándome a los ojos.

Mientras lo observo, siento el peso de su mirada, dorada e intensa. Estar bajo su escrutinio me hace consciente de su verdadera naturaleza; su condición angelical y lo pequeña que debo parecerle.

Aunque poco me detenga a pensar en esto, una parte de mí siempre tiene presente que Semyazza y los demás Vigilantes no son humanos, que es realmente raro estar cerca de ellos tanto tiempo.

En lo que estoy metida en mi mente, Semyazza saca una bolsa de un tamaño decente de uno de los pliegues de su túnica y comienza a echar flores de estramonio dentro.

—Ya conoces lo que pasa cuando la ingieres en agua hervida. Tomada en esa forma en exceso es peligroso para ustedes, podría llegar a ser mortal en muchos casos. Otra forma en la que puede ser efectiva, mucho más para situaciones desesperadas, es lanzar bastantes al fuego y permitir que la humareda se expanda hacia tu enemigo. Pero deben alejarse ustedes de ella o podría causarles los mismos estragos a su salud, o peor —Semyazza termina de casi llenar el saco, dejando espacio tan sólo para poder amarrarlo con un trozo de cuerda.

Volvemos a la edificación, a mi aposento, de la misma forma en la que habíamos salido.

Él me aconseja que me acueste, porque el efecto del té de camellia está disipándose y lo ve en mis ojos.

Así mismo lo siento yo, mis párpados se están volviendo pesados. Poco a poco siento el sueño y lo tarde que es; sin embargo, el Vigilante está igual que si fuera mitad del día.

Fresco y sin rastros de sueño alguno.

—¿Qué no tienes sueño? Ni siquiera bebiste del té que me hiciste —le cuestiono con el ceño un poco fruncido, con genuina curiosidad, sobre todo cuando me ofrece una amplia sonrisa, como si no quisiera burlarse de mí en mi cara aunque tiene todas las ganas de hacerlo.

—Nosotros no dormimos, preciosa —me contesta, dulcemente.

Abro los ojos todo lo que puedo, inclusive mis labios se separan por la sorpresa.

—¿Cómo es eso? —pregunto en un deje de voz.

No puedo evitar mostrar lo sorprendida que estoy, aunque no quiera hacerlo. Él niega con la cabeza como si no se creyera que yo no sabía eso.

—No lo necesitamos, no tenemos esa necesidad fisiológica que es común en las especies terrestres, como ustedes los seres humanos —su sonrisa se ensancha, para mi es claro que sigue reprimiendo la risa.

No, no me había detenido nunca a preguntarme si los ángeles Vigilantes duermen o no. Y no, mucho menos me esperaba que no lo hicieran. Era algo que daba por sentado que sí hacían. Es lo natural, o eso se supone.

Semyazza se me acerca, todavía con su enorme sonrisa y casi carcajada, y pone uno de sus dedos en medio de mis ojos.

Me susurra un "descansa, hermosa" y mis ojos obedecen a su voz, todo mi cuerpo lo hace.

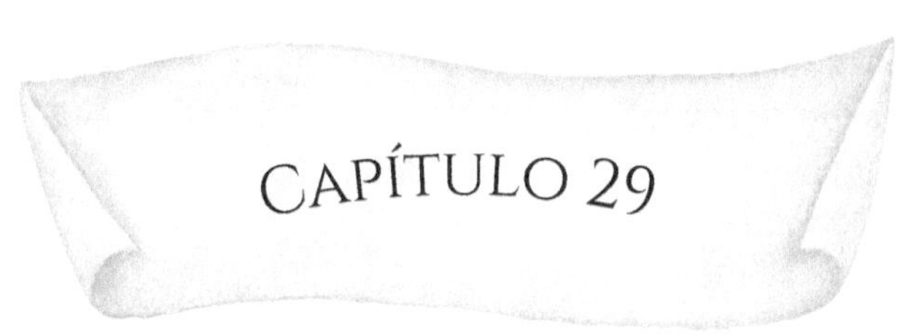

# CAPÍTULO 29

Es casi mediodía, cuando me despierta el murmullo de varias personas, muy cerca de mí como para ser fuera de la edificación, así que de inmediato deduzco que han de haber personas dentro.

Poco después, mientras me levanto de la cama, Laama abre la puerta y entra. Sus ojos bien abiertos y sin despegarlos de mí, aprieta los dientes mientras intenta forzar una sonrisa.

—Que bueno que ya estás despierta —dice.

Yo miro detrás de ella, a través de la puerta que dejó abierta y luego vuelvo a su rostro.

—Escuché voces, ¿hay gente aquí? —pregunto a la vez que estiro los brazos y ahogo un bostezo.

Ella asiente rápidamente.

—Casi todas las mujeres están aquí, en diferentes habitaciones, aunque la mayoría están en el salón de entrada. Los Vigilantes volvieron a irse, tal y como la última vez, parecían incluso más asustados —las palabras salen de sus labios con rapidez.

Laama se acerca con sutileza al ventanal y mira hacia abajo, hacia la ciudad.

Suelto un suspiro antes de acercarme a ella, me pongo a su lado e, igualmente, bajo mi mirada hacia la ciudad.

En efecto, está vacía. Los Vigilantes se fueron y el único movimiento o ruido proviene de aquí mismo, de la edificación.

—¿Qué habrá pasado esta vez? ¿Crees que se trata de lo mismo que nos dijeron? —pregunto al aire.

—Estaba conversando con Harmoni cuando pasó, él estaba contándome todo con un poco más de detalles —comienza a hablar Laama.

Alza su mirada hacia el horizonte, cubierto de montañas. Noto la forma en la que sus puños se cierran con fuerza.

—Me dijo que son los nefilim, están causando muchos estragos en diferentes lugares y los Vigilantes tienen que detenerlos de alguna u otra forma —dice.

Mi corazón se revuelve. No dejo de pensar en los nefilim gigantes que hay cerca de mi asentamiento.

—¿Qué tan malo? —pregunto.

La voz casi se me atora en la garganta al pensar en mi familia, en lo que podría estar pasando allá en casa. Trato de no hacerme imágenes de nada.

Creo que hubiera escuchado algo al respecto, si hubiera pasado algo malo en mi asentamiento. Creo que me hubieran dicho si mi familia estuviera en peligro, ¿verdad? Semyazza me ha asegurado su seguridad, y puedo confiar en su palabra, ¿verdad?

—No lo sé, Harmoni dijo que tienen todo bajo control y que lo están resolviendo —responde tranquilamente, aún con la mirada perdida en el horizonte. —Se lo creo —se recuesta de la pared a un lado del ventanal.

Voy hacia mi lecho y me siento en una de las esquinas.

—Necesito volver con mi familia —murmuro. Ella me mira.

—Ellos estarán bien, Eden. Estás aquí, con un hijo del cielo que está encantado contigo, lo creas o no —Laama viene a sentarse a mi lado. —Si hay algo que a tu familia no le está faltando desde que llegaste aquí, eso es protección y alimentos, de eso sí que estoy segura —me abraza por los hombros.

Chasqueo la lengua, esta situación está pesando demasiado en mi pecho.

—Los extraño mucho —le digo, Laama sólo afianza su medio abrazo.

Agradezco que esté aquí. Laama es tan familiar, tan simpática y cálida que se siente como tener un pedacito de lo que siento al estar con mi familia. Puedo confiar en ella, podría ser mi hermana mayor y yo estaría encantada de llevarla a casa y darle una familia diferente a la que le tocó.

No con riquezas, pero sí con amor. Nada acaudalada pero, en definitiva, no venderían a nadie a cambio de nada.

La miro de reojo, no puedo imaginarla siendo fría o cortante, no puedo imaginarla peleando ni discutiendo con sus padres.

Al recordar lo que me contó sobre cómo fue que acabó aquí, realmente me apena y entristece que ella no sepa lo que es una familia amorosa. Porque ella sí lo es.

Nos quedamos en silencio. Laama sigue abrazándome por los hombros, como si supiera que su presencia alivia el nudo que siento en el pecho.

Trago mis lágrimas, aunque una logra escapar. La limpio y respiro profundamente, soltando un suspiro audible.

Sé que el tiempo está pasando porque es inevitable, pero se siente como si todo se hubiera detenido a nuestro alrededor.

Hay mucho silencio y ni rastro de los Vigilantes por un buen rato. Laama me dijo que se les pidió no salir, que los Vigilantes quieren que nos quedemos dentro, pero es ella la primera que se remueve y se pone de pie.

Se acerca a la puerta y la abre un poco para darse cuenta de que no hay nadie, las mujeres deben seguir en el salón de la entrada y resguardadas en grupo en diferentes aposentos y salones. Este lugar es tan grande que no creo haber visto todo lo que tiene. Cada vez que me llevan a un lugar nuevo la mayoría de las veces está dentro de esta edificación.

Vuelve a sentarse en el lecho, y yo me recuesto de espaldas. Cierro los ojos, poniendo mi atención en mi propia respiración.

La imágen de mi familia vuelve a mi cabeza, me los imagino haciendo sus tareas del día a día, sentándose a comer mejores alimentos sin temor a que les falte, durmiendo tranquilos porque nadie se acercará a hacerles nada, mientras la mayoría en el asentamiento está peleándose y batallando por conseguir sustento. Más mujeres yéndose para abastecer el…

No, nadie nuevo ha llegado a esta ciudad desde que llegué con las otras cuatro chicas nuevas.

—¿Laama? —me siento de nuevo, girándome a verla. —¿Ha venido alguien más? Mujeres, quiero decir —le pregunto con el ceño notablemente fruncido.

—De hecho, no… —Laama se queda pensativa un momento. —Después de ustedes, no han traído a más. Y sí es extraño —dice. —Tienden a traer mujeres muy frecuentemente —se queda pensativa.

Miro por el ventanal, el día se siente pesado, pasando como miel cayendo por el tronco de un árbol.

—¿También tendrá que ver con lo de los nefilim? —pregunto bajando la voz, ya que lo que estamos hablando se me hace algo delicado.

Laama se lleva un dedo a la boca, mastica la uña de su dedo índice.

—No lo sé, los nefilim siempre están causando estragos pero eso no impide que los Vigilantes traigan mujeres a la ciudad. Deberían estar peor que nunca para eso —comenta, baja su tono de voz para igualar el mío.

Mi mirada se va directamente al ventanal, a la vista de las montañas.

Mi familia tiene que estar bien, se me prometió eso. Semyazza se fue, tiene que estar asegurándose de que su palabra está siendo cumplida. *Mi familia debe estar bien.*

De pronto escuchamos exclamaciones a lo lejos, probablemente provenientes del salón de entrada.

Laama se levanta y se dirige a la puerta, asomándose al pasillo. La sigo. Ambas nos dirigimos a la gran sala de entrada, donde la puerta permanece bien cerrada y el lugar está iluminado por una bóveda en el techo que deja entrar la luz del día. Dos Vigilantes están en el centro de la sala, rodeados de mujeres, y, aunque no los reconozco, sé que son líderes porque los vi en la cena.

Laama, por el contrario, sí los reconoce.

Se acerca a paso apresurado y menciona el nombre de "Azael". El llamado así la mira, distinguiéndola de entre todas las mujeres presentes. Le ofrece una mirada significativa y sus ojos se iluminan más al verla.

Mi amiga se abre paso hasta llegar frente a él. Yo me quedo en mi lugar, viendo cómo aquel Vigilante hace que Laama parezca pequeña.

Ella es más alta que muchas mujeres, pero junto a él se ve tan pequeña, que se hace muy evidente lo sobrenatural de la altura del Vigilante.

Él le acaricia el cabello y se agacha para besarla con dulzura, le susurra algo al oído y luego señala hacia mí. Es cuando reconozco esos ojos.

La noche de la cena, la noche en que vi a mi familia por aquello que bebí junto al grupo de mujeres. La noche que vine sola de vuelta a la edificación y que vi esos ojos dorados y resplandecientes, segura de que no era Semyazza.

Era él, Azael.

Palidezco y cruzo los brazos como si así pudiera resguardarme de la intensa mirada de ese Vigilante.

Cuanto contrasta con Laama.

La hostilidad y el rechazo que parece sentir por todas nosotras, menos por Laama; a diferencia de la calidez y simpatía de mi amiga.

Laama también me mira un segundo y luego asiente con la cabeza.

Viene de vuelta hacia mí, esta vez las mujeres le ceden el paso. Me preparo para cualquier cosa que pueda haberle dicho el Vigilante y que tuviera que ver conmigo. Pero mi amiga sólo se pone a mi lado, sin decir nada, y vuelve su vista hacia los dos ángeles en el centro de la sala.

Tengo intención de preguntarle pero me aguanto. Los Vigilantes están a punto de hablar.

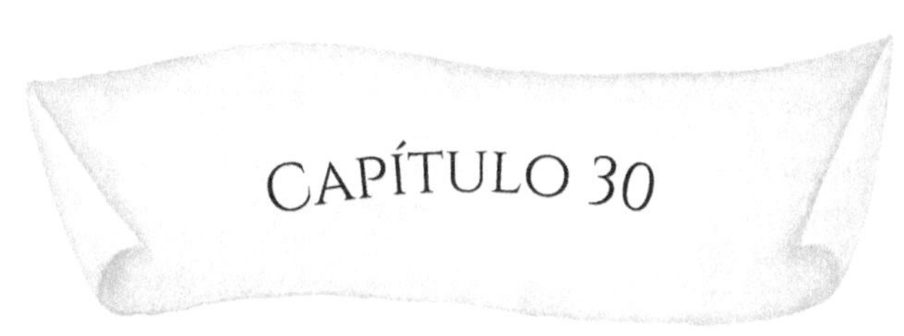

# CAPÍTULO 30

Sé que lo que está pasando no debe ser algo muy controlable para ellos, puesto que mantienen sus posiciones de defensa aún estando aquí. Listos para atacar, de ser necesario. Hombros tensos, postura erguida, ojos atentos.

Apenas nos miran, aunque parecen conscientes de los murmullos y quizás incluso de lo que se dice. Sus miradas se mueven con sutileza por todo el espacio, ignorando a las mujeres que susurran. Mantienen su atención en cualquier otro ruido que pudiera surgir en la sala.

Expectantes, los murmullos de algunas se acallan, todas nos quedamos en silencio y nos preparamos para escuchar qué es lo que pasa, de parte de los Vigilantes. Pero ellos no nos dicen nada nuevo.

Con sus rostros inexpresivos y con calma, nos dicen lo que ya sabemos sobre los nefilim, y no hay noticias nuevas de su parte para nosotras, dejando a algunas un tanto incómodas por la falta de información, yo entre ellas. Otras pocas se muestran indiferentes a lo que sea que esté pasando fuera de esta ciudad, y hay un tercer grupo, uno en el que me fijo más. Estas últimas se alejan con cautela y comienzan a murmurar entre sí, parecen temerosas.

Entrecierro los ojos.

El Vigilante Azael nos observa por un momento y cruza miradas con Laama; noto un destello en su mirada, como si compartiera algo con ella. Parecen decirse un montón de cosas con la mirada y, cuando volteo a ver a Laama a la cara, sé que ella ya sabe algo más sobre lo que está pasando. Al menos algo que pudo deducir, o algo que Azael le dejó saber a ella y que no todas sabemos.

Sólo hay que ser una pizca de observadora para saber que se trata de lo mismo que mortifica a las que se han apartado del grupo.

—¿Qué es lo qué pasa, Laama? —le susurro, esperando que los ángeles no me escuchen.

Azael, sin embargo, no nos quita los ojos de encima.

—No sé más de lo que tú sabes, Eden —balbucea.

Habla despacio y con la vista perdida en el grupo de mujeres que cuchichean en el fondo de la sala. Todo el lugar se ha llenado de una tensión imposible de ignorar entre las mujeres y los Vigilantes. Nosotras nos hemos dividido en dos grupos: las que saben lo que pasa y las que no.

Un sentimiento de molestia se hace presente en mí, acompañando a aquel de extrañeza, ambos causados por la falta de comunicación que están mostrando, ahora no sólo los ángeles, sino también Laama conmigo.

Por un momento, pienso que Laama ha sabido más de lo que me ha contado todo este tiempo.

Inhalo y exhalo, no voy a ponerme a pensar eso de ella hasta que pueda hablarle al respecto.

Me muevo hacia el grupo de mujeres en el fondo, con la intención de preguntarles sobre lo que saben, ver si me contestan.

Me interrumpe una mano tomando la mía. Cálida y firme. Despide una sensación de calma que choca con mi cuerpo como una ligera brisa.

Sé que es Semyazza. Él me atrae hacia sí y tengo que alzar la vista para encontrármelo de frente. Sus ojos, encendidos como dos fogatas, me obligan a apartar la mirada.

Entonces me envuelve en un abrazo, sosteniéndome con firmeza y colocando su mano detrás de mi cabeza para que no me aparte. La calidez de su cuerpo sobresale por entre las telas de sus túnicas, y el brillo que desprende su piel es visible, aunque opaco. Como la luz de una vela entre niebla.

Cuando me suelta, mi voz apenas sale de mi garganta para preguntarle qué está pasando; sin embargo, soy interrumpida por el barullo de las demás mujeres, quienes nos miran a Semyazza y a mí. Se alejaron unos cuantos pasos, dándonos espacio.

—Quiero hablar contigo a solas —me dice Semyazza, agachándose nuevamente, esta vez para quedar a la altura de mi oído.

Vuelvo a girarme para ver sus cejas arqueadas y sus ojos tenues, sus labios curvados hacia abajo de forma sutil; tendrías que quedarte un tiempo mirándolo de cerca para darte cuenta de que realmente hay algo que le preocupa.

Asiento, sintiendo cómo mi corazón palpita con fuerza en mi pecho, a la expectativa de lo que va a decirme.

Entonces, sin mirar a nadie más, caminamos por el pasillo hasta llegar a mi aposento. Él cierra la puerta detrás de sí y se queda allí de pie, observándome como si analizara cada parte de mí y cada movimiento que hago.

Me siento en el lecho y juego con mi mano antes de preguntarle la razón del temor tan inesperado que parece haberse adueñado de ellos y de algunas mujeres, así como la repentina sensación de que algo anda mal aquí.

—Eden —sus ojos vuelven a aumentar su brillo cuando dice mi nombre, una gran pausa le sigue antes de continuar. —El no conocer nada es una bendición y una maldición para ti. Si supieras lo que yo sé, no te acercarías a mí, no te acercarías a nadie que aquí viva y nunca hubieras aceptado venir conmigo —dice.

Se acerca hasta el lecho, sentándose a mi lado.

—Tal y cómo le pasó a Vishtar, así te desvanecerías —su voz se vuelve un susurro, una breve brisa que apenas llega a mis oídos.

No logro entender sus palabras, pero no se me pasa desapercibido el apretón que le da a mi muslo cuando menciona a Vishtar.

—¿Esto se parece al amor para ti, Eden? —pregunta de repente, adoptando un tono de voz más lejano, como si no me hablara a mí.

Estoy más confundida que nunca. Esperaba que me aclarara cosas, no que las pusiera más complicadas de entender.

—¿De qué hablas? —es lo único que puedo preguntar.

Sus ojos se encienden más antes de contestarme.

—Esa sensación de que me perteneces y no al mismo tiempo. Un sentimiento de que debería dejarte ir e, igualmente, mantenerte todo el tiempo conmigo, ambas para protegerte —me mira en ese momento.

Hago lo posible por sostenerle la mirada pero es incandescente, comienza a dejarme cegada como si me hubiera quedado mirando al sol. Cierro los ojos, él acuna mi rostro entre sus manos. Lo siento acercarse.

—No he escuchado a nadie nunca describir al amor como algo así —es mi respuesta, susurrada en un hilo de voz justo antes de que él pegue su frente contra la mía.

Siento el calor que emana.

—No sabes cuánto lo lamento —siento su voz hacer eco en mi cabeza, no puedo saber si lo dijo en voz alta o si acaba de hablar a mi mente.

De igual manera, me estremezco ante la sensación y me remuevo por la inquietud que me causa lo que acaba de decir.

*¿Lamenta qué?*

—¿Qué? —pregunto, justo antes de que la habitación se sienta más caliente de lo normal.

Dos Vigilantes, los cuales identifico pronto como Azael y Harmoni, vienen buscando a Semyazza. Este no lo piensa dos veces para irse con ellos, no sin antes acariciar mi rostro, llevando mi cabello detrás de mi oreja y tocando, o más bien acariciando, la piedra en forma de hoja que cuelga todo el tiempo de mi cuello.

—Te he de pedir que no salgas de aquí —susurra, para después girarse a encarar a los otros dos Vigilantes.

Harmoni me ofrece un saludo amistoso, alzando la palma de su mano izquierda; Azael se me queda mirando, igual de intenso que hace unos minutos, pero pronto vuelve su mirada a Semyazza cuando este se les acerca.

Sus figuras se desvanecen frente a mis ojos. Me abrazo a mí misma sin moverme de mi sitio.

La puerta se abre de golpe en ese momento, veo a Laama entrar en la habitación. Tiene puesto un manto cubriendo su cabeza, el cual ha enrollado también alrededor de su rostro, dejando sólo sus ojos visibles. En su mano tiene otro manto, el cual deja junto a mí y me dice que me lo ponga. Más bien, lo ordena.

Hay una determinación en sus ojos que podría confundirse con enojo, ira.

Ella habla antes de que yo pueda reaccionar.

—Te llevaré con tu familia. Nos vamos —dice sin más. —Te contaré todo, lo prometo, pero tenemos que irnos de aquí —se acerca a la puerta y hace señas para que me apresure.

La sola mención de mi familia hace que no lo piense mucho, aunque Laama no me da ni un segundo para hacerlo, cuando me envuelve ella misma la cabeza con el manto.

Rodeo mi rostro con los pliegues, dejando sólo mis ojos a la vista.

Me acerco a ella y salimos del aposento.

Camina a paso decidido y con prisa, yo intento igualarla. Las mujeres siguen en la gran sala de la entrada, muchas se nos quedan mirando y se dicen cosas entre sí, señalándonos, algo que no puedo ignorar. Entre las que nos miran se encuentra el grupo de amigas de Laama, aquellas que estaban con Leiah cuando murió. Miran con tristeza, pero no hacen nada para detenernos y tampoco preguntan nada.

Salimos de la edificación y Laama mira a todos lados mientras dice que los Vigilantes debieron haberse ido todos, pero que tenemos que cuidarnos de que no haya alguno por ahí que nos vea irnos.

—¿Laama, qué es lo que está pasando? —no retengo más la pregunta.

—Te diré cuando llegue el momento, Eden —es lo único que dice.

Dejo salir un bufido de frustración y pienso en detenerme aquí mismo, decirle que no seguiré caminando hasta que ella me de una razón para hacerlo.

Sin embargo, sería tan estúpido porque, sea lo que sea que ponga a Laama así, está haciendo que me lleve con mi familia. Y, aunque Semyazza me había dicho que me llevaría él mismo cuando fuera seguro, viendo cómo se han puesto los mismos ángeles, y que no quieran decirnos a aquellas que no sabemos, me hace concordar con Laama en que tenemos que irnos de aquí.

Al mismo tiempo, no puedo dejar de pensar en que no es sólo Semyazza y el resto de los ángeles los que se han puesto raros de un momento a otro; Laama y un puñado de otras mujeres de esta ciudad también.

Definitivamente saben algo que el resto no sabemos.

Me trago el nudo de mi garganta, posponiendo lo más que puedo el enojo y decepción que se quieren abrir paso en contra de Laama.

Intento decirme que hay una razón demasiado buena para que ella se lo haya guardado, inclusive siguiéndome la corriente, cuando ella sabía más de lo que me decía. Me lo contará y se calmará toda esta confusión, esta incertidumbre que está a punto de hacer estallar mi cabeza.

Nadie evita que salgamos de la ciudad.

Cruzamos las imponentes columnas que forman el marco de la entrada y comenzamos a alejarnos, adentrándonos entre los matorrales y árboles que circundan la ciudad.

Hace calor y el sol brilla en lo alto aún.

No puede ser muy tarde, tan sólo un par de horas después del meridiano.

Siento el sudor mojar la tela de mis vestiduras, incluyendo el manto en mi cabeza. Los árboles no se mueven, se quedan estáticos por la falta de viento que hay esta tarde.

Laama mira a todos lados. Me pone nerviosa verla de esa manera, sin saber siquiera en qué circunstancia estamos ahora.

Camino rápido, aunque no puedo igualar completamente el paso tan apresurado con el que ella busca poner distancia entre nosotras y la ciudad.

Mi corazón palpita fuerte contra mi pecho, esperaré a que me cuente lo que está pasando, como dijo que haría.

Ella ha evitado hablar hasta ahora, por eso no le he vuelto a preguntar.

Eventualmente me dirige la palabra.

—Azael habló con Semyazza y le dijo que tú, al igual que

muchas otras mujeres de aquí, deberían volver con sus familias; pero Semyazza se ha negado. Estarás mejor con tu familia, sin salir de esa casa. Azael te ayudará a llegar —dice.

Habla deprisa. Llega un viento casi repentino que mueve la copa de los árboles, sobresaltándome cuando, por un momento, pienso que algo se acerca.

—Muchas mujeres van a comenzar a irse de Saphon, Azael convencerá a varios Vigilantes de devolverlas con sus familias. Los problemas son peores de lo que imaginábamos —dice.

No puedo digerir lo que Laama está diciéndome y no me da el tiempo de hacerlo cuando siento el calor de uno de ellos detrás de mí.

Me giro para encontrarme con el Vigilante Azael, el cual adopta una posición imponente con sus brazos ligeramente separados de su torso y su barbilla alzada, me mira hacia abajo con sus ojos encendidos como llama viva.

Me remuevo incómoda y siento la mano de Laama posicionarse sobre mi hombro y apretar un poco.

Ella deja salir un suspiro.

—Tú y tu familia estarán bien. Prometo ir a visitarte para contarte todo en cualquiera de estos momentos —su voz suena más relajada,

Laama no se molesta en ocultar el alivio que siente al tener con nosotras a Azael, mientras que a mi me incomoda. Comienzo a sentir un nudo en el estómago, un apretón en el pecho gracias a la molestia que me causa no saber nada.

—Está bien —le digo en un suspiro, aceptando todo lo que está pasando.

Doy un paso hacia el Vigilante, quien me espera con los brazos abiertos, listo para llevarme en un instante a casa.

Si bien estoy feliz de volver a ver a mi familia, no puedo pasar por alto a Semyazza y lo que me dijo hace un rato, tampoco a lo que ha pasado entre los Vigilantes, cuya preocupación asaltó la ciudad de un momento a otro.

Me molesta, es incómodo y me hace sentir como una inútil el que no se me diga nada.

El Vigilante Azael me envuelve en sus brazos, mi cabeza queda aplastada contra su abdomen en un abrazo nada delicado y siento cómo el antimonio en forma de hoja se entierra un poco contra mi piel.

Está caliente, ¿o será por la piel del Vigilante?

Entonces llega aquella sensación. No extrañaba este dolor de cabeza. Como si mi cerebro palpitara contra mi cráneo pidiendo salir. Me mareo. Azael es mucho más brusco haciendo esto que Semyazza.

Doy gracias al Creador de que sea breve, pero nunca me voy a acostumbrar a estar en un lugar y luego en otro en un instante.

Azael no me suelta de una vez, de lo contrario me hubiese caído de espaldas.

Mi estómago está hecho jirones e intento retener lo que se quiere devolver de él.

No puedo.

Lo siguiente que sé es que empujo al ángel lejos de mí y él permite que yo haga tal cosa, a sabiendas posiblemente de lo que está a punto de pasar.

No obstante, no puedo separarme mucho de él a tiempo.

Mi vómito salpica sus pies.

Vomito todo lo que he comido en el día, la bilis quemándome el esófago.

Al terminar, me quedo doblada por la mitad, con una mano sosteniéndome de mi propia rodilla y la otra abrazando mi barriga. Aún la siento revolcándose.

Mi cabeza martillea luego.

Maldigo por lo bajo sin poder evitarlo.

Nunca digo cosas así, no estoy acostumbrada a hacerlo pero la sensación lo justifica, y por lo que veo frente a mí, la situación también.

Los pies de Azael son lo único que tengo en mi visión, salpicados con mi vómito. Aunque no haya caído mucho, sigue siendo un embarazoso desastre.

No me atrevo a ver la expresión en el rostro del Vigilante, pero tampoco puedo quedarme agachada así.

Me enderezo lentamente y lo último que veo del Vigilante, antes de que él desaparezca ante mí, son sus ojos apagados que miraban con desagrado lo que le hice.

No me da tiempo para disculparme, pues cuando comienzo a hacerlo él se va, así mismo como me trajo.

A mi alrededor se escucha el barullo de aves, una que otra que debe andar de árbol en árbol. Escucho igual el sonido del agua corriendo, más el inconfundible olor a tierra mojada que hay en el río.

El Vigilante me dejó a una corta caminata de distancia de mi hogar.

Tal parece que hacía años que no venía aquí.

Alzo la vista al cielo, azul y soleado. El calor aquí tiene remedio por el cauce del río prometiendo limpiarme del sudor y refrescarme, pero tengo que llegar a mi casa.

Muero por ver a mi familia.

Empiezo a caminar con dirección a mi asentamiento cuando siento la calidez de nuevo detrás de mí.

Me giro para ver de nuevo al Vigilante Azael, ahora completamente limpio y con una bolsa en una de sus manos. Me la entrega.

—Sé prudente y no salgas, ni tú ni miembro alguno de tu familia, hasta que sea tiempo o sea necesario —dice.

Vuelve a desaparecer.

La bolsa pesa y no tengo que ver dentro de ella para saber de qué se trata.

Me encamino a casa sin esperar más tiempo, nerviosa de la situación en la que podría encontrar el asentamiento donde nací y crecí.

Miro bien mis pasos, cuido que nadie me vea y pronto me doy cuenta de que no es necesario que me cuide yo misma. La piedra que cuelga de mi cuello se calienta más y, si no es sólo percepción mía, también se vuelve un poco más pesada. La levanto por la cadenita para observar el brillo dorado que despide, muy sutil pero está ahí.

Es la primera vez que la veo hacer eso.

Por un momento pienso en Semyazza, creo que está cerca y por eso me detengo a mirar a mi alrededor, aunque no está en ningún lugar.

Continúo mi camino hasta que visualizo mi casa entre las demás del asentamiento. También puedo ver un ligero brillo dorado que la rodea.

Escucho un ruido como de golpe que me sobresalta.

Volteo a mi derecha justo a tiempo para agacharme con un grito ahogado en mi garganta.

Un hombre con un trozo de madera, afilado en la punta hasta más no poder, asesta un golpe contra mí. Una estocada que hubiera sido mortal si no la hubiera esquivado a tiempo. Contra mi garganta.

Al instante deduzco que deben querer robar la bolsa con comida que me ha dado el Vigilante y la aprieto contra mí.

Corro y sólo miro hacia atrás cuando escucho el gorgoteo de alguien. Descubro que el objetivo de aquel hombre no era yo, era un muchacho joven con una pequeña cesta de limitados y pequeños pescados que caen al suelo, mientras el joven sostiene el trozo afilado de madera enterrado en su pecho. Sus ojos bien abiertos miran a su atacante, para pronto perder cualquier vida que en ellos había, cayendo al suelo con un ruido sordo.

Muere momentos después.

El hombre recoge los pescados con desesperación y se levanta. Me mira y mi corazón cae a mis pies. Abro mis ojos con miedo cuando veo que desentierra la estaca del joven muerto y le sacude el exceso de sangre para apuntarla hacia mí.

Corro mientras me reprendo por haberme quedado tanto tiempo estúpidamente parada.

El antimonio se calienta tanto que parece quemar mi pecho. Con mi mano libre, la separo de mi piel sin detenerme. Rechino los dientes y me imagino que, si agachara la mirada, vería mi piel roja como mínimo. Realmente se ha calentado esta cosa.

Siento un pinchazo en mi brazo izquierdo, pero se siente como si me hubiera caído una semilla desde la copa de un árbol.

Giro un poco la cabeza para ver el pedazo de madera afilado

que fue lanzado hacia mí, deshecho en el suelo.

*¿Habrá sido acaso el antimonio?*

No dejo que la sorpresa me detenga y sigo corriendo. Escucho al hombre gruñir pero toma los pescaditos robados y se va corriendo por el camino contrario al mío.

Llegando a mi casa veo a más personas peleándose a puño limpio por distintas cosas. Por comida, por armas. Discuten mientras se escucha el llanto de otras tantas personas. Mis ojos se llenan de lágrimas también.

Mi familia tiene que estar bien.

Eso es lo que me digo, ignorando la pesadez de ver a nuestros vecinos de esta manera.

Pronto estoy frente a la puerta de entrada de mi casa. Toco desesperadamente.

Escucho los pasos de alguien, pero este se detiene y se niega a abrirme la puerta. Entiendo el porqué, así que les digo en voz alta quién soy.

De inmediato la puerta es abierta y tengo frente a mí a mi padre, con oscuras ojeras y ojos rojos.

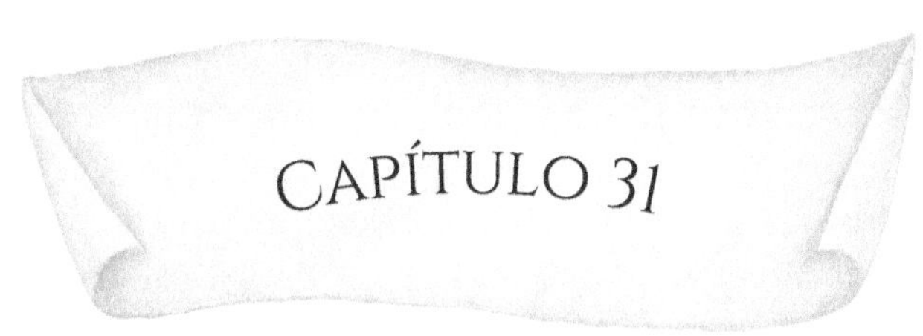

# CAPÍTULO 31

Mi padre me mira a los ojos y me abraza con fuerza, arrastrándome al interior de la casa. Luego cierra la puerta detrás de nosotros. Me suelta solo para asegurarse de que esté bien cerrada, y de inmediato vuelve a abrazarme.

—¡Es Eden, está en casa! —vocifera sin pudor.

Su voz se me hace más ronca de lo que jamás la he escuchado. Me destroza el corazón verlo así.

Deprisa salen mis dos hermanos y mi madre de los aposentos. Mi pecho se aprieta más y mis ojos se vuelven a humedecer cuando los veo. Al igual que mi padre, tienen los ojos rojos e hinchados; parecen no haber dormido ni comido bien en varios días.

Creo que, lo que para mí fueron unos cuantos días en Saphon, para mi familia fue toda una vida. Una muy mala.

Todos me abrazan. Sin turnos, sin palabras. Nos fundimos en un abrazo familiar, apretado y lleno con el amor y la angustia que seguro se ha sentido en esta casa desde que me fui. Murmuro muchas disculpas. No dejo de pedirles perdón, es lo único que puedo decirles.

La tarde transcurre con nosotros sentados en la mesita de comedor en nuestra sala. Puertas y ventanas cerradas y cubiertas con viejos trapos que hacía muchos años que no veía.

Omer está sentado a mi derecha, aferrándose a mi brazo como

si no quisiera despertar de un sueño. .Jireh me observa desde el otro lado de la mesa, sin decir nada, pero sus ojos húmedos reflejan todo lo que siente. Mi padre se sienta al lado de Jireh y hace lo mismo, pero se esfuerza para darme una pequeña sonrisa, reconfortante y paternal. Mi madre se sienta a mi izquierda, peina mi cabello para disimular los sollozos que se le escapan de vez en cuando.

—Creímos que no te volveríamos a ver —dice mi padre. —No vuelvas a hacernos eso, por favor, Eden. Tu lugar está con nosotros —su voz se turba, se quiebra un poco.

Jireh se inclina hacia delante, lleva su mano a su cabeza, despeinándose en el proceso.

—¿Cómo se te ocurre irte con ellos así, Eden? —dice mi hermano mayor.

Pareciera tomarle todo el autocontrol del mundo el no levantarse de su asiento para venir a sacudirme por los hombros.

—Lo lamento mucho, de verdad —comienzo a decir.

Sé que no importa lo que salga de mi boca, ninguna excusa es buena y no hay razón que justifique el haberme ido de la manera en que lo hice. No sabía la magnitud de mi decisión hasta ver cómo dejé a mi familia.

—Sólo quería que estuvieran bien, que no se preocuparan. Si me iba, estaríamos todos protegidos y no nos faltaría alimentos. Miren cómo pudieron volver a casa. Y, como les dije en aquel mensaje, los vendría a visitar seguido —digo.

Divago entre palabras, buscando sonar segura de mi decisión, cuando la verdad es que no sé lo que hice.

—Pero no lo habías hecho —escucho la voz de mi madre en un susurro dulce y al borde del llanto.

Como si yo fuera una memoria que ella no quisiera espantar. Creo que voy a quedarme muda.

—Se me decía que no era momento —es lo único que sale de mi boca.

Todos nos quedamos en silencio unos segundos.

—De verdad lo siento, perdónenme —vuelvo a disculparme.
Jireh casi parece querer interrumpirme, suena tan molesto.

—¿Cómo llegaste? —pregunta.

Trago el nudo en mi garganta, él es el único que me está haciendo sentir miserable con lo que hice. No sé, no debía esperar menos de él, conociendo su opinión de los Vigilantes.

—Uno de ellos me trajo hasta el río, caminé de allá hasta casa —contesto.

—¡Por el Creador! ¿Acaso te quería muerta? ¿Que no vió la situación en este asentamiento? —mi hermano se altera un poco más.

Mi padre pone su mano en el hombro de Jireh para calmarlo.

—Fuera de esta casa se está sufriendo mucho, hay mucha violencia. No se puede caminar dos pasos sin arriesgarte a que te maten. ¿Cómo caminaste hasta aquí? —interviene mi padre.

Niego con la cabeza para evitar encogerme de hombros.

—Tuve un encuentro con un hombre que estuvo a punto de atacarme, pero el arma con que lo intentó hacer se... —dejo al oración en el aire.

¿Cómo les digo que se hizo añicos luego de apenas tocarme? Toco mi pecho, siento la piedra que me dio Semyazza con forma de hoja y con mi nombre grabado en ella. Sigue cálida, no tan caliente ya.

Recuerdo que él dijo que aquello me protegía y que podría llamarlo con ella. También recuerdo que él dijo que nadie más podría verla.

—Logré llegar a tiempo a casa —termino de decir.

—Gracias al Creador que Zirot te abrió pronto la puerta —murmura mi madre.

Asiento con la cabeza en respuesta.

La bolsa que me dio el Vigilante Azael descansa en la meseta de la cocina. Nadie ha revisado su contenido, así que me doy la tarea de poner cada alimento en su lugar.

Al fondo, descubro la bolsa llena de estramonios que me había dado Semyazza. ¿Cómo llegó a esta bolsa? ¿Cómo sabía Azael o Laama que tenía esto y cuál de los dos la metió en esta bolsa?

Abrazo la bolsa llena de estramonios, la peste hace su mayor esfuerzo por atravesar el cuero de la bolsa pero no tiene tanto éxito. La llevo a mi aposento y la pongo al lado de mi lecho.

Mis padres, hermanos y yo nos adentramos en uno de los aposentos para descansar juntos. Nadie ha querido dejarme sola ni un instante, y no quiero que lo hagan; yo los extrañé mucho, pero ellos a mí aún más.

Sigue doliendo en mi pecho el no haber pensado en esto antes de irme, creyendo que estarían muy bien con protección y alimentos prácticamente asegurados.

*Me equivoqué.*

En ningún momento me han dicho algo acerca de cómo les han traído comida y cómo ellos no han tenido el temor de que les pase como a la familia de Cam.

De hecho, mi familia está viviendo muy precavida aquí. Encerrados. No abren a nadie y mantienen el lugar oscuro, sea día o sea noche. Sólo utilizan una vela en las noches y no se despegan los unos de los otros. No hacen mucho ruido pero, para acallar los sonidos de peleas, muertes, llantos, gritos que hay de día y de noche en este asentamiento; cantan canciones de mi infancia.

Así estamos esta noche, cantamos canciones luego de unirnos para orar al Creador, dirigidos por Jireh, como siempre.

En ese momento, se escucha cómo tocan la puerta de entrada. Nos quedamos quietos y guardamos silencio. Incluso yo, que sé que no puede pasarnos nada mientras estemos cercados por aquella sutil luz dorada que cubre nuestra casa. Aún así, mi corazón palpita tan rápido como el de los demás.

La puerta vuelve a sonar.

Mi padre toma la vela y se la entrega a mi madre, quien se coloca enfrente de nosotros. Mi padre toma la delantera, y caminamos con sigilo hacia la sala. Vuelven a tocar la puerta. Los golpes son suaves, pausados, sin prisa ni desesperación. Nos preguntamos quién podría ser.

—¿Eden? —se escucha que llaman mi nombre con voz pacífica y

amortiguada por la madera de la puerta. —¿Estás ahí? —preguntan.

Identifico la voz de Laama y casi corro a abrirle. Sin embargo, me detiene la mano de Jireh en mi brazo.

—Es una amiga, se llama Laama —les dejo saber. —Me había prometido que vendría, debí decirles —digo.

Mi padre asiente con la cabeza como quien dice "está bien, te creo", y abre la puerta con lentitud.

Laama, vestida con la misma túnica oscura y su manto, espera en el umbral abrazándose a sí misma, temblando de frío. Mi padre me lanza una mirada interrogante, y asiento; él la deja pasar, aunque todos la miran con cierta desconfianza, especialmente Jireh.

Le brindan agua y algo de comer, pero se rehúsan a dejarnos solas a las dos cuando ella lo pide.

Sé de lo que quiere hablar y yo no puedo esperar a que me diga, pero supongo que tendrá que ser delante de todos, de ser posible. Ella me mira y sé que me pide que le diga a mi familia que nos deje solas, pero le susurro que ellos no van a querer hacerlo y con sus justas razones.

Ella suelta un suspiro y deja caer sus hombros. Toma un trago del agua que le ofrecieron.

—Soy amiga de Eden, se me pidió que fuera su compañera en la ciudad para que no se sienta sola en ningún momento, ya que los Vigilantes han estado, de un tiempo para acá, en una situación delicada, de la que no han querido hablar mucho y no todas sabemos. A mí no fue hace mucho que me revelaron pocos más detalles que a las otras —dice Laama. —Eden, te había comentado justo antes de que te trajera Azael, que él quería regresar a todas con sus familias. Vine a decirte el porqué, pues es posible que pronto las que se han ido tengan que regresar —sigue hablando sin ser interrumpida ni por el ruido de algún insecto.

Sólo la angustia del asentamiento fuera de esta casa es lo que se escucha, pero no es muy fuerte, parece estar un poco calmado.

—¿Regresar a la ciudad? —pregunto.

Miro que mi familia no reacciona, sólo se quedan observando a mi amiga con el mismo recelo. Laama asiente en respuesta a mi pregunta.

—Te diré lo único que sé y es que algunos hijos de Vigilantes están teniendo sueños que creen que son proféticos. No los conozco exactamente pero sé que no son buenos. Los tienen, tanto a nefilim como a Vigilantes, en alerta por algo que podría venir —da otro sorbo largo de agua y deja el jarro de barro vacío en la mesa. —Están buscando la manera de protegernos a nosotras y a los nuestros, así como a sus propios hijos, de lo que sea que ellos creen que podría pasar. Sin embargo, Semyazza cree que aún hay tiempo para impedir que pase, por eso no quiere alarmar a nadie.

Sin embargo, todos los demás Vigilantes consideran que hay que buscar defensa o protección, no prevención, porque ya no hay vuelta atrás —Laama se arregla el manto sobre su cabeza.

Parece nerviosa.

—¿Cómo sabes tú todo eso? —pregunta mi hermano, Jireh, de la nada.

—Es lo que me ha contado el Vigilante Azael —responde Laama.

—No vamos a consentir que Eden vuelva a irse con ellos —habla mi padre. Mi madre lo secunda.

—Con el respeto que se merecen, si a Eden la vienen a buscar será mejor que la dejen irse, tanto por su propia seguridad como por la de ustedes, su familia —dice Laama.

Sus cejas se arquean hacia arriba, mira a mis padres y luego a mí. Entonces todos se giran a verme.

Yo me encojo en mi lugar.

Si tengo que volver a irme, no parece que será mi decisión esta vez. De ser así, me quedaría con mi familia y ya.

Aunque no puedo negar que Semyazza se ha colado en mis pensamientos más de una vez desde que no lo veo.

Omer toma mi mano, la aprieta y me mira. En sus ojos veo la pregunta: "¿Te volverás a ir?". Lo abrazo, y le susurro lo mucho que lo extrañé en lo que no estuve.

Veo de reojo cómo Jireh observa fijamente a Laama, como si quisiera echarla a patadas.

—¿Y cómo sabemos que Eden estaría más segura con ustedes? Por algo la han traído de regreso a casa, ¿no? —dice Jireh.

Él adquiere un tono que sugiere que está a punto de ponerse

más hostil. Está verdaderamente molesto y no intenta ocultarlo.

—Están intentando ponerse en contacto con el Patriarca Enoc, si lo conocen. Dicen que él es un profeta con relación y comunicación directa con el mismísimo Creador —dice Laama, nuestras miradas chocan.

Ya habíamos hablado del Profeta Enoc, pero ella no hace nada que lo demuestre. Jireh se yergue en su lugar pero no dice nada respecto a conocer al Profeta.

—¿El problema es con el Creador? —pregunto en un hilo de voz.

—No sé exactamente. Lo que he dicho ya es todo lo que sé —dice Laama.

Jireh y yo nos miramos.

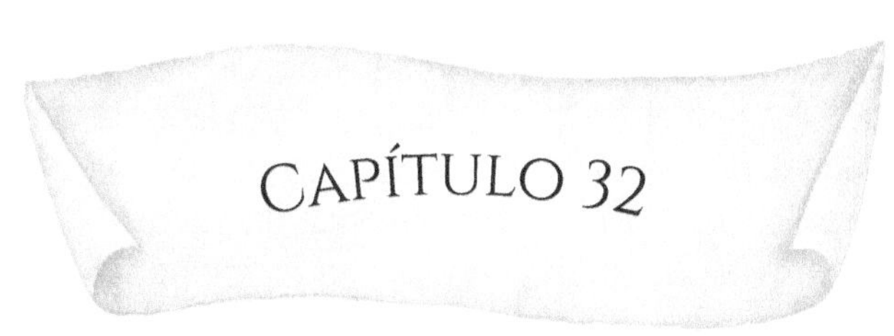

# CAPÍTULO 32

Le sugerí a Laama que se quede a pasar la noche en mi casa, aunque sé que a nadie de mi familia le agradó que lo hiciera. Pero tengo que hablar a solas con ella y eso sólo pasará cuando todos estén durmiendo.

Cenamos en la mesa, luego de que mi madre cocinara un rápido pero delicioso caldo de vegetales.

Hay una ligera tensión en el ambiente, y Jireh no deja de mirarme, buscando captar mi atención para decirme lo que ya sé. Que ni se me ocurra decirle algo a Laama sobre que conocemos al Patriarca Enoc. Que se las arreglen los Vigilantes. Lástima que ya Laama sabe ese detalle.

Es cierto que, siendo ángeles, es muy raro que supuestamente requieran la ayuda de un profeta, un ser humano, para hablar con el Creador.

*¿Pero y si es grave? ¿Y si nos afecta a nosotros, los humanos, tanto como a los ángeles y sus hijos?*

Intento ocultar mi inquietud comiendo una segunda porción de sopa, deliciosa, aunque no puedo disfrutarla del todo bajo la mirada escrutadora de mi hermano, la tensión de mis padres, la incomodidad de Laama y la confusión de Omer. Este último no se despega de mi lado, y me parece tierno, pero tendré que acostarme a su lado y esperar a que se quede bien dormido para levantarme a hablar con Laama.

Intento comunicarle a Laama mis intenciones con la mirada, y creo que lo entiende, porque asiente levemente y permanece sentada en la mesa mientras mi familia y yo nos retiramos a descansar. Ella dice que dormirá en la sala, pero le insisto en que lo haga en mi aposento, y mi madre le lleva unas mantas para que esté más cómoda. Nosotros nos acomodamos en el aposento de mis padres.

Todos se acomodan en un lugar específico de la parte del suelo que ha sido cubierta con un edredón gastado, el cual está limpio a pesar de que está en el suelo. Yo me acuesto al lado de Omer y mi hermanito se dispone a tararear una melodía, mientras juega con mi cabello suelto, quedándose poco a poco dormido.

Cuando parece que todos están soñando, me pongo de pie cuidadosamente antes de quedarme dormida yo por igual.

Camino de puntillas para salir del aposento de mis padres e ir al mío, donde encuentro a Laama sentada en la cama y con la mirada perdida.

—¿Cómo está Semyazza? —le pregunto, sobresaltándola. Ella se gira a mirarme y se encoge de hombros.

—Él sabe que estás aquí, pero cedió a que era mejor que estuvieras con tu familia. Aunque realmente quiere tenerte con él todo el tiempo, lo ha dejado claro varias veces —dice Laama.
 Se me escapa un suspiro y lanzo la pregunta que más me carcome.

—¿Desde cuándo sabes todo eso que nos contaste en la cena? —pregunto.

Ella se recuesta en mi duro lecho. No me hubiera dado cuenta de lo incómodo que es esto si no hubiera conocido lo que es la verdadera comodidad.

Lo que daría por haberme traído aquel lecho de Saphon a mi casa. Laama fija su vista en el techo, con sus manos entrelazadas sobre su pecho.

—Después de que me llevaste a hurgar en la cueva de Semyazza y que no encontráramos nada, le saqué la información a Azael, como habíamos quedado que haríamos. Sólo que él me dio más información de la que te compartí, y esto fue porque él me pidió que no se lo dijera a nadie más, incluyéndote —suelta todo en un solo aliento.

Luego vuelve a sentarse en el lecho, enderezando la espalda como si estos segundos recostada le hubieran cobrado factura.

—Lo siento, Eden, por no decírtelo. Creo que aún no lo debías saber, pero te prometí que te lo diría, ¿no? —dice, una sonrisa leve pinta su rostro. Yo asiento, devolviéndole la sonrisa.

—Ojalá que Azael no se enoje —comento.

Ella ríe, negando con la cabeza.

El ambiente se siente más ligero, tengo a mi familia y a mi amiga cerca. Al Vigilante lo tengo al alcance de un colgante. Si lo quisiera hacer venir, sólo tengo que tocar el antimonio y estará aquí.

Sé que no es buena idea, no sé cómo reaccionaría mi familia, sobretodo Jireh, quien ha estado demostrándome lo bastante molesto que está.

—El muchacho, el enojado, asumo que es tu hermano mayor —dice Laama, sacándome de mis pensamientos.

Asiento sin decir nada.

—Que irónico que sea el que pasa más tiempo con el Patriarca —me da un codazo, sonríe.

—Dile que aprenda de la serenidad de Enoc, también —dice.

No puedo evitar reírme. Jireh puede llegar a tener sentimientos muy intensos, es muy transparente con las cosas que siente.

—Le dejaré saber —digo.

Me muerdo la cara interna de la mejilla.

—Y si... —alargo, ni sé porqué diré esto, pero quizás quiero sentir que ayudo en algo o que soy más importante de lo que soy. —Si los Vigilantes necesitan algo, sobre eso que tienen que hacer y que incluye al Patriarca Enoc, puedes decirles que lo conozco y que podría darles una mano —digo.

Ella me sonríe con ternura y de inmediato me siento un poco tonta por sugerir eso.

—De ser así, les diré. Pero quiero pensar que lo tienen todo bajo control —dice.

La sonrisa se le borra al final de la oración y suelta el aire sonoramente.

Desvío mi mirada hacia la ventanita de mi aposento, por donde entra la luz de la luna, y recuerdo la noche en la que él vino por mí, puesto que esta se parece mucho.

¿Puedo acaso decir que algo realmente cambió con mi

decisión?

No lo sé. Me digo que eso ya pasó, para no pensar más en algo que no puedo cambiar y, siendo honesta, algo de lo que no me arrepiento del todo.

Antes de irme del asentamiento, las noches aquí eran tranquilas y silenciosas. Ahora que volví, noto que ha cambiado tanto y lo ha hecho para mal.

Todavía en la madrugada se escuchan llantos que, aunque no se escuchan tan alto, sólo son aplacados por el sonido de discusiones y la ocasional acción de afilar un metal. Deduzco que se trata de armas.

Se forma un nudo en mi garganta.

—Este lugar me recuerda mucho a mi hogar —dice Laama, luego de quedarnos un rato en silencio.

Ella parece querer decir más, pero cierra sus labios formando una fina línea que me deja claro que ha preferido no hacerlo.

—Ve a dormir, Eden. Te hace falta estar con tu familia —me mira y pone una sonrisa ladeada en su rostro.

—Buenas noches, Laama. Por favor, me dejas saber que te vas antes de irte —le pido con una voz que raya lo suplicante.

No tengo razones para creer que se iría sin más, pero quiero asegurarme de que al menos se lo pedí.

Laama asiente y me responde el "buenas noches" justo antes de que yo cierre la puerta de madera de mi aposento, donde ella está. Vuelvo a mi sitio para dormir en el aposento de mis padres. Sin embargo, justo en la puerta cerrada, la cual juro haber dejado entreabierta, se encuentra mi hermano mayor. Sus brazos cruzados y sus cejas semi arqueadas.

—¿Estás intentando evitarme? —su tono denota molestia, oculta tras un tono casual falso.

Cruzo mis brazos sobre mi pecho.

—No, sólo estaba aclarando algo con mi amiga —le respondo, él asiente lentamente.

—¿Y tan pronto confías en ellos? —me pregunta, ladea la cabeza como si sintiera genuino interés.

—No son tan malos —murmuro.

Mi rostro se calienta, no puedo creer que le esté diciendo esto a Jireh.

—¿Y eso te lo dejó claro qué? —da un paso hacia mí, no entiendo su pregunta y lo miro con el ceño fruncido.

—¿Cómo fue tu estadía con ellos? —se cruza de brazos, como estoy yo.

—Buena. No pasó nada. Estuve bien y estoy bien —tartamudeo. Jireh niega con la cabeza, la decepción casi se convierte en lágrimas, veo sus ojos aguarse aún en la oscuridad. No sé qué hacer, no quiero que se ponga así.

—¿Por eso ofreciste tu ayuda ahora? —murmura.

Ahí me doy cuenta de que estuvo escuchándonos a Laama y a mí. Mis cejas se juntan aún más, me indigno por un momento pero se lo dejo pasar porque sé la razón. Mi hermano está bastante desconfiado y no tiene razón para no estarlo, la verdad.

—Ellos no son tan malos como crees, Jireh. Aparte, ¿no ves lo que está pasando aquí? ¿No crees que está entrelazado con lo qué pasa con los Vigilantes? —le digo, tratando de sonar suave.

Él eleva un poco el tono de voz, gritando en susurros para no despertar a nadie, pero claramente le ha enojado lo que acabo de decir.

—Claro que lo está. Ellos, Eden, ellos y sus bestias nefilim son los causantes de lo que está pasando aquí. Lo han sido desde siempre y lo sabes —dice Jireh.

—Pero si tan sólo... —él me interrumpe.

—Tienes que dejarlos, Eden, no estás comprendiendo en dónde estás metida... —ahora le interrumpo yo.

—No, yo sé que ellos son hijos del cielo que han hecho cosas buenas por nosotros. La mayoría de las cosas que hoy tenemos y sabemos se las debemos a ellos. Yo misma fui testigo de las cosas que ellos pueden hacer. Pueden hacer algo por este lugar y con sus hijos. Están buscándole una solución —le intento convencer, así como intento convencerme a mí misma de lo que estoy diciendo.

—Escúchate —escupe, alzando un poco más la voz. —Un tiempo con ellos y ya estás de su lado, creyendo sus mentiras e ingenuamente confiando en que les importamos —dice tajante, yo doy un paso atrás.

—Ellos son ángeles, Jireh —le recuerdo.

—Caídos, Eden —iguala mi tono.

Ambos nos quedamos en silencio.

Nos miramos el uno al otro con la clara expresión de frustración ante no poder hacer entender al otro lo que pensamos, cómo vemos las cosas.

Las vemos diferentes.

Jireh deja salir aire bruscamente por su boca para demostrar lo que siente y yo me siento tentada a hacer lo mismo. Me murmura que entre al cuarto a descansar, y sin mirarme, entra él.

Me quedo contemplando unos largos segundos la puerta de mi aposento, debatiéndome entre dormir con mi familia, que tanto extrañé, o evitar esta incomodidad y descansar junto a Laama en mi cuarto.

Finalmente decido ir con mi familia.

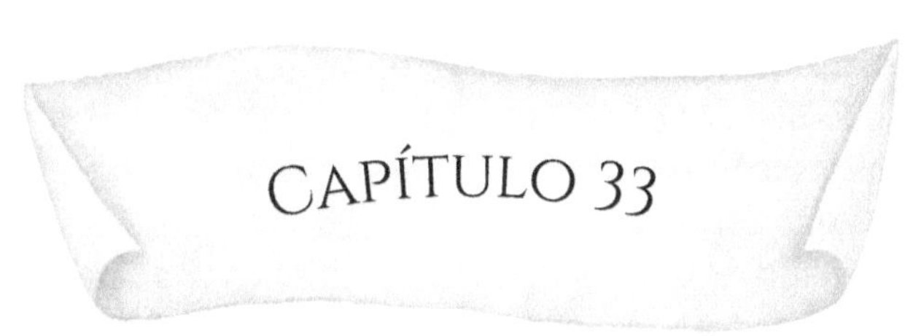

# CAPÍTULO 33

El frío de la mañana nos envuelve cuando abren la puerta temprano para que Laama pueda irse. Me despido de ella con un abrazo, esperando verla pronto.

Un Vigilante, que pronto reconozco como Azael, se aparece en medio del camino.

Todo se detiene en el asentamiento bajo su escrutinio, y Azael observa a las personas con una clara expresión de enojo y algo que parece ser decepción. Su vista va hacia un hombre que sostiene contra su pecho un trozo de metal casi de su tamaño.

Laama hace caso omiso a los ojos sobre ella y el Vigilante. Camina hacia él calmadamente y se abrazan, se dan un beso en los labios y desaparecen de la vista de todos.

Logro convencer a mis padres de abrir un par de ventanas mientras las puertas permanecen cerradas. Ellos pronto notan cómo nadie se acerca a nuestra casa, sea con buenas o con malas intenciones. Les doy la noticia de la protección que rodea nuestro hogar, de la cual ahora descubro que ellos no se habían percatado.

Toco el antimonio que cuelga de mi cuello. Quiero decir su nombre. Quisiera verlo. Es como si me hiciera falta aquel Vigilante que no ha sabido ser más que una dulzura conmigo.

*¿Cómo pueden ellos ser los malos, cuando son tan buenos con nosotros?*

Se hace el silencio en mi casa. Sólo Omer lo interrumpe cuando corre hacia mí y me sostiene de la mano para llevarme a sentarme junto a él en la mesa, mientras que nuestra madre prepara algo para desayunar.

Por este momento, todo parece estar como era antes. Yo iría a

buscar huevos de nuestras gallinas, quizás ya habría regresado;
entonces ayudaría a mi madre con el desayuno mientras que
Omer, Jireh y nuestro padre aún duermen.

Mi hermanito me habla de todas las cosas que hicieron
mientras yo no estuve, aunque su entusiasmo es aplacado por el
hecho de que nada es como antes en este lugar.

Aprieto mis manos a mis rodillas disimuladamente para
recordarme que estoy en casa.

Estoy aliviada de que todos estén tranquilos, y de que puedo
imaginarme que es un día común y corriente. Aunque no lo sea.
Ningún día lo es.

Jireh y mis padres comen en silencio; nos miran a Omer y a mí
charlar con parsimonia sobre asuntos triviales. Noto un atisbo de
sonrisa en el rostro de mi madre, opacando una tristeza que toda
mi familia comparte, pero que yo ya no puedo entender. Le sonrío
de vuelta.

—¿Cómo son? —Jireh pregunta, aprovechando un breve
silencio cuando Omer detiene la conversación para concentrarse
en la comida.

Alzo la mirada y lo veo con los codos sobre la mesa, su cabeza
apoyada en el dorso de sus manos e ignorando la comida a medio
comer frente a él.

—*Ellos* —aclara.

Me quedo en silencio unos segundos antes de responder.

—No sé explicarte. Ellos se comportan muy bien —es lo único
que se me ocurre. —He conocido algunos con diferentes
personalidades, así que supongo que también depende de cuál
Vigilante conozcas —tomo un pedazo de carne y lo llevo a mi boca.

Trato de hacer que sea lo más casual posible, que casi parezca
que no hablo de los hijos del cielo.

Jireh alza las cejas, incrédulo.

—¿Distintas personalidades? —pregunta, abriendo los ojos de
par en par como si fuera una gran revelación.

Aunque bien podría serlo. Un tipo de información que no es del
todo loca, pero que cae de sorpresa al no ser siquiera considerada.

Me encojo de hombros, intentando que este movimiento sirva

para restarle importancia a lo que digo, sobre todo por cómo Jireh ha estado estas últimas horas.

—Así es. No conocí a muchos, pero uno de ellos es muy simpático. Amistoso, si puedo decirlo. Sólo lo vi un par de veces —pienso en Harmoni.

Mis padres e, incluso, Omer se muestran tan interesados como Jireh.

—Otro es protector, serio, según lo que he visto de él —menciono lo único que conozco de Azael. —Otro es muy dulce, también protector y he notado cómo se preocupa por otros, se preocupa por los seres humanos. Muestra cariño. Es... —me detengo ante los desencajados rostros de mi familia. Así sé que he hablado demás.

Toco el antimonio en forma de hoja.

Cálido, aunque parece estarse enfriando poco a poco.

Me pregunto qué tan rápido y cómo aparecería Semyazza si lo llamara con esto. Me ha cruzado por la mente un par de veces, pero también lo considero un tanto estúpido traerlo aquí, a sabiendas de cómo ve mi familia a los Vigilantes.

—Estaba muy rico —escucho murmurar a Omer.

Casi mete la cara en su plato de comida. No puedo evitar sonreír ante su evidente cambio de tema.

Él se lleva el último trozo de carne con tanto entusiasmo que me siento contenta. Esto es un lujo que nunca habríamos tenido si no me hubiese ido con Semyazza.

Nuestros platos aún mantienen el delicioso pan de kamut que sólo mi madre sabe hacer, lo que nos hace sentir como si viviéramos la misma vida, sólo que mejor. Aunque sea mentira.

Después del desayuno, voy a tomar un respiro a mi aposento, a estar a solas un momento.

Me siento en el duro lecho, lo acaricio y me pierdo en pensamientos casuales, banales.

¿De qué estarán hechos los lechos en Saphon? Debí preguntar. ¿Podríamos hacer de esos aquí en el asentamiento algún día?

Me gusta pensar que las cosas no solo pueden volver a la normalidad, sino mejorar mucho. Aunque hasta ahora, todo parece ir en la dirección contraria.

Omer cruza la puerta de mi aposento lentamente, asomando su cabecita antes de terminar de entrar y cerrar la puerta detrás de sí. Se sienta en mi lecho y me observa sin decir nada. Le sonrío, pero él no me corresponde.

—¿Por qué te fuiste así? —pregunta.

Mi sonrisa se desvanece, y siento que me han arrojado una roca que cae por la garganta hasta el estómago.

—La mañana que vimos tu mensaje, en casa del patriarca, Jireh casi sale corriendo a buscarte, mamá ni siquiera habló en todo el día, y papá sólo afilaba ramas para hacerles filo. Yo pensé que no te volveríamos a ver —mis ojos se llenan de lágrimas con las palabras que salen de la boca de mi hermano menor.

—Yo... —no sé qué decir. —Lo lamento mucho, lamento haberme ido de esa manera —me acerco al lecho y me siento junto a él, abrazándolo por los hombros. —Sabía que no me hubieran dejado ir si lo hacía de otra forma. Y de verdad creí que nos iría mucho mejor si hacía eso. Ahora no nos tenemos que preocupar por los alimentos como antes —le sonrío.

Su cara seria no cambia. Me recrimina lo que hice, algo que nunca lo había visto hacer. No lo puedo culpar.

—No, pero ahora tenemos que preocuparnos por algo peor. Algo que podría trascender la muerte —escucho la voz de Jireh a mis espaldas, interrumpiendo nuestra conversación.

Recostado del marco de la puerta, la cual nunca escuché abrirse, está mi otro hermano. Brazos cruzados y la misma mirada que tiene Omer.

—¿De qué hablas? —pregunto en un susurro.

Él echa un vistazo a Omer y hace un ademán con la mano.

—Omer, ¿nos regalas unos segundos para hablar? —le dice.

Omer se levanta de la cama con pereza y me da una última mirada, ladeando una sonrisa, antes de salir. Jireh termina de entrar y toma el lugar que tenía Omer junto a mí.

—Ellos son ángeles, Eden. Vinieron a nuestro mundo y causaron los estragos entre los que hoy vivimos. Son caídos, Eden, el Patriarca Enoc me lo ha dicho. Lo que hacen no está bien —dice.

Su mirada adopta un destello de compasión.

¿Compasión por mí?

—No sabemos lo que está pasando —le digo, mi voz suena confusa, porque no puedo decir que él está equivocado. No puedo decir que el Patriarca lo está.

—¿Y no crees que es algo mucho más grande que incluso los nefilim, por lo que los Vigilantes tienen que devolver mujeres a sus familias? —dice Jireh.

Asiento lentamente. No sé qué puede ser, no puedo contradecirlo. Sin embargo, los hijos de los Vigilantes son un problema grande en muchos asentamientos.

Todo de mí cree que sí se trata de los nefilim, aunque una pequeña parte podría considerar algo más.

Algo grave y que incluye al mismísimo Creador.

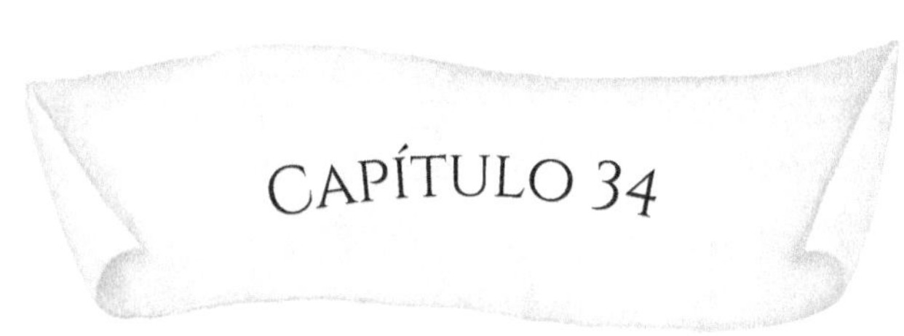

# CAPÍTULO 34

Los días pasan, y no son muy diferentes unos de otros.

Ruidos de personas peleando, llantos en la noche, canciones de mi familia para opacar los ruidos de las personas afuera.

Mi familia no ha tenido la confianza de abrir las puertas y mantenerlas así, aunque ya están dejando las ventanas abiertas cada vez más tiempo.

Los dejo hacer esto a su ritmo; al final, soy yo la que está segura de lo que Semyazza hizo por nosotros. No puedo esperar que el resto de mi familia también confíe.

Hace tantos días que no veo a Semyazza, desde que volví con mi familia. Tampoco he vuelto a ver a Laama.

Sacando conclusiones, no necesitan nada de mí. Me río de mí misma, era obvio, no sé qué esperaba.

Esta noche es la primera, en mucho tiempo, en la que cada uno duerme en su respectivo aposento. Exceptuando Omer, quien se quedó en el de nuestros padres.

La luna brilla con fuerza, acompañada de algunas estrellas, su luz entra por mi ventana.

Intento no pensar mucho en los acontecimientos actuales, intento no imaginarme en Saphon.

No lo logro.

Intentar no pensar en nada de eso sólo hace que lo piense más.

Siento que me pesan los párpados, no me resisto al sueño. Pronto no soy consciente de la luz de la luna en la pequeña ventanita, ni de la dureza del lecho sobre el que estoy acostada.

Mi alrededor es blanco, blanco puro.

Sonrío, anticipándome a lo que viene.

La neblina alrededor de mí se disipa más rápido que las últimas veces que Semyazza ha aparecido en mis sueños. Cuando todo se aclara, me doy cuenta de que estoy en un terreno llano y seco. El suelo parece muerto, aunque el lugar está lleno de arbustos, un tanto feos, que tienen flores amarillas. Cuando me les acerco, las veo mejor y en mi rostro se forma una leve mueca. No son nada lindas.

Sus pétalos son amarillentos, pero es un color apagado y está plagado de pequeños puntos oscuros, como si fuera una enfermedad. El fondo, entre los pétalos, es como rosa oscuro, y el tallo se parece bastante al del estramonio.

—¿Cómo has estado, Eden? —una voz me sobresalta.

Me giro y veo al Vigilante de pie, recto y con sus ojos resplandecientes.

Murmuro un saludo torpe y la respuesta a su pregunta.

Él se acerca a mí, ignorando mi respuesta como si en verdad no la hubiera querido en primer lugar. Lo veo tenso, su espalda completamente recta le hace ver más alto de lo que recordaba.

—¿Cómo está yendo todo? —no me resisto a preguntarle.

Él tan solo me obsequia una mirada, sin sonrisa y sin respuesta, luego pone toda su atención en la flor que se parece al estramonio.

—Quería hablarte sobre el beleño —Semyazza comienza a hablar. —Su aspecto es lo bastante fuera de lo común como para que no la confundas con otra cosa. Si la utilizas en brebajes, puedes hacer que una persona olvide cosas por un período de tiempo. Si utilizas demasiado, puedes hacer que alguien pierda el conocimiento, que fallen sus habilidades motoras, alterar sus estados de ánimo —me mira, sus ojos adoptan una expresión severa. —Es igual de peligroso que el estramonio. El beleño, con cantidades incontroladas, puede atrofiar la mente de un ser humano, de modo que ya no sepa cómo relacionarse con el mundo que le rodea. Se le nublaría la mente —vuelve su atención a la flor y baja sus dedos pulgar e índice por el tallo, cual caricia. La arranca de tajo.

No aparto la mirada del Vigilante, en la forma en la que mantiene todo su cuerpo tenso.

¿De verdad era de eso que quería hablarme?

Me acerco a él, a punto de poner mi mano a la altura de su codo para acariciar su piel. Ver si tiene algún efecto en este raro mundo de los sueños.

Él se aparta, no sé si porque sintió que me le acercaba o sólo para seguir con su explicación. Arranca unas cuantas flores más y las va poniendo en el saco que, de repente, aparece en su mano. No me dirige la palabra en el tiempo que hace eso y yo me quedo mirando la luna.

Brilla tanto, que las únicas sombras son las provocadas por los arbustos.

Vuelvo a ver a Semyazza cuando este me toma de la mano. Frunzo el ceño cuando creo, por un momento, que sus ojos se han aguado como si estuviera aguantando el llanto.

—La verdad, Eden, es que... —dice, intentando esconder su rostro de mi. —Sólo estoy haciendo esto porque quería verte —alza un poco la bolsa, deja salir una risa amarga que hace que sus hombros suban y bajen junto con su risa.

Niega con la cabeza y se gira a verme, al fin, sin tapujos.

—Quería verte, eso era todo —repite.

Sonríe, pero cualquiera se daría cuenta de que es tan forzada que, nuevamente, no me aguanto la pregunta.

—¿Está todo bien? —pregunto, acercándome un paso a él, mi voz baja y delicada, como si pudiera alterarlo de un momento a otro.

Él tira la cabeza hacia atrás, mirando a lo que sería el cielo si esto no fuera en mis sueños. Es la primera vez que lo veo hacer eso, aunque sea raro, nunca lo había visto mirar por completo al cielo.

—Estoy haciendo lo que puedo. Estamos haciendo lo que podemos para resolverlo todo y que podamos estar bien —dice, pero su voz tiembla, flaquea. Él carraspea para aclararse la garganta. —Escuché que conoces al Profeta Enoc, ¿es eso cierto? —me pregunta, noto el destello en sus ojos.

Asiento, con las cejas tan juntas como podría ponerlas.

Semyazza pasa una de sus manos por su cabello, lo despeina. Ese gesto lo hace ver tan humano que, por un segundo, se me olvida que no lo es.

—¿Hay algo que lo doblegue? Quiero decir, algo que podamos usar para motivarlo a ayudarnos —me pregunta.

Me le quedo mirando fijamente, pues no me ha gustado la forma en la que ha dicho eso.

¿Doblegar al Profeta? ¿De qué está hablando?

Miro a todo nuestro alrededor. Las plantas y el terreno plano y seco se va desvaneciendo poco a poco, como si la neblina consumiera todo con lentitud. Siento mis ojos arder y, no sé cómo, pero sé que debo estar despertándome.

Me encojo de hombros al ver que Semyazza me mira fijamente, esperando una respuesta a su pregunta.

Chasqueo la lengua.

—¿Quieres forzar a Enoc a ayudarte? Creí que tenían todo bajo control —digo, con voz baja pero cargada de reproche.

De inmediato me arrepiento de mi tono, consciente de a quién estoy hablando. Pero no me retracto. Él niega enérgicamente con la cabeza.

—No queremos forzarlo, lamento haberlo dicho así. Queremos que nos ayude a... —se corta de tajo, abre los ojos de par en par cuando cae en la cuenta de que estaba a punto de decirme más de lo que planeaba. Yo deseo que lo haga. Hago un sonido con la garganta, animándolo a que siga hablando.

—Puedes decírmelo, Semyazza —murmuro.

Al parecer, el que haya dicho su nombre tiene algún efecto en él, puesto que se acerca más a mí, sus ojos ardiendo como un par de gran fogatas, me cegaría si no estuviera durmiendo.

—Eden, nuestras acciones están teniendo consecuencias. Son unas de las que no todos saben, pero nuestros descendientes duermen y sueñan sueños proféticos que estamos seguros de que están cerca de suceder. Todos nosotros seremos castigados, y estamos buscando la intercesión del Profeta Enoc para que hable al Creador por nosotros —dice, parece que lo ha dejado salir todo, porque al final suelta el aire por los labios, en un muy sonoro suspiro que choca con mi rostro.

Por un momento, las palabras no me salen.

—¿Entonces no tenía que ver sólo con los nefilim? —pregunto en un hilo de voz.

Él se limita a negar con la cabeza.

—Es más que eso. Pero tranquila, porque haremos todo lo que podamos hasta el final —dice, susurra cerca de mi rostro.

Ahí es cuando me pregunto cuándo fue que se acercó tanto.

Pone su frente sobre la mía, inhala profundamente y no aparta sus ojos de los míos. Yo tampoco lo hago.

El Vigilante susurra una despedida y deja la bolsa de beleño en mi mano, pequeña y no con muchas de esas flores que usó como excusa para venir a hablarme.

De repente todo a mi alrededor desaparece, Semyazza incluido, y vuelve a ser blanco puro. Se oscurece poco a poco, como si me estuviera quedando dormida dentro del sueño.

Me despierto por un estruendo.

Mi lecho tiembla.

Estrujo mis ojos con los puños para ver con claridad.

No es sólo el lecho, es todo mi aposento.

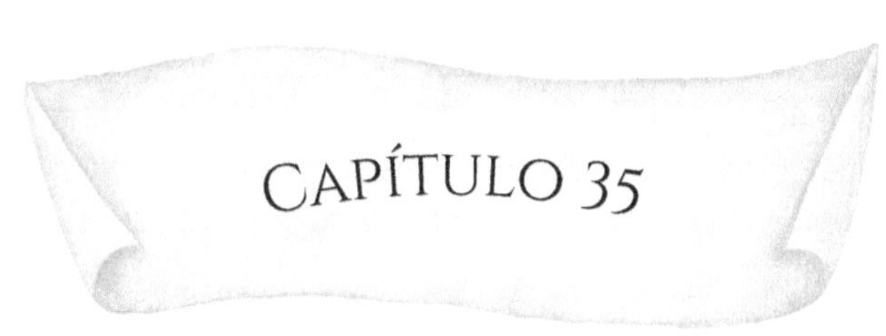

# CAPÍTULO 35

Me levanto del lecho; mis pies desnudos tocan el suelo frío. Otro temblor me obliga a espabilar. Me pongo de pie rápido y salgo por la puerta, descubriendo a mis padres y a mis hermanos salir igual de confundidos que yo.

Muerdo mis labios con nerviosismo mientras todos nos acercamos a la puerta de entrada.

Cada ciertos segundos hay algo de calma, justo antes de que el temblor vuelva a hacerse presente.

Mi padre abre la puerta y se asoma. No pasa mucho antes de que escuchemos cómo las personas del asentamiento se comienzan a alterar ante la expectativa de lo que podría estar a punto de pasar.

—No se muevan —mi padre nos dice desde la puerta. Le hacemos caso. —Creo que son... —deja la oración en el aire, pero yo ya me hago conclusiones de lo que podría ser.

Quizás no soy la única.

Algo que provoque dichos temblores tiene que ser de gran tamaño. No puede ser otra cosa más que un gigante.

Cuando los temblores parecen detenerse por completo, nos acercamos a la puerta y, poco a poco, salimos de la casa. Varias mujeres han salido con sus hijos en brazos o tomados de la mano, los hombres salen con las armas que todavía están aprendiendo a blandir.

Todos miramos arriba, en un punto donde los gigantes son ya visibles desde el asentamiento. Hacemos lo posible por guardar silencio, un esfuerzo grupal para no llamar la atención de los gigantes nefilim.

Tienen que ser los mismos que encontramos en las proximidades del Monte Hermón cuando íbamos a casa del Patriarca Enoc. Piel roja como la sangre coagulada, las cuencas de los ojos hundidas, el hedor a animal muerto que traen, y su actitud. La misma actitud descerebrada, como si no se dieran cuenta de que estamos aquí.

—Estoy seguro de que saben que estamos aquí —Jireh susurra tan bajo que casi creo que lo imaginé, y es como si leyera mis pensamientos.

—¿Y porqué se quedan como imbéciles? —le pregunta mi padre con el mismo tono de voz.

—No lo sé, pero no podemos confiarnos. Estoy casi seguro de que los mismos Vigilantes los han mandado aquí —le responde Jireh.

Mi madre los manda a guardar silencio con un "shh" silencioso, pero un tanto agresivo. Abraza a Omer más cerca de ella y hace una seña para que entremos en la casa. Sin embargo, los demás coincidimos en que, si los nefilim atacan de repente, nos aplastarán en nuestras casas y no tendremos ni la posibilidad de escapar. Mi padre vocaliza estos pensamientos para mi madre, quien rápidamente cae en la cuenta de esto y cambia de idea. ¿Entonces, qué hacemos?

Los hombres blanden armas mal hechas, pero muy afiladas; están listos para atacar antes de que nos ataquen a nosotros. Sin embargo, la falta de experiencia es notable.

La gente aquí tiene práctica, pero sólo en apuñalar y pelearse entre sí; para nada podrán hacer algo contra un gigante casi del tamaño de una colina.

—Todavía tenemos armas, vamos por ellas —le dice mi padre a Jireh, con convicción.

Yo les interrumpo el paso.

—No —intervengo. —Ellos van a matarlos si atacan así. Son enormes, pesados y están hambrientos. Son bestias y ustedes lo saben —digo, sin poder evitar el tartamudeo y el sudor en las palmas de mis manos.

Jireh pone una mano en mi hombro, listo para apartarme del

camino.

—Sí, pero Eden, no podemos hacer nada y esperar lo mejor —dice mi hermano mayor.

En su rostro veo que piensa lo mismo que yo, aunque no se le ocurra alguna alternativa. Insisto.

—Atacar así es muy estúpido. A menos que haya alguna forma de… —se me ocurre algo en ese momento. —Espérenme un momento —digo y, sin esperar respuesta, me adentro a nuestra casa.

En mi aposento, la bolsa llena de estramonio y la más pequeña llena de beleño están en el suelo, junto a mi lecho, donde las dejé "guardadas".

El comentario de Jireh retumba en mi cabeza por más que lo intento ignorar, mi mente se llena de ideas nada agradables.

Anoche en mis sueños, Semyazza me contó de forma muy vaga lo que ha estado sucediéndoles, pero está claro que los nefilim forman una gran parte de sus problemas, ¿no?

*¿Y si su forma de resolverlo es haciendo que estos cumplan con sus amenazas de devorarnos?*

Me obligo a dejar de pensar en eso y miro las bolsas. Me llevo ambas, metiendo la más pequeña en la más grande.

Salgo con ella y, al llegar con mi familia, les voy contando lo que me dijo el Vigilante, mientras saco de la bolsa las flores de pétalos puntiagudos y centro púrpura.

Los estramonios.

Les explico brevemente lo que el Vigilante Semyazza me hubo contado al respecto, cómo usarlas.

Lo hago tan breve como me es posible, tampoco es como que ellos tengan que tener todos los detalles.

Ignoro las miradas sorprendidas de mi madre y Omer, también las miradas escépticas y desconfiadas de mi padre y Jireh. Mi hermano mayor, aún sin confiar mucho, se me acerca, dispuesto a ayudar.

—Entonces hay que quemarlas ya —dice Jireh, alzando la voz más de lo que le hubiera gustado.

—Quemémoslas en un lugar cerca, nos cubrimos las narices y

vemos si funciona, si de verdad los aturde a todos. Allí los atacamos —digo.

No es el mejor plan, pero es el único. Escucho a mi padre resoplar.

—No tenemos nada que perder, ¿o sí? —añade.

Entonces nos dividimos. Mi madre, mi padre y Omer se mueven con cautela por el asentamiento, contándoles el plan a todo el que quiera cooperar y advirtiéndoles a todos que se cubran la nariz tan pronto vean humo.

Jireh y yo entramos a la casa en busca de nuestro fogón. Sacamos las cenizas y la madera, llevando todo envuelto en túnicas nuestras, hacia un lugar donde pueda llegarles la mayor cantidad de humo posible a los nefilim. El camino que lleva al río.

Sin embargo, el fuego que hacemos con el fogón no es suficiente. Tenemos que volver por más y eso hacemos, pidiendo madera y cenizas de los fogones de nuestros vecinos.

Varias mujeres nos dan la mano, apresurándose a vaciar toda la ceniza y la madera de sus propios fogones.

Hacemos más y más grande el fuego.

La mayoría de las personas, si no es que todos, están atentos al fuego y, cuando ven que estamos a punto de echar las flores, se cubren las narices con sus túnicas y mantos. Jireh y yo hacemos lo mismo.

Alzo la mirada hacia los nefilim, pienso en Semyazza y le ruego al Creador que funcione.

Que salga bien.

Cuento hasta tres. Lanzo los estramonios al fuego.

Humo negro, oscuro como la noche, sale con agresividad de la fogata.

Jireh me toma del antebrazo y práticamente me arrastra lejos del fogón y la humareda. Sin embargo, por mi nariz se cuela una nimiedad de aquel humo que, aún con lo poco que fue, me hace toser con fuerza.

Cubro mi nariz con mi brazo mientras corro sujetada de Jireh. Lo escucho toser, pero no nos detenemos.

Volvemos con nuestros padres y todo el asentamiento se

apresura al lado contrario del humo y los gigantes, hacia el mercado. El humo y hedor del estramonio llega a gran parte del asentamiento, insoportable y alterando a varias personas, quienes me regalan miradas asesinas.

Desde el mercado todavía podemos ver a los gigantes y, entre tos y quejas, nos damos cuenta de que no resultó. Lo contrario a esto, los alborotó.

Se muestran enojados, furiosos, y vemos a uno de ellos tomar una gran roca y arrojarla en nuestra dirección.

Mi corazón se detiene.

No puedo evitar fijarme en cada uno de sus movimientos, como si estuviera sucediendo con una lentitud sobrenatural.

La roca cae tan cerca que levanta una nube de polvo y piedritas por casi todo el asentamiento.

Los gritos y el alboroto no se hacen esperar.

Los hombres armados se lo piensan dos veces, pero terminan corriendo a pelear contra los nefilim, las mujeres también se apresuran a proteger a los niños y bebés.

Toco el antimonio, dispuesta a llamar a Semyazza, pero una mano me jala hacia atrás, gritándome.

Mi madre insiste en que escapemos, y nos lleva con ella a Omer y a mí, mientras presenciamos como mi padre va detrás de los demás hombres. Jireh se lo piensa antes de ir con mi padre, pero este le grita y empuja para que se quede con nosotras.

Corremos en dirección contraria.

Omer llora y se tropieza varias veces, no se cae sólo porque mi madre lo mantiene de pie con muy poca delicadeza.

Nada ni nadie puede evitar que los gigantes nefilim terminen de adentrarse en el asentamiento.

Trato con todas mis fuerzas de no voltear a ver y concentrarme en mi camino; cuando comienzo a escuchar gorgoteos de varias personas, gritos aún más fuertes y el temblor incesante de la tierra bajo mis pies, gracias a que los nefilim comienzan a derribar casas. No pasa mucho para que a ese horrible ruido se le una el sonido de más cosas pesadas siendo arrojadas.

La ansiedad me vence y me giro, arrepintiéndome en el

instante en el que mis ojos se topan con personas siendo devoradas y otras siendo aplastadas.

Entonces las veo, de nuevo aparecen aquellas siluetas horribles y asquerosas, rojizas y oscuras como el montón de sangre que sale de las víctimas de los nefilim gigantes.

Recuerdo lo que se me explicó sobre ellos: son nefilim que perdieron sus cuerpos al fallecer, te molestan cuando saben que los ves.

Semyazza me dijo que buscan quedarse con tu cuerpo, llevarte con ellos o mostrarte algo.

No creo que intenten hacer ninguna de las tres ahora, puesto que se están dedicando a empujar personas, hacerlas caer, hacerlas quedarse atrás, impedirles escapar; como si formaran equipo con los gigantes para que tomen a las personas y las devoren.

Se me revuelve el estómago y quito la mirada de inmediato, observo a Jireh, quien abre los ojos, tanto que puedo ver la dirección en la que los tiene fijos.

Él también ve aquellas sombras y lo que hacen.

Le grito que las deje de ver.

Hago lo mismo, con la esperanza de que, si no ven que las notamos, nos dejen en paz. Nos dejen escapar.

Mientras corremos, me parece que no respiro y que el tiempo no pasa. No dejamos de presenciar cuerpos, tanto de niños como de adultos, que caen sin vida al suelo desde las manos ensangrentadas de los nefilim, quienes proceden a lamer la sangre que los mancha, sólo para agarrar a otra pobre víctima.

La situación rápidamente llega al punto en el que los hombres se rinden, y todos prefieren tomar sus vidas con sus propias manos de alguna u otra forma.

Lo que veo no es algo que alguna vez en mi vida pueda borrar: padres y madres asesinando a sus hijos, con uno o dos golpes súbitos de una roca en sus cabecitas, o clavando las espadas en ellos, para luego hacer por igual con ellos mismos. Las monstruosas figuras oscuras se regocijan en lo que ven y en lo que

provocan, riendo y saltando como si todo esto no fuera más que 
un espectáculo para ellos.

Mi padre se abre paso entre el caos, sus ojos fijos en su familia, 
corre de vuelta hacia nosotros.

Los nefilim se llevan a los animales que nos quedaban, mientras 
aplastan y devoran a todas las personas que agarran.

Dejamos de correr por un segundo, para permitir que nuestro 
padre nos alcance y, cuando lo logra, Omer se lanza encima de él 
abrazándolo. Su llanto hace que mi padre le acaricie la cabeza 
mientras recupera un poco el aliento, y de inmediato nos ordena 
que sigamos corriendo.

Tenemos que escapar de esto.

Una roca es lanzada y cae justo encima de una casa, el temblor 
que generan, tanto el impacto como las grandes pisadas de los 
nefilim, nos hace tambalear.

El polvo nos provoca tos.

Otra roca ha sido lanzada y se dirige hacia nosotros, yo grito a 
mi familia para que corra, pero la roca cae con fuerza justo frente a 
nosotros, bloqueándonos el camino y obligándonos a rodearla.

Inhalo el polvo que la roca de tal tamaño ha levantado y toso 
descontroladamente.

Todos nos cubrimos el rostro para que no nos golpeen allí las 
piedras que también se levantan con el impacto de la roca con el 
suelo.

Me cuesta un poco volver a abrir mis ojos y respirar, escucho la 
voz desesperada de Jireh y alzo la vista, un grito de desesperación 
sale de mi garganta, sin que lo pueda reprimir.

Uno de los nefilim ha atrapado en ambas manos a nuestros 
padres.

Comienzo a gritar como loca y lágrimas corren por mis mejillas 
sin parar. Mi garganta arde, arde porque no dejo de gritar, sin 
saber qué hacer, hacia dónde mirar.

La cabeza de mi madre es lo primero en ser mordido, tras un 
desgarrador grito que va a marcarnos de por vida. La sangre se 
derrama por las manos y la boca de la atroz bestia, para luego 
escupir lo que parece ser el cabello.

Dejo de sentir mis piernas, caigo de rodillas al suelo y no siento el dolor en ellas, ya no escucho mi voz al gritar, y mi cabeza comienza a dar vueltas.

El grito de mi padre y de mis hermanos se escuchan lejanos, el aire no pasa por mis fosas nasales y mi mirada cae al suelo.

Mi vista se nubla y no la puedo levantar de nuevo, no llego a presenciar cómo mi padre es el próximo.

Tan sólo escucho sus maldiciones hacia la bestia, enfurecido y aterrado.

Siento que el corazón se me cae al estómago y grito. Le grito a la bestia, le grito a mis hermanos porque tenemos que irnos. Sin embargo, no soy capaz de moverme, no puedo ponerme de pie y correr.

Las risas de las siluetas llenan mis oídos y me parece que ahora se burlan de nosotros.

Otro grito me roba el poco aliento que me quedaba y miro a Jireh, que toma a Omer en sus brazos, un nefilim viene justo detrás de ellos.

Aunque podemos hacer una buena distancia entre la bestia y nosotros, el gigante nefilim no tarda en compensarla. Sus enormes piernas permiten que, con un par de zancadas, nos alcance.

Una pisada fuerte de parte del gigante es suficiente para hacer temblar el suelo de nuevo, quitándonos estabilidad, pero lo que termina por hacernos caer a los tres son un par de siluetas rojizas que se acercan, antinaturalmente rápido, y nos empujan cuando tambaleamos. Jireh suelta a Omer por la caída.

Mi llanto es ahora lo que nubla mi vista y, cuando logro aclararla con mis puños, el mundo se detiene.

Al ponernos de pie, nos damos cuenta de que un gigante ha aprovechado para tomar a nuestro hermanito entre sus manos.

—¡No, Omer! —se me desgarra la garganta al gritar.
Jireh y yo corremos hacia el gigante que tiene en sus manos a nuestro hermanito.

En un acto desesperado, grito el nombre de Semyazza mientras sostengo el antimonio en mi puño.

Lo llamo, con ira y entre llantos.

El nefil sostiene a Omer frente a sus ojos.

Nuestro hermanito pone todo de su parte para zafarse, y al gigante parece complacerle enfermizamente.

Cuando creo que Omer está a punto de ser devorado como mis padres, pienso cubrir mis ojos, pero en ese momento una gran roca cae encima del nefil, hiriéndolo gravemente en la cabeza. El nefil parece atontado tan pronto como recibe el impacto, y no es capaz de mantenerse de pie por mucho tiempo. Sus rodillas se doblan y cae al suelo.

Es como si todo pasara lentamente ante mis ojos.

Cuando las rodillas del gigante hacen contacto con el suelo, otra nube de polvo se alza y tengo que cubrir mis ojos.

El suelo tiembla debajo de mí, y un ruido sordo me da a entender que el nefil ha terminado de caer al suelo, levantando más polvo como consecuencia.

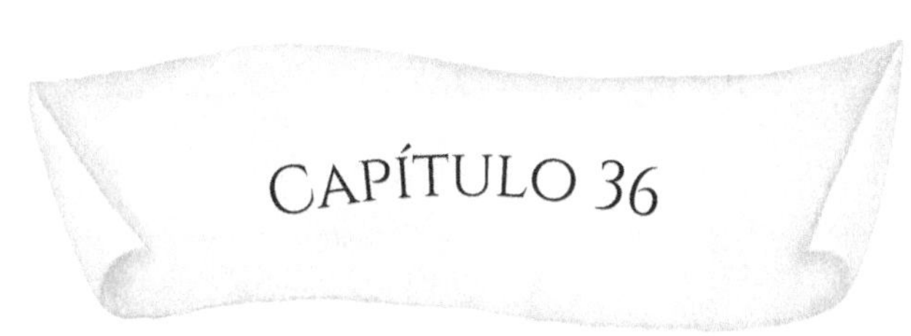

# CAPÍTULO 36

Con el paso de los eternos segundos, el polvo se va disipando y me atrevo a abrir los ojos nuevamente.

Todavía no se aclara mi vista del todo, pero levanto mi cabeza para ver la figura de Semyazza, con ojos encendidos como si de fuego se trataran, dándome órdenes.

No, no es a mí.

Alguien se pone a mi lado, me hace dar media vuelta y un par de pasos, alejándonos del caos.

Yo me le zafo bruscamente, intentando llegar hasta donde está el nefil, y busco a mi hermano con la mirada. Ruego porque se haya salvado.

—¡Llévensela! —ordena Semyazza, señalándome con su dedo, pero mirando a alguien detrás de mí.

Sin tener que decir una palabra más, la persona obedece y me rodea con su brazo el abdomen. Me levanta del suelo, como si yo no tuviera peso alguno.

Comienzo a patalear y rogar para que me suelten y me dejen buscar a Omer. No quiero nada más que ver con mis ojos que él está bien, y que nos lleven a todos a un lugar seguro.

Por favor.

—Shh —me susurran al oído mientras aún me cargan.

—Tranquila, Eden, cálmate —escucho la voz que sólo me toma unos segundos en identificar como la del Vigilante Harmoni.

—¡Necesito verlo! —grito con todas mis fuerzas, lo grito una y otra vez hasta que toso incontrolablemente por el ardor en mi garganta y por el llanto.

Harmoni me sostiene firme pero suave, no deja que me suelte.

No me suelta.

*¿Por qué no me deja ir a buscar a mi hermanito?*

*¿Por qué no llegaron antes de que les hicieran eso a mis padres?*

Quiero volver, quiero regresar en el tiempo y así habernos ido de aquí antes, aunque los hubiese tenido que obligar o convencer de alguna manera.

Las fuerzas me abandonan. Dejo de patalear y mi vista se pierde en aquel monstruo, aquella bestia.

Ruego al Creador que mis hermanos estén bien.

No veo a Jireh por ningún lado.

Siento mi corazón rompiéndose. Literalmente siento un agujero formándose en mi pecho. Me falla la respiración y, entre sollozos, repito una letanía de ruegos. No sé qué estoy diciendo.

Todo alrededor es borroso.

Tengo náuseas.

El Vigilante Harmoni continúa abrazándome, me lleva caminando hasta que llegamos a un claro más allá del pozo del asentamiento. El lugar donde, por primera vez, vi los ojos dorados y brillantes de Semyazza. Me deja con cuidado en el suelo, como si temiera que me rompiera en pedazos. Mis piernas se niegan a sostenerme, y termino desplomándome lentamente, hasta quedar sentada, para entonces cubrir mi rostro con ambas manos.

Grito. Dejo salir todo en un grito largo y tan alto como si quisiera hacerles saber a las bestias que estoy aquí.

*¡A mí también mátenme!*

*¿Por qué me dejan con vida?*

*¿Por qué estos supuestos ángeles no hicieron nada mucho antes?*

Aprieto los dientes.

Semyazza no tarda mucho más en aparecer frente a mí, sentándose en el suelo. Me hace tomar un asqueroso brebaje y yo no pongo ningún tipo de objeción porque no me importa y, aunque quisiera hacer algo, las fuerzas han abandonado cada músculo de mi ser.

El amargo sabor baja por mi garganta e incrementa el ardor que ya sentía.

Lloro y el llanto me sale ronco, estoy deshecha. No sé qué hacer, no sé qué pensar.

Momentos después, un cosquilleo pasa con dulzura por cada parte de mi cuerpo. Mis ojos quedan entrecerrados. Levanto un poco la cabeza.

Jireh llega con otro Vigilante, y pronto viene corriendo hacia mí, se tira al suelo y casi me cae encima cuando me envuelve en un fuerte abrazo.

—¡Por el amor del Creador, estás bien! —repite una y otra vez.

Yo lo abrazo casi con la misma fuerza con la que lo está haciendo él, o esa es mi intención. Dejo salir los sollozos y las lágrimas.

Pareciera que el tiempo se detiene, o tal vez está corriendo muy lento. La fuerza de mi abrazo se debilita y se me nubla la vista. Más lágrimas salen y en mi pecho el dolor está intacto, mi garganta sigue ardiendo como si no dejara de gritar. A pesar de que el sentimiento está vivo, lo que acaba de pasar comienza a sentirse como una pesadilla, como si sólo lo hubiera soñado.

Entrecierro los ojos mientras me separo un poco de mi hermano para mirar a mi alrededor.

Las figuras de dos Vigilantes se yerguen imponentes, Harmoni y Semyazza nos miran como si comprendieran lo que nos pasó.

*¿Acaso saben lo que se siente?*

*Yo empiezo a olvidarlo.*

Tomo un par de grandes bocanadas de aire, seguido de un bostezo. El cosquilleo en todo mi cuerpo se hace más presente que el dolor de pecho o el ardor de mi garganta. Mis ojos se oscurecen un poco más y comienzan a cerrarse solos.

Escucho a mi hermano hacerme una pregunta, pero no puedo discernir sus palabras.

Me toma por los hombros y me sacude un poco. Grita algo a los Vigilantes y luego me habla un poco más fuerte. Pero no puedo ganarle al sueño, necesito descansar.

# CAPÍTULO 37

Me levanto de golpe, antes de darme cuenta de lo intensamente cómodo que es el lecho donde estaba acostada. A mi lado, mi hermano mayor duerme plácidamente. Frunzo el ceño. ¿Cómo llegó él aquí?

Miro a mi alrededor y reconozco mi aposento en Saphon. El ventanal da a una noche estrellada y completamente despejada.

Me levanto del lecho y me acerco al ventanal para mirar afuera.

Un rugido en mi estómago me devuelve a la realidad; llevo una mano a él, mientras mi cabeza duele y se siente como las secuelas de varios golpes con un palo de madera.

Rodeo el lecho para acercarme a mi hermano pero, antes de que pueda despertarlo para saber qué hace aquí y cómo llegó, se abre la puerta y Laama entra apresurada. Ella me abraza y me saluda con una emoción difícil de descifrar para mí.

Me suelta pronto, pero se queda sosteniéndome por los hombros para mirarme de arriba hacia abajo, de abajo hacia arriba, una y otra vez. Pregunta cómo me siento.

Entonces, destellos de un dolor surcan mi mente, y sé que algo ha pasado y no ha sido bueno, pero no puedo recordarlo bien. Se lo dejo saber a mi amiga y ella suelta la respiración que contenía. Me acaricia la mejilla y lleva un mechón de cabello por detrás de mi oreja, vuelve a abrazarme y lo hace con más fuerza. Yo se lo devuelvo con la incomodidad de mi corazón, que quiere recordarme la razón por la que duele.

La puerta vuelve a abrirse y Semyazza entra con cautela, trayendo comida consigo: algo ligero para mi hermano y para mí. Laama se aleja para cederle el lugar al Vigilante y este último acuna mi rostro entre ambas manos, forzándome a alzar la cabeza y mirarle a los ojos encendidos. De un dorado tan fuerte que podría encandilarme. Aunque no lo hace.

—Lo lamento mucho —su voz sale ronca y en un susurro. —Tuve que darte algo de beleño, por eso no recuerdas nada. A tu hermano también le fue suministrado un poco —me informa con tacto, usa su pulgar para acariciar mis mejillas mientras habla.

Frunzo el ceño, inhalo profundamente en una marcada confusión.

Recuerdo todo justo hasta que me enseñó lo de las flores. Como si me hubiera borrado partes selectivas de mi memoria, todo lo demás a partir de ahí son trazos inidentificables. En algún momento me trajeron de vuelta aquí, junto con mi hermano.

Por alguna razón se me llenan los ojos de lágrimas, algo pasó. Importante.

—¿Dónde están los demás miembros de mi familia? —pregunto sin más, mi voz apenas en un susurro.

Señalo con un movimiento de mi cabeza hacia el lecho, a mi hermano, como añadiendo a mi pregunta un: "pues sólo lo veo a él".

Semyazza abre los labios pero los cierra de inmediato, su pecho se infla y tarda unos segundos en hablar.

—No es el momento de hablar del tema —es lo único que me dice.

Se aleja de mí, para tomar un trozo de pan del que trajo y toma mi mano, dejando la comida en mi palma e instándome a comer.

—Tienes que alimentarte —pasa su mano libre por mi cabello, en un gesto cariñoso.

Cierro el puño alrededor del trozo de pan, lo hago con fuerza y mis dientes rechinan con otro de los trazos de memoria que quieren abrirse paso en mi cerebro. Semyazza frunce el entrecejo ante mi reacción. Me alejo un paso de él.

En mi pecho, el dolor es insoportable, un dolor emocional. Mi cabeza martillea, quiero vomitar.

—¿Dónde están? ¿Qué fue lo que pasó y por qué me has quitado parte de la memoria? —le cuestiono con la confusión y la molestia filtrándose en mi voz.

No sé de dónde me sale el coraje para hablarle así a un Vigilante. Algo dentro de mí no se siente bien, como una lucha entre dos partes divorciadas de mi mente: una que quiere mantener en el olvido lo que el beleño mandó allá, y otra queriendo hacerme recordarlo porque es la razón del nudo en mi pecho.

Antes de que alguien más diga algo, mi hermano se despierta igual de brusco que lo hice yo. Su pecho sube y baja con la respiración entrecortada y como si acabara de despertarse de una pesadilla. Comienza a preguntar que dónde está, que dónde estoy yo y donde están nuestros padres y Omer. Preguntas que salen atropelladas unas con otras por la impresión de todo lo que debe estar sintiendo en este momento.

Es probable que, al igual que yo, tenga aquella presión en el corazón, aquel dolor que pareciera no tener razón de ser.

Se siente como un vacío en nuestra existencia.

Algo que falta.

Me acerco a él a paso apresurado y le abrazo, en un intento de calmarlo.

Al separarme, él arrebata de mi mano el trozo de pan, y se lo come sin más. Ni siquiera mastica más de dos o tres veces. Mira detrás de mí y pregunta si hay más, llevándose su mano al estómago. Comprendo que debe tener mucha hambre.

Laama trae dos trozos más para mi hermano, y él los devora de la misma forma que el primer trozo. Pareciera sentirse un poco mejor cuando alza la mirada hacia mi amiga. Tarda unos segundos en agradecerle, mirándole a los ojos y entrecerrando los suyos como si la examinara. Como si le llamara la atención. Como si no la conociera.

Laama asiente como respuesta, antes de dar una palmadita en mi hombro para posteriormente salir del aposento, dejándonos a Jireh y a mí con Semyazza.

El Vigilante se acerca a nosotros a paso lento. Noto en su mano la bolsa donde estaban los estramonios y que ahora sólo le quedan beleños.

—La llevabas contigo, muy sabio de tu parte —dice y la deja a un lado del lecho. —Tu hermano tiene una herida en la pierna —desplaza su mirada desde mis ojos hasta la pierna de Jireh.

Yo hago lo mismo y, en efecto, tiene un gran hematoma cerca de su tobillo. Amarillento en el centro, rojo en ciertas partes al azar y todo el borde en morado, un púrpura tan intenso que pareciera que la sangre coaguló dentro de su piel.

—Se le ha comenzado a hinchar —la voz de Semyazza suena más cerca.

Ahora está sentado a mi lado, pone una mano en mi rodilla y volteo a verle. Sus ojos siguen brillando con fuerza y susurra un "hablemos a solas", tan bajo que llego a pensar que lo imaginé.

Jireh se queda mirando su hematoma con el ceño fruncido, murmura que no siente el dolor, pregunta cómo le pasó eso.

Semyazza guarda silencio. Se acerca con la mano extendida para tocar la zona afectada, pero mi hermano se aleja de él en un sólo movimiento.

Rechina los dientes como si recién ahora notara el dolor en su pierna. No logra ni moverla, pero se niega rotundamente a ser tratado por el Vigilante.

Escucho a Semyazza gruñir por lo bajo, voltea a verme.

—Mi intención es sanar ese hematoma en su pierna, antes de que se ponga muy mal —dice.

Asiento y me acerco a mi hermano, sentándome a su lado, le digo que por favor se deje curar. Tener un pie en mal estado no es conveniente.

Al final cede y Semyazza se acerca. Cubre con su mano gran parte del hematoma y cierra los ojos mientras murmura palabras incomprensibles.

Veo el rostro de Jireh ponerse rojo con la vergüenza que le ha causado su infantil reacción ante el ángel.

—¿Dónde están nuestros padres? ¿Y Omer? —me pregunta en un susurro.

Él cree que yo tengo la respuesta.

Le miro a los ojos y niego con la cabeza, dejándole saber que tampoco lo sé.

Él agacha la mirada hacia su moretón, viendo cómo desapareció bajo el tacto del ángel.

El gran salón de entrada se ve tétrico con tan poca iluminación. Por la bóveda del techo no entra ni siquiera la luz de la luna. Es una noche oscura, y nadie se ha molestado en encender las velas que inundan el lugar y cuya función es, precisamente, iluminarlo todo.

Colgando desde el techo están las lianas con flores casi marchitas. La visión es muy diferente a lo que recuerdo que era esto la última vez que estuve aquí.

Semyazza me citó en este lugar. Quería hablarme a solas y, después de que Jireh se quedó dormido en mi lecho, vine.

—Eden —la voz del Vigilante llamándome es profunda.

Me giro para verlo acercarse a mí, cubierto sólo con su suave y oscura vestidura, sin capucha y sin cinto que ciña su torso.

Yo cambié mi vestido azul cielo, increíblemente sucio, por uno también azul pero como el cielo nocturno. Un manto negro cubriendo mi cabello.

—¿Cómo te sientes? —pregunta con ternura.

Pongo una mano en mi estómago, a poco de expulsar todo lo que podría haber en él.

—Todavía siento el corazón en el estómago, sé que algo malo pasó y no puedo recordarlo. ¿Por qué me diste beleño? —vuelvo a cuestionarle.

El Vigilante se pone frente a mí, pasando su peso de una pierna a otra, como planteándose cómo decirme lo que tiene que decir. Eso sólo me hace tragar con fuerza el nudo en mi garganta que se ha formado con el miedo y los nervios que me está haciendo sentir.

—Temo que no puedas lidiar con lo que pasó. Pero si quieres recordarlo antes de que pase el efecto del beleño, entonces te lo diré —se pone frente a mí.

Toma con la punta de sus dedos uno de los extremos del manto que cubre mi cabello.

Mi voz flaquea al responder.

—Quiero saber —digo, insegura.

Él hace un sonido con la garganta que me parece a un gruñido, un bufido de frustración. Expectante, mi corazón se acelera, se siente como si me faltara el aliento.

—Tus padres están muertos —dice. —Tu hermano menor también.

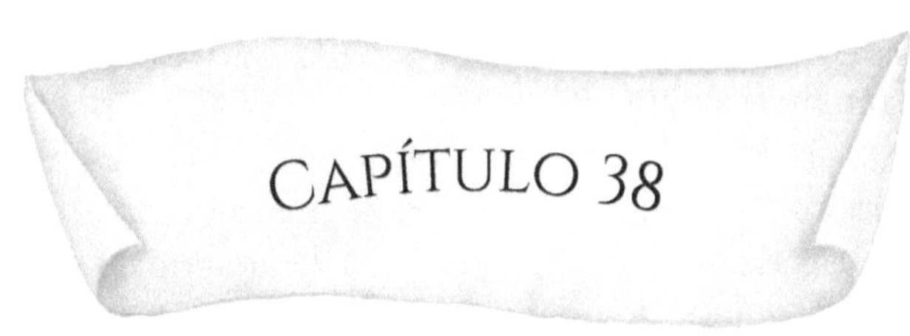

# CAPÍTULO 38

El llanto no cesa.

El dolor en mi pecho y garganta no cesa.

No importa cuantos puñetazos me dé en el corazón, este no parece volver latir.

Hace días que no salgo de mi aposento.

Jireh también se ha quedado conmigo aquí. Cuando le conté lo que me dijo el Vigilante, no hizo falta detallar porque ya él había recordado fragmentos importantes de lo que había pasado. Yo no tardé mucho más en hacer lo mismo. Ahora ya no hay forma de que borre de mi mente la atroz muerte de mis padres y Omer.

Jireh se ha mantenido consolándome, aunque sé que él está igual de devastado. Lo he escuchado sollozar, pero no me dirige la palabra al respecto.

Cuánto quisiera que me hablara, que se desahogara conmigo así como yo lo estoy haciendo con él. Quiero sentir que estamos juntos en esto, pero él parece que lleva el duelo sólo. No le he escuchado decir ni una sóla palabra que no sea para calmarme.

He tenido pesadillas, tan vívidas y tan diferentes que ya no sé de qué van. Muchas de ellas se repiten, como aquella visión que tuve la noche que llegué a la ciudad.

Mantengo mis llantos en silencio, como justo ahora, porque ahora mismo no quiero ser una carga más en el pecho de mi hermano.

Mi cabeza está apoyada en el regazo de Jireh, quien está sentado con la espalda apoyada en la pared. Tengo una vista directa a la puerta de entrada y me imagino que mis padres y Omer entran por ahí, que llegan para decirnos que no murieron.

Que se quedan con nosotros entre estas cuatro paredes, donde quizás estamos más seguros. Sin embargo, la respiración de mi hermano es lo único que escucho alrededor, y la puerta cerrada es lo único que ven mis ojos. Me repito aquella escena de nuevo, sintiendo una rara especie de calma y esperanza que estoy segura que no es tan buena para el duelo.

Lo hago para impedir que seres oscuros como la noche, rojizos como un montón de sangre, se burlen de mí, saltando con alegría mientras detrás de ellos se ve, empañada, la imagen de mis padres y mi hermanito muriendo una y otra vez. Me torturan y les alegra hacerlo.

—¿Te dormiste? —me pregunta Jireh, haciendo que me sobresalte y deje de ver a aquellas criaturas en un instante.

Levanto la mirada hacia su rostro para que vea que sigo despierta.

—Deberías descansar, no has dormido mucho estos días —evito decir algo en respuesta, tan sólo asiento con la cabeza.

Es tortuoso dormir, las pesadillas han provocado profundas ojeras en mi rostro. Así mismo está pasando con Jireh, pero él lo obvia, lo ignora como si no le importara que él también tiene que descansar.

Laama ha sido muy dulce con nosotros desde entonces; trayendo infusiones y sopas preparadas con tal hierba y tal planta, y esas son las únicas veces que la veo.

Tanto ella como Semyazza nos han dejado nuestro espacio. No sé qué tanto me guste eso, porque sólo somos Jireh y yo, ambos tan decaídos que sólo podemos pensar en lo que pasó.

Me levanto del lecho, planeando servirnos a Jireh y a mí el poco de infusión que queda del que Laama trajo esta mañana. No tengo idea de cuál será la hierba con la que está hecha, pero desearía que fuera beleño.

Varias veces he pensado en volver a tomarlo, quizás así se me calmen las pesadillas. Quizás así mejora mi ánimo. Y que Jireh tome también.

Ya se lo he sugerido un par de veces y siempre me contesta con un rotundo "no".

La puerta se abre justo cuando estoy sirviendo la infusión. Espero a terminar, antes de girarme a ver quién ha sido. Semyazza está de pie en la puerta, tan sólo un paso dentro del aposento.

—Hemos encontrado los restos de su familia —dice, utilizando un tono de voz suave. Alterna la mirada entre Jireh y yo.

No le he vuelto a hablar desde que me recordó lo qué pasó. Menos aún después de recordar los detalles, cuando pasó el efecto del beleño. No dejo de imaginarme a Semyazza, a Harmoni, Azael y todos los demás Vigilantes enviando a aquellos gigantes a nuestro asentamiento para que se alimenten.

No sé si este ángel sabe lo que cruza por mi cabeza cuando lo veo. No da signos de siquiera imaginárselo.

—Si le dan digna sepultura, podrán dar un poco de paz a sus corazones. Lo necesitan ahora. Despedirse apropiadamente —continúa hablando Semyazza con dulzura ante nuestro silencio.

Mi hermano es quien se digna a responderle.

—Gracias —escucho la voz de Jireh tan forzada que suena desgastada, atrofiada y sin uso.

El Vigilante asiente, poniendo una leve sonrisa en su rostro buscando ser amable.

Me mira de nuevo, yo evito verlo pero noto que se le arruga el entrecejo.

Nos deja saber que volverá en unos minutos a buscarnos para llevarnos a darle sepultura a nuestra familia.

No sé si seré capaz de reunir el coraje para preguntarle si él y los suyos enviaron a las bestias a nuestro asentamiento. No sé qué voy a hacer si él me dice que sí, que lo hicieron.

Le llevo la infusión a Jireh, tomo un trago de la mía.

—Me gustaría tomar más beleño. Sería un buen plan para después de esto —murmuro.

Insistirle es inútil y lo sé, pero qué más da.

—Tenemos que enfrentar esto —dice.

Al final parece que añadirá algo más, pero su voz se pierde junto con su mirada, puesta fijamente en la infusión. Pensativo.

No tengo idea de qué estará pensando Jireh, de qué piensa cuando ve a estos ángeles. Fue él el primero en comentar sobre la posibilidad de que hayan sido los Vigilantes quienes enviaron a los gigantes a nuestro asentamiento. Si yo no puedo sacarme estas ideas de la mente, no sé qué estará pasando en la de mi hermano. Tampoco creo querer saberlo.

Cuando terminamos de beber la infusión, unos minutos después, Semyazza entra en el aposento con Harmoni detrás de él.

—Los cuerpos están listos —anuncia Semyazza.

—¿Están listos ustedes? —nos pregunta Harmoni, con tacto, como si nos tuviera pena. Como si creyera que nos derrumbaremos a la mínima brusquedad. Cosa que no está muy lejos de ser cierta, al menos en mi caso. Jireh es más fuerte. Él es quien responde con un movimiento afirmativo de su cabeza.

Los Vigilantes se acercan y, cuando Semyazza pone sus manos en mi cintura, sus ojos se encienden. Yo vuelvo a evitar su mirada. "*¿Qué te pasa?*" Le escucho susurrar.

Me remuevo un poco y él me envuelve en sus brazos protectoramente.

Casi me deshago ahí mismo, de no ser porque de un momento a otro me abandona el aire, mi cabeza comienza a doler y me comienzan a dar ganas de vomitar. No me preparé para esta forma de transportarse a la que ya me estaba acostumbrando. Ahora mismo parece que nunca antes me habían hecho esto.

Escucho mi nombre en un susurro, una y otra vez. Sin embargo, se escucha demasiado lejos. El agarre del Vigilante se afianza alrededor mío.

Me pregunto si mi hermano la está pasando tan mal como yo con esto, muy posible que peor.

Entonces toda la sensación desaparece súbitamente, dejándome atontada y como si acabara de salir de debajo de una gran roca. Me doblo sobre mí misma, apunto de vomitar, pero nada sale.

Una mano acaricia mi espalda y me siento mejor.

—Lamento haber sido tan brusco esta vez —la voz de Semyazza acompaña unos toquecitos en mi espalda.

Seguido de esto, siento que vuelve a sostenerme de la cintura.

—Eden, si te he hecho molestar con lo del beleño, te pido

disculpas. De verdad consideré que sería mejor para ti si olvidabas por un momento la atrocidad que viste... —se disculpa.

Le miro a los ojos en ese momento, entrecerrando los míos y sin decir nada.

En el rostro de Semyazza hay una expresión que me atrevería a decir que es de mortificación.

—Has dejado de hablarme y no quieres verme. ¿Cómo tengo que sentirme al respecto? ¿Qué tengo que pensar? —dice.

Me quedo en silencio porque aún no me armo de valor para preguntarle, tampoco es el momento ni el lugar.

—Deseo que hables pronto conmigo. Si no, no podremos resolver mucho —murmura.

Sus ojos se opacan un poco, pareciendo la luz del sol cuando una fina capa de nube le cruza por delante.

Miro a mi alrededor, pero hago un gesto con la cabeza para que no crea que le he ignorado por completo.

No reconozco el lugar en donde estamos, pero es hermoso. Llano, lleno de pasto, bajo el casi majestuoso cielo de un atardecer que pinta las nubes de colores intensos.

Rojo, rosado, naranja y azul.

Respiro profundo y cierro los ojos, como si pudiera inhalar aquellos colores y desanudar el nudo en mi garganta.

Tres cuerpos, cubiertos con mantas de algodón perfumado, descansan en tablas de madera frente a mí cuando abro los ojos de nuevo. Por orden de tamaño, identifico a Omer, luego mi madre y el más alto scría mi padre.

Jireh está cerca de ellos, arrodillado al lado del cuerpo de Omer y llorando. Por primera vez deja que le vea derramar lágrimas.

Me acerco un paso. Luego otro.

Los cuerpos están cubiertos por completo, de modo que no puedo ver nada de lo que le hicieron, nada que muestre la trágica muerte que experimentaron. Veo la parte donde deberían ir las cabezas de mis padres. Algo debajo del manto las está reemplazando, porque sé que no están ahí.

Sólo el Creador y quienes prepararon los cuerpos saben si otras partes de sus cuerpos están de la misma forma.

El cuerpo de mi hermanito es el que se ve más normal, completo, aunque del vientre para abajo la manta cubre algo casi plano. Él fue aplastado.

Las lágrimas no se hacen esperar, inundando mis ya hinchados ojos.

Aparto la mirada. Entre sollozos, ahogados con la palma de mi mano, e imágenes de lo que les pasó, no puedo soportar mucho ver sus cuerpos. Los sollozos que se me escapan, ruidosos y dolorosos, delatan el inconsolable sentimiento que ni siquiera puedo describir.

Duele tanto; por la impotencia, por la culpa, por las ganas atroces de retroceder el tiempo y, al menos, tener un momento más con ellos. Daría mi propia vida para devolverlos a ellos, que fueran los que estuvieran sanos y salvos, no yo.

No quiero recordarlos de esta manera. Envueltos y con las notables heridas de su muerte.

Pido en voz alta que los entierren en los agujeros que alguien cavó.

Semyazza vuelve a poner su mano en mi espalda, pero no provoca que me sienta mejor. Luego pone ambas manos en mis hombros, me da la vuelta y me acorrala entre sus brazos. Mi rostro enterrado en su torso, él agacha la cabeza para poner su barbilla en la coronilla de la mía. Luego se aparta, deja un beso, acariciando mi cabello y retoma la posición.

En cuestión de un par de minutos, escucho el llanto de Jireh un poco más intenso. Escucho la tierra ser lanzada en los hoyos. Deduzco que ya han bajado los cuerpos ahí y ahora van a sepultarlos para siempre.

Semyazza me suelta, pero vuelven a rodearme unos brazos.

Jireh llora en mi hombro, dejando el suyo al alcance de mi rostro para llorar también.

Así nos quedamos, escuchando el cantar de aves, que suenan demasiado alegres, como para estar presenciando el entierro de una familia y la tristeza de los únicos miembros que le quedan.

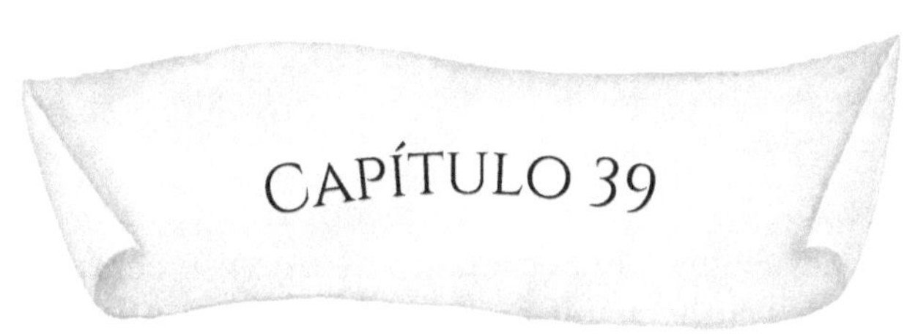

# CAPÍTULO 39

Esa noche no nos dejan solos. Han traído la cena para todos a nuestro aposento. Laama y Semyazza, incluso Azael y Harmoni están aquí.

Trigo y verduras ha sido lo único que he podido comer desde aquel día; la carne me recuerda a lo que hicieron las bestias en mi hogar, con mi familia y con mucha gente más.

Tan sólo verla me causaría náuseas, así que agradezco, en silencio, que no hayan traído nada de carne, mientras remuevo la sopa que tengo enfrente y que sé que debe estar deliciosa, solo que no me concentro en saborearla.

Toda la ciudad está oscura, aparentemente vacía, desprovista de la vida y la magia que era usual. Aquella melodía que no dejaba de escucharse en cada rincón se ha apagado en algún momento, sin que yo lo notara, ni siquiera la recuerdo ya. Es como si todo Saphon guardara nuestro luto y sintiera nuestra tristeza.

Los ángeles tampoco están, sólo los tres que se quedaron conmigo y mi hermano.

El silencio provoca que mi cabeza no deje de dibujar las imágenes que recuerdo de lo ocurrido, una y otra vez, hasta que se me olvida respirar.

Mi hermano, a mi lado, se remueve y toca suavemente mi pierna de vez en cuando, para que salga de mi mente. Se lo agradezco cada vez.

Escucho a alguien carraspear por lo bajo.

—Lamento mucho lo de su familia —dice Azael, como si se le hiciera difícil dirigirnos la palabra. —Lo de su asentamiento también —añade luego de una pausa breve.

Alzo la mirada, para ver cómo frota sus manos contra su torso con suavidad. Laama está a su lado y asiente un par de veces con la cabeza, mirándome y luego a Jireh. Noto una lágrima caer por su mejilla, rebelde, como si ella hubiera puesto mucho empeño en detenerla pero fracasó.

Entonces, desde un extremo del aposento, Semyazza se acerca a Jireh y a mí con algo en su mano.

No las oculta. Son dos rosas damascenas.

Aquellas flores de color rosado intenso, con su centro amarillento pero sutil. La misma que me obsequió cuando recién había llegado a Saphon.

Las pone en nuestros regazos, como si anticipara que no vamos a tomarlas.

Jireh la mira con las cejas muy unidas, casi puedo escucharle burlarse de ella para luego preguntar qué es y porqué nos la ha dado. Yo sólo ignoro aquella flor. No creo que haga nada con inhalarla, no va a tranquilizar el agujero gigante que tengo dentro del pecho.

Dice algo en un lenguaje que no puedo entender. Los demás Vigilantes presentes asienten, de acuerdo con lo que ha dicho, sin que nadie más aquí pudiera saber lo que fue.

Semyazza vuelve a hablar en aquel idioma, adoptando poco a poco un tono melodioso. Quiere parecer una canción, pero no llega a serlo.

En mi pecho, algo se aprieta y luego se suelta, haciendo que deje salir un largo suspiro.

Se siente liberador.

Me quedo mirando a Semyazza, noto la forma en la que mi corazón se calma y mis ojos se llenan de lágrimas.

Mi hermano aguanta un sollozo.

Las imágenes de lo acontecido se vuelven borrosas en mi mente. Casi parecen memorias de algo que nunca pasó. Se desdibujan poco a poco, mientras no aparto la mirada de Semyazza, ni él de mi.

*Estos ángeles aquí presentes, quienes están portándose con nosotros con dulzura y pena... ¿realmente podrían haber hecho aquello? ¿Realmente podrían haber enviado a aquellos nefilim a nuestro asentamiento, y luego venir a darnos la cara llena de lástima y compasión?*

Pestañeo un par de veces y los ojos de Semyazza brillan más fuerte, sin apartarse de los míos. Para este momento ya no escucho nada.

Entonces, un trueno nos sobresalta.

La fría noche ya no tiene el cielo despejado, y desde el lecho puedo ver cómo las estrellas en el cielo se ocultan detrás de una gruesa nube negra. Un nubarrón oscuro que rápidamente cubre el firmamento que es visible desde mi ventana.

Los Vigilantes se remueven con incomodidad y no intentan ocultarlo, se miran entre sí, evitando dirigir la vista al cielo.

—Debemos irnos —dice Harmoni, su voz sigue siendo dulce, en un fallido intento de no dar a demostrar el ligero temblor que delata aún más su nerviosismo.

En el momento en el que los Vigilantes desaparecen de la estancia, Laama también sale con la excusa de traernos un poco más de infusión, como ha hecho estos días. Temo que esas hierbas comiencen a asquearme pronto.

Bebo un par de tragos de la sopa, mastico un trozo de verdura. Jireh acaricia mi cabello y luego deja su mano apoyada en mi hombro. Volteo a mirarlo, pero sus ojos están puestos en el cielo nublado.

La noche se ha oscurecido aún más.

—Nada de esto es normal —escucho la voz ronca de mi hermano mayor, la única familia que me queda.

Asiento sin ganas.

—Lo sé —mi voz tiembla. Siento un nudo hacerse justo en la boca de mi estómago. —Esto parece una pesadilla —digo.

A Jireh se le infla el pecho y luego lo veo pellizcarse el puente de la nariz, entre los ojos, expulsando todo el aire segundos después.

—Si fuera una pesadilla, pudiéramos despertar en algún momento para ver que todo ha vuelto a cómo era —murmura.

Concuerdo con él sin decir una palabra, haciendo un sonido

con la garganta.

El frío se acentúa mucho más, nos cubrimos con las sábanas justo en el momento en el que Laama entra con las infusiones y, como si nos hubiera leído la mente, también trae un par más de mantas.

—Que descansen —murmura.

Deja un casto beso en la coronilla de mi cabeza y le ofrece una cálida sonrisa a mi hermano, él se la devuelve y Laama, sin más, sale del aposento.

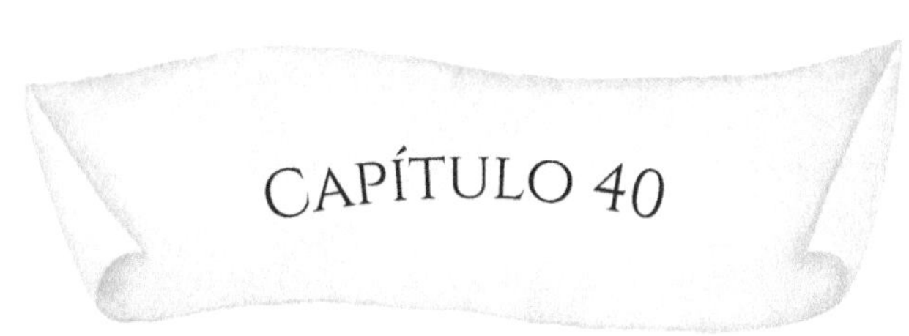

# CAPÍTULO 40

El hedor del beleño pareciera hacerse más fuerte con el calor. Preparo la infusión con cuidado, manejando la flor con dulzura. Cubro mi nariz unos momentos, aguanto la respiración en otros, y me alejo de ella de vez en cuando. No me quejo de lo apestosa que es y, más bien, agradezco que no sea tan apestosa como el estramonio.

La habitación en donde estoy es como una cocina gigante y llena de cosas que nunca voy a usar. Quizás nunca han sido usadas; un montón de jarros, envases, calderos, cubertería y mucho mucho espacio de almacenamiento. El suelo es liso y de un blanco amarillento, las paredes son blancas, relucientes. Todos los utensilios son dorados, al igual que una que otra decoración, hechos de oro.

Combinan con el fuego, el cual mantengo encendido debajo de uno de los calderos, con agua y beleño dentro para hacer infusión.

Decidí que pondría en práctica lo que Semyazza me ha enseñado hasta ahora, tan sólo como forma de distraerme, dado que mi hermano ha estado tardando mucho en el balneario personal.

Laama no ha estado tanto tiempo conmigo, se ha ocupado de supuestas preparaciones de las que no ha querido hablarme.

Odio que estén tratándonos con tanto tacto, creyendo que en cualquier momento nos romperemos.

Odio aún más que tengan razón.

El agua se vuelve amarilla oscura, un tono casi vomitivo, gracias al color del beleño mismo. Creo que le eché demasiado.

Vierto el líquido por una ventana qué hay detrás de un par de cántaros vacíos, para deshacerme de la infusión fallida y que puede ser peligrosa si alguien la ingiere. Me dispongo a volver a preparar la infusión desde el principio.

Mientras el agua comienza a hervir, observo con detenimiento cómo los trocitos de beleño se hunden y vuelven arriba, se hunden y vuelven, acorde a la ebullición. Pareciera un baile, como una pareja danzando dentro del río, mientras su agua corre sin detenerse.

El agua se va tiñendo del color de la flor levemente.

—¿No te da calor el tener la cara casi metida en esa agua hirviendo? —una voz me sobresalta.

Me giro y veo cómo Laama se acerca a paso lento, queriendo ver lo que estoy haciendo.

—No estaba tan cerca —digo.

Ella mira lo qué hay dentro del recipiente y luego me sonríe.

—¿Practicando? —ensancha su sonrisa.

Me habla como si fuera una niña dando sus primeros pasos.

—No pensarás en tomártelo, estoy segura. Te pasaste como por tres dosis de beleño —apaga el fuego y deja el recipiente ahí.

—¿Cómo estás? —con sus manos en sus caderas, mueve su peso de una pierna a la otra.

Adopta una postura relajada, con su vestido de tela ligera y transparente, del color del cielo, lo que hace que se vea pacífica.

Pongo una mano en mi frente, ojalá fuera fácil apartar las imágenes de lo que pasó de mi mente.

—Estoy bien —miento. —He estado intentando hacer esto de manera correcta. ¿Podrías ayudarme? —añado, refiriéndome a la infusión de beleño.

Ella vuelve a mirar la infusión, pero noto que también me mira de reojo. Exhala silenciosamente.

—¿Y porqué no mejor dejas eso y tomamos un poco de vino? Podemos sentarnos a ver el paisaje desde algún balcón solitario, y así aprovecho para contarte algo —se da la vuelta y busca un par de jarros, luego busca en varios cántaros que hay en una esquina, hasta dar con lo que busca. Sirve el vino en los dos jarros y me pasa uno de ellos.

Lo acepto de inmediato y tomo un sorbo.

El vino en esta ciudad siempre ha sido especialmente delicioso, como si lo hubieran hecho hace al menos mil años, cuando los ángeles descendieron a la tierra.

—¿De qué se trata? —la miro a los ojos.

Laama pone una mano sobre mi hombro y da un par de palmadas.

—Creo que hay un lugar como el que quiero cerca, lo buscamos y allá te digo todo —sale por la puerta sin más.

Yo la sigo.

Un par de corredores después, entramos en una amplia sala vacía, con sólo un pozo con agua caliente que despide un humo blanco. Es como si hubieran tomado un pozo de los balnearios y lo hubieran traído aquí, para que la sala no estuviera tan vacía. Al otro lado, un balcón se extiende hasta sobresalir de la edificación, quedando sin paredes, como una plataforma. Hace que el lugar parezca incompleto.

Laama y yo nos sentamos en su orilla con las piernas colgando.

El sol está en su punto más alto; sin embargo, su luz ha sido ocultada por los nubarrones, que no se han despejado desde aquella noche, cuando cubrieron el cielo por completo, que también fue la última vez que vi a Semyazza.

Debajo de nosotras, una ciudad vacía y aparentemente apagada se hace notar, sobre todo al compararla con la forma en la que antes habían cientos de mujeres yendo de aquí para allá, Vigilantes y sus hijos. Frutas y comida por doquier, risas y la música, la melodía incesante que dejó de sonar hace varios días.

—Se ve triste, ¿no crees? —susurra Laama, observando lo mismo que yo.

Asiento con la cabeza y doy otro sorbo del vino.

—Con todo esto que está pasando no debería ser de otra manera —digo, las palabras me salen en un tono brusco, lo que provoca que Laama me mire con el ceño fruncido y se detenga justo cuando iba a hablar.

Segundos después lo suelta.

—Supongo que sabes algo de lo que están haciendo los

Vigilantes —dice, volviendo su mirada al horizonte.

—Sé que quieren ayuda del Profeta Enoc para algo, y que son supuestas consecuencias de algo que hicieron —alzo un poco la voz.

Decirlo en voz alta hace que me enoje, me enfurezca por los rostros de mi familia que aparecen en mi mente, quienes no podré volver a ver.

—Deberían morir todas esas bestias —susurro con ira.

Lágrimas me arden en los ojos, queriendo derramarse.

Laama se me acerca un poco más, pero parece dudarlo un poco.

—Tranquila, Eden —es lo único que dice.

Chasqueo la lengua. Ella se inclina para decirme algo en voz baja.

—No se trata sólo de ellos. Observa el cielo —señala con un dedo.

Alzo la vista y presto atención al grisáceo manto sobre nosotros. No veo más que nubes oscuras, en algunos puntos del cielo son más oscuras que en otras; en ninguno dejan espacio para que el cielo se vea azul. Entonces, justo en ese momento lo veo.

Un destello dorado de luz, como un rayo que surca el cielo de un lado al otro, rápido y fugaz. Como una estrella dorada.

Frunzo el entrecejo.

—¿Qué fue eso? —pregunto.

—Dicen que presagios. Es lo que los Vigilantes nos han dicho —se abraza a sí misma, sea lo que sea aquello, parece preocuparle más que nada. —Y tenemos que irnos de aquí. Las que quedamos y las que cuyos hogares han sido arrasados seremos llevadas a un lugar donde nos quedaremos con ellos. Nos hemos estado preparando, pero realmente sólo esperamos a que los Vigilantes vengan por nosotras —dice.

Trago el nudo en mi garganta.

La miro a los ojos unos segundos, no tengo que preguntar; Jireh y yo estamos entre quienes van.

Bufo sin poder evitarlo, no me fijo en la reacción de Laama ante mi respuesta. Mis ojos arden y pestañeo varias veces para evitar que salgan las lágrimas, aunque un par salen de todas formas.

—No importa a dónde vayamos —digo con la voz apenas audible.

En mi cabeza se repiten las imágenes de la muerte de mi familia, alternándose con momentos en los que éramos felices y vivíamos más tranquilos, aunque quizás no éramos tan conscientes de eso.

—Donde sea que vayamos, no estaremos seguros —añado.

Intento tragarme las lágrimas.

Laama pasa un brazo por mi hombro, invitándome a recostar la cabeza del suyo y lo hago.

—Eres más fuerte de lo que crees, tu hermano y tú lo son. Estoy segura de que, de haber sido yo quien hubiera presenciado lo que ustedes, me habría derrumbado por completo ahí mismo para nunca más levantarme —dice Laama, en voz baja y reconfortante, mientras acaricia mi brazo de arriba hacia abajo.

Lloro, dejo salir las lágrimas y los sollozos.

Laama se queda en silencio, pero yo quisiera que continuara hablando; porque escucharla me saca de mis pensamientos, y porque así ella no escucharía mi llanto.

Ella decide abrazarme por completo, estrecharme en sus brazos, cuando un gemido sale del fondo de mi garganta, ahogado por las lágrimas.

Cómo quisiera volver a vivir con mi familia, estar con ellos. Haberme ido con ellos. Pienso en Jireh, quien debe estar sintiéndose tan horrible como yo, tal vez más.

Con un puño, limpio mis mejillas al apartarme de mi amiga. Estoy a punto de decirle que iré a estar con mi hermano, cuando escuchamos voces. Unas jóvenes teniendo una conversación.

—...pues ya era hora de que hicieran algo más —una joven habla.

Una oración muy vaga como para que pueda interpretar de qué se trata su conversación. Otra chasquea bastante alto la lengua.

—Sí, pero se me hace cruel que esa sea su forma de alimentarlos —dice alguien más.

No reconozco ninguna voz, pero no importa, puesto que ya he de suponer que la conversación es sobre los nefilim.

Miro a Laama y ella se encoje de hombros, tampoco sabe quiénes son.

Las escuchamos en silencio, y agradezco que no tengan el secretismo suficiente como para bajar la voz, así llega hasta aquí arriba.

—Algo es algo, eso es lo importante. Ya yo no sabía qué iba a hacer para mantener saciado a mi Maiel —una nueva voz.

No sé cuántas son las que están ahí abajo, puesto que no podemos verlas. Ellas están justo debajo de la plataforma donde Laama y yo estamos sentadas.

—Yo no quiero ni imaginar qué haría si vinieran gigantes nefilim a devorarnos, como si mi hogar fuera un criadero para alimentar gigantes —dice la segunda voz que había hablado.

Mi corazón parece haber caído a mis pies.

Un pitido en mis oídos no me permiten seguir escuchando su conversación, se me empañan los ojos y pierdo la vista en el horizonte.

Siento mis labios secarse rápidamente, y es así que me doy cuenta de que los he abierto de par en par.

Laama me mira escandalizada, pone su mano en mi hombro.

—Eden —dice, pero no la escucho.

Me giro para intentar hacer un gesto que ni siquiera yo sé qué ha querido significar, pero no me importa. Me pongo de pie a tropezones y me apresuro a salir del lugar. Iré con Jireh.

*¿Entonces era cierto?*

La suposición de Jireh la mañana en que los vimos acercarse al asentamiento.

*¿De verdad son los mismos Vigilantes los que han enviado a gigantes a devorar humanos en sus asentamientos?*

*Mi familia fue... Pero Semyazza me prometió que...*

Siento un dolor punzante en el hombro, he chocado contra una pared.

Detengo mi andar para recostarme de la misma pared con la que me golpeé, escucho a Laama acercándose y llamando mi nombre. Me giro y la veo, pero no le doy el tiempo para alcanzarme y sigo casi trotando a mi aposento, donde debe estar

Jireh.

¿Debería decirle lo que escuché? ¿Qué haría él?

Me detengo antes de llegar a la puerta de mi aposento.

Laama me alcanza y me mira, con su rostro tan conmovido que no sé ni qué decirle. Claramente, esto que escuchamos era algo que ni ella sabía y se encarga de dejármelo saber. Dice que tiene que haber alguna explicación y yo niego con la cabeza.

Quiero decirle que necesito un tiempo a solas, que tengo que volver con mi hermano, pero las palabras no me salen. Señalo con la cabeza hacia la puerta de mi aposento y ella entiende lo que quiero decir. Da un apretón en mi hombro, antes de asentir y dejar que entre.

Me da mi espacio y se lo agradezco, pero veo su rostro contraído en una expresión de genuina preocupación cuando estoy cerrando la puerta.

Aguanto la respiración al ver a mi hermano sereno, mirando por el ventanal y sorbiendo alguna bebida de un jarro. Su cabello empapado me deja ver que recién llega de bañarse. Está vestido con una de las túnicas que Laama le consiguió de no sé dónde. Totalmente negra y sin cinto, sin manto.

Se me contrae el pecho y creo que me fallarán las rodillas y caeré al suelo al caminar hasta él.

Logro mantener la compostura, me pongo a su lado y miro por el ventanal como hace él.

Jireh me mira de reojo, pregunta en un susurro que cómo estoy. Toma toda la fuerza que me queda el forzar la comisura de mis labios, para que se alcen un poco y que esa sea toda la respuesta que le dé a mi hermano.

Mis ojos vuelven a arder al llenarse de lágrimas de nuevo.

Se escucha un rugido a lo lejos.

Un par de destellos dorados se pasan por al lado, yendo en direcciones contrarias. Ambos eran de muy gran tamaño.

El cielo vuelve a rugir.

# CAPÍTULO 41

La rosa damascena ha hecho maravillas con mi hermano. Ahora duerme con ella justo al lado de su cabeza, se ha asegurado de mantenerse oliéndola.

Yo tengo la mía en mis manos, y aunque sí, su aroma me hace sentir un poco más tranquila, no me deja de recordar al Vigilante que nos las obsequió, y a quien no he visto de nuevo.

Aún no sé si debería decirle a mi hermano, quien de por sí ya tiene aversión a los Vigilantes y sospechaba de ellos, porque de verdad no sé qué reacción esperar.

Sería lo más probable que quisiera irse, pero ese es el tema.

¿A dónde?

Ni siquiera sabemos dónde está esta ciudad. No sabríamos por dónde irnos para llegar a casa del patriarca Enoc, porque allí sería donde Jireh correría. Y yo sé que no me iría, se iría él y lo perdería también.

Aprieto el tallo de la damascena en un puño.

Siento el calor de la piedra en mi pecho. No me digno a quitarme el antimonio. Como dijo Laama, hay alguna explicación. Tiene que haberla.

Me enfoco en la respiración de Jireh y, aunque sé que está dormido, espero unos momentos más antes de salir por la puerta. No sé ni qué buscar, ni dónde.

Camino por el pasillo oscuro. Ni siquiera las velas encendidas son suficientes para ahuyentar la oscuridad de la noche. Casi no puedo ver, pero distingo la primera puerta y entro con cautela.

No sé si estamos solos en esta edificación o no, pero definitivamente no han de estar aquí los Vigilantes.

Una habitación, tan oscura que no puedo ver ni mi nariz, me recibe. Antes de entrar, tomo una de las velas del pasillo para poder iluminar.

Miro todo alrededor. Vacío.

Ni siquiera una mesa, una planta, una estatua pequeña, ventana. Nada.

No pierdo mi tiempo y voy a otra habitación, encontrándome con lo mismo que la anterior.

¿Por qué hay tantas áreas vacías aquí?

Suelto el aire con brusquedad.

Al cruzar otra puerta, esta vez, me encuentro con otro lecho parecido al de mi aposento. Este parece nunca haber sido usado o quizás hace mucho que no. La ventana es más pequeña que en mi aposento y hay una mesita. Abro los cajones y reviso dentro. Nada más que polvo.

Intento grabarme mentalmente los lugares que voy explorando, para no perderme cuando quiera volver a mi aposento.

No me había tomado el tiempo de ver la edificación completa desde que llegué aquí.

Miro detrás de mí de vez en cuando, siento un terror que me recorre toda la espalda cuando escucho el mínimo ruido.

Cualquier cosa me recuerda aquel día y temo, por el Creador que sí, que en cualquier momento se aparezca un nefilim y yo sola por aquí.

Toco el antimonio, pienso en Semyazza, pero me abstengo de decir su nombre en voz alta.

¿Quiero verlo? Ni siquiera puedo responder esa pregunta.

El pasillo termina en el salón de entrada donde la oscuridad es igual de densa que en toda la edificación.

Agradezco que en ningún momento solté la vela que había tomado, porque aquí ni siquiera están encendidas. Frunzo el ceño y me pregunto el porqué está todo así. Las flores que cuelgan del techo están marchitas, las velas apagadas y algunas gastadas.

Parece que nadie se ha encargado de este lugar en todos estos días.

Regreso por el pasillo, sin desviarme, hasta llegar a mi

aposento.

Me doy cuenta de que las flores de la entrada no son las únicas marchitas, y aunque las velas sí están encendidas, la vida de este lugar parece haberse drenado. La brisa que entra ligera por las ventanas es fría, y veo cómo el cielo está privado de estrellas. Aún está cubierto de nubes grises que no han dejado paso al sol ni al azul del cielo en ningún momento, no que yo recuerde, desde que volví aquí.

Me siento en el lecho junto a mi hermano, tomo mi rosa damascena y la inhalo con fuerza, aspirando su olor, cuando intento llenar mis pulmones de aire, y ver si así se desenreda el nudo en mi pecho.

Se me escapa un sollozo y me acurruco en el lecho.

Mis ojos se van cerrando poco a poco.

Sigo aspirando el olor de la damascena, y hago lo mismo que mi hermano. La pongo cerca de mi rostro.

Lo último que pienso, antes de quedarme dormida, es en que debería volver a la cueva de Semyazza.

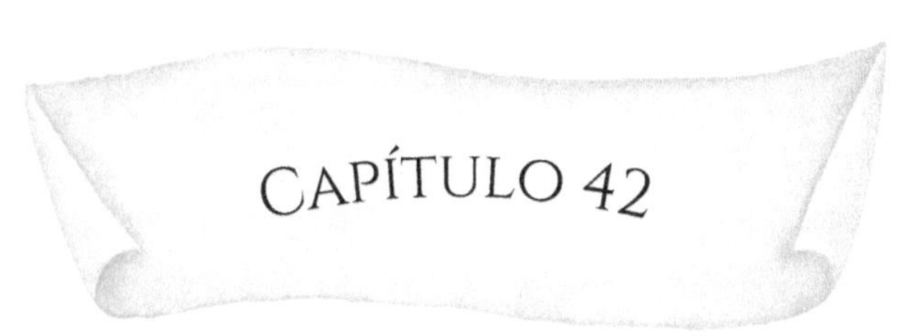

# CAPÍTULO 42

Laama es la primera que veo al despertar, seguida por mi hermano. Ambos comen, están desayunando pan con miel en el lecho. Mi amiga me sonríe cuando ve que desperté y me pregunta cómo estoy.

A través del ventanal entra más brisa que en los últimos días, hace frío. Me envuelvo en la manta como puedo, y respondo a la pregunta de Laama con un "bien", seco.

Jireh traga un mordisco de pan, inhala la rosa damascena y me mira.

—Laama me ha contado lo que está pasando. ¿Puedo saber porqué no me lo habías dicho? —pregunta.

Me quedo estática, observándolo para adivinar cuál de todas las cosas que no le he dicho es lo que Laama le ha contado. La miro a ella y hace un gesto con la boca.

—Pensé que le habías hablado ya de que nos estamos preparando para irnos de Saphon —dice Laama.

Exhalo. Eso era.

—Se me pasó —murmuro.

Veo el pan que están comiendo y el pan apartado que, deduzco, es el que me guardaron a mí. Jireh se remueve y pone una mano en su pecho.

—No van a resolver nada con ir con el patriarca —murmura.

Con eso que dice es que me entero de que Laama también le contó sobre lo que los Vigilantes han estado haciendo.

O es eso, o él ya se lo suponía.

No me sorprendería que fuera esta última opción, por la clase de cosas que hablaba con el Profeta Enoc.

—Y mucho menos resolverán algo con ocultarse en otro lugar lejos de esta ciudad —dice.

Laama mira a mi hermano como si quisiera decirle algo, pero se lo guarda. Sus hombros caen y me mira.

Carraspeo.

—¿Puedo preguntarte algo Laama? —me dirijo a mi amiga.

Jireh me observa con el ceño fruncido, no lo veo pero sé que entrecierra los ojos.

Intento parecer serena.

Laama asiente y se pone de pie del lecho, yo hago lo mismo. Mi hermano agarra mi brazo, impidiendo que me aleje.

—¿Qué pasa? —pregunta.

Un deje de preocupación se filtra por el caparazón que es su rostro. No lo he visto llorar después de haber enterrado a nuestra familia, ha evitado hablar de ese tema, al igual que ha evitado salir de este aposento a cualquier lugar que no sea el baño personal.

No me zafo de su agarre y le respondo.

—No pasa nada, quiero hacerle una pregunta respecto a los preparativos para irnos de la ciudad —miento.

Él parece querer zarandearme el brazo. Se levanta del lecho y se pone frente a mí, poniendo ambas manos firmes sobre mis hombros.

—No me veas la cara de estúpido, Eden, te lo ruego —dice, en voz baja, como si no quisiera que mi amiga detrás de él escuchara.

Suspiro. En algún momento se iba a enterar.

—Quiero verme con Semyazza y que te quedes aquí. Tengo que preguntarle algo y tiene que ser a solas, luego te lo contaré todo —le suelto. —Quería pedirle a Laama que te hiciera compañía, eso es todo —digo.

Siento el agarre de Jireh afianzarse. Aprieta la mandíbula y noto que la manzana de Adán le sube y baja, al igual que su pecho. Me suelta y asiente.

—Me dirás todo lo que hablen. ¿Puedo confiar en eso? —pregunta.

Parece resignado, aunque no me cree cuando se lo aseguro.

—Sé que no me cuentas todo desde que viniste con ese caído, y no me agrada para nada que busques estar a solas con él, pero has demostrado hacer todo lo contrario a lo que te pido y aconsejo, así que... —me suelta.

Sus palabras me duelen más de lo que quizás fue su intención. Es la única familia que me queda y nos hemos alejado un poco.

Trago saliva y vuelvo a asegurarle que le diré todo cuando regrese. Laama hace un gesto con la cabeza, habiendo escuchado nuestra conversación.

—No me iré de esta edificación hasta que regreses —me susurra cuando paso por su lado.

Le sonrío y le agradezco que se quede con mi hermano.

Salgo de la edificación y me encamino hasta la entrada de la ciudad, dando un último vistazo al ventanal de mi aposento. Jireh está mirándome fijamente, con los brazos cruzados sobre su pecho y las cejas casi juntas de lo mucho que frunce el entrecejo. Laama está a su lado, brindándome una sonrisa de lado.

Continúo caminando hasta salir de Saphon.

El camino a la cueva de Semyazza está tan oscuro que juraría que es de noche. El cielo nublado, más las copas de los árboles, hacen sombra al camino, demasiada, tomando en cuenta que el sol no ha salido.

Llego a la cueva y miro alrededor.

Me abrazo a mí misma y retengo la respiración.

Tomo entre mis dedos la cálida piedra de antimonio y digo el nombre del Vigilante en voz alta. Momentos después lo siento, su calor detrás de mí. La cueva se ilumina con sus resplandecientes ojos, y sé que no está relajado, por la intensidad de los mismos.

Me giro y lo veo, sus cejas arqueadas hacia arriba. Me observa de arriba hacia abajo, como si buscara cualquier indicio de alguna herida. Se acerca un paso y yo me alejo dos. Sus cejas pasan de estar arqueadas hacia arriba a juntarse en una línea recta con una arruguita en el entrecejo.

—¿Qué sucede? ¿Por qué me llamaste a esta cueva? —da otro paso, tratando de acercárseme y yo vuelvo a alejarme.

Siento que no lo puedo evitar, no quiero sentirlo muy cerca de mí. Mi corazón late con fuerza y aprieto los puños.

¿Cómo le hago esta pregunta sin derrumbarme frente a él?

—¿Eden? —el Vigilante se muestra más desconcertado con el pasar de los segundos, pero ya no intenta acercarse a mí.

Balbuceo intentando iniciar con la conversación. Trago el nudo en mi garganta.

—Yo... —¿acaso quiero una respuesta? ¿De verdad?

Niego con la cabeza, Semyazza insiste con otro paso hacia mí, llamándome por mi nombre.

Suelto un grito, dejando salir la frustración. Retumba por toda la cueva hasta que me duelen los tímpanos.

El Vigilante se apresura hasta mí, como si me estuviera viendo morir, pero yo lo detengo extendiendo mis brazos.

Se lo grito en la cara, le grito todo lo que escuché. Le grito pidiendo una explicación.

—¡Mi familia! ¡Prometiste que estarían bien y fueron ustedes mismos quienes los mataron! ¡¿Por qué enviar a sus bestias a devorarnos como si no fuéramos nada?! —el llanto empapa mis mejillas, empaña mi vista.

Siento como si me ahorcaran.

Semyazza se paraliza, en sus ojos veo el brillo indeciso, como si se debatiera entre hacerse más intenso o más tenue.

—¿De qué estás hablando? —es lo que dice, lo pregunta con cautela.

Agacha la cabeza y yo bajo los brazos, me abrazo a mí misma.

—Escuché lo que están haciendo. Están enviándolos a los asentamientos —mi garganta no quiere dejar salir las palabras, así que las tengo que forzar.

Semyazza palidece notablemente. Niega con la cabeza una vez, mira hacia la entrada de la cueva, luego niega de nuevo dos veces y vuelve a posar sus ojos en mí.

—Te juro que no tengo nada que ver con eso, Eden. Jamás te haría algo así —dice.

Sigue hablando cauteloso, parece temer que yo no le crea.

—No sé quién lo ha hecho, he estado tan ocupado con... lo demás —se pasa la mano por el rostro, acercándose a la roca grande donde me senté la primera vez que estuve aquí. Se sienta.

Su imponente figura hace que esa roca se vea pequeña.

—Te juro que buscaré a los culpables ya mismo, los haré pagar —murmura.

Sus ojos demuestran que no miente.

Un escalofrío recorre toda mi espalda, pausando las lágrimas que se han estado resbalando sin parar desde que exploté.

No sé qué tanto confío en Semyazza ahora, en sus palabras. Es un dilema, y se siente mucho peor que cuando recién nos conocimos y sólo le temía por ser un hijo del cielo.

—Vamos —el Vigilante dice, interrumpiendo mis pensamientos.

Se levanta de la roca y me ofrece la mano.

—Te llevaré rápido de vuelta a la edificación y resolveré eso —dice.

Yo miro su mano y él ladea la cabeza, parece querer acercarse a mí y sólo estrecharme en sus brazos, pero mi reacción de cuando llegó a la cueva le impide hacerlo.

—No quiero que me temas, Eden. ¿Por eso me llamaste a esta cueva? ¿Temes que hubiera hecho algo en contra de la familia que te queda? —pregunta.

No respondo. Él no necesita que lo haga, su pregunta fue una afirmación disfrazada. Lo leyó en mi reacción, de momentos antes y de ahora.

—Nunca te podría hacer eso —murmura. —Créeme, por favor —su voz se quiebra un poco, o quizás sólo es mi percepción.

Acepto su mano, dudosa, el Vigilante es suave cuando me hala hacia él con lentitud y me apresa contra su pecho.

Me preparo para la horrible sensación, pero Semyazza es dulce. Llego a mi aposento de un momento a otro y no siento los malestares que suelen quedar como secuelas.

El Vigilante asiente una vez, mirándome fijamente a los ojos, ignora la presencia de mi hermano y de Laama y desaparece.

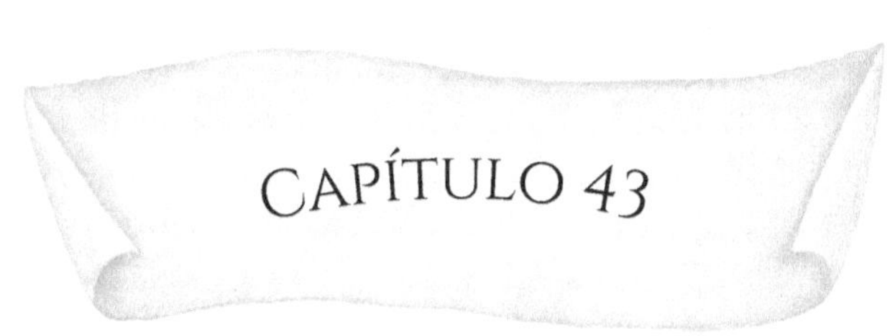

# CAPÍTULO 43

De nuevo le oculté información a mi hermano. Sólo le conté todo a Laama. A Jireh le dije que de lo que hablamos Semyazza y yo era sobre lo que han logrado con el Profeta Enoc, cosa que interesó mucho a Jireh, más de lo que me esperaba. Tuve que inventar detalles y Laama me ayudó, sin preguntar ni quedar de acuerdo.

Mi amiga se ha quedado con nosotros las últimas dos noches. Ella y Jireh parecen estar haciéndose buenos amigos.

Jireh ha permanecido tranquilo. Por eso también es que me rehúso a hablarle de lo que hicieron los Vigilantes, mientras espero noticias de Semyazza y lo que dijo que haría con quienes lo hicieron.

Una parte de mi se sigue preguntando si de verdad el Vigilante no tuvo que ver, y si lo que me prometió es cierto.

Laama parece meter la mano al fuego por él, puesto que se la ha pasado asegurándome que Semyazza no miente y que confíe más en él.

La mañana es tan fría como las anteriores; el frío parece haberse vuelto la norma.

Jireh y Laama conversan amenamente, aunque es más mi amiga quien mantiene la conversación viva. Me limito a escucharlos. Se hablan de sus vidas; Laama le cuenta lo mismo que me contó a mí, y Jireh, por primera vez desde que está aquí, habla sobre nuestra vida en el asentamiento. Su perspectiva de la misma, para ser exactos, incluyendo cuando iba a casa del Patriarca Enoc.

A Laama le ha fascinado escuchar las anécdotas de Jireh y lo que sabe del Patriarca, sin ahondar demasiado en las visiones que este compartió con mi hermano.

Laama se levanta del lecho en medio de una risa por algo nada gracioso que dijo Jireh, se acerca al ventanal y mira al horizonte. Relajada.

La comisura de mis labios se alza un poco.

Tomo la damascena casi marchita en mi mano, la de Jireh está en igual condición. La inhalo, su olor se va desvaneciendo y me digo mentalmente que tengo que pedirle otra a Semyazza, aunque sea sólo para Jireh. Él no ha apartado la suya de su lado.

—Vengan a ver —Laama dice de repente.

Su espalda recta, sin mirarnos, con ambas manos en el alféizar.

Jireh y yo, ambos con la misma expresión de extrañeza, nos acercamos a Laama y vemos en la dirección que señala Laama.

Suena un estruendo en el cielo.

De reojo, noto los presagios ir de un lado al otro, pero lo que más llama mi atención es el grupo de Vigilantes que camina hacia la edificación.

Semyazza es el último del grupo, como si los escoltara, y a su lado va el Vigilante Azael.

Parecen dar un desfile por todo Saphon.

Mi corazón da un brinco en mi pecho.

¿Serán los culpables de enviar nefilim a los asentamientos humanos?

No puedo evitar que un gemido salga de mi garganta, uno de sorpresa. Entre los Vigilantes siendo escoltados está Barakiel, aunque el que más me sorprende es Harmoni.

Laama y yo nos miramos, parece sorprenderle tanto como a mí.

Los Vigilantes van llamando la atención de las demás personas de Saphon, que salen de sus viviendas con cautela y curiosidad.

El grupo de Vigilantes pronto se pierde de nuestra vista, cuando pasan por el lado de la edificación y van detrás de ella. Deduzco que se dirigen al claro, donde llegamos las últimas mujeres que fuimos traídas a Saphon.

Salgo de mi aposento casi corriendo. Laama y Jireh van detrás de mí. Jireh es el único que dice mi nombre y pide que me detenga. No lo hago. Él y Laama salen detrás de mí.

Cuando cruzo las puertas del salón de entrada, los murmullos y cuchicheos de las mujeres es lo único que se escucha. Nada de aves, nada de melodía. Esta última murió hace mucho.

Doy la vuelta a la edificación y voy hacia el claro, con mi amiga y mi hermano pisándome los talones.

Otras personas también agarran confianza y vienen a presenciar lo que está pasando.

Semyazza se ve furioso, pero son sólo sus ojos intensos los que lo delatan, puesto que el resto de su postura y expresión no dicen nada.

Se le ve sin emoción alguna.

Mira de reojo al grupo de metiches que vinimos a ver lo que acontecerá con este grupo de Vigilantes.

Jireh forma puños con sus manos, Laama pone una de las suyas en mi hombro.

No necesito consuelo. Necesito saber si fueron ellos y qué hará Semyazza.

Él me mira, un destello surca sus ojos encendidos en dorado. Inhalo y retengo la respiración. Semyazza comienza a hablar y su voz retumba como los rugidos del cielo, que últimamente se han escuchado cada vez más seguido.

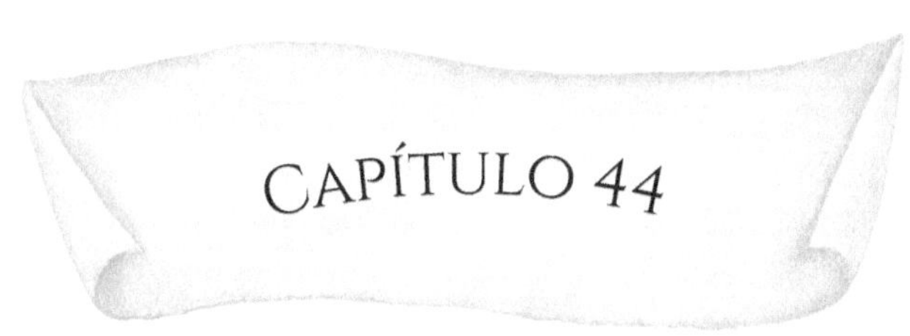

# CAPÍTULO 44

—He descubierto que ustedes han pecado más allá de lo que habíamos pactado —comienza a hablar Semyazza.

Lo dirá frente a todos, Jireh escuchará lo que hicieron porque Semyazza lo dirá ante todos nosotros.

—Han enviado a su descendencia gigante a los asentamientos humanos, a devorar a los seres que no han hecho más que intentar ayudar a alimentarlos —la ira y la decepción en la voz de Semyazza es casi palpable.

Miro de reojo a Jireh y noto que ha dado un par de pasos atrás, se tambalea como a punto de caer al suelo de la impresión.

Cierro con fuerza los ojos.

Los Vigilantes acusados se mantienen rectos, majestuosos. Es Barakiel el que habla por todos.

—Lo que hemos hecho ha sido para mantener con vida a nuestros hijos, incluyendo a Haia y a Hiya —dice como si quisiera escupirle en la cara a Semyazza. —Mueren de hambre, se pelean y devoran entre sí. ¿Qué más debíamos hacer? —ruge Barakiel.

Escucho a mujeres entre los espectadores concordar con Barakiel, y eso hace que me hierva la sangre.

¿Cómo pueden?

Harmoni parece querer ocultarse cuando ve que Laama y yo no le quitamos la mirada de encima. No dice nada. Ninguno de los Vigilantes dice nada, sólo Barakiel habla.

—Entendemos que lidiamos con el problema que tenemos con el Creador, pero no podíamos dejar de lado a nuestros hijos —dice.

No sé si estoy mal pero le veo sonreír.

A Jireh se le escapa un sollozo y es cuando me doy cuenta de que está llorando. Derrama las lágrimas que no le he visto derramar desde que enterramos a nuestra familia.

Se me hunde el corazón en el pecho y me falla la respiración.

La voz atronadora de Semyazza nos sobresalta a todos cuando vuelve a tomar la palabra.

—¡Los humanos no deben ser comida para los nefilim! ¡Ay de nosotros, que seremos juzgados por cosas cada vez peores! ¡Familias han sido destrozadas! ¡¿Acaso no ven que entre nuestras mujeres hay quienes lloran a la familia que han perdido?! —ruge.

Levanta un brazo para señalar hacia el grupo de espectadores, pero yo siento que sólo me señala a mí.

Intenta calmarse antes de continuar.

—Mas ustedes, por su falta de empatía y de sabiduría, han arruinado aún más la situación; si no recibimos perdón alguno, espero que pese sobre sus hombros mucho más que en los del resto de nosotros. Y lo han de cargar solos —suspira, cierra por unos segundos sus ojos.

Cuando los abre, son mil veces más resplandecientes y, como si expulsara fuego por la boca, les ruge la sentencia.

—¡Sean expulsados de entre los Vigilantes y no tengan ustedes bando alguno! ¡Que el castigo les llegue y, para aún más vergüenza, les encuentre sin hogar! ¡No dirán que son Vigilantes, son sólo caídos condenados! —declara.

Tambaleo, temerosa por la ira en la voz del Vigilantes.

Aún así, sin miedo a demostrar mi ignorancia, susurro para mí misma lo poco que me parece dicha sentencia. Pero soy sólo yo, y cualquiera que no entienda la magnitud del destierro.

Los Vigilantes que acaban de ser desterrados por su líder lanzan gritos de agonía al aire, como si algo les hiriera por dentro.

Una luz dorada sale de la piel de cada uno y nosotros tenemos que cubrir nuestros rostros del resplandor. El grupo de culpables se apaga, pierden la luz al mismo tiempo. Los ojos son lo único que aún parece brillar en ellos, y es tan tenue como la luz de una vela que se está terminando.

Todos desaparecen, y al último que veo es a Harmoni. Mira a Laama y a mí, luego a Jireh. Parece querer decir algo. La expresión de su rostro es desoladora. Semyazza da un paso y Harmoni lo mira, desapareciendo y yéndose del lugar como han hecho los otros.

Agarro valor para ver a mi hermano, pero él se está alejando a paso apresurado y decidido. Corro detrás de él, llamándolo.

Todas las demás personas se meten en mi camino y empujo a un par. Llamo a Jireh, le pregunto entre gritos que a dónde va.

Él se detiene bruscamente por fin y me encara.

Su rostro está contraído por la ira, pero las lágrimas empapan sus mejillas. Termino de llegar hasta él justo cuando comienza a hablar.

—Tenía razón, ellos fueron quienes enviaron a los gigantes a nuestro asentamiento —su voz se quiebra, haciendo que mi corazón haga lo mismo y que mi garganta se cierre.

Asiento, dándole la razón. Estoy a punto de decir algo, pero levanta la palma de su mano, mandándome a callar y continúa hablando.

—No estaré un minuto más entre ellos, Eden. Me iré de aquí —sorbe por la nariz y limpia con brusquedad sus ojos y nariz. —Y tú vendrás conmigo —dice tajante, como si no fuera sugerencia.

No me lo está preguntando, lo está demandando.

Niego lentamente con la cabeza. Laama llega a mi lado en ese momento y, por su calidez, sé que Semyazza también viene acercándose. Jireh no despega sus ojos de los míos.

—Tenemos que quedarnos, Jireh. Semyazza acaba de expulsar a los culpables, y recuerda que nos llevarán a un lugar más seguro —intento convencerlo, pero todas las palabras me salen en un balbuceo.

Laama se involucra.

—Sé que no debe ser sencillo, Jireh, pero tenemos que permanecer juntos hasta estar seguros de que estaremos bien y… —Jireh la interrumpe.

—¿Bien? ¡¿Bien?! ¡Mi familia fue masacrada porque esos caídos condenados nos consideraron un criadero de alimentos para sus bestias! ? ¡¿Y tú, Eden, aún quieres estar entre ellos?! —me señala con el dedo.

Niego con la cabeza de nuevo pero no sé qué decirle.

Semyazza llega hasta nosotros y aún parece alterado. Su presencia inspira cierto temor que me doy cuenta que afecta hasta a Jireh, aunque él parece querer ocultarlo. Alza su mirada hacia el Vigilante y este se la devuelve, resplandeciente e imponente.

—Nos iremos de Saphon, y ustedes vendrán con nosotros puesto que no tienen a dónde más ir —es lo único que dice, sin despegar sus ojos de los de mi hermano.

Él no dice nada, pero veo que aprieta los puños.

Sabe que no puede enfrentarse a él, pero está demasiado enojado y alterado como para pensar con claridad. Pero sé, y lo sé muy bien, que Semyazza no hará que cambie de opinión.

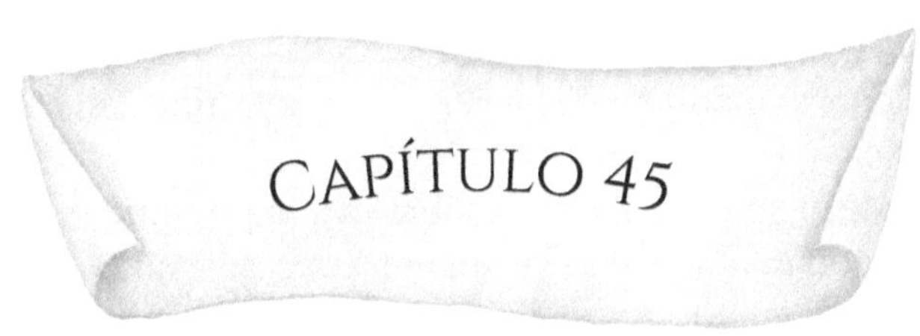

# CAPÍTULO 45

Semyazza me acaricia el brazo de manera reconfortante, pero no puedo mirarlo. Mis ojos están fijos en mi hermano. Jireh ha dejado de llorar para dar paso a la ira. En su rostro es lo único que veo.

De mis ojos salen lágrimas a cántaros. Le ruego en voz baja a Jireh, obviando la presencia del ángel y de mi amiga.

Azael viene a buscar a Semyazza, y este da una última mirada a mi hermano antes de irse con Azael, lo más probable que a seguir resolviendo su problema. Casi le pido que se quede y obligue a Jireh a no irse.

—Jireh, por favor —susurro.

Él lee mis labios y responde negando con la cabeza.

—Luego de que acabe todo, nos iremos tú y yo —susurro.

Sé que Laama me escucha y desaprueba la promesa, pero no me importa. Jireh niega de nuevo, pero parece que sólo sacude la cabeza.

—No lo puedo creer. ¿De verdad estás tan cegada? ¿Crees que estaremos bien con ellos? ¡No tienen remedio, entiéndelo, Eden! ¡No van a resolver nada! —se vuelve a alterar. —¡No seas tan estúpida o morirás con ellos! —llamamos la atención de quienes siguen afuera, alrededor de nosotros. A Jireh parece no importarle. —Si no vienes conmigo, te dejaré aquí sola. Y para mí ya estarás muerta, como el resto de nuestra familia —dice tajante.

Abro la boca de par en par, sin saber qué decir. No puedo creer que esas palabras estén saliendo de la boca de mi hermano.

Mis sollozos son incontrolables y las lágrimas nublan mi vista, pero aún puedo ver cuando Laama se acerca y le da una cachetada a Jireh, fuerte.

Está bastante enojada.

—¿Cómo puedes decirle eso a tu hermana? La única familia que te queda. ¡Ella también lo está sufriendo! —le reclama Laama, dispuesta a golpearlo de nuevo de ser necesario.

Jireh tiene su mano en su mejilla y mira a Laama con los ojos bien abiertos.

—¡Lárgate si quieres! Pero no sobrevivirás por mucho tiempo allá afuera, con nefilim y con la violencia excesiva entre los humanos. ¡Ni siquiera sabes a dónde ir! —Laama continúa peleándole.

Jireh se queda mudo por un momento ante la reacción de Laama. Luego chasquea la lengua.

—Cualquier cosa ahora mismo es mejor que estar entre ustedes —dice Jireh con calma, como si no le importara recibir otra cachetada de mi amiga. Me mira de nuevo. —Te lo preguntaré sólo una vez, Eden, ¿vienes conmigo o te quedas? —alza la barbilla, deja de tocarse la mejilla e ignora a Laama.

Se me escapa otro sollozo.

—Jireh, por favor no me hagas esto. Quédate conmigo, no quiero que mueras tú también —le ruego y le ruego, pero mi hermano no quiere desistir.

Sin volver a mirarme, se da la vuelta y camina, alejándose de mí, e ignorándome cuando lo llamo.

Algunas de las mujeres a mi alrededor ven la escena con pena; otras intentan hacer como que no ven nada, todo mientras amontonan cosas para almacenar y llevarse de la ciudad cuando los Vigilantes vengan a buscarnos, que ha de ser en cualquier momento.

El cielo ruge, gris y con los presagios surcando las nubes oscuras. Sólo puedo ver cómo mi hermano me ignora y se va, dispuesto a morir en vez de quedarse aquí conmigo.

Le repito la promesa que le hice, con desesperación, no me importa que me escuchen.

—¡Por favor! ¡Sólo unos días más! ¡Cuando todo esto termine sólo seremos tú y yo, viviremos en otro lugar y haremos una vida

normal! ¡Conoceremos otras personas y lo de los Vigilantes 
quedará atrás! —no me importa quién me esté escuchando, podría 
ser el mismísimo Semyazza y me daría igual.

No quiero que Jireh también me deje.

Laama me sigue, y le toma toda su fuerza de voluntad el no 
detenerme y dejar que siga persiguiendo a mi hermano y 
rogándole. Lo sé porque he sentido el roce de su mano en mi 
brazo, a punto de agarrarme para que deje de perseguir a Jireh.

Jireh voltea y me mira, ya no con ira sino con pena, palpable en 
su rostro.

Vuelven a caer las lágrimas.

—No sé cómo no lo entiendes —me dice.

En ese momento, otro rugido del cielo hace que la mayoría 
alcemos la mirada.

La enorme bóveda celeste está completamente oscura. No hay 
ni un poco de azul, tampoco diferentes tonalidades de gris. Todo 
tiene el mismo tono negruzco y, siendo honesta, es un poco 
aterrador. Veo aquellas luces yendo de aquí para allá como ráfagas. 
Otro rugido.

Entonces, gritos ahogados de terror se unen a los rugidos del 
cielo, enviando un escalofrío por toda mi espalda.

Jireh se queda pasmado y con los ojos bien abiertos, mirando 
algo detrás de mí.

Al girarme para saber qué pasa, siento que puedo escuchar mi 
corazón desbocado.

Nefilim.

Se acercan a grandes zancadas, y cuando se adentran al centro 
de la ciudad, todo se detiene.

Las personas se quedan quietas y expectantes, ahogando sus 
gritos como si creyeran que de esa manera las bestias no las verán, 
que no les harán daño. Jireh se acerca a mí apresuradamente y me 
agarra del brazo, me hace dar un par de pasos hacia atrás y yo 
miro alrededor, buscando a dónde huir.

Tomo el antimonio entre mis manos, dispuesta a llamar a 
Semyazza ante cualquier señal de algo remotamente parecido a lo 
qué pasó en mi hogar.

Una parte de mí quiere pensar que no, que no hay forma de que esos gigantes hagan con Saphon lo que hacen con los asentamientos. Tiene que existir alguna especie de respeto por estas mujeres y por los ángeles, ¿no es así? Muchas de aquí podrían ser sus madres.

Pero entonces los veo, a los Vigilantes que acaban de ser expulsados por Semyazza, a un lado de los gigantes.

Siento que se me detiene la respiración.

La tensión, el silencio y la quietud son rotas cuando se arma un caos en la ciudad.

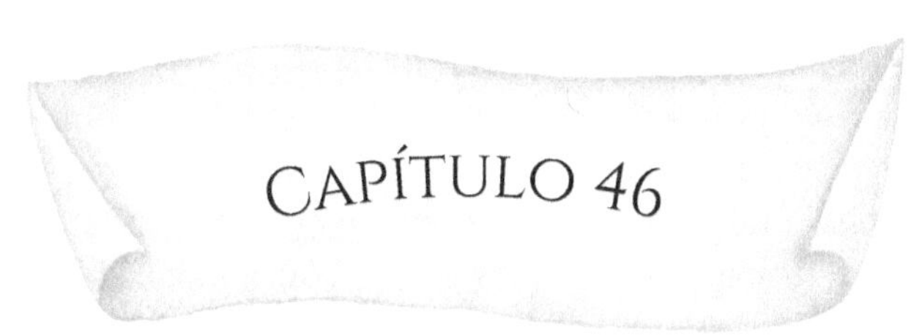

# CAPÍTULO 46

Me quedo paralizada por lo que se siente como una eternidad, sin saber cómo reaccionar ante lo que ven mis ojos. No quiero revivir lo que pasó en mi hogar, no quiero que pase de nuevo.

Nefilim toman entre sus enormes manos de a dos y tres mujeres y, sin detenerse a considerarlo, las devoran completas, por partes o las aplastan entre sus puños.

La sangre baña el lugar, uniéndose a los gritos y el llanto.

Las mujeres que corren chocan unas con otras, algunas se tropiezan con el largo de sus atavíos y sus hermosos vestidos, ahora convertidos en jirones. Otras mujeres están tiradas en el suelo, bañadas en sangre que no estoy segura de si son o no de ellas mismas.

Mi estómago arde, y dicho ardor sube rápidamente por mi garganta. Antes de que pueda evitarlo, estoy vomitando.

Jireh, con un grito, me obliga a correr.

Dos de los nefilim comienzan a pelearse entre sí. No sé por qué pelean, y tampoco pienso quedarme a averiguarlo.

Mi garganta arde por ahogar el llanto, apenas respiro con normalidad. Mis piernas prácticamente se mueven solas, al punto de que no puedo sentirlas y me parece que en cualquier momento me voy a caer. Corro y, aunque quisiera, no podría detenerme, porque Jireh me lleva casi a rastras.

Él voltea a verme más de una vez y luego detrás de mí.

El pecho me duele, quema el aire cuando entra forzosamente.

Un estruendo me hace palidecer, otro rugido proveniente del cielo. Los nefilim responden con uno casi igual de fuerte y, posterior a esto, se escucha el ruido estrepitoso de las edificaciones de la ciudad siendo destrozadas.

Aumentan los gritos y estoy segura de que mi cabeza va a explotar. Pronto, el cansancio vuelve más dificultoso y ralentizado nuestro avance.

Los gritos se vuelven ensordecedores cuando estamos a punto de cruzar la aún majestuosa entrada de la ciudad. Ruegos, gritos de alivio y terror mezclados.

Me detengo, no sólo para ver la razón de esos gritos, sino también para tirarme al suelo hasta caer sobre mis rodillas. Jireh se deja caer también, ambos agotados.

El sudor baña mi rostro, el aire difícilmente entra por mis fosas nasales. Siento unas náuseas terribles que se ven aumentadas con el pestilente hedor metálico de la sangre, la cual inunda el lugar.

Laama nos alcanza, no dice nada. Yo me alegro de verla bien, ella igual y me lo deja saber con una mirada. Nos hemos alejado lo suficiente de donde están ahora mismo los nefilim, por lo que tenemos una mejor vista del desastre que están haciendo, al igual que de sus sangrientas peleas entre sí.

Levantan polvo y piedras, así como hicieron en mi asentamiento, y una nubareda de polvo nos alcanza hasta donde estamos. Entra por nuestra nariz, escucho a Jireh toser y yo también comienzo a toser. Cubro mi rostro con ambas manos, pero no es suficiente para cubrirme del polvo y el hedor, por lo que uso mi brazo para ello.

Unas luces se hacen presentes por aquí y por allá.

El tumulto de gritos se intensifica, algunos de alivio, otros aún de terror.

Los Vigilantes aparecen.

El polvo no me deja ver demasiado bien; tengo que cerrar los ojos y abrirlos un poco, para cerrarlos de nuevo. La luz en los ojos de un Vigilante me hace saber que viene apresuradamente hacia nosotros. A este se le suman dos más.

Aprieto los ojos de nuevo y, cuando los vuelvo a abrir, los tres Vigilantes están tan cerca como para que pueda ver más claro quiénes son: Semyazza y Azael, junto con otro Vigilante con el que no recuerdo haber interactuado nunca.

El brillo dorado en sus ojos es cegador, no puedo verlos por mucho tiempo. Tan intenso que asustan.

—¿Están bien? —escucho la voz de Semyazza tan pronto llegan a nosotros. Se le escucha acongojado, lleno de preocupación.

Nadie responde, pero no es como si nos hubieran dado el tiempo. El Vigilante que no conozco toma a mi hermano por los brazos firmemente, Azael rodea con sus brazos a Laama y Semyazza hace lo mismo conmigo. Su piel cálida provoca que sude y me sienta como al calor abrazador del sol de mediodía.

Empiezo a sentir el mareo, todo a nuestro alrededor da vueltas a gran velocidad. Vuelven esas sensaciones que odio. Aprieto los ojos al sentir las náuseas, el no poder respirar y que mis pies no toquen el suelo. Me quita el aliento, es más intenso que cualquier otra vez que haya hecho esto. Es más fiero, con mayor furor, como si estuvieran desesperados. Y no dudo que lo estén.

Aprieto los dientes, intentando aplacar el dolor intenso de cabeza, cuento hasta diez. Luego hasta veinte.

Ahí es cuando llegamos.

El Vigilante me suelta cuidadosamente. Me deposita en el suelo, como si supiera que me voy a caer porque mis piernas me flaquean. No las siento, no siento nada de mi cuerpo por los próximos segundos. Tengo que mantener mis ojos cerrados, pero al abrirlos busco de inmediato a mi hermano, para verlo ser depositado en el suelo como a mi. Aquel Vigilante lo deja acostado, Jireh se ha desmayado.

Como puedo, me apresuro hasta él. Me quedo sentada en el suelo, poniendo su cabeza en mi regazo.

Alzo mi mirada al resto de Vigilantes, los cuales están apareciendo simultáneamente en el lugar.

Laama casi ni se inmuta cuando aparece, abrazada por Azael. Se acerca hasta sentarse a mi lado, mirando con ojos preocupados a Jireh.

—¿Están todos bien? —pregunta Semyazza de manera general.

Recibe la afirmación por parte de los demás Vigilantes, quienes parecen decaídos, temerosos y a la vez molestos. Nos miran detenidamente, haciendo un silencio súbito en el lugar, para después comenzar a examinarnos.

Otro estruendo del cielo se escucha, el cual provoca un estremecimiento hasta en los Vigilantes.

El cielo se pone aún más gris, hasta el punto de parecer negro. Sorprendentemente, el día se ha oscurecido aún más y el ambiente es bastante tétrico.

Es cuando me tomo el tiempo de ver el lugar en el que estamos ahora.

Justo a un lado, a mi derecha, se encuentra la ladera de la montaña. Miro lentamente hacia arriba para identificarla, es el Monte Hermón. Frunzo el ceño un tanto extrañada y preguntándome la razón por la que vinimos específicamente a este lugar. Volteo a ver al otro lado, para encontrarme un amplio río. Estoy segura de que se trata del mismo que cruza cerca de mi asentamiento, pero en esta área es mucho más ancho y no podríamos pasar al otro extremo, a menos que vayamos sobre algo que flote y nos aguante.

Más allá, a lo lejos, se ven árboles e incluso otras pequeñas montañas que no recuerdo haber visto, no las puedo identificar; pero el verdor del fondo, más el color cristalino de las aguas, da una vista que podría llegar a ser pacífica y tranquila. Claro, de no ser por los gigantes que se ven vagar por allá, y por el cielo oscuro que nos tiene nerviosos a todos, hasta a los Vigilantes.

El suelo en donde estamos no tiene ni rastro de hierba, no hay más que tierra seca y rocas, unas enormes y otras de un tamaño más decente, distribuidas por todo el lugar.

Algunas de las mujeres usan esas mismas rocas para sentarse, veo a otras acurrucarse al lado de otras rocas, como buscando un escondite.

Mi corazón se estremece ante la visión de mujeres que sucumben ante su dolor, habiendo unas cuantas que los Vigilantes trajeron, con la intención de salvar sus vidas, pero ellas no dan para más. Habiendo perdido demasiada sangre, partes completas de sus cuerpos y, quién sabe qué más, no tardan mucho en morir una tras otra.

Así transcurre el resto del día. Jireh recostado en mi regazo, aún no ha despertado. Laama a mi lado, acaricia mi espalda de arriba abajo con dulzura, sin despegar la mirada de mi hermano.

Varias de las mujeres heridas que trajeron han muerto, otras pocas siguen batallando por mantenerse con vida, en brazos de Vigilantes que buscan curarlas sin éxito.

El cielo sigue emitiendo el estruendo de vez en cuando, pero ya es menos fuerte, aunque está increíblemente oscuro, tanto que podríamos decir que es pasada la medianoche. El frío se extiende y se intensifica con el pasar de las horas, de modo que pronto estamos haciendo pequeñas fogatas en todo el lugar.

Los Vigilantes han argumentado que lo mejor es que sean varias pequeñas, en lugar de una muy grande, para no llamar la atención de nada ni nadie.

Creo poder asegurar que, vayamos a donde vayamos, hagamos lo que hagamos; no estamos seguros en ningún lugar, ni con ellos. Lloro, uniéndome a los llantos ahogados y silenciosos de algunas mujeres.

Mi hermano comienza a despertar, al fin. Limpio mis lágrimas un poco y sorbo por la naríz.

—¿Eden? —le oigo murmurar con la voz pastosa.

Sonrío entre lágrimas, feliz de que esté bien.

—¿Estamos en el Monte Hermón? —pregunta en voz baja, más para sí mismo.

Mira a su alrededor, a la vez que le respondo con un "sí", ahogado por el llanto. Trago el nudo para poder hablarle.

—En algún lugar de su ladera, sí —digo, también en voz baja.

Él me observa.

Todavía hay un rastro de molestia y decepción en sus ojos cuando me mira, pero se lo guarda.

Me acuesto en el suelo, acercándome un poco más a la fogata y a Jireh, quien ha dejado de mirarme y mantiene toda su atención en la pequeña fogata.

Me siento demasiado cansada.

Lágrimas aún escapando de mis ojos. Tomo un gran suspiro,

entrecortado por sollozos, antes de que mis ojos se cierren por completo.

Poco a poco, me quedo dormida.

# CAPÍTULO 47

Mi descanso no dura mucho, lastimosamente. Espero que al menos hayan sido un par de horas.

Se escucha un estruendo mucho más fuerte, de un brinco me despabilo, con el corazón latiendo tan rápido que temo que se me salga del pecho. Las demás también se han asustado bastante, y todos volteamos a ver el cielo casi al mismo tiempo. Todos menos los Vigilantes que están con nosotras. Es imposible discernir si sigue siendo de noche o ya ha amanecido, pues las densas nubes negras continúan cubriendo la bóveda celeste.

Los estruendos se suceden uno tras otro, cada vez más seguido. Me encojo en mi sitio.

Los Vigilantes hacen muy poco por mantenernos en calma, de hecho, ellos también se ven intranquilos. Se juntan en un pequeño círculo sólo ellos, como teniendo una reunión improvisada. Los estruendos en el cielo son más ruidosos, por lo que nada que no sea ellos se escucha.

Me siento y los observo.

Momentos más tarde, siento la cálida presencia de Semyazza acercándose a mí. Me regala una mirada triste, pero sus labios sonríen. Su expresión me hace sentir nerviosa, como si estuviera a punto de decirme algo terrible. Me preparo.

Toma mi mano entre las suyas, apretándola con una fuerza que es leve para él, pero hace que yo quiera sacudirla un poco para aliviar la presión. Sin embargo, aquel es un gesto reconfortante. Lo interpreto como un "todo va a estar bien".

—Tengo que hablar contigo, decirte algo que debiste saber desde el principio —me dice.

Siento la garganta seca, y sé que es por el nerviosismo de pensar que todavía hay más que quizás tendré que soportar.

Aún así, no logro hacer ningún gesto que demuestre alguna emoción. Como si mis facciones no me respondieran. Todo lo que ha pasado pesa muchísimo en mi pecho, no tengo descanso; pero mis ojos están cansados, hinchados y secos. Mis labios apenas pueden abrirse para hablar o comer.

Le doy una mirada a mi hermano, que también está despierto, pero me evita. No me habla ni me mira. No sé si es mi percepción, pero parece que incluso se ha alejado de mí un poco más.

—Está bien —murmuro.

Semyazza me ofrece su mano y me levanta sin esfuerzo. Nos alejamos un poco de aquel lugar, y siento la mirada de Jireh en mi espalda como si fuera una estaca clavada.

Semyazza y yo nos acercamos más a la orilla de aquel río, el que creo que es el mismo cercano a mi asentamiento, y que baja hasta quién sabe dónde.

Me imagino caminando por una de las dos direcciones por horas, hasta encontrar el asentamiento al fondo. Me imagino acercándome a mi hogar, para descubrir que no hubo estragos ni hubo tragedia y que, de hecho, mi madre y Omer nos esperan a Jireh y a mí para cenar con unas sobras de kamut que quedaban en casa. Y que mi padre recién llega de entregar algún trabajo hecho en madera.

Semyazza me saca de mi ensoñación.

—Estos no han sido días fáciles, tiempos fáciles. No he estado contigo como me hubiera gustado, y espero que puedas perdonarme por eso. Te saqué de tu parentela para que tengas una mejor calidad de vida, porque te quise desde que te vi —dice el ángel.

Nos detenemos cuando llegamos a la orilla del río, sentándonos en el suelo sin hierbas. Las piedritas casi se entierran en mi piel a través de la tela fina del vestido que llevo puesto, no tan sucio, en comparación a cómo debería estar después de lo que hemos pasado.

—No hay problema con eso, Semyazza —digo sinceramente.

La voz me sale un poco ronca, y los ojos del Vigilante aumentan su brillo un poco más, como si aquel oro apagado retomara su vida.

Se queda en silencio, mirándome fijo a los ojos y acariciando mi mejilla con su mano, suave y casi tan grande como la mitad de mi rostro. La calidez y el ligero resplandor de su piel hace que el frío y la oscuridad, que invade todo el cielo y el ambiente en general, se queden opacados por la cercanía y el toque del ángel.

Inclino la cabeza, haciendo que él acurruque mejor mi rostro en su mano.

Semyazza deja salir un suspiro pesado.

—No fui completamente honesto contigo, Eden. Sobre mi tiempo con Vishtar —dice.

Arqueo un poco una de mis cejas, hago un sonido con la garganta, instándolo a seguir hablando. Él suspira y forza una sonrisa en su rostro.

—Hace poco más de mil años que yo no era más que un mensajero, con la tarea de guardar a los humanos y registrar sus acciones, la forma en la que crecen como especie —Semyazza comienza a relatar.

En su tono de voz noto que su consciencia está algo ausente, aunque sus ojos permanecen fijos en la forma en que su mano que acuna mi rostro.

—Siempre me han parecido fascinantes, a veces adorables. Los hube visto nacer y crecer, cumplir sus labores, aprender; los vi morir y llorar sus muertos, vivir muchos años y aún así eran tan poco tiempo. Mi tarea era una que disfrutaba; observando y registrando a esta nueva creación y su libre albedrío, cómo elegían, aunque tuvieran que asumir sus consecuencias. Muchos de ustedes no lo aceptaban —deja salir una risa leve. —Los vi disfrutar de la libertad de elegir, felices con los resultados o sufriendo por las consecuencias. Era algo que nunca había visto antes y agradecía grandemente poder tener ese lugar, poder verlos y sentir esa conexión que poco a poco iba sintiendo con ustedes. Y luego la vi a ella —detiene su narrativa, cierra los ojos y mueve su pulgar, acariciando mi mejilla con dulzura.

Noto que levanta la otra mano, acercándola a mi frente. Toca un espacio por encima del puente de mi naríz, entre mis ojos.

En ese momento, mis visión se vuelve borrosa y el mundo da vueltas ante mis ojos, pero no me marea. Mas bien, se siente como si me estuviera quedando dormida.

De repente siento el calor de los rayos del sol en mi piel, abro los ojos lentamente. Semyazza está de pie frente a mí, en todo su esplendor.

Me da la espalda, pero su complexión y altura me intimidan, incluso sin ver sus resplandecientes ojos. Su piel brilla más intensa de lo usual. Sus vestiduras son blancas, demasiado blancas, parecen hechas de luz.

Doy un par de pasos atrás, mi respiración se entrecorta un poco. Su presencia es aún más cálida y me hace sentir bajo presión.

Quizás estar bajo el agua, sin poder respirar por media hora, sería menos doloroso que estar cerca de él ahora.

Miro a mi alrededor.

No reconozco nada del lugar en donde estoy. Sólo árboles, pasto verde y alto, flores, y un río más pequeño y con menos caudal que el de mi hogar. Miro al cielo, el sol se está ocultando y, por el lugar en el que lo está haciendo, deduzco que no estamos cerca del Monte Hermón, ni del asentamiento.

Escucho un chapoteo y luego una risa inocente, de disfrute y tranquilidad.

Rodeo al ángel y me acerco a ver de qué se trata.

Una mujer desnuda, jugando con el agua del río, que parece más un arroyo, es lo que retiene la atención del ángel.

Se contrae algo en mi pecho cuando veo el rostro del ángel. Ni siquiera puedo saber si realmente es Semyazza. Sus ojos encandilan y se unen al resplandor de la piel en su rostro, tan fuerte como el resto de su cuerpo. No se mueve ni un poco, manteniendo una postura tensa y sin dejar de observar a aquella mujer.

La veo chapotear y luego mirar detrás de ella, una y otra vez, como si se cuidara de algo o alguien. En un momento dado, se gira y puedo ver su rostro.

Tengo que tomar una respiración profunda cuando noto el parecido que tenemos.

Mismo cabello negro y largo hasta la espalda baja.

Misma piel oliva y ligeramente quemada por el sol.

Sus cejas son un poco más gruesas que las mías y sus ojos de un color miel, siendo estas las únicas diferencias que tenemos.

Es sólo por eso que no me pregunto si realmente soy yo.

*¿Qué es esto? ¿Dónde estamos? ¿Será ella Vishtar?*

Volteo a ver de nuevo al Vigilante y él sigue mirando a la joven.

De repente, con un movimiento brusco de su cabeza, se gira y me observa como si recién se hubiera dado cuenta de que estoy aquí.

En un parpadeo ya no estoy en el río.

Caigo sentada en el suelo, sin poder sostenerme sobre mis piernas luego de aquel brusco cambio. Aprieto el puente de mi naríz con los dedos índice y pulgar cuando un dolor punzante se hace presente.

El murmullo de varias personas, muchas, hace que abra los ojos de nuevo.

Una pequeña multitud camina con miedo hacia mí, pero no me ven. Frunzo el ceño y me giro, otra pequeña multitud se acerca por el lado contrario, pero estas son personas altas y con las mismas vestiduras blancas, sólo que más opacas que aquellas que le vi al Vigilante que acosaba a la mujer en el río.

Son ángeles, y sus pasos resuenan como el estruendo de muchas aguas. Se acercan, con paso decidido, al montón de tiendas que forman el hogar de varias familias que se han asentado aquí. Se acercan a las personas.

Una mujer, dubitativa y claramente asustada, camina hasta llegar frente a uno de los ángeles.

Las demás personas se quedaron atrás, observando con miedo lo que estaba pasando. Yo misma siento miedo. Tiemblo al levantarme del suelo y quedarme de pie para observar mejor al Vigilante y la mujer.

Son Semyazza y la joven que se me parece, *Vishtar*.

La mano de Semyazza toca la mejilla de la joven, y esta termina de acunar el rostro en su mano, tal y como yo estaba haciendo hace un rato.

Otra vez siento un dolor punzante en el mismo lugar de mi rostro, aprieto con los dedos índice y pulgar. Esta vez, por alguna razón, lo esperaba. También esperaba estar en otro lugar al abrir los ojos.

Y así pasa.

Semyazza tiene a la mujer acurrucada contra su cuerpo, ambos cubiertos por las sábanas de un pequeño lecho de paja.

Estamos en un pequeño aposento, diminuto y con paredes inestables, que se mueven con el viento. Es una tienda.

Ella le habla de hijos, feliz, y Semyazza la observa con ojos brillantes y una enorme sonrisa en su rostro. Le dice que le encantaría engendrar descendencia con ella, y pronuncia el nombre de Vishtar, con una dulzura tal, que parece que saboreara cada letra. La acaricia y la besa, poniéndose encima de ella con cuidado.

Dolor punzante, cambio de ubicación.

Esta vez estaba tan inmiscuida en lo que estaba pasando que no me lo esperaba, por lo que vuelvo a perder el equilibrio cuando mi alrededor se cambia por un oscuro lugar, en mitad de la noche.

Vishtar aparece frente a mí, con la cara apretada y claramente aguantando mucho dolor, hasta que Semyazza la rodea con sus brazos. Entonces Vishtar cambia su expresión por una enorme sonrisa.

El Vigilante le obsequia una flor blanca. La identifico de una vez: es un estramonio.

A Vishtar parece encantarle, puesto que se emociona al punto de dar un par de pequeños brincos. Semyazza ríe ante la reacción de Vishtar. Y mientras ella observa la flor, poniéndola a la luz del sol para fijarse mejor en sus detalles, Semyazza parece darse cuenta de que estoy aquí.

Sus ojos brillantes chocan con los míos, me sobresalto y el dolor punzante vuelve. Agarro mi cabeza, evitando moverla para que no duela tanto, y pronto se desvanece el dolor.

Ahora está Semyazza con Azael. Ambos mantienen una conversación aparentemente amena. Azael limpia con un manto el filo de una espada, y es entonces cuando veo el grupo de personas a lo lejos. Miran hacia acá como si esperaran a que los Vigilantes vayan. De seguro Azael está enseñándoles a usar y forjar las armas.

Dolor punzante. Me toma desprevenida, pero es rápido.

Ante mí se observa una gran planicie, donde se encuentran reunidas un grupo de mujeres, atentas a cada movimiento que hace el ángel frente a ellas.

Entre dichas mujeres está Vishtar, embarazada y con el vientre tan grande que parece que dará a luz en cualquier momento, pero nadie parece atento a ella o preocupado.

El Vigilante Harmoni se acerca por detrás de mí, espantándome. Me hago a un lado, como si yo estuviera en su camino, aunque sé ya que no estoy aquí realmente.

Mis puños se cierran y endurecen, sin que pueda evitarlo, cuando veo a uno de los Vigilantes responsables de la muerte de mi familia, sonriendo y con uno de sus brazos rodeando los hombros de una joven. La diferencia en la estatura es tal, que parece que el brazo del Vigilante tan sólo cuelga por encima del hombro de la chica.

Veo cómo Semyazza enseña a usar el estramonio. En un tazón enorme de madera, echan agua y luego la flor.

Vishtar se acerca más que las otras. Parece gustarle mucho esa flor en particular.

Una de las jóvenes toma del agua con estramonio y, como ya me esperaba, comienza a alucinar. Ver cosas que no vería normalmente.

Semyazza mira con una sonrisa a Harmoni, quien toma el control de la situación con una calma increíble. Parece que hacen equipo. Harmoni toma de los hombros a la mujer y le susurra algo muy cerca del rostro. Ella cae rendida y despierta momentos después, sobresaltándose por el rostro del Vigilante tan cerca del suyo.

Dolor punzante, cambio de ubicación.

Vishtar y Semyazza están en su tienda. Ella se retuerce de dolor y grita, tapo mis oídos porque vuelvo a escuchar lo que está pasando, y es entonces que me doy cuenta de que la mayor parte de lo que había visto fue en silencio, no escuchaba hasta ahora.

Semyazza toma la mano de Vishtar, le asegura que todo estará bien.

Su tono es el mismo que usó conmigo cuando le grité en su cueva.

De nuevo me duele la cabeza, pero no cierro los ojos. Tan sólo se hace de noche y todo está silencioso. Veo la tienda de Vishtar y Semyazzza desde afuera, cerrada.

Entonces, un grito rompe con el silencio.

Semyazza corre por mi lado y contengo un grito de sorpresa. Él abre la tienda y entra, yo entro con él.

Frente a mí aparece aquella Vishtar, en el suelo sobre una manta. Una gran mancha de sangre cubre todo lo que está debajo de ella. Semyazza le ruega que resista, le dice cosas para alentarla. Le da a beber unas hierbas que no conozco pero sé que las he visto. El día que murió Leiah cuando daba a luz. Y Semyazza tiene la misma reacción que tuvo con Leiah, incluso peor, más preocupado e impotente.

Sus cejas no pueden estar más unidas, su ceño no puede arrugarse más. Vishtar no va a aguantar el parto. Semyazza continúa rogándole a la joven que resista, le ruega que no se le vaya.

Comienzo a sentir mareo, justo cuando la cabeza de un bebé más grande de lo común empieza a extender el canal de parto, comenzando a salir.

Contengo la respiración y aparto la mirada, pero el mareo sigue haciéndose más y más intenso, a la vez que los gritos de dolor de Vishtar se hacen más y más fuertes y agobiantes.

El dolor punzante encima del puente de mi naríz vuelve. Esta vez, todo se vuelve negro.

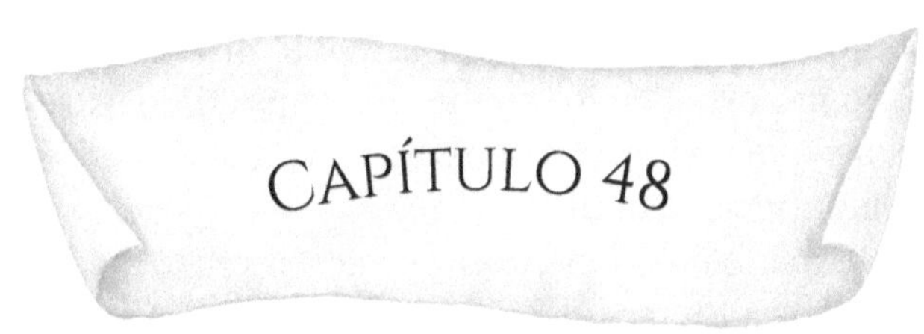

# CAPÍTULO 48

Otro estruendo, y luego otro más, me devuelven a la realidad. Despierto entre los brazos de Semyazza, sintiendo sus manos cálidas acunando mi rostro. Semyazza me observa a los ojos sin pestañear. Su brillo se me hace mucho menos resplandeciente, mucho menos dorado que el de los ojos del Semyazza que vi en lo que me mostró.

—¿Estás bien? —me pregunta en un susurro.

Asiento con la cabeza.

—¿Me acabas de mostrar tu pasado? —pregunto, mi voz ronca apenas se escucha.

Él me responde de la misma manera que lo hice yo, asintiendo con la cabeza.

—Cuando Vishtar murió, no me quedó más que mis dos hijos, Hiya y Haia, a quienes no has conocido porque los mantengo alejados de los asentamientos humanos. Son gigantes, sí, pero he hecho lo que está en mis manos para que no causen tantos estragos como los demás, aunque se ha dificultado mucho en los últimos tiempos. Y recientemente me enteré del por qué —susurra esto último mirando a otro lado por un segundo.

Ambos sabemos a qué se refiere.

—La viste a ella, viste nuestro tiempo juntos... —dice, noto que quiere añadir algo más, pero me observa como si esperara que yo hable.

Inhalo y desvío la mirada. A nuestro alrededor, sólo se escucha el murmullo lejano del río y las voces apagadas de los demás.

—Ella era idéntica a mí —lo digo en voz alta.

Lo estuve pensando desde que la vi por primera vez en la

visión. Vishtar se parece tanto a mí, que empiezo a creer que este ángel no me trajo consigo por mí misma, sino por ella.

Semyazza se mantiene en silencio, busca mi mirada pero yo la mantengo en el suelo lleno de piedritas.

—Ahora comprendo la razón por la que te interesé —lo suelto.

Al final no importa. Me iré con Jireh cuando todo esto acabe. Se lo prometí, así que no importa si para Semyazza sólo he sido un reemplazo idéntico a Vishtar.

Él pone su mano en mi mentón, alzando mi rostro y haciendo que nos miremos a los ojos.

—No, Eden. Te equivocas —se apresura a decirme, como si quisiera desmentir lo que me digo en pensamientos. —Escúchame. Es cierto que, cuando se fue no pude hacer nada para salvarla. Nunca supe qué fue de ella, pues, al caer, yo y los míos perdimos conexión con el Creador y no podemos saber a dónde van nuestros muertos, sus muertos —mira hacia otro lado, agachando un poco la cabeza. No quita su mano de mi mentón. —También es cierto que he pasado siglos penando la muerte de Vishtar y, cuando te vi aquel día en el pozo de tu asentamiento, pensé que eras ella, que Vishtar había vuelto —bufa, pareciera que quiere hacerme creer que lo considera una idea ridícula, pero no se lo creo.

Observa cada mínimo gesto mío, mantiene su mano en mi mentón y lo acaricia. Él sonríe, una expresión que le sale llena de dolor.

—Te conocí mejor y supe que sólo te parecías a ella en lo físico —toma mi mano. —Sin embargo, eres tan preciosa por dentro y por fuera como lo fue ella. Te juro que, en un mejor tiempo, te haría completamente mía. Te hubiera enseñado más cosas, te hubiera dado una mejor vida, a tí y a tu familia; los hubiera mantenido a salvo a todos. Te hubiera mostrado tantas maravillas como a las que aún tengo acceso. Pero, sobre todas las cosas, te hubiera tomado con el cuidado de no embarazarte. Hubiésemos disfrutado una vida de pareja y placer sin el riesgo de que mueras, sin que tuvieras que dejarme nunca, como lo hizo Vishtar —dice.

Da un beso en el dorso de mi mano. Casi quiero quitar mi mano de entre las suyas.

—¿Estás seguro de eso? ¿Quieres que crea que todo este tiempo me quisiste aquí por mí y no por parecerme a Vishtar? —le pregunto, las palabras me salen en un hilo de voz.

Él niega con la cabeza.

—Como te dije, tal vez fue así en un inicio, pero pronto dejó de serlo. El parecido entre tú y Vishtar es sólo físico, no más de ahí, Eden. Y quiero mantenerte a mi lado por ser Eden, ¿me entiendes? —dice el ángel, como si rogara por algo que no puede tener. Su voz es casi suplicante.

No me molesto en decirle nada más.

Él tampoco debería molestarse. Sea lo que sea que me diga, y sea como sea que esto termine; me iré de su lado. Le hice una promesa a Jireh y la cumpliré, aunque ahora mismo mi hermano no quiera ni verme.

Alejarme de los Vigilantes me podría hacer bien.

Semyazza mira mi rostro con un destello, parecido a los del cielo, pasando por sus ojos resplandecientes. Le veo mortificado y por un momento me preocupo, no creo que pueda saber lo que pienso, ¿verdad?

—Te prometo, Eden, que resolveré este problema que nos tiene aquí ahora, y luego resolveré el problema de los nefilim. Lo haré para que podamos estar tranquilos, juntos —dice.

Sin embargo, no logro creer en esto que me dice, porque en su rostro veo el conflicto. Está siendo muy transparente. Sus ojos se hacen un poco más intensos. No parece creer en sus propias palabras. Aun así, asiento.

De todas formas me iré con Jireh, y espero que pueda irme a un lugar donde Semyazza, si se le ocurriera buscarme, no me encuentre.

Ya tengo ese plan con mi hermano, ya no quiero estar con estos caídos.

En ese momento, Semyazza suelta mi mano, acunando mi rostro de nuevo entre ellas.

Hace algo que me toma por sorpresa, tanto que me sobresalto notablemente.

De un instante a otro sus labios chocan con los míos.

Me besa dulcemente, no puedo corresponderle porque no sé cómo, pero algo en mi pecho se siente derretir. Sus manos grandes se sienten cálidas y le escucho gemir en voz baja. Se acerca incluso más, y siento cómo se agacha lo suficiente para estar a la altura de mis labios.

Pongo mis manos sobre las suyas aún en mi rostro, las acaricio un poco con mi pulgar. A modo de confort.

Le correspondo, porque esta podría ser la primera y única vez que me sienta así. Como que todo a nuestro alrededor se ha vuelto un vacío. Sólo siento nuestros labios unidos, los suyos tan calientes como su piel. Suaves y delicados.

Cuando comienzo a tomar su ritmo en el beso, él lo intensifica. Sus manos bajan de mi rostro a mis caderas, acercándome más a él y apretando con ganas. Gimo, me duele un poco su fuerza.

 Se separa para dejar un casto beso en mi frente, luego me mira a los ojos. Susurra algo en aquel lenguaje que no entiendo y que solo hablan los ángeles.

Semyazza rompe nuestro contacto visual y mira detrás de mí. Me dice algo sobre mi hermano que no termino de entender. Me besa brevemente los labios, para después reunirse con los demás Vigilantes, los cuales aún debaten algo que no es de mi conocimiento.

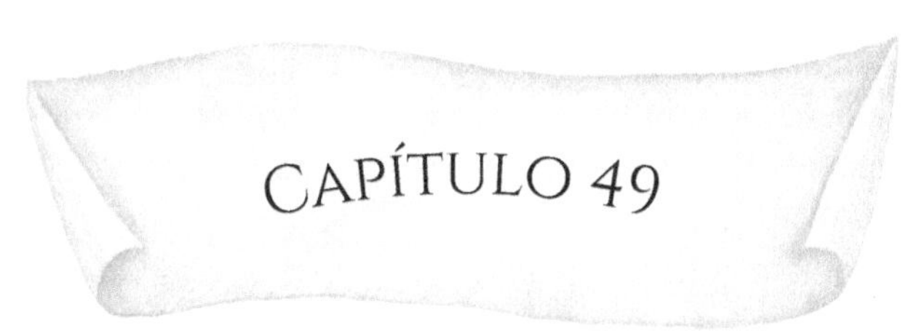

# CAPÍTULO 49

No quiero mirar a mi hermano. Si vio el beso con el Vigilante, prefiero no saberlo.

A medida que la neblina que dejó el beso se disipa en mi mente, me doy cuenta de que más de una persona debió verlo. Me giro lentamente. Nadie parece reparar en mí, salvo dos personas.

Jireh y Laama están sentados uno al lado del otro, pero no se hablan ni se miran. Jireh parece estar increíblemente incómodo, por no decir furioso. No digo nada cuando me siento junto a ellos. Laama es la única que me sonríe, pero no con su habitual energía.

Los ángeles llaman nuestra atención. Semyazza da unos cuantos pasos al frente de los demás y comienza a hablar.

—Hemos determinado que, por la seguridad de todas ustedes, tenemos que quedarnos aquí. Por esa razón, necesitaremos construir refugios resistentes, aunque desmontables, por si tenemos que movernos. Preferiblemente tiendas —cuando Semyazza dice esto, primero se escuchan murmullos de confusión, que luego se convierten en quejas.

Las mujeres se dan cuenta de que eso significa que nunca volverán a tener la comodidad que tenían en la ciudad, antes de que pasara lo de los nefilim.

—Los Vigilantes nos turnaremos para ir en búsqueda de todo lo que se va a necesitar para construir dichas tiendas, así como comida y demás. Mientras que otros cuantos se quedarán para protegerlas —entrelaza sus manos por detrás de su espalda y sus ojos resplandecen por todo el lugar, al igual que los ojos de todos los Vigilantes presentes.

Claramente, las mujeres no están muy contentas con esto. Las escucho quejándose en voz baja, sin intención alguna de contradecir lo que dijo Semyazza, ni ofrecer una alternativa. Nadie está conforme con lo que se ha convertido en nuestra vida ahora.

Por mi parte, estoy más que consciente de que es lo mejor, viendo lo violentos que se han vuelto las bestias para con las personas que los engendraron, lo mejor es no convertirnos en el alimento perfecto, el más fácil, estáticos en un sitio.

Los Vigilantes hacen caso omiso a las quejas de las mujeres, que todos sabemos muy bien que ellos pueden escuchar, y vuelven a acercarse entre ellos; esta vez, se reparten los turnos para que, posteriormente y sin perder un segundo más, un grupo de ellos salga disparado en busca de materiales, comida y quién sabe qué más. El otro grupo permanece con nosotros, cuidándonos de lo que pueda aparecer por estos lados.

Entre el grupo que se ha quedado está Azael. Lo veo buscándonos con la mirada entre las mujeres que están más conglomeradas, pero inmediatamente da con nosotros.

Jireh, Laama y yo estamos un poco más alejados, separados del grupo, y quizás esa sea la razón por la que no tardó mucho en vernos.

Tan pronto como sus ojos se topan con nosotros, comienza a caminar en nuestra dirección.

—¿Qué están haciendo tan lejos de los demás? —pregunta Azael en el instante en el que llegan con nosotros.

Su voz es tan imponente como la de Semyazza, sólo que no se dulcifica ni con Laama, que es con quien está hablando.

—Necesitamos que todos estén juntos para poder velar por ustedes, sin tener que estar detrás de un par que decidieron alejarse. Este no es el momento de hacer berrinches —dice Azael, se escucha irritado.

Mira a Laama por unos segundos un tanto prolongados, luego a mí por mucho menos tiempo y después a Jireh.

—No estamos tan lejos —responde Laama, usando un tono relajado. —Nos gustaría quedarnos aquí —dice.

Azael resopla.

—No es por gusto. No está sujeto a democracia —dice el ángel.

Laama suelta un "ja" en voz baja y vuelve a hablar, pero como si no quisiera realmente que el Vigilante la escuche.

—Si vamos a morir aquí, al menos déjennos elegir en qué parte —la escucho susurrar.

De inmediato la miro con el ceño fruncido, al igual que mi hermano.

En eso, puedo ver que el grupo de Vigilantes que se había ido en búsqueda de suministros, ha vuelto. Traen mucho de lo que prometieron conseguir.

Sigo sorprendiéndome ante su capacidad de conseguir, sobre todo comida, tan rápido y sin tanto esfuerzo, en comparación con un ser humano.

Los ángeles aquí no pierden el tiempo.

Aún parecen acongojados en sus expresiones y en la prisa que tienen por ponernos a todos en un buen estado. Sin más, ni siquiera teniendo que intercambiar más palabras entre sí, los que se habían quedado con nosotras se van, lo más seguro que a lo mismo. Los que recién llegaron se ponen manos a la obra.

Unos cuantos comienzan a repartir la comida entre los hambrientos.

Cuando mis ojos la ven, mi estómago suena como si tuviera ojos propios y como si deseara ya sentir el alimento llegar hasta él.

Otros se disponen a continuar con la curación de algunas heridas leves en unas cuantas mujeres, heridas que necesitan de mantenimiento y atención, con hierbas y demás, bajo la dirección de Semyazza, que volvió a quedarse.

Los demás se ponen a construir pequeñas tiendas donde nos quedaremos.

Un recipiente con comida suficiente para Jireh y para mí, con la que podremos saciarnos sin problema los dos, llega hasta mis manos.

Mi hermano y yo comemos sin decirnos nada el uno al otro, en completo silencio. Al menos se ha acercado voluntariamente a mí, eso ya es algo.

Me permito pensar en lo que me dijo y mostró Semyazza, obviando la parte del beso lo más que puedo.

Me pregunto si realmente vale la pena todo esto. Me pregunto si, desde el día en que me fui de casa con Semyazza, con la idea de mejorar la vida que llevábamos en el asentamiento, hasta este preciso momento en el que solo somos Jireh y yo, todo eso realmente valió la pena; si cometí estupidez tras estupidez; si aún podría remediar algo, cambiar algo.

Mi familia y yo éramos más felices, solo faltaban alimentos pero siempre conseguimos qué comer. Estábamos todos juntos, era una vida tranquila.

Tal vez solo lo arruiné al irme con el Vigilante.

¿Pero y los nefilim? ¿Hubieran hecho lo que hicieron en el asentamiento?

Lo más seguro es que sí. Aquel grupo de Vigilantes los hubiera mandado a nuestro hogar tarde o temprano, de todas formas. Tal vez no hubiéramos podido hacer nada, quizás todo esto estaba destinado a acabar mal.

Sacudo la cabeza, alejando ese hilo de pensamientos en el que me estoy sumergiendo.

Esto terminará pronto, tiene que ser así.

Cumpliré lo que le prometí a mi hermano. Me alejaré de los Vigilantes. Jireh y yo estaremos bien y volveremos a ser felices. Aprenderemos cómo.

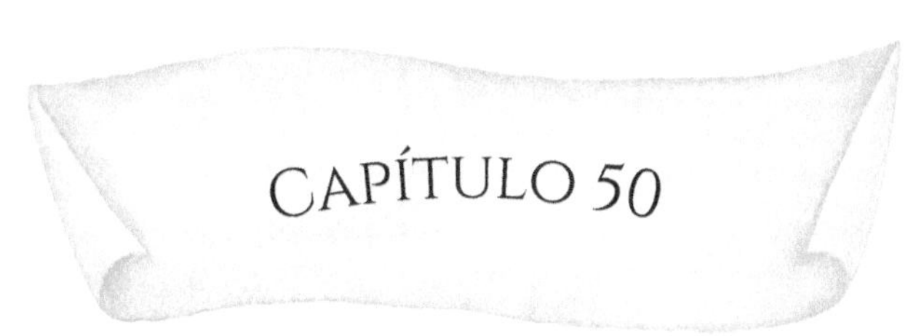

# CAPÍTULO 50

Los días pasan sin mayores acontecimientos. No estoy segura de cuánto, exactamente, ha pasado desde que estamos aquí, pero todo ha permanecido en calma, casi sin preocupaciones.

No diría lo mismo acerca de los Vigilantes, a los que se les ve cada vez más nerviosos al pasar de los días. Miran constantemente a los lejos, a los extremos que rodean el lugar donde estamos.

Por las noches, incluso, se les puede escuchar llorar. Sollozan y murmuran súplicas de misericordia, algo que nos pone a todas nerviosas, porque nunca les hemos visto de tal manera. El ambiente en este lugar es siempre tenso, tanto que quizás podrías cortar el aire con una ramita.

Hoy ha amanecido y no nos hemos podido dar cuenta, gracias a que el cielo está tan oscuro que es como si fuera de noche. Se siente un frío gélido y tenemos que encender un par de fogatas.

Agrandamos un par de las que habíamos hecho, siendo que los Vigilantes insistieron en no encender más de un par, para no llamar la atención, algo que estamos evitando constantemente. A estas alturas, ni siquiera sé de quién o qué, porque no hemos vuelto a escuchar, ni ver ni oler nada que nos diga que hay nefilim cerca o buscando algo qué comer.

Jireh y yo estamos frente a una de las fogatas. Mi hermano aún no me ha hablado. He intentado hacerlo yo, pero sigue ignorándome.

Hace frío y, aunque estemos tan cerca de un fuego, tenemos que abrazarnos a nosotros mismos y frotar las palmas entre sí, ya que el frío sólo se hace menos llevadero con el paso del tiempo.

Uno de aquellos rugidos que provienen del cielo nos

sobresaltan a todos. Hacía varios días que lo habíamos escuchado por última vez.

Los Vigilantes se alteran con aquel ruido, incluso más que nosotros, y transmiten unos nervios incontrolables a todo el que ve la forma en la que hablan entre sí. Dan órdenes que no podemos escuchar, se les ve demasiado alterados y sus ojos resplandecen en dorado, de una forma que pocas veces he podido ver. El lugar se ilumina más gracias a esto, y el brillo en sus ojos se intensifica cada vez más, hasta que ya no podemos verlos a la cara sin el riesgo de dañar los nuestros.

Otro rugido del cielo, más fuerte y violento que el anterior, hace que Jireh se me pegue y me tome de la mano con toda la fuerza que tiene. Aquella acción me sorprende, dada su actitud conmigo los últimos días.

Lo veo a la cara, pero sus ojos están fijos en otra cosa.

Yo hago lo mismo que él.

Ambos miramos al cielo, al escuchar los murmullos de admiración mezclada con terror de parte de algunas mujeres. Mi hermano susurra un "esto no es nada bueno" que apenas escucho.

Un escalofrío me recorre toda la espalda y no puedo evitar temblar un poco.

El antimonio en mi cuello se calienta como nunca antes lo ha hecho. Tengo que tomarlo entre mis dedos y apartarlo de mi piel, como quisiera quitármelo. Siseo y Jireh me mira. Lo peor es que no puedo decirle nada, porque ni siquiera sabe que tengo este colgante, no lo puede ver.

Escucho a otras mujeres hacer el mismo siseo, sueltan con prisa algo de sus manos y sacan de entre sus túnicas cosas que, aunque para los demás son invisibles, yo sé lo que son porque también tengo una.

"Las estrellas se están cayendo", escucho por ahí.

Sonaría absurdo, si no fuera por lo que todos estamos viendo ahora mismo.

Son luces doradas, no plateadas, como normalmente son las estrellas.

Sin embargo, lo que nos pone a todos con el grito en el cuello es el hecho de que, al ver que se están agrandando, es posible afirmar que están realmente cayendo. Van dejando una estela del color del fuego detrás de sí.

Los murmullos se convierten en palabras mejor pronunciadas. Elevan la voz, tienen intenciones de preguntarle a los Vigilantes sobre lo que está pasando, pero todos nos paralizamos cuando les vemos tomar en sus manos unas espadas majestuosas, idénticas a las que vi en la cueva de Semyazza.

Son casi tan grandes como ellos mismos, se iluminan con un color blanco puro al blandirlas. No se ven tan apagadas como la que recuerdo.

No creo que el ser humano más fuerte pueda tomar esa espada en sus manos, y moverla con la facilidad y gracia con que los Vigilantes lo hacen. No creo que ningún ser humano la pueda tomar en sus manos y punto.

Rápidamente deducimos que ellos se están preparando para una pelea, pero no será contra nefilim... Será con eso que viene cayendo desde el cielo.

Por primera vez en un buen tiempo, los Vigilantes vuelven a usar sus capuchas. Aún no miran hacia arriba, pero emanan una furia y desesperación que abruma a todos los que estamos cerca.

No pasa mucho más tiempo cuando empieza a haber gritos de pánico en todo el lugar, acompañado con rugidos del cielo y un estremecimiento en el suelo que nos hacen tambalear.

Jireh y yo nos alejamos de la fogata, pues el fuego comienza a expandirse por el suelo al haberse esparcido la madera. No se expande más porque no era demasiado grande. Más bien pasa lo contrario, se apaga luego de que la madera se va consumiendo y no alcanza más leña. Varias mujeres le pasan por arriba, pisando la maderna recién apagada mientras comienzan a correr, gritando y buscando refugio cerca de los Vigilantes.

Hago lo mismo.

Sostengo más fuerte la mano de mi hermano y tengo que jalarlo para que corra, pues su fascinación lo deja pasmado ante la visión de lo que está bajando del cielo.

Corremos hacia los Vigilantes, quienes están haciendo una especie de cercado alrededor de la conglomeración de mujeres que se formó, dejándolas detrás de ellos en forma de protección. Uno de ellos nos da un empujón desesperado cuando estamos cerca.

Tambaleo un poco, sin soltar a Jireh de la mano. Llego a juntarme con las demás mujeres. Como yo, hay otras que están llegando a nuestro lado. Algunas están más histéricas y otras en un shock silencioso.

El cielo sigue rugiendo, el suelo se sigue estremeciendo, hasta que los pies de cientos, quizás miles de más ángeles llegan ante nosotros.

Todo se sume en un silencio sepulcral.

Nadie se mueve, ni vuelve a hablar o gritar.

En ese momento, tanto los Vigilantes como los ángeles que acaban de llegar, se ponen en una posición que desprende amenaza como quiera que se les mire.

Uno de ellos habla con una voz que suena como el rugir de muchas aguas.

—Semyazza, cabeza y líder de los ángeles Vigilantes, tú y tus compañeros han pecado en contra del Creador con sus acciones malvadas. Han convivido con las hijas de los hombres y pecaron contra ustedes mismos, contaminando sus espíritus, que una vez habían glorificado al Creador. Han traído al mundo abominables especies que no estaban designadas para existir en la creación. Enseñaron los conocimientos y los misterios que se les había revelado a ustedes, mas no estaban destinados a ser de conocimiento para el ser humano —la voz del ángel que habla es estridente, dominante, habla con la furia de los mares y similar al constante rugido del cielo.

Todos nos encogemos en nuestro propio sitio.

Casi puedo escuchar los corazones de las demás mujeres palpitando violentamente contra sus pechos, y yo no soy la excepción. Siento que en cualquier momento, mi corazón va a decidir detenerse.

La visión de aquellos ángeles es cautivadora y a la vez aterradora; tienen apariencia como de hombre, pero en vez de piel es luz, una cegadora. Cabellos como de fuego. Y sus espadas son casi el doble de grandes que las que tienen los Vigilantes.

Los ángeles del cielo apuntan hacia arriba con sus espadas. Las llevan alzadas desde que tocaron tierra, y tengo el miedo de que en cualquier momento van a blandirlas contra nosotras, acabando primero con los Vigilantes.

Las lágrimas caen a cántaros entre las mujeres. Piden misericordia de antemano y en voz baja, como si temieran llamar la atención de aquellos seres.

Ninguna queremos llamar su atención. No existe más movimiento de nuestra parte que el de nuestros corazones queriendo salir de nuestros pechos.

Los Vigilantes apuntan con sus espadas a los ángeles del cielo. La tensión en sus cuerpos se ve alterada sólo con uno que otro sollozo ahogado que ellos no se permiten dejar salir, no quieren que sus antiguos compañeros les vean llorar.

La escena es aterradora. Jireh me empuja detrás de sí, en un gesto protector, cuando los ángeles resplandecientes nos apuntan a nosotros con sus espadas.

No se puede distinguir bien si apuntan directamente a los Vigilantes o... quienes estamos detrás.

El pavor hace que comience a temblar.

No soy la única, los nervios nos carcomen a todas las que estamos conglomeradas aquí y, me atrevería a decir, también a los Vigilantes.

Las palabras del ángel siguen haciendo eco en el lugar, pero también resuenan en nuestras cabezas. Estamos acabados.

—Se les ha dictado sentencia, la cual ustedes ya conocen —continúa hablando, pero ahora da un paso al frente, luego otro, sus compañeros lo imitan. —Han sido condenados a ver morir a sus seres queridos. La tierra será limpiada de todo lo que han provocado, y ustedes serán encadenados en el abismo más oscuro, hasta la consumación de los tiempos —algo en mí se termina de romper.

Jireh comienza a orar en voz baja, desesperado.

Caigo en la cuenta de que es imposible que salgamos de esta

con vida. Intento calmarme, me digo que los Vigilantes lo van a resolver, aunque no me lo creo realmente.

Semyazza da un paso firme al frente, encarando al ángel que ha hablado. Un escalofrío recorre toda mi espalda y, al sonido de un rugido estridente que sacude el cielo, Semyazza lo reta a pelear.

El grito de parte de los demás Vigilantes hace que todas cubramos nuestro oídos con ambas manos. Todos los Vigilantes se han unido a una batalla entre espadas flamígeras y las suyas, no tan brillantes en comparación.

Jireh y yo corremos en dirección contraria al combate, casi a la par con el ruido de los materiales con los que están hechos esas espadas, al chocar entre sí, que provocan un ruido sordo y ensordecedor a la vez. Como si estuviera dentro de mi cabeza.

Deben de estar tan afiladas que se escuchan como si cortaran el mismo aire, antes de que choquen con las de los Vigilantes.

Me obligo a no mirar atrás, sólo escuchando la pelea detrás de nosotros, mientras mi hermano y yo corremos con todas las fuerzas que tenemos. Sin embargo, no hay a dónde ir, a menos que subamos la montaña. Estamos rodeados de ángeles del cielo.

Han bajado más. Más rugidos del cielo, más ángeles bajando.

Observamos a nuestro alrededor para comprobar que, efectivamente, no hay a dónde ir.

Los ángeles continúan bajando, otros subiendo, como si se estuvieran intercambiando. Hay suficientes como para mantener a los Vigilantes ocupados e intentando luchar contra todos.

Mi pecho se contrae al ver las miradas perplejas de las mujeres y las dolidas de los Vigilantes que, cada que tienen una pequeña oportunidad, miran hacia nosotras. Algunos se disculpan, otros intentan hacernos sentir que estaremos bien.

¿Lo estaremos?

Veo a Semyazza pelear contra el ángel que le había hablado. Este último se mueve con una gracia y calma que, si no fuera por el contexto, juraría que está danzando. Por el contrario, el Vigilante se nota cansado, batallando contra sí mismo para mantener su espada alzada y esquivando al ángel, más que atacándolo.

Desplazo la vista por todo el lugar, descubriendo que Semyazza no es el único en esa situación; todos los demás Vigilantes también están a punto de desfallecer, como si estuvieran peleando desde hace horas o hasta días.

Juraría que todo eso es debido al poder atronador de las espadas de los ángeles, puesto que, desde el fuego que desprenden, salen unas ondas que son visibles hasta para nosotros. Golpean a los Vigilantes antes de que la misma espada lo haga.

Jireh me toma por el codo y hace que nos alejemos más y más, hasta que nos topamos con la pendiente.

Sorprendentemente, logramos mantener la calma, aunque más que calma es tensión, la cual es acrecentada enormemente cuando un calor se cierne sobre todo el grupo de mujeres que intentamos alejarnos de la batalla.

El calor proviene de todas partes, pero el sentido común me dice que son esos ángeles. Creo que todas compartimos la misma idea.

Entre todas las mujeres, veo a Laama, quien se apresura hacia Jireh y yo. Sus ojos llenos de lágrimas e hinchados, como si se la hubiera pasado llorando desde días atrás. Se me parte el corazón, aún más cuando ella nos abraza fuertemente y sin decir ni una palabra. Se queda a nuestro lado, toma mi mano izquierda y la aprieta.

Los ángeles que están bajando no se unen a la batalla, nos miran a nosotras. Lo que vuelve a despertar el pánico entre las mujeres.

El griterío logra llamar la atención de los Vigilantes, haciendo que estos se distraigan y pierdan incluso más ventaja. Ellos también entran en pánico y pronto veo el porqué.

Los ángeles que no están peleando con los Vigilantes se acercan a nosotras, casi como si estuvieran flotando, no los veo mover los pies. Se acercan, rápido y sin detenerse.

De pronto, siento como si el corazón se me hubiera caído al estómago.

No lo pienso mucho antes de comenzar a correr otra vez, junto a Jireh y Laama. Las demás mujeres hacen lo mismo. Corremos colina arriba, puesto que es el único lugar donde creemos no estar rodeadas por aquellos ángeles.

Los gritos de las mujeres se fusionan con los de los Vigilantes, que exclaman desesperados pidiendo que nos dejen tranquilas, que nos perdonen la vida.

No podemos correr mucho, no podemos alejarnos lo suficientemente rápido, porque esos ángeles lo son más. A menos de la mitad de la colina, pero casi a la vista de todos los Vigilantes, somos interceptadas.

No tienen piedad alguna.

Nos agarran una por una, mientras las demás intentamos volver a correr, a esquivar a estos ángeles.

Tengo el corazón en la mano, las lágrimas bañan mi rostro y nublan mi visión, pero logro ver cómo uno de ellos agarra a Laama.

Ella grita y se remueve con todas sus fuerzas, intentando zafarse. Me grita que corra.

No puedo hacer nada por ella, porque antes de que haga cualquier movimiento una espada la atraviesa.

Grito, pero no siento la voz salir por mi garganta. Como si me ahogara, pero sigo gritando, tanto que siento cómo comienza a arder mi cuello por dentro.

Jireh me empuja para que corra y, en medio de un temblor que recorre todo mi cuerpo, batallo contra mi agotamiento y corro detrás de mi hermano.

Este se voltea de vez en cuando, para comprobar que estoy detrás de él. Parece que a Jireh lo mueve la adrenalina, corre con rapidez; mientras que a mí, por el contrario, parece que la adrenalina se me acabó.

Quiero tirarme al suelo.

Todavía se escuchan los gritos de los Vigilantes, los ruegos de las mujeres, los rugidos del cielo.

La escena es desastrosa.

Tengo que parar, el pecho me arde y mi respiración es casi nula.

Jireh se da cuenta luego de unos segundos y viene corriendo a ayudarme; pero entonces, detrás de él se acerca un ángel. Siento el calor tan intenso como si estuviera el mismísimo sol justo frente a mí.

Su espada se alza contra mi hermano mayor y este se voltea para encontrarse con dicha escena. Todo a mi alrededor se detiene, y apenas me doy cuenta cuando me apresuro a ponerme entre mi hermano y el ángel, empujando a Jireh hacia un lado. Lo hago con fuerza, gritándole que corra.

Justo a tiempo.

No duele mi cuerpo, no siento las piernas, no creo estar respirando. Un calor incomprensible para mí me llena todo el cuerpo, desde el pecho, la sensación de que me quemo.

Quiero gritar pero no puedo, la voz me abandonó. Es como si ya no tuviera el control de mis extremidades, también se emblanquece mi visión y caigo de rodillas.

No siento nada, más que un temblor gélido que comienza a opacar el calor que la espada que me atravesó había dejado. La espada sigue ahí, enterrada en mi pecho y hasta ahora es que la veo.

El ángel la arranca, pero no veo la sangre, no la mía.

Caigo al suelo por completo, vacía de fuerzas, pero aún puedo ver. Poco, porque todo está muy blanco y borroso, pero mis ojos se posan en algo que desearía no haber visto nunca.

Mi hermano, Jireh, tirado en el suelo.

Sus ojos fijos en mí, sin vida.

La sangre hace un charco a su alrededor, y viene de su cabeza. Junto a su cabeza, una gran roca manchada con su sangre.

Siento un par de lágrimas salir de mis ojos, justo antes de que mi vista se vuelva completamente blanca, para luego apagarse todo en mí.

Ya no puedo huir, y ya no hay para qué.

Se acabó.

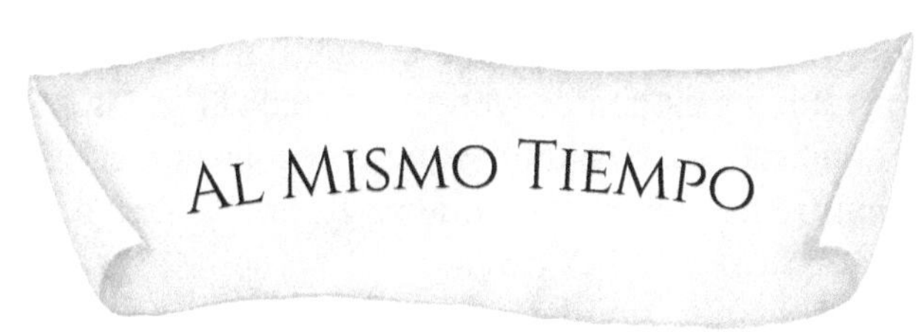

# AL MISMO TIEMPO

Semyazza puso todo su esfuerzo en mantener la espada del Arcángel Miguel lo más alejado de él. Bien sabía que sería imposible asestar un golpe o derrotar al mismo arcángel que desterró a Luzbel.

Pero su mente no estaba en él mismo, sino en aquellas indefensas mujeres que pagarían por el deseo que no pudo controlar. Pensaba en la agonía que sentirían sus compañeros, a los que arrastró al abismo junto consigo.

El Vigilante se preguntaba qué estaba pensando, qué estaba pensando cuando creyó que no sería tan malo como lo que hizo Luzbel.

Lo peor es que lo seguía considerando, puesto que Semyazza no había desafiado al Omnipotente como lo hizo Luzbel, sólo bajó a la Tierra de los Humanos para conocer y experimentar lo que ellos.

Ahora, aquel arrebato de curiosidad y deseo haría que los encarcelaran.

De repente, todo se detiene cuando escuchan los gritos desesperados de las mujeres, quienes están pidiendo ayuda con todas las fuerzas que les queda a sus pequeños cuerpos.

Semyazza no puede evitar voltear en dirección a donde provienen aquellos gritos.

Esperaba encontrarse con la conglomeración de mujeres que estaban detrás de ellos, pero ellas huyeron — o lo intentaron —.

¿En qué momento intentaron subir al Monte Hermón? Aquel monte lleno de desgracias, desde que Semyazza y los suyos juraron bajo anatema.

El Arcángel Miguel habló, ahora a sus espaldas, pero Semyazza no le escuchó. No cuando estaba presenciando la masacre de sus mujeres, a manos de aquellos ángeles que alguna vez fueron co-siervos de Semyazza, juntos sirviendo al Creador.

Pero ya no había más camaradería entre ellos, porque ahora los Vigilantes eran rebeldes y estaban pagando por ello.

Aquellas mujeres estaban cayendo indefensas en las manos que agarraban aquellas espadas, que estaban hechas con el más fino y peligroso material angelical, uno que no hay en la Tierra. De las cuales, una vez tuvo una Semyazza.

Los cielos rugían su nombre, acompañados de un escalofrío que recorrió toda la espalda del Vigilante, sin apartar la mirada de aquel monte, ahora lleno de cuerpos sin vida. Sus ojos se llenaron de lágrimas que no logró retener.

Miró a su alrededor y comprobó que los demás Vigilantes estaban en la misma situación.

La culpa se sumía en toda aquella área y en cada uno de ellos.

—Sus hijos se matarán entre sí, con las espadas que ustedes mismos enseñaron a forjar; asimismo, se destrozarán los unos a los otros con sus propias manos, siendo las bestias ilegítimas que son... —la voz del Arcángel Miguel tronaba en el lugar.

Era como una melodía aterradora que presagiaba su destrucción y la de los suyos, las de todos aquellos a los que Semyazza amaba. Ya estaba pasando.

—El mundo se ha corrompido enormemente por causa de su pecado, pero por causa aún mayor se han corrompido, porque los Vigilantes del cielo, que debían cuidar de la emergente raza, se unieron con ella... —su voz era un sonido atroz para los oídos de Semyazza y de los demás Vigilantes.

De boca del comandante de aquellos ángeles estaban saliendo palabras tan hirientes como si les enterraran una de esas espadas llameantes con el fuego del mismo Omnipotente.

Los suyos están muriendo, sus hijos se destrozarán entre sí. Todo frente a ellos, según lo que dice el Arcángel Miguel.

La certeza de eso que le espera presenciar es atronadora e insoportable para sus espíritus corrompidos. Igualmente los quebranta el hecho de que ya saben qué les espera al terminar eso.

Encadenados en prisiones eternas, en un lugar infernal y lleno de una densa oscuridad, nunca antes visto. Ellos allí, rogando por clemencia hasta el fin de los tiempos.

Trataron de pedir ayuda a Enoc, el patriarca y profeta amigo del mismísimo Creador, y él interfirió por ellos antes de ser llevado, pero fue en vano.

Los cielos rugían con más furia que nunca, truenos que anunciaban la ira del Santísimo, haciendo temblar a todos los Vigilantes.

De un momento a otro, el Arcángel Miguel y los suyos desaparecieron de aquel lugar.

Habiéndoles quitado la vida a sus mujeres, habiendo sentenciado a sus hijos y habiéndoles recordado el destino de los Vigilantes; los ángeles Santos se fueron.

Los Vigilantes todos se apresuraron a socorrer a cualquiera que pudiera quedar con un aliento de vida. Muy poco probable que fuera así. Todas estaban muertas.

Ambos Vigilantes: Semyazza y Azael, buscaron entre los cuerpos a Laama, a Eden y a su hermano.

En el fondo, y aunque no lo quieran admitir, guardaban una especial esperanza de que siguieran con vida, de que podrían ayudarles a curar las heridas y estarían bien. Sin embargo, aquello no serviría de mucho, si los Vigilantes sólo estaban esperando su final.

Su destino estaba escrito, ya.

Los cuerpos estaban allí, con sus rostros descolocados por el terror de ser hiperconscientes de sus últimos momentos de vida.

Todos menos los de Eden y Jireh.

Este último estaba tirado en un charco de sangre, su propia sangre; salía de un agujero en la parte de atrás de su cabeza, los Vigilantes dedujeron que debió haber caído justo en esa roca, que convenientemente estaba afilada por el lado donde se golpeó el joven. Una parte de esa roca estaba aún dentro de su cuero cabelludo. La sangre continuaba derramándose como un pequeño río rojo escarlata.

Un poco más al lado estaba Eden.

Su cuerpo tirado, con los ojos vacíos y en dirección a su hermano.

Ambos pares de ojos sin vida, mirándose fijamente el uno al otro, como si así se hubieran despedido.

No había sangre en ella, sólo un hueco negro quemado en el mismo espacio donde está su corazón. Las espadas llameantes de los ángeles no derramaban sangre, como si cauterizaran la herida justo en el momento de sacarla.

Laama estaba igual que Eden, pero tenía sus ojos cerrados en una expresión de congoja, al mismo tiempo parecía haber aceptado su destino, casi como esperándolo.

Y así vieron a todas aquellas mujeres, cuyas sonrisas nunca dejaron de deleitar a los ángeles Vigilantes. Aquellas que conocieron los secretos revelados por ellos mismos, yacían alrededor, sin vida.

Y ahora ellos se han de enfrentar a un castigo peor, más allá de este mundo.

Los ángeles Vigilantes se derramaron en llantos, rodeados de sus amadas. Pedían perdón, pedían piedad por sus hijos. El llanto de aquellos ángeles rebeldes se podía escuchar a la distancia, llenando de melancolía a donde sea que llegaran.

¿Qué pasará con la vida humana ahora?

¿También será destruída?

¿Cuánto tiempo les queda a sus hijos?

¿Cuánto de sufrimiento a los Vigilantes?

# EPÍLOGO

Y así pasó.

Los nefilim comenzaron a matarse entre sí, devorarse entre sí, todo con un fervor insaciable. Más pronto que tarde, los hijos de los ángeles caídos se redujeron considerablemente. Todo esto pasó frente a los ojos de sus padres, los Vigilantes.

No pasó mucho más tiempo cuando volvieron a presentarse los ángeles Santos en la Tierra, frente a frente a los Vigilantes rebeldes. Estos últimos no se molestaron en alzar sus miradas, llenos de vergüenza y deshonra, esperando la continuación de su castigo.

Los ángeles del cielo, comandados por los Arcángeles Miguel y Rafael, se encargaron de encadenar a los rebeldes, llevándolos a lo que sería su prisión eterna, su prisión hasta el día del juicio, hasta el fin de los tiempos.

Los rebeldes no lucharon más, no tenían las fuerzas, lo habían perdido todo.

Y Rafael arrojó a Azael al desierto en Dudael, porque él enseñó acerca de la guerra y las armas, también acerca del maquillaje, seducción y joyas preciosas.

El resto de los Vigilantes, al haber revelado misterios del universo, cosas que la raza humana no estaba preparada ni hecha para saber; fueron encadenados en prisiones eternas.

Pero aquel lugar era peor de lo que pudieron imaginar. El ardor y hedor de sus pecados se intensificaban millones de veces más, bajo aquella oscuridad y envueltos en aquellas tinieblas, que no les dejaban olvidar lo que hicieron.

Cuando las cadenas fueron puestas en sus muñecas, en sus tobillos y en sus cuellos; ardieron, estaban hechas de llamas. Un mísero movimiento, un minúsculo grito, les dolería hasta el fondo de sus espíritus.

Desearán la muerte, pero ellos no la conocen; sin embargo, conocerán su destrucción cuando llegue el momento, ellos lo saben y no lucharán.

Y sobre la tierra pasó el tiempo, pero la sangre seguía derramándose, tanto de humanos como de nefilim, también de animales. Pero los nefilim eran cada vez menos, aunque aún quedaban unos cuantos, para cuando llegó al mundo un hombre que decía haber escuchado al Creador, que este le había dicho que construyera un arca porque llovería.

Era sólo la burla de todos, eso se decía por ahí, nadie lo escuchaba más que para reírse, pero aquel hombre seguía.

Tan sólo un poco menos de cien años después, todos los animales en la tierra y el aire comenzaron a actuar raro.

En parejas, emigraban a un punto en específico. Se adentraban en aquella arca imponente, mientras que a un lado de la entrada, haciendo espacio, se encontraba aquella familia de ocho.

Los únicos que entraron al arca junto con los animales.

Y después de esto, comenzó a caer agua del cielo. Era poca, las personas seguían riéndose de la familia del arca.

"Le tienen miedo a un poco de agua indefensa" decían.

Pero el agua nunca paró de caer, al contrario, llovía más y más, inundando los lugares más bajos y haciendo que la gente corriera a montes, montañas, donde sea que el agua no llegara. Pero aún así no se detenía la lluvia, subía y subía, la gente comenzó a ahogarse.

El arca, por su parte, se elevó al flotar por encima del agua que se acumulaba rápidamente por debajo, en la tierra.

Las personas cerca de la misma daban puñetazos a la madera, rogaban desesperados para que se les dejara entrar, pero ya era demasiado tarde.

Dentro del arca sólo había ocho humanos y una pareja de cada especie de animales, encogiéndose sobre sí mismos, abrazándose entre sí y esperando, tan pacientemente como podían, a que los gritos lejanos fuera del arca cesaran, a que el sonido del diluvio sobre el techo del arca cesara, que secaran las aguas, tocar tierra de nuevo.

Y el agua alcanzó un punto de no retorno.

La vida se desvaneció, los nefilim también murieron y, por primera vez luego de más de un milenio, hubo paz alrededor.

No había gritos, no había peleas, no había matanzas, no había fornicación.

No quedaba mucho más del legado de los antiguos hombres, no quedaba mucho más del legado de los nefilim.

Así que ahora, la tierra se estaba preparando para un nuevo comienzo, en manos de aquella pequeña familia.

# AGRADECIMIENTOS

Mentiría si dijera que no es este el apartado más emocional que escribiré en mucho tiempo. Escribir este libro me ha llevado por un camino de crecimiento y descubrimientos que realmente no imaginé. Desde el primer borrador hasta el último, esta historia ha evolucionado conmigo, y en todo momento estuve acompañada de personas que creen en mí sin importar qué.

Quiero dar gracias a Dios, que me cuida y guía mis pasos. Y ha sido así toda mi vida, que ha permitido que no haya nadie a mi alrededor que me desaliente, nadie que no crea que puedo lograr cosas grandes (y si los hay, no me lo han dicho), y por ellos estoy grandemente agradecida.

Comienzo con mi madre, mi hermosa madre Esmeralda, quien toda mi vida me ha mostrado un apoyo incondicional. Lo hizo cuando quería ser cantante, lo hizo cuando no sabía lo que quería, lo hizo al enterarse de la existencia de este libro. Cuando subo videos y fotos a redes sociales, hablando de mi libro, ella es la primera en interactuar y recordarme lo emocionante que es y que, aunque ella no es de leer, leerá el/los míos. Te amo muchísimo, y quiero que sepas que te llevo conmigo siempre, te has ganado un maravilloso lugar en mi vida.

Mi hermanita, Emely, la mejor hermana que podría haber deseado. Me han dicho que nuestra relación de hermanas no es común porque no nos andamos peleando, yo creo que eso es hermoso. Así como mami, está presente y apoyando todo lo que he hecho, compartiéndolo con tus amigos en la escuela y desconocidos en internet. Cuando subía covers a YT, sorprendentemente hizo que uno de esos alcanzara 5k vistas e interacciones de personas (que era muchísimo para mí), sólo con compartir un link y decir que yo era su hermana, y que "lloraría si nadie lo veía". Ahora es lo mismo con este libro y mis intenciones de convertirme en autora. Emely está, junto con mami, apoyándome en todo momento y en todo cuanto hago. Y por esto y más, repito, es la mejor hermana que podría haber pedido.

 Sigue mi prometido, mi compañero de vida, Samuel. No sé porqué, pero cuando le dije que quería ser autora, vio en mí un potencial que ni yo misma pude ver. Buscó más información que yo y las formas en las que podría publicar, las formas en las que sí o sí me haría autora. Presente, no sólo apoyando, sino ayudándome a lograr esto en cada paso del camino, en cada parte del proceso. ¿Lo mejor? Que él ni siquiera es lector, jaja, y ahí está, escuchándome leerle lo que he escrito y ayudándome a mejorarlo, alentándome a estudiar este arte cada vez más, dándome consejos (en su calidad de marketer) para que me vaya bien al promocionarlo y venderlo. Si este libro está hoy publicado, fue porque él me ha estado llevando de la mano desde el principio.

Ay mis amigas, ay mis amigas. Maciel, Yissel, Juliana y Nurielys. Me moría de vergüenza cuando me preguntaban por mi libro. No perdían un segundo para preguntarme: "¿Y ya lo terminaste? ¿Y ya lo vas a publicar?".

Que Nurielys, en particular, entusiasmada me ayudó con la lectura beta. Aún con la ajetreada vida que debe llevar, me hizo un espacio. Y su opinión siempre es bienvenida, porque mujer letrada y bien investigada como ella no he conocido aún. Quizás no hablemos tanto, como cuando estudiábamos juntas, pero sigue presente. Mucho más que yo. Y se lo agradezco muchísimo.

Que Juliana, igual con una vida ajetreada, está igual que Emely en cuanto a mi libro, apoyando y queriendo una copia de este en sus manos.

Maciel y Yissel, "Las Mellas", son las personas más ocupadas que ahora mismo conozco, que su mente razonablemente podría estar en todo menos en que yo estaba escribiendo mi primer libro, y aún así estaban pendientes.

He estado rodeada de apoyo, y hay una mención honorífica más. Alguien que vio "una escritora profesional" en mí, cuando yo no veía eso posible, cuando la escritura sólo era un hobby para mí.

Mi profesora de Lengua y Literatura en Primero de Bachiller (actual Tercero de Secundaria), Luz Vilorio. Ella no podía faltar, porque aprovechó cada momento durante los cuatro años que dura el Bachillerato recordándome que le encantaba cómo escribía (porque le escribí un cuento para una tarea, en algún momento en Primero), me preguntaba e insistía en si de verdad yo no quería ser escritora como profesión, a lo que recuerdo que le responía con negativas. Y en último año, me pidió una historia para encuadernarla y mostrárselas a sus estudiantes, antes de que yo me graduara. No se dió, porque fue en 2020 (ya ustedes saben qué pasó), pero espero sacar muchos libros para que ella vea que sí influenció en que me convirtiera en autora. Quién hubiera dicho que sus palabras serían lo que terminó de animarme a perseguir esta carrera, aunque haya sido tiempo después de la última vez que la vi.

El hecho de que mi familia y amigos han estado creyendo en mí como si estuviera destinada a algo grande es más que una bendición para mí, jamás podría terminar de agradecerle a Dios por ellos.

Mi padre, Marcelino, que me ha dado una niñez y adolescencia en la que no me faltó absolutamente nada, y hoy en día sigue ahí, por si necesito algo. Sé que puedo contar con él, y espero un día poder limpiar asperezas y agradecérselo como merece.

Para terminar, quiero agradecerte a tí, que has dedicado tu tiempo para leer esta novela debut independiente. No sabes lo mucho que has hecho por mí, lo mucho que significa. Has formado parte del inicio de una vida que comencé a perseguir, la de autora.

Una vida en la que continuaré aprendiendo y mejorando, más y más, porque aquí no se deja de aprender. Muchísimas gracias por darme la oportunidad de llevarte por un viaje, porque esto fue este libro.

Más que una aventura, fue un viaje. Tanto para los personajes, como para la Aley que lo estuvo escribiendo.

Espero tenerte a mi lado en los próximos, formar parte de tu estantería y hacerte reír, llorar, temer, enojar, amar; sentir traición, sorpresa, y más. Esto sólo comienza.

Prepárate para

# SAPHON

Una historia donde conocerás el inicio y
trasfondo de todo lo que ha pasado en "En El
Tiempo De Los Vigilantes"